LA

# CHARTREUSE DE PARME

TOME SECOND

Le texte a été imprimé par A. LAHURE
et les gravures par C. CHARDON.

# LA CHARTREUSE DE PARME

PAR

M. DE STENDHAL

(HENRI BEYLE)

*Réimpression textuelle de l'édition originale*

ILLUSTRÉE DE 32 EAUX-FORTES

**Par V. FOULQUIER**

PRÉFACE DE FRANCISQUE SARCEY

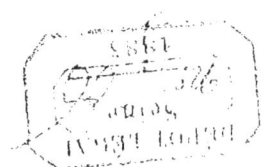

TOME SECOND



PARIS

LIBRAIRIE L. CONQUET

5, RUE DROUOT, 5

1883

# XIV

Pendant que Fabrice était à la chasse de l'amour dans un village voisin de Parme, le fiscal général Rassi, qui ne le savait pas si près de lui, continuait à traiter son affaire comme s'il eût été un libéral : il feignit de ne pouvoir trouver, ou plutôt intimida les témoins à décharge; et enfin, après un travail fort savant de près d'une année, et environ deux mois après le dernier retour de Fabrice à Bologne, un certain vendredi, la marquise Raversi, ivre de joie, dit publiquement dans son salon que, le lendemain, la sentence qui venait d'être rendue depuis une heure contre le petit del Dongo serait présentée à la signature du prince et approuvée par lui. Quelques minutes plus tard la duchesse sut ce propos de son ennemie.

Il faut que le comte soit bien mal servi par ses agents! se dit-elle; encore ce matin il croyait que la sentence ne pouvait être rendue avant huit jours. Peut-être ne serait-il pas fâché d'éloigner de Parme mon jeune grand-vicaire; mais, ajouta-t-elle en chantant, nous le verrons revenir, et un jour il sera notre archevêque. La duchesse sonna :

— Réunissez tous les domestiques dans la salle d'attente, dit-elle à son valet de chambre, même les cuisiniers; allez prendre chez le commandant de la place le permis nécessaire pour avoir quatre chevaux de poste, et enfin qu'avant une demi-heure ces chevaux soient attelés à mon landau. Toutes les femmes de la maison furent occupées à faire des malles, la duchesse prit à la hâte un habit de voyage, le tout sans rien faire dire au comte; l'idée de se moquer un peu de lui la transportait de joie.

« Mes amis, dit-elle aux domestiques rassemblés, j'apprends que mon pauvre neveu va être condamné par contumace pour avoir eu l'audace de défendre sa vie contre un furieux; c'était Giletti qui voulait le tuer. Chacun de vous a pu voir combien le caractère de Fabrice est doux et inoffensif. Justement indignée de cette injure atroce, je pars pour Florence : je laisse à chacun de vous ses gages pendant dix ans; si vous êtes malheureux, écrivez-moi, et tant que j'aurai un sequin, il y aura quelque chose pour vous. »

La duchesse pensait exactement ce qu'elle disait, et, à ses derniers mots, les domestiques fondirent en larmes; elle aussi avait les yeux humides; elle ajouta d'une voix émue : — « Priez Dieu pour moi et pour monseigneur Fabrice del Dongo, premier grand-vicaire du diocèse, qui demain matin va être condamné aux galères, ou, ce qui serait moins bête, à la peine de mort. »

Les larmes des domestiques redoublèrent et peu à peu se changèrent en cris à peu près séditieux; la duchesse monta dans son carrosse et se fit conduire au palais du prince. Malgré l'heure indue, elle fit solliciter une audience par le général Fontana, aide de camp de service; elle n'était point en grand habit de cour, ce qui jeta cet aide de camp dans une stupeur profonde. Quant au prince, il ne fut point surpris, et encore moins fâché de cette demande d'audience. Nous allons voir des larmes répandues par de beaux yeux, se dit-il en se frottant les mains. Elle vient demander grâce; enfin cette fière beauté va s'humilier! elle était aussi trop insupportable avec ses petits airs d'indépendance! Ces yeux si parlants semblaient toujours me dire, à la moindre chose qui la choquait : Naples ou Milan seraient un séjour bien autrement aimable que votre petite ville de Parme. A la vérité je ne règne pas sur Naples ou sur Milan; mais enfin cette grande dame vient me demander quelque chose qui dépend de moi uniquement et qu'elle brûle d'obtenir; j'ai toujours pensé que l'arrivée de ce neveu m'en ferait tirer pied ou aile.

Pendant que le prince souriait à ses pensées et se livrait à toutes ces prévisions agréables, il se promenait dans son grand cabinet, à la porte duquel le général Fontana était resté debout et raide comme un soldat au port d'armes. Voyant les yeux brillants du prince, et se rappelant l'habit de voyage de la duchesse, il crut à la dissolution de la monarchie. Son ébahissement n'eut plus de bornes quand il entendit le prince lui dire : — Priez madame la duchesse d'attendre un petit quart d'heure. Le général aide de camp fit son demi-tour comme un soldat à la parade; le prince sourit encore : Fontana n'est pas accoutumé, se dit-il, à voir attendre cette fière duchesse : la figure étonnée avec laquelle il va lui parler *du petit quart d'heure d'attente* préparera le passage aux larmes touchantes que ce cabinet va voir répandre. Ce petit quart d'heure fut délicieux pour le prince; il se promenait d'un pas ferme et égal, il *régnait*. Il s'agit ici de ne rien dire qui ne soit parfaitement à sa place; quels que soient mes sentiments envers la duchesse, il ne faut point oublier que c'est une des plus grandes dames de ma cour. Comment Louis XIV parlait-il aux princesses ses filles quand il avait lieu d'en être mécontent? et ses yeux s'arrêtèrent sur le portrait du grand roi.

Le plaisant de la chose, c'est que le prince ne songea point à se demander s'il ferait grâce à Fabrice et quelle serait cette grâce. Enfin, au bout de vingt minutes, le fidèle Fontana se présenta de nouveau à la porte, mais sans rien dire. — La duchesse Sanseverina peut entrer! cria le prince d'un air théâtral. Les larmes vont commencer, se dit-il, et, comme pour se préparer à un tel spectacle, il tira son mouchoir.

Jamais la duchesse n'avait été aussi leste et aussi jolie; elle n'avait pas trente-cinq ans. En voyant son petit pas léger et rapide effleurer à peine les tapis, le pauvre aide de camp fut sur le point de perdre tout à fait la raison.

— J'ai bien des pardons à demander à votre altesse sérénissime, dit la duchesse de sa petite voix légère et gaie; j'ai pris la liberté de me présenter devant elle avec un habit qui n'est pas précisément convenable, mais votre altesse m'a tellement accoutumée à ses bontés que j'ai osé espérer qu'elle voudrait bien m'accorder encore cette grâce.

Le duchesse parlait assez lentement, afin de se donner le temps de jouir de la figure du prince;

elle était délicieuse à cause de l'étonnement profond et du reste de grands airs que la position de la tête et des bras accusait encore. Le prince était resté comme frappé de la foudre; de sa petite voix aigre et troublée il s'écriait de temps à autre en articulant à peine : *Comment! comment!* La duchesse, comme par respect, après avoir fini son compliment, lui laissa tout le temps de répondre; puis elle ajouta :

— J'ose espérer que votre altesse sérénissime daigne me pardonner l'incongruité de mon costume; mais, en parlant ainsi, ses yeux moqueurs brillaient d'un si vif éclat que le prince ne put le supporter; il regarda au plafond, ce qui chez lui était le dernier signe du plus extrême embarras.

— *Comment! comment!* dit-il encore; puis il eut le bonheur de trouver une phrase : — Madame la duchesse, asseyez-vous donc; il avança lui-même un fauteuil et avec assez de grâce. La duchesse ne fut point insensible à cette politesse, elle modéra la pétulance de son regard.

— *Comment! comment!* répéta encore le prince en s'agitant dans son fauteuil, sur lequel on eût dit qu'il ne pouvait trouver de position solide.

— Je vais profiter de la fraîcheur de la nuit pour courir la poste, reprit la duchesse, et, comme mon absence peut être de quelque durée, je n'ai point voulu sortir des États de son altesse sérénissime sans la remercier de toutes les bontés que depuis cinq années elle a daigné avoir pour moi. A ces mots le prince comprit enfin; il devint pâle : c'était l'homme du monde qui souffrait le plus de se voir trompé dans ses prévisions; puis il prit un air de grandeur tout à fait digne du portrait de Louis XIV qui était sous ses yeux. A la bonne heure, se dit la duchesse, voilà un homme!

— Et quel est le motif de ce départ subit? dit le prince d'un ton assez ferme.

— J'avais ce projet depuis longtemps, répondit la duchesse, et une petite insulte que l'on fait à *monsignor* del Dongo, que demain l'on va condamner à mort ou aux galères, me fait hâter mon départ.

— Et dans quelle ville allez-vous?

— A Naples, je pense. Elle ajouta en se levant : Il ne me reste plus qu'à prendre congé de votre altesse sérénissime et à la remercier très-humblement de ses *anciennes* bontés. A son tour, elle parlait d'un air si ferme que le prince vit bien que dans deux secondes tout serait fini; l'éclat du départ ayant eu lieu, il savait que tout arrangement était impossible : elle n'était pas femme à revenir sur ses démarches. Il courut après elle.

— Mais vous savez bien, madame la duchesse, lui dit-il en lui prenant la main, que toujours je vous ai aimée, et d'une amitié à laquelle il ne tenait qu'à vous de donner un autre nom. Un meurtre a été commis, c'est ce qu'on ne saurait nier; j'ai confié l'instruction du procès à mes meilleurs juges...

A ces mots, la duchesse se releva de toute sa hauteur; toute apparence de respect et même d'urbanité disparut en un clin d'œil : la femme outragée parut clairement, et la femme outragée s'adressant à un être qu'elle sait de mauvaise foi. Ce fut avec l'expression de la colère la plus vive et même du mépris qu'elle dit au prince, en pesant sur tous les mots :

— Je quitte à jamais les États de votre altesse sérénissime, pour ne jamais entendre parler du fiscal Rassi et des autres infâmes assassins qui ont condamné à mort mon neveu et tant d'autres; si votre altesse sérénissime ne veut pas mêler un sentiment d'amertume aux derniers instants que je passe auprès d'un prince poli et spirituel quand il n'est pas trompé, je la prie très-humblement de ne pas me rappeler l'idée de ces juges infâmes qui se vendent pour mille écus ou une croix.

L'accent admirable et surtout vrai avec lequel furent prononcées ces paroles fit tressaillir le prince; il craignit un instant de voir sa dignité compromise par une accusation encore plus directe, mais au total sa sensation finit bientôt par être de plaisir : il admirait la duchesse; l'ensemble de sa personne atteignit en ce moment une beauté sublime. Grand Dieu! qu'elle est belle! se dit le prince; on doit passer quelque chose à une femme unique et telle que peut-être il n'en existe pas une seconde dans toute l'Italie... Eh bien! avec un peu de bonne politique il ne serait peut-être pas impossible d'en faire un jour ma maîtresse; il y a loin d'un tel être à cette poupée de marquise Balbi, et qui encore chaque année vole au moins trois cent mille francs à mes pauvres sujets... Mais l'ai-je bien entendu? pensa-t-il tout à coup; elle a dit : condamné mon neveu et tant d'autres; alors la colère surnagea, et ce fut avec une hauteur digne du rang suprême que le prince dit, après un silence : — Et que faudrait-il faire pour que madame ne partît point?

— Quelque chose dont vous n'êtes pas capable, répliqua la duchesse avec l'accent de l'ironie la plus amère et du mépris le moins déguisé.

Le prince était hors de lui, mais il devait à l'habitude de son métier de souverain absolu la force de résister à un premier mouvement. Il faut avoir cette femme, se dit-il, c'est ce que je me dois, puis il faut la faire mourir par le mépris... Si elle sort de ce cabinet, je ne la revois jamais. Mais, ivre de colère et de haine comme il l'était en ce moment, où trouver un mot qui pût satisfaire à la fois à ce qu'il se devait à lui-même et porter la duchesse à ne pas déserter sa cour à l'instant? On ne peut, se dit-il, ni répéter ni tourner en ridicule un geste, et il alla se placer entre la duchesse et la porte de son cabinet. Peu après il entendit gratter à cette porte.

— Quel est le jean sucre, s'écria-t-il en jurant de toute la force de ses poumons, quel est le jean sucre qui vient ici m'apporter sa sotte présence? Le pauvre général Fontana montra sa figure pâle et totalement renversée, et ce fut avec l'air d'un homme à l'agonie qu'il prononça ces mots mal articulés : Son excellence le comte Mosca sollicite l'honneur d'être introduit.

— Qu'il entre! dit le prince en criant; et comme Mosca saluait :

— Hé bien! lui dit-il, voici madame la duchesse Sanseverina qui prétend quitter Parme à l'instant pour aller s'établir à Naples, et qui par-dessus le marché me dit des impertinences.

— Comment! dit Mosca pâlissant.

— Quoi! vous ne saviez pas ce projet de départ?

— Pas la première parole; j'ai quitté madame à six heures, joyeuse et contente.

Ce mot produisit sur le prince un effet incroyable. D'abord il regarda Mosca; sa pâleur croissante lui montra qu'il disait vrai et n'était point complice du coup de tête de la duchesse. En ce cas, se dit-il, je la perds pour toujours; plaisir et vengeance, tout s'envole en même temps. A Naples, elle fera des épigrammes avec son neveu Fabrice sur la grande colère du petit prince de Parme. Il regarda la duchesse : le plus violent mépris et la colère se disputaient son cœur; ses yeux étaient fixés en ce moment sur le comte Mosca, et les contours si fins de cette belle bouche exprimaient le dédain le plus amer. Toute cette figure disait : Vil courtisan! Ainsi, pensa le prince, après l'avoir examinée, je perds ce moyen de la rappeler en ce pays. Encore en ce moment, si elle sort de ce cabinet, elle est perdue pour moi. Dieu sait ce qu'elle dira de mes juges à Naples... Et avec cet esprit et cette force de persuasion divine que le Ciel lui a donnés, elle se fera croire de tout le monde. Je lui devrai la réputation d'un tyran ridicule qui se lève la nuit pour regarder sous son lit... Alors, par une manœuvre adroite et comme cherchant à se promener pour diminuer son agitation, le prince se plaça de nouveau devant la porte du cabinet; le comte était à sa droite à trois pas de distance, pâle, défait et tellement tremblant, qu'il fut obligé de chercher un appui sur le dos du fauteuil que la duchesse avait occupé au commencement de l'audience, et que le prince dans un mouvement de colère avait poussé au loin. Le comte était amoureux. Si la duchesse part, je la suis, se disait-il; mais voudra-t-elle de moi à sa suite? voilà la question.

A la gauche du prince, la duchesse debout, les bras croisés et serrés contre la poitrine, le regardait avec une impertinence admirable; une pâleur complète et profonde avait succédé aux vives couleurs qui naguère animaient cette tête sublime.

Le prince, au contraire des deux autres personnages, avait la figure rouge et l'air inquiet; sa main gauche jouait d'une façon convulsive avec la croix attachée au grand cordon de son ordre qu'il portait sous l'habit; de la main droite il se caressait le menton.

— Que faut-il faire? dit-il au comte, sans trop savoir ce qu'il faisait lui-même, et entraîné par l'habitude de le consulter sur tout.

— Je n'en sais rien en vérité, altesse sérénissime, répondit le comte de l'air d'un homme qui rend le dernier soupir. Il pouvait à peine prononcer les mots de sa réponse. Le ton de cette voix donna au prince la première consolation que son orgueil blessé eût trouvée dans cette audience, et ce petit bonheur lui fournit une phrase heureuse pour son amour-propre.

— Eh bien! dit-il, je suis le plus raisonnable des trois; je veux bien faire abstraction complète de ma position dans le monde. Je vais parler *comme un ami*, et il ajouta, avec un beau sourire de condescendance bien imité des temps heureux de Louis XIV : *comme un ami parlant à des amis*. Madame la duchesse, ajouta-t-il, que faut-il faire pour vous faire oublier une résolution intempestive?

— En vérité, je n'en sais rien, répondit la duchesse avec un grand soupir; en vérité, je n'en sais rien, tant j'ai Parme en horreur. Il n'y avait nulle intention d'épigramme dans ce mot, on voyait que la sincérité même parlait par sa bouche.

Le comte se tourna vivement de son côté : l'âme du courtisan était scandalisée; puis il adressa au prince un regard suppliant. Avec beaucoup de dignité et de sang-froid le prince laissa passer un moment; puis, s'adressant au comte :

— Je vois, dit-il, que votre charmante amie est tout à fait hors d'elle-même; c'est tout simple, elle *adore* son neveu. Et, se tournant vers la duchesse, il ajouta, avec le regard le plus galant et en même temps de l'air que l'on prend pour citer le mot d'une comédie : *Que faut-il faire pour plaire à ces beaux yeux?*

La duchesse avait eu le temps de réfléchir; d'un ton ferme et lent, et comme si elle eût dicté son *ultimatum*, elle répondit :

— Son altesse m'écrirait une lettre gracieuse, comme elle sait si bien les faire; elle me dirait que, n'étant point convaincue de la culpabilité de Fabrice del Dongo, premier grand-vicaire de l'archevêque, elle ne signera point la sentence quand on viendra la lui présenter, et que cette procédure injuste n'aura aucune suite à l'avenir.

— Comment, *injuste!* s'écria le prince en rougissant jusqu'au blanc des yeux et reprenant sa colère.

— Ce n'est pas tout! répliqua la duchesse avec une fierté romaine; *dès ce soir*, et, ajouta-t-elle en regardant la pendule, il est déjà onze heures et un quart; dès ce soir son altesse sérénissime enverra dire à la marquise Raversi qu'elle lui conseille d'aller à la campagne pour se délasser des fatigues qu'a dû lui causer un certain procès dont elle parlait dans son salon au commencement de la soirée. Le duc se promenait dans son cabinet comme un homme furieux.

— Vit-on jamais une telle femme?... s'écriait-il; elle me manque de respect!

La duchesse répondit avec une grâce parfaite :

— De la vie je n'ai eu l'idée de manquer de respect à son altesse sérénissime; son altesse a eu l'extrême condescendance de dire qu'elle parlait *comme un ami à des amis*. Je n'ai, du reste, aucune envie de rester à Parme, ajouta-t-elle en regardant le comte avec le dernier mépris. Ce regard décida le prince, jusqu'ici fort incertain, quoique ses paroles eussent semblé annoncer un engagement; il se moquait fort des paroles.

Il y eut encore quelques mots d'échangés, mais enfin le comte Mosca reçut l'ordre d'écrire le billet gracieux sollicité par la duchesse. Il omit la phrase : *cette procédure injuste n'aura aucune suite à l'avenir*. Il suffit, se dit le comte, que le prince promette de ne point signer la sentence qui lui sera présentée. Le prince le remercia d'un coup d'œil en signant.

Le comte eut grand tort : le prince était fatigué et eût tout signé; il croyait se bien tirer de la scène, et toute l'affaire était dominée à ses yeux par ces mots : « Si la duchesse part, je trouverai ma cour ennuyeuse avant huit jours. » Le comte remarqua que le maître corrigeait la date et mettait celle du lendemain. Il regarda la pendule : elle marquait près de minuit. Le ministre ne vit dans cette date corrigée que l'envie pédantesque de faire preuve d'exactitude et de bon gouvernement. Quant à l'exil de la marquise Raversi, il ne fit pas un pli : le prince avait un plaisir particulier à exiler les gens.

— Général Fontana! s'écria-t-il en entr'ouvrant la porte.

Le général parut avec une figure tellement étonnée et tellement curieuse, qu'il y eut échange d'un regard gai entre la duchesse et le comte, et ce regard fit la paix.

— Général Fontana, dit le prince, vous allez monter dans ma voiture qui attend sous la colonnade; vous irez chez la marquise Raversi, vous vous ferez annoncer; si elle est au lit, vous ajouterez que vous venez de ma part, et, arrivé dans sa chambre, vous direz ces précises paroles, et non d'autres : « Madame la marquise Raversi, son altesse sérénissime vous engage à partir demain, avant huit heures du matin, pour votre château de Velleja; son altesse vous fera connaître quand vous pourrez revenir à Parme. »

Le prince chercha des yeux ceux de la duchesse, laquelle, sans le remercier comme il s'y attendait, lui fit une révérence extrêmement respectueuse et sortit rapidement.

— Quelle femme! dit le prince en se tournant vers le comte Mosca.

Celui-ci, ravi de l'exil de la marquise Raversi, qui facilitait toutes ses actions comme ministre, parla pendant une grosse demi-heure en courtisan consommé; il voulait consoler l'amour-propre du souverain, et ne prit congé que lorsqu'il le vit bien convaincu que l'histoire anecdotique de Louis XIV n'avait pas de page plus belle que celle qu'il venait de fournir à ses historiens futurs.

En rentrant chez elle, la duchesse ferma sa porte, et dit qu'on n'admît personne, pas même le comte. Elle voulait se trouver seule avec elle-même, et voir un peu quelle idée elle devait se former de la scène qui venait d'avoir lieu. Elle avait agi au hasard et pour se faire plaisir au moment même; mais à quelque démarche qu'elle se fût laissé entraîner, elle y eût tenu avec fermeté. Elle ne se fût point blâmée en revenant au sang-froid, encore moins repentie : tel était le caractère auquel elle devait d'être encore à trente-six ans la plus jolie femme de la cour.

Elle rêvait en ce moment à ce que Parme pouvait offrir d'agréable, comme elle eût fait au retour d'un long voyage, tant de neuf heures à onze elle avait cru fermement quitter ce pays pour toujours.

Ce pauvre comte a fait une plaisante figure lorsqu'il a connu mon départ en présence du prince... Au fait, c'est un homme aimable et d'un cœur bien rare! Il eût quitté ses ministères pour me suivre... Mais aussi pendant cinq années entières il n'a pas eu une distraction à me reprocher. Quelles femmes mariées à l'autel pourraient en dire autant à leur seigneur et maître? Il faut convenir qu'il n'est point important, point pédant; il ne donne nullement l'envie de le tromper; devant moi il semble toujours avoir honte de sa puissance... Il faisait une drôle de figure en présence de son seigneur et maître; s'il était là, je l'embrasserais... Mais pour rien au monde je ne me chargerais d'amuser un ministre qui a perdu son portefeuille : c'est une maladie dont on ne guérit qu'à la mort, et... qui fait mourir. Quel malheur ce serait d'être ministre jeune! Il faut que je le lui écrive, c'est une de ces choses qu'il doit savoir officiellement avant de se brouiller avec son prince... Mais j'oubliais mes bons domestiques.

La duchesse sonna. Ses femmes étaient toujours occupées à faire des malles; la voiture était avancée sous le portique et on la chargeait; tous les domestiques qui n'avaient pas de travail à faire entouraient cette voiture, les larmes aux yeux. La Chékina, qui dans les grandes occasions entrait seule chez la duchesse, lui apprit tous ces détails.

— Fais-les monter, dit la duchesse; un instant après elle passa dans la salle d'attente.

— On m'a promis, leur dit-elle, que la sentence contre mon neveu ne serait pas signée par le *souverain* (c'est ainsi qu'on parle en Italie); je suspens mon départ; nous verrons si mes ennemis auront le crédit de faire changer cette résolution.

Après un petit silence, les domestiques se mirent à crier : Vive madame la duchesse! et applaudirent avec fureur. La duchesse, qui était déjà dans la pièce voisine, reparut comme une actrice applaudie, fit une petite révérence pleine de grâce à ses gens et leur dit : *Mes amis, je vous remercie.* Si elle eût dit un mot, tous, en ce moment, eussent marché contre le palais pour l'attaquer. Elle fit un signe à un postillon, ancien contrebandier et homme dévoué, qui la suivit.

— Tu vas t'habiller en paysan aisé, tu sortiras de Parme comme tu pourras, tu loueras une sediola et tu iras aussi vite que possible à Bologne. Tu entreras à Bologne en promeneur et par la porte de Florence, et tu remettras à Fabrice, qui est au *Pelegrino*, un paquet que *Chékina* va te donner. Fabrice se cache et s'appelle là-bas M. Joseph Bossi ; ne va pas le trahir par étourderie, n'aie pas l'air de le connaître ; mes ennemis mettront peut-être des espions à tes trousses. Fabrice te renverra ici au bout de quelques heures ou de quelques jours ; c'est surtout en revenant qu'il faut redoubler de précautions pour ne pas le trahir.

— Ah ! les gens de la marquise Raversi ! s'écria le postillon ; nous les attendons, et si madame voulait, ils seraient bientôt exterminés.

— Un jour peut-être ! mais gardez-vous sur votre tête de rien faire sans mon ordre.

C'était la copie du billet du prince que la duchesse voulait envoyer à Fabrice ; elle ne put résister au plaisir de l'amuser, et ajouta un mot sur la scène qui avait amené le billet ; ce mot devint une lettre de dix pages. Elle fit rappeler le postillon.

— Tu ne peux partir, lui dit-elle, qu'à quatre heures, à porte ouvrante.

— Je comptais passer par le grand égout : j'aurais de l'eau jusqu'au menton, mais je passerais...

— Non, dit la duchesse, je ne veux pas exposer à prendre la fièvre un de mes plus fidèles serviteurs. Connais-tu quelqu'un chez monseigneur l'archevêque ?

— Le second cocher est mon ami.

— Voici une lettre pour ce saint prélat : introduis-toi sans bruit dans son palais, fais-toi conduire chez le valet de chambre ; je ne voudrais pas qu'on réveillât monseigneur. S'il est déjà renfermé dans sa chambre, passe la nuit dans le palais, et, comme il est dans l'usage de se lever avec le jour, demain matin, à quatre heures, fais-toi annoncer de ma part, demande sa bénédiction au saint archevêque, remets-lui le paquet que voici, et prends les lettres qu'il te donnera peut-être pour Bologne.

La duchesse adressait à l'archevêque l'original même du billet du prince ; comme ce billet était relatif à son premier grand-vicaire, elle le priait de le déposer aux archives de l'archevêché, où elle espérait que messieurs les grands-vicaires et les chanoines, collègues de son neveu, voudraient bien en prendre connaissance ; le tout sous la condition du plus profond secret.

La duchesse écrivait à monseigneur Landriani avec une familiarité qui devait charmer ce bon bourgeois ; la signature seule avait trois lignes ; la lettre, fort amicale, était suivie de ces mots : *Angelina-Cornelia-Isota Valserra del Dongo, duchesse Sanseverina.*

Je n'en ai pas tant écrit, je pense, se dit la duchesse en riant, depuis mon contrat de mariage avec le pauvre duc ; mais on ne mène ces gens-là que par ces choses, et aux yeux des bourgeois la caricature fait beauté. Elle ne put pas finir la soirée sans céder à la tentation d'écrire une lettre de persiflage au pauvre comte; elle lui annonçait officiellement, pour sa *gouverne*, disait-elle, *dans ses rapports avec les têtes couronnées*, qu'elle ne se sentait pas capable d'amuser un ministre disgracié. « Le prince vous fait peur; quand vous ne pourrez plus le voir, ce serait donc à moi à vous faire peur? » Elle fit porter sur-le-champ cette lettre.

De son côté, le lendemain, dès sept heures du matin, le prince manda le comte Zurla, ministre de l'intérieur. — De nouveau, lui dit-il, donnez les ordres les plus sévères à tous les podestats pour qu'ils fassent arrêter le sieur Fabrice del Dongo. On nous annonce que peut-être il osera reparaître dans nos États. Ce fugitif se trouvant à Bologne, où il semble braver les poursuites de nos tribunaux, placez des sbires qui le connaissent personnellement, 1° dans les villages sur la route de Bologne à Parme; 2° aux environs du château de la duchesse Sanseverina, à Sacca, et de sa maison de Castelnovo; 3° autour du château du comte Mosca. J'ose espérer de votre haute sagesse, monsieur le comte, que vous saurez dérober la connaissance de ces ordres de votre souverain à la pénétration du comte Mosca. Sachez que je veux que l'on arrête le sieur Fabrice del Dongo.

Dès que ce ministre fut sorti, une porte secrète introduisit chez le prince le fiscal général Rassi, qui s'avança plié en deux et saluant à chaque pas.

La mine de ce coquin-là était à peindre ; elle rendait justice à toute l'infamie de son rôle, et, tandis que les mouvements rapides et désordonnés de ses yeux trahissaient la connaissance qu'il avait de ses mérites, l'assurance arrogante et grimaçante de sa bouche montrait qu'il savait lutter contre le mépris.

Comme ce personnage va prendre une assez grande influence sur la destinée de Fabrice, on peut en dire un mot. Il était grand, il avait de beaux yeux fort intelligents, mais un visage abîmé par la petite vérole ; pour de l'esprit, il en avait, et beaucoup et du plus fin ; on lui accordait de posséder parfaitement la science du droit, mais c'était surtout par l'esprit de ressource qu'il brillait. De quelque sens que pût se présenter une affaire, il trouvait facilement, et en peu d'instants, les moyens fort bien fondés en droit d'arriver à une condamnation ou à un acquittement ; il était surtout le roi des finesses de procureur.

A cet homme, que de grandes monarchies eussent envié au prince de Parme, on ne connaissait qu'une passion : être en conversation intime avec de grands personnages et leur plaire par des bouffonneries. Peu lui importait que l'homme puissant rît de ce qu'il disait, ou de sa propre personne, ou fît des plaisanteries révoltantes sur madame Rassi ; pourvu qu'il le vît rire et qu'on le traitât avec familiarité, il était content. Quelquefois le prince, ne sachant plus comment abuser de la dignité de ce grand-juge, lui donnait des coups de pied; si les coups de pied lui faisaient mal, il se mettait à pleurer. Mais l'instinct de bouffonnerie était si puissant chez lui, qu'on le voyait tous les jours préférer le salon d'un ministre qui le bafouait, à son propre salon où il régnait despotiquement sur toutes les robes noires du pays. Le Rassi s'était surtout fait une position à part, en ce qu'il était impossible au noble le plus insolent de pouvoir l'humilier; sa façon de se venger des injures qu'il essuyait toute la journée était de les raconter au prince, auquel il s'était acquis le privilége de tout dire; il est vrai que souvent la réponse était un soufflet bien appliqué et qui faisait mal, mais il ne s'en formalisait aucunement. La présence de ce grand-juge distrayait le prince dans ses moments de mauvaise humeur, alors il s'amusait à l'outrager. On voit que Rassi était à peu près l'homme parfait à la cour : sans honneur et sans humeur.

— Il faut du secret avant tout! lui cria le prince sans le saluer, et le traitant tout à fait comme un cuistre, lui qui était si poli avec tout le monde. De quand votre sentence est-elle datée?

— Altesse sérénissime, d'hier matin.

— De combien de juges est-elle signée?

— De tous les cinq.

— Et la peine?

— Vingt ans de forteresse, comme votre altesse sérénissime me l'avait dit.

— La peine de mort eût révolté, dit le prince comme se parlant à soi-même; c'est dommage! Quel effet sur cette femme! Mais c'est un del Dongo, et ce nom est révéré dans Parme, à cause des trois archevêques presque successifs...

Vous me dites vingt ans de forteresse?

— Oui, altesse sérénissime, reprit le fiscal Rassi toujours debout et plié en deux, avec, au préalable, excuse publique devant le portrait de son altesse sérénissime; de plus, jeûne au pain et à l'eau tous les vendredis et toutes les veilles des fêtes principales, *le sujet étant d'une impiété notoire*. Ceci pour l'avenir et pour casser le cou à sa fortune.

— Écrivez, dit le prince : « Son altesse séré-
« nissime ayant daigné écouter avec bonté les
« très-humbles supplications de la marquise del
« Dongo, mère du coupable, et de la duchesse San-
« severina, sa tante, lesquelles ont représenté qu'à
« l'époque du crime leur fils et neveu était fort
« jeune et d'ailleurs égaré par une folle passion
« conçue pour la femme du malheureux Giletti,
« a bien voulu, malgré l'horreur inspirée par un
« tel meurtre, commuer la peine à laquelle Fa-
« brice del Dongo a été condamné, en celle de
« douze années de forteresse. »

— Donnez, que je signe.

Le prince signa et data de la veille; puis, rendant la sentence à Rassi, il lui dit : Écrivez immédiatement au-dessous de ma signature : « La du-
« chesse Sanseverina s'étant derechef jetée aux ge-
« noux de son altesse, le prince a permis que
« tous les jeudis le coupable ait une heure de
« promenade sur la plate-forme de la tour carrée
« vulgairement appelée tour Farnèse. »

— Signez cela, dit le prince, et surtout bouche close, quoi que vous puissiez entendre annoncer par la ville. Vous direz au conseiller De' Capitani, qui a voté pour deux ans de forteresse et qui a même péroré en faveur de cette opinion ridicule, que je l'engage à relire les lois et règlements. Derechef, silence, et bonsoir. Le fiscal Rassi fit avec beaucoup de lenteur trois profondes révérences que le prince ne regarda pas.

Ceci se passait à sept heures du matin. Quelques heures plus tard, la nouvelle de l'exil de la marquise Raversi se répandait dans la ville et dans les cafés, tout le monde parlait à la fois de ce grand événement. L'exil de la marquise chassa pour quelque temps de Parme cet implacable ennemi des petites villes et des petites cours, l'ennui. Le général Fabio Conti, qui s'était cru ministre, prétexta une attaque de goutte, et pendant plusieurs jours ne sortit point de sa forteresse. La bourgeoisie et par suite le petit peuple conclurent, de ce qui se passait, qu'il était clair que le prince avait résolu de donner l'archevêché de Parme à monsignore del Dongo. Les fins politiques de café allèrent même jusqu'à prétendre qu'on avait engagé le père Landriani, l'archevêque actuel, à feindre une maladie et à présenter sa démission ; on lui accorderait une grosse pension sur la ferme du tabac, ils en étaient sûrs ; ce bruit vint jusqu'à l'archevêque, qui s'en alarma fort, et pendant quelques jours son zèle pour notre héros en fut grandement paralysé. Deux mois après, cette belle nouvelle se trouvait dans les journaux de Paris, avec ce petit changement, que c'était le comte de Mosca, neveu de la duchesse de Sanseverina, qui allait être fait archevêque.

La marquise Raversi était furibonde dans son château de *Velleja ;* ce n'était point une femmelette, de celles qui croient se venger en lançant des propos outrageants contre leurs ennemis. Dès le lendemain de sa disgrâce, le chevalier Riscara et trois autres de ses amis se présentèrent au prince par son ordre, et lui demandèrent la permission d'aller la voir à son château. L'altesse reçut ces messieurs avec une grâce parfaite, et leur arrivée à Velleja fut une grande consolation pour la marquise. Avant la fin de la seconde semaine, elle avait trente personnes dans son château, tous ceux que le ministère libéral devait porter aux places. Chaque soir la marquise tenait un conseil régulier avec les mieux informés de ses amis. Un jour qu'elle avait reçu beaucoup de lettres de Parme et de Bologne, elle se retira de bonne heure : la femme de chambre favorite introduisit d'abord l'amant régnant, le comte Baldi, jeune homme d'une admirable figure et fort insignifiant; et plus tard, le chevalier Riscara son prédécesseur : celui-ci était un petit homme noir au physique et au moral, qui, ayant commencé par être répétiteur de géométrie au collége des nobles à Parme, se voyait maintenant conseiller d'État et chevalier de plusieurs ordres.

— J'ai la bonne habitude, dit la marquise à ces deux hommes, de ne détruire jamais aucun papier, et bien m'en prend; voici neuf lettres que la Sanseverina m'a écrites en différentes occasions. Vous allez partir tous les deux pour Gênes, vous chercherez parmi les galériens un ex-notaire nommé Burati, comme le grand poëte de Venise, ou Durati. Vous, comte Baldi, placez-vous à mon bureau et écrivez ce que je vais vous dicter.

« Une idée me vient et je t'écris ce mot. Je « vais à ma chaumière près de Castelnovo; si tu « veux venir passer douze heures avec moi, je serai « bien heureuse : il n'y a, ce me semble, pas « grand danger après ce qui vient de se passer; « les nuages s'éclaircissent. Cependant arrête-toi « avant d'entrer dans Castelnovo; tu trouveras sur « la route un de mes gens, ils t'aiment tous à la

« folie. Tu garderas, bien entendu, le nom de
« Bossi pour ce petit voyage. On dit que tu as de
« la barbe comme le plus admirable capucin, et
« l'on ne t'a vu à Parme qu'avec la figure décente
« d'un grand-vicaire. »

— Comprends-tu, Riscara?

— Parfaitement; mais le voyage à Gênes est un luxe inutile; je connais un homme dans Parme qui, à la vérité, n'est pas encore aux galères, mais qui ne peut manquer d'y arriver. Il contrefera admirablement l'écriture de la Sanseverina.

A ces mots, le comte Baldi ouvrit démesurément ses yeux si beaux; il comprenait seulement.

— Si tu connais ce digne personnage de Parme, pour lequel tu espères de l'avancement, dit la marquise à Riscara, apparemment qu'il te connaît aussi; sa maîtresse, son confesseur, son ami peuvent être vendus à la Sanseverina; j'aime mieux différer cette petite plaisanterie de quelques jours, et ne m'exposer à aucun hasard. Partez dans deux heures comme de bons petits agneaux, ne voyez âme qui vive à Gênes et revenez bien vite. Le chevalier Riscara s'enfuit en riant, et parlant du nez, comme Polichinelle : *Il faut préparer les paquets*, disait-il en courant d'une façon burlesque. Il voulait laisser Baldi seul avec la dame. Cinq jours après, Riscara ramena à la marquise son comte Baldi tout écorché : pour abréger de six lieues, on lui avait fait passer une montagne à dos de mulet; il jurait qu'on ne le reprendrait plus à faire de *grands voyages*. Baldi remit à la marquise trois exemplaires de la lettre qu'elle lui avait dictée, et cinq ou six autres lettres de la même écriture, composées par Riscara, et dont on pourrait peut-être tirer parti par la suite. L'une de ces lettres contenait de fort jolies plaisanteries sur les peurs que le prince avait la nuit, et sur la déplorable maigreur de la marquise Balbi, sa maîtresse, laquelle laissait, dit-on, la marque d'une pincette sur le coussin des bergères après s'y être assise un instant. On eût juré que toutes ces lettres étaient écrites de la main de madame Sanseverina.

— Maintenant je sais à n'en pas douter, dit la marquise, que l'ami du cœur, que le Fabrice est à Bologne ou dans les environs...

— Je suis trop malade, s'écria le comte Baldi en l'interrompant; je demande en grâce d'être dispensé de ce second voyage, ou du moins je voudrais obtenir quelques jours de repos pour remettre ma santé.

— Je vais plaider votre cause, dit Riscara; il se leva et parla bas à la marquise.

— Eh bien! soit, j'y consens, répondit-elle en souriant.

— Rassurez-vous, vous ne partirez point, dit la marquise à Baldi d'un air assez dédaigneux.

— Merci! s'écria celui-ci avec l'accent du cœur.

En effet, Riscara monta seul en chaise de poste. Il était à peine à Bologne depuis deux jours, lorsqu'il aperçut dans une calèche Fabrice et la petite Marietta. Diable! se dit-il, il paraît que notre futur archevêque ne se gêne point; il faudra faire connaître ceci à la duchesse, qui en sera charmée. Riscara n'eut que la peine de suivre Fabrice pour savoir son logement; le lendemain matin, celui-ci reçut par un courrier la lettre de fabrique génoise; il la trouva un peu courte, mais du reste n'eut aucun soupçon. L'idée de revoir la duchesse et le comte le rendit fou de bonheur, et quoi que pût dire Ludovic, il prit un cheval à la poste et partit au galop. Sans s'en douter, il était suivi à peu de distance par le chevalier Riscara, qui, en arrivant, à six lieues de Parme, à la poste avant Castelnovo, eut le plaisir de voir un grand attroupement dans la place devant la prison du lieu; on venait d'y conduire notre héros, reconnu à la poste, comme il changeait de cheval, par deux sbires choisis et envoyés par le comte Zurla.

Les petits yeux du chevalier Riscara brillèrent de joie; il vérifia avec une patience exemplaire tout ce qui venait d'arriver dans ce petit village, puis expédia un courrier à la marquise Raversi. Après quoi, courant les rues comme pour voir l'église, fort curieuse, et ensuite pour chercher un tableau du Parmesan qu'on lui avait dit exister dans le pays, il rencontra enfin le podestat, qui s'empressa de rendre ses hommages à un conseiller d'État. Riscara eut l'air étonné qu'il n'eût pas envoyé sur-le-champ à la citadelle de Parme le conspirateur qu'il avait eu le bonheur de faire arrêter.

— On pourrait craindre, ajouta Riscara d'un air froid, que ses nombreux amis qui le cherchaient avant-hier pour favoriser son passage à travers les États de son altesse sérénissime, ne rencontrent les gendarmes; ces rebelles étaient bien douze ou quinze à cheval.

— *Intelligenti pauca!* s'écria le podestat d'un air malin.

# XV

Deux heures plus tard, le pauvre Fabrice, garni de menottes et attaché par une longue chaîne à la *sediola* même dans laquelle on l'avait fait monter, partait pour la citadelle de Parme, escorté par huit gendarmes. Ceux-ci avaient l'ordre d'emmener avec eux tous les gendarmes stationnés dans les villages que le cortége devait traverser; le podestat lui-même suivait ce prisonnier d'importance. Sur les sept heures après midi, la sediola, escortée par tous les gamins de Parme et par trente gendarmes, traversa la belle promenade, passa devant le petit palais qu'habitait la Fausta quelques mois auparavant, et enfin se présenta à la porte extérieure de la citadelle à l'instant où le général Fabio Conti et sa fille allaient sortir. La voiture du gouverneur s'arrêta avant d'arriver au pont-levis pour laisser entrer la sediola à laquelle Fabrice était attaché; le général cria aussitôt que l'on fermât les portes de la citadelle, et se hâta de descendre au bureau d'entrée pour voir un peu ce dont il s'agissait; il ne fut pas peu surpris quand il reconnut le prisonnier, lequel était devenu tout raide, attaché à sa sediola pendant une aussi longue route; quatre gendarmes l'avaient enlevé et le portaient au bureau d'écrou. J'ai donc en mon pouvoir, se dit le vaniteux gouverneur, ce fameux Fabrice del Dongo, dont on dirait que depuis près d'un an la haute société de Parme a juré de s'occuper exclusivement!

Vingt fois le général l'avait rencontré à la cour, chez la duchesse et ailleurs; mais il se garda bien de témoigner qu'il le connaissait; il eût craint de se compromettre.

— Que l'on dresse, cria-t-il au commis de la prison, un procès-verbal fort circonstancié de la remise qui m'est faite du prisonnier par le digne podestat de Castelnovo.

Barbone, le commis, personnage terrible par le volume de sa barbe et sa tournure martiale, prit un air plus important que de coutume : on eût dit un geôlier allemand. Croyant savoir que c'était surtout la duchesse Sanseverina qui avait empêché son maître, le gouverneur, de devenir ministre de la guerre, il fut d'une insolence plus qu'ordinaire envers le prisonnier; il lui adressait la parole en l'appelant *voi*, ce qui est en Italie la façon de parler aux domestiques.

— Je suis prélat de la sainte Église romaine, lui dit Fabrice avec fermeté, et grand-vicaire de ce diocèse; ma naissance seule me donne droit aux égards.

— Je n'en sais rien! répliqua le commis avec impertinence; prouvez vos assertions, en exhibant les brevets qui vous donnent droit à ces titres fort respectables. Fabrice n'avait point de brevets et ne répondit pas. Le général Fabio Conti, debout à côté de son commis, le regardait écrire sans lever les yeux sur le prisonnier, afin de n'être pas obligé de dire qu'il était réellement Fabrice del Dongo.

Tout à coup Clélia Conti, qui attendait en voiture, entendit un tapage effroyable dans le corps-de-garde. Le commis Barbone faisant une description insolente et fort longue de la personne du prisonnier, lui ordonna d'ouvrir ses vêtements, afin que l'on pût vérifier et constater le nombre et l'état des égratignures reçues lors de l'affaire Giletti.

— Je ne puis, dit Fabrice souriant amèrement; je me trouve hors d'état d'obéir aux ordres de monsieur, les menottes m'en empêchent!

— Quoi! s'écria le général d'un air naïf, le prisonnier a des menottes! dans l'intérieur de la forteresse! cela est contre les règlements, il faut un ordre *ad hoc;* ôtez-lui les menottes.

Fabrice le regarda. Voilà un plaisant jésuite! pensa-t-il; il y a une heure qu'il me voit ces menottes qui me gênent horriblement, et il fait l'étonné!

Les menottes furent ôtées par les gendarmes; ils venaient d'apprendre que Fabrice était neveu de la duchesse Sanseverina, et se hâtèrent de lui montrer une politesse mielleuse qui faisait contraste avec la grossièreté du commis; celui-ci en parut piqué et dit à Fabrice qui restait immobile :

— Allons donc! dépêchons! montrez-nous ces égratignures que vous avez reçues du pauvre Giletti, lors de l'assassinat. D'un saut, Fabrice s'élança sur le commis, et lui donna un soufflet tel, que le Barbone tomba de sa chaise sur les jambes du général. Les gendarmes s'emparèrent des bras de Fabrice qui restait immobile; le général lui-même et deux gendarmes qui étaient à ses côtés se hâtèrent de relever le commis dont la figure saignait abondamment. Deux gendarmes plus éloignés coururent fermer la porte du bureau, dans l'idée que le prisonnier cherchait à s'évader.

Le brigadier qui les commandait pensa que le jeune del Dongo ne pouvait pas tenter une fuite bien sérieuse, puisqu'enfin il se trouvait dans l'intérieur de la citadelle; toutefois il s'approcha de la fenêtre pour empêcher le désordre, et par un instinct de gendarme. Vis-à-vis de cette fenêtre ouverte, et à deux pas, se trouvait arrêtée la voiture du général : Clélia s'était blottie dans le fond, afin de ne pas être témoin de la triste scène qui se passait au bureau; lorsqu'elle entendit tout ce bruit, elle regarda.

— Que se passe-t-il? dit-elle au brigadier.

— Mademoiselle, c'est le jeune Fabrice del Dongo qui vient d'appliquer un fier soufflet à cet insolent de Barbone!

— Quoi! c'est M. del Dongo qu'on amène en prison?

— Eh! sans doute, dit le brigadier; c'est à cause de la haute naissance de ce pauvre jeune homme que l'on fait tant de cérémonies; je croyais que mademoiselle était au fait. Clélia ne quitta plus la portière; quand les gendarmes qui entouraient la table s'écartaient un peu, elle apercevait le prisonnier. Qui m'eût dit, pensait-elle, que je le reverrais pour la première fois dans cette triste situation, quand je le rencontrai sur la route du lac de Côme?... Il me donna la main pour monter dans le carrosse de sa mère... Il se trouvait déjà avec la duchesse! Leurs amours avaient-ils commencé à cette époque?

Il faut apprendre au lecteur que dans le parti libéral dirigé par la marquise Raversi et le général Conti, on affectait de ne pas douter de la tendre liaison qui devait exister entre Fabrice et la duchesse. Le comte Mosca, qu'on abhorrait, était pour sa duperie l'objet d'éternelles plaisanteries.

Ainsi, pensa Clélia, le voilà prisonnier et prisonnier de ses ennemis! car au fond, le comte Mosca, quand on voudrait le croire un ange, va se trouver ravi de cette capture.

Un accès de gros rire éclata dans le corps-de-garde.

— Jacopo, dit-elle au brigadier d'une voix émue, que se passe-t-il donc?

— Le général a demandé avec vigueur au prisonnier pourquoi il avait frappé Barbone; monsignore Fabrice a répondu froidement : Il m'a appelé *assassin;* qu'il montre les titres et brevets qui l'autorisent à me donner ce titre; et l'on rit.

Un geôlier qui savait écrire remplaça Barbone; Clélia vit sortir celui-ci, qui essuyait avec son mouchoir le sang qui coulait en abondance de son affreuse figure; il jurait comme un païen : Ce f.... Fabrice, disait-il à très-haute voix, ne mourra jamais que de ma main. Je volerai le bourreau, etc., etc. Il s'était arrêté entre la fenêtre du bureau et la voiture du général pour regarder Fabrice, et ses jurements redoublaient.

— Passez votre chemin, lui dit le brigadier ; on ne jure point ainsi devant mademoiselle.

Barbone leva la tête pour regarder dans la voiture : ses yeux rencontrèrent ceux de Clélia, à laquelle un cri d'horreur échappa ; jamais elle n'avait vu d'aussi près une expression de figure tellement atroce. Il tuera Fabrice ! se dit-elle, il faut que je prévienne don Cesare. C'était son oncle, l'un des prêtres les plus respectables de la ville ; le général Conti, son frère, lui avait fait avoir la place d'économe et de premier aumônier de la prison.

Le général remonta en voiture.

— Veux-tu rentrer chez toi, dit-il à sa fille, ou m'attendre peut-être longtemps dans la cour du palais ? Il faut que j'aille rendre compte de tout ceci au souverain.

Fabrice sortait du bureau escorté par trois gendarmes ; on le conduisait à la chambre qu'on lui avait destinée : Clélia regardait par la portière, le prisonnier était fort près d'elle. En ce moment elle répondit à la question de son père par ces mots : *Je vous suivrai*. Fabrice, entendant prononcer ces paroles tout près de lui, leva les yeux et rencontra le regard de la jeune fille. Il fut frappé surtout de l'expression de mélancolie de sa figure. Comme elle est embellie, pensa-t-il, depuis notre rencontre près de Côme ! quelle expression de pensée profonde !... On a raison de la comparer à la duchesse; quelle physionomie angélique! Barbone, le commis sanglant, qui ne s'était pas placé près de la voiture sans intention, arrêta d'un geste les trois gendarmes qui conduisaient Fabrice, et, faisant le tour de la voiture par derrière, pour arriver à la portière près de laquelle était le général :

— Comme le prisonnier a fait acte de violence dans l'intérieur de la citadelle, lui dit-il, en vertu de l'article 157 du règlement, n'y aurait-il pas lieu de lui appliquer les menottes pour trois jours?

— Allez au diable! s'écria le général, que cette arrestation ne laissait pas d'embarrasser. Il s'agissait pour lui de ne pousser à bout ni la duchesse ni le comte Mosca : et d'ailleurs, dans quel sens le comte allait-il prendre cette affaire? au fond, le meurtre d'un Giletti était une bagatelle, et l'intrigue seule était parvenue à en faire quelque chose.

Durant ce court dialogue, Fabrice était superbe au milieu de ces gendarmes; c'était bien la mine la plus fière et la plus noble; ses traits fins et délicats, et le sourire de mépris qui errait sur ses lèvres, faisaient un charmant contraste avec les apparences grossières des gendarmes qui l'entouraient. Mais tout cela ne formait pour ainsi dire que la partie extérieure de sa physionomie; il était ravi de la céleste beauté de Clélia, et son œil trahissait toute sa surprise. Elle, profondément pensive, n'avait pas songé à retirer la tête de la portière; il la salua avec le demi-sourire le plus respectueux; puis, après un instant :

— Il me semble, mademoiselle, lui dit-il, qu'autrefois, près d'un lac, j'ai déjà eu l'honneur de vous rencontrer avec accompagnement de gendarmes.

Clélia rougit et fut tellement interdite qu'elle ne trouva aucune parole pour répondre. Quel air noble au milieu de ces êtres grossiers! se disait-elle au moment où Fabrice lui adressa la parole. La profonde pitié, et nous dirons presque l'attendrissement où elle était plongée, lui ôtèrent la présence d'esprit nécessaire pour trouver un mot quelconque; elle s'aperçut de son silence et rougit encore davantage. En ce moment on tirait avec violence les verrous de la grande porte de la citadelle, la voiture de son excellence n'attendait-elle pas depuis une minute au moins? Le bruit fut si violent sous cette voûte, que, quand même Clélia aurait trouvé quelque mot pour répondre, Fabrice n'aurait pu entendre ses paroles.

Emportée par les chevaux qui avaient pris le galop aussitôt après le pont-levis, Clélia se disait : Il m'aura trouvée bien ridicule! Puis tout à coup elle ajouta : Non pas seulement ridicule; il aura cru voir en moi une âme basse, il aura pensé que je ne répondais pas à son salut parce qu'il est prisonnier et moi fille du gouverneur.

Cette idée fut du désespoir pour cette jeune fille qui avait l'âme élevée. Ce qui rend mon procédé tout à fait avilissant, ajouta-t-elle, c'est que jadis, quand nous nous rencontrâmes pour la première fois, aussi *avec accompagnement de gendarmes*, comme il le dit, c'était moi qui me trouvais prisonnière et lui me rendait service et me tirait d'un fort grand embarras... Oui, il faut en convenir, mon procédé est complet, c'est à la fois de la grossièreté et de l'ingratitude. Hélas! le pauvre jeune homme! maintenant qu'il est dans le malheur tout le monde va se montrer ingrat envers lui. Il m'avait bien dit alors : Vous souviendrez-vous de mon nom à Parme? Combien il me méprise à l'heure qu'il est! Un mot poli était si facile à dire! Il faut l'avouer, oui, ma conduite a été atroce avec lui. Jadis, sans l'offre généreuse de la voiture de sa mère, j'aurais dû suivre les gendarmes à pied dans la poussière, ou, ce qui est bien pis, monter en croupe derrière un de ces gens-là; c'était alors mon père qui était arrêté et moi sans défense! Oui, mon procédé est complet. Et combien un être comme lui a dû le sentir vivement! Quel contraste entre sa physionomie si noble et mon procédé! Quelle noblesse! quelle sérénité! Comme il avait l'air d'un héros entouré de ses vils ennemis! Je comprends maintenant la passion de la duchesse : puisqu'il est ainsi au milieu d'un événement contrariant et qui peut avoir des suites affreuses, quel ne doit-il pas paraître lorsque son âme est heureuse!

Le carrosse du gouverneur de la citadelle resta plus d'une heure et demie dans la cour du palais, et toutefois, lorsque le général descendit de chez le prince, Clélia ne trouva point qu'il y fût resté trop longtemps.

— Quelle est la volonté de son altesse? demanda Clélia.

— Sa parole a dit : la prison! et son regard : la mort!

— La mort! grand Dieu! s'écria Clélia.

— Allons, tais-toi! reprit le général avec humeur; que je suis sot de répondre à une enfant!

Pendant ce temps, Fabrice montait les trois cent quatre-vingts marches qui conduisaient à la tour Farnèse, nouvelle prison bâtie sur la plateforme de la grosse tour, à une élévation prodigieuse. Il ne songea pas une seule fois, distinctement du moins, au grand changement qui venait de s'opérer dans son sort. Quel regard! se disait-il; que de choses il exprimait! quelle profonde pitié! Elle avait l'air de dire : La vie est un tel tissu de malheurs! Ne vous affligez point trop de ce qui vous arrive! est-ce que nous ne sommes point ici-bas pour être infortunés? Comme ses yeux si beaux restaient attachés sur moi, même quand les chevaux s'avançaient avec tant de bruit sous la voûte!

Fabrice oubliait complétement d'être malheureux.

Clélia suivit son père dans plusieurs salons ; au commencement de la soirée, personne ne savait encore la nouvelle de l'arrestation du *grand coupable*, car ce fut le nom que les courtisans donnèrent deux heures plus tard à ce pauvre jeune homme imprudent.

On remarqua ce soir-là plus d'animation que de coutume dans la figure de Clélia ; or, l'animation, l'air de prendre part à ce qui l'environnait, étaient surtout ce qui manquait à cette belle personne. Quand on comparait sa beauté à celle de la duchesse, c'était surtout cet air de n'être émue par rien, cette façon d'être comme au-dessus de toutes choses, qui faisaient pencher la balance en faveur de sa rivale. En Angleterre, en France, pays de vanité, on eût été probablement d'un avis tout opposé. Clélia Conti était une jeune fille encore un peu trop svelte que l'on pouvait comparer aux belles figures du Guide ; nous ne dissimulerons point que, suivant les données de la beauté grecque, on eût pu reprocher à cette tête des traits un peu marqués ; par exemple, les lèvres, remplies de la grâce la plus touchante, étaient un peu fortes.

L'admirable singularité de cette figure dans laquelle éclataient les grâces naïves et l'empreinte céleste de l'âme la plus noble, c'est que, bien que de la plus rare et plus singulière beauté, elle ne ressemblait en aucune façon aux têtes de statues grecques. La duchesse avait au contraire un peu trop de la beauté *connue* de l'idéal, et sa tête vraiment lombarde rappelait le sourire voluptueux et la tendre mélancolie des belles Hérodiades de Léonard de Vinci. Autant la duchesse était sémillante, pétillante d'esprit et de malice, s'attachant avec passion, si l'on peut parler ainsi, à tous les sujets que le courant de la conversation amenait devant les yeux de son âme, autant Clélia se montrait calme et lente à s'émouvoir, soit par mépris de ce qui l'entourait, soit par regret de quelque chimère absente. Longtemps on avait cru qu'elle finirait par embrasser la vie religieuse. A vingt ans on lui voyait de la répugnance à aller au bal, et si elle y suivait son père, ce n'était que par obéissance et pour ne pas nuire aux intérêts de son ambition.

Il me sera donc impossible, répétait trop souvent l'âme vulgaire du général, le Ciel m'ayant donné pour fille la plus belle personne des États de notre souverain, et la plus vertueuse, d'en tirer quelque parti pour l'avancement de ma fortune! Ma vie est trop isolée, je n'ai qu'elle au monde, et il me faut de toute nécessité une famille qui m'étaie dans le monde, et qui me donne un certain nombre de salons, où mon mérite et surtout mon aptitude au ministère soient posés comme bases inattaquables de tout raisonnement politique. Eh bien! ma fille si belle, si sage, si pieuse, prend de l'humeur dès qu'un jeune homme bien établi à la cour entreprend de lui faire agréer ses hommages. Ce prétendant est-il éconduit, son caractère devient moins sombre, et je la vois presque gaie, jusqu'à ce qu'un autre épouseur se mette sur les rangs. Le plus bel homme de la cour, le comte Baldi, s'est présenté et a déplu; l'homme le plus riche des États de son altesse, le marquis Crescenzi, lui a succédé : elle prétend qu'il ferait son malheur.

Décidément, disait d'autres fois le général, les yeux de ma fille sont plus beaux que ceux de la duchesse, en cela surtout qu'en de rares occasions ils sont susceptibles d'une expression plus profonde; mais cette expression magnifique, quand est-ce qu'on la lui voit? jamais dans un salon où elle pourrait lui faire honneur, mais bien à la promenade, seule avec moi, où elle se laissera attendrir, par exemple, par le malheur de quelque manant hideux. Conserve quelque souvenir de ce regard sublime, lui dis-je quelquefois, pour les salons où nous paraîtrons ce soir. Point : daigne-t-elle me suivre dans le monde, sa figure noble et pure offre l'expression assez hautaine et peu encourageante de l'obéissance passive. Le général n'épargnait aucune démarche, comme on voit, pour se trouver un gendre convenable, mais il disait vrai.

Les courtisans, qui n'ont rien à regarder dans leur âme, sont attentifs à tout : ils avaient remarqué que c'était surtout dans ces jours où Clélia ne pouvait prendre sur elle de s'élancer hors de ses chères rêveries et de feindre de l'intérêt pour quelque chose, que la duchesse aimait à s'arrêter auprès d'elle et cherchait à la faire parler. Clélia avait des cheveux blond cendré, se détachant, par un effet très-doux, sur des joues d'un coloris fin mais en général un peu trop pâle. La forme seule du front eût pu annoncer à un observateur attentif que cet air si noble, cette démarche tellement au-dessus des grâces vulgaires, tenaient à une profonde incurie pour tout ce qui est vulgaire. C'était l'absence et non pas l'impossibilité de l'intérêt pour quelque chose. Depuis que son père était gouverneur de la citadelle, Clélia se trouvait heureuse, ou du moins exempte de chagrins, dans son appartement si élevé. Le nombre effroyable de marches qu'il fallait monter pour arriver à ce palais du gouverneur, situé sur l'esplanade de la grosse tour, éloignait les visites ennuyeuses, et Clélia, par cette raison matérielle, jouissait de la liberté du couvent; c'était presque là tout l'idéal de bonheur que, dans un temps, elle avait songé à demander à la vie religieuse. Elle était saisie d'une sorte d'horreur à la seule pensée de mettre sa chère solitude et ses pensées intimes à la disposition d'un jeune homme, que le titre de mari autoriserait à troubler toute cette vie intérieure. Si par la solitude elle n'atteignait pas au bonheur, du moins elle était parvenue à éviter les sensations trop douloureuses.

Le jour où Fabrice fut conduit à la forteresse, la duchesse rencontra Clélia à la soirée du ministre de l'intérieur, comte Zurla; tout le monde faisait cercle autour d'elles : ce soir-là, la beauté de Clélia l'emportait sur celle de la duchesse. Les yeux de la jeune fille avaient une expression si singulière et si profonde qu'ils en étaient presque indiscrets : il y avait de la pitié, il y avait aussi de l'indignation et de la colère dans ses regards. La gaieté et les idées brillantes de la duchesse semblaient jeter Clélia dans des moments de douleur allant jusqu'à l'horreur. Quels vont être les cris et les gémissements de la pauvre femme, se disait-elle, lorsqu'elle va savoir que son amant, ce jeune homme d'un si grand cœur et d'une physionomie si noble, vient d'être jeté en prison! Et ces regards du souverain qui le condamnent à mort! O pouvoir absolu, quand cesseras-tu de peser sur l'Italie! O âmes vénales et basses! Et je suis fille d'un geôlier! et je n'ai point démenti ce noble caractère en ne daignant pas répondre à Fabrice! et autrefois il fut mon bienfaiteur! Que pense-t-il de moi à cette heure, seul dans sa chambre et en tête-à-tête avec sa petite lampe? Révoltée par cette idée, Clélia jetait des regards d'horreur sur la magnifique illumination des salons du ministre de l'intérieur.

Jamais, se disait-on dans le cercle de courtisans qui se formait autour des deux beautés à la mode, et qui cherchait à se mêler à leur conversation, jamais elles ne se sont parlé d'un air si animé et en même temps si intime. La duchesse, toujours attentive à conjurer les haines excitées par le premier ministre, aurait-elle songé à quelque grand mariage en faveur de la Clélia? Cette conjecture était appuyée sur une circonstance qui jusque-là ne s'était jamais présentée à l'observation de la cour : les yeux de la jeune fille avaient plus de feu, et même, si l'on peut ainsi dire, plus de passion que ceux de la belle duchesse. Celle-ci, de son côté, était étonnée, et, l'on peut dire à sa gloire, ravie des grâces si nouvelles qu'elle découvrait dans la jeune solitaire; depuis une heure elle la regardait avec un plaisir assez rarement senti à la vue d'une rivale. Mais que se passe-t-il donc? se demandait la duchesse; jamais Clélia n'a été aussi belle, et l'on peut dire aussi touchante : son cœur aurait-il parlé?... Mais en ce cas-là, certes, c'est de l'amour malheureux, il y a de la sombre douleur au fond de cette animation si nouvelle... Mais l'amour malheureux se tait! S'agirait-il de ramener un inconstant par un succès dans le monde? Et la duchesse regardait avec attention les jeunes gens qui les environnaient. Elle ne voyait nulle part d'expression singulière, c'était toujours de la fatuité plus ou moins contente. Mais il y a du miracle ici, se disait la duchesse, piquée de ne pas deviner. Où est le comte Mosca, cet être si fin? Non, je ne me trompe point, Clélia me regarde avec attention et comme si j'étais pour elle l'objet d'un intérêt tout nouveau. Est-ce l'effet de quelque ordre donné par son père, ce vil courtisan? Je croyais cette âme noble et jeune incapable de se ravaler à des intérêts d'argent. Le général Fabio Conti aurait-il quelque demande décisive à faire au comte?

Vers les dix heures, un ami de la duchesse s'approcha et lui dit deux mots à voix basse; elle pâlit excessivement; Clélia lui prit la main et osa la lui serrer.

— Je vous remercie et je vous comprends maintenant.... vous avez une belle âme! dit la duchesse, faisant effort sur elle-même; elle eut à peine la force de prononcer ce peu de mots. Elle adressa beaucoup de sourires à la maîtresse de la maison, qui se leva pour l'accompagner jusqu'à la porte du dernier salon : ces honneurs n'étaient dus qu'à des princesses du sang et faisaient pour la duchesse un cruel contre-sens avec sa position présente. Aussi elle sourit beaucoup à la comtesse Zurla, mais malgré des efforts inouïs ne put jamais lui adresser un seul mot.

Les yeux de Clélia se remplirent de larmes en

voyant passer la duchesse au milieu de ces salons peuplés alors de ce qu'il y avait de plus brillant dans la société. Que va devenir cette pauvre femme, se dit-elle, quand elle se trouvera seule dans sa voiture? Ce serait une indiscrétion à moi de m'offrir pour l'accompagner! je n'ose.... Combien le pauvre prisonnier, assis dans quelque affreuse chambre tête à tête avec sa petite lampe, serait consolé pourtant s'il savait qu'il est aimé à ce point! Quelle solitude affreuse que celle dans laquelle on l'a plongé! et nous, nous sommes ici dans ces salons si brillants! quelle horreur! Y aurait-il un moyen de lui faire parvenir un mot? Grand Dieu! ce serait trahir mon père; sa situation est si délicate entre les deux partis! Que devient-il s'il s'expose à la haine passionnée de la duchesse qui dispose de la volonté du premier ministre, lequel est le maître dans les trois quarts des affaires! D'un autre côté, le prince s'occupe sans cesse de ce qui se passe à la forteresse, et il n'entend pas raillerie sur ce sujet; la peur rend cruel.... Dans tous les cas, Fabrice (Clélia ne disait plus M. del Dongo) est bien autrement à plaindre!... il s'agit pour lui de bien autre chose que du danger de perdre une place lucrative!... Et la duchesse!... Quelle terrible passion que l'amour!... et cependant tous ces menteurs du monde en parlent comme d'une source de bonheur! On plaint les femmes âgées parce qu'elles ne peuvent plus ressentir ou inspirer de l'amour!... Jamais je n'oublierai ce que je viens de voir; quel changement subit! Comme les yeux de la duchesse, si beaux, si radieux, sont devenus mornes, éteints, après le mot fatal que le marquis N. est venu lui dire!... Il faut que Fabrice soit bien digne d'être aimé!....

Au milieu de ces réflexions fort sérieuses et qui occupaient toute l'âme de Clélia, les propos complimenteurs qui l'entouraient toujours lui semblèrent plus désagréables encore que de coutume. Pour s'en délivrer, elle s'approcha d'une fenêtre ouverte et à demi voilée par un rideau de taffetas; elle espérait que personne n'aurait la hardiesse de la suivre dans cette sorte de retraite. Cette fenêtre donnait sur un petit bois d'orangers en pleine terre : à la vérité, chaque hiver on était obligé de les recouvrir d'un toit. Clélia respirait avec délices le parfum de ces fleurs, et ce plaisir semblait rendre un peu de calme à son âme.... Je lui ai trouvé l'air fort noble, pensa-t-elle; mais inspirer une telle passion à une femme si distinguée!.... Elle a eu la gloire de refuser les hommages du prince, et si elle eût daigné le vouloir, elle eût été la reine de ses États.... Mon père dit que la passion du souverain allait jusqu'à l'épouser si jamais il fût devenu libre!.... et cet amour pour Fabrice dure depuis si longtemps! car il y a bien cinq ans que nous les rencontrâmes près du lac de Côme!... Oui, il y a cinq ans, se dit-elle après un instant de réflexion. J'en fus frappée même alors, où tant de choses passaient inaperçues devant mes yeux d'enfant! Comme ces deux dames semblaient admirer Fabrice!...

Clélia remarqua avec joie qu'aucun des jeunes gens qui lui parlaient avec tant d'empressement n'avait osé se rapprocher du balcon. L'un d'eux, le marquis Crescenzi, avait fait quelques pas dans ce sens, puis s'était arrêté auprès d'une table de jeu. Si au moins, se disait-elle, sous ma petite fenêtre du palais de la forteresse, la seule qui ait de l'ombre, j'avais la vue de jolis orangers, tels que ceux-ci, mes idées seraient moins tristes! mais pour toute perspective les énormes pierres de taille de la tour *Farnèse*.... Ah! s'écria-t-elle en faisant un mouvement, c'est peut-être là qu'on l'aura placé! Qu'il me tarde de pouvoir parler à don Cesare! il sera moins sévère que le général. Mon père ne me dira rien certainement en rentrant à la forteresse, mais je saurai tout par don Cesare.... J'ai de l'argent, je pourrais acheter quelques orangers qui, placés sous la fenêtre de ma volière, m'empêcheraient de voir ce gros mur de la tour Farnèse. Combien il va m'être plus odieux encore maintenant que je connais l'une des personnes qu'il cache à la lumière!... Oui, c'est bien la troisième fois que je l'ai vu; une fois à la cour, au bal du jour de naissance de la princesse; aujourd'hui, entouré de trois gendarmes, pendant que cet horrible Barbone sollicitait les menottes contre lui, et enfin près du lac de Côme.... Il y a bien cinq ans de cela; quel air de mauvais garnement il avait alors! quels yeux il faisait aux gendarmes, et quels regards singuliers sa mère et sa tante lui adressaient! Certainement il y avait ce jour-là quelque secret, quelque chose de particulier entre eux; dans le temps, j'eus l'idée que lui aussi avait peur des gendarmes.... Clélia tressaillit.... Mais que j'étais ignorante! Sans doute, déjà, dans ce temps, la duchesse avait de l'intérêt pour lui.... Comme il nous fit rire au bout de quelques moments, quand ces dames, malgré leur préoccupation évidente, se furent un peu accoutumées à la présence d'une étrangère!... et ce soir j'ai pu ne pas répondre au mot qu'il m'a adressé!... O ignorance et timidité! combien souvent vous ressemblez à ce qu'il y a de plus noir! Et je suis ainsi à vingt ans passés!... J'avais bien raison de songer au cloître; réellement je ne suis faite que pour la retraite! Digne fille d'un geôlier! se sera-t-il dit. Il me méprise, et, dès qu'il pourra écrire à la duchesse, il parlera de mon manque d'égard, et la duchesse me croira une petite fille bien fausse; car enfin ce soir elle a pu me croire remplie de sensibilité pour son malheur.

Clélia s'aperçut que quelqu'un s'approchait et apparemment dans le dessein de se placer à côté d'elle au balcon de fer de cette fenêtre; elle en fut contrariée, quoiqu'elle se fît des reproches; les rêveries auxquelles on l'arrachait n'étaient point sans quelque douceur. Voilà un importun que je vais joliment recevoir! pensa-t-elle. Elle tournait la tête avec un regard altier, lorsqu'elle aperçut la figure timide de l'archevêque qui s'approchait du balcon par de petits mouvements insensibles. Ce saint homme n'a point d'usage, pensa Clélia ; pourquoi venir troubler une pauvre fille telle que moi? Ma tranquillité est tout ce que je possède. Elle le saluait avec respect, mais aussi d'un air hautain, lorsque le prélat lui dit :

— Mademoiselle, savez-vous l'horrible nouvelle?

Les yeux de la jeune fille avaient déjà pris une tout autre expression; mais, suivant les instructions cent fois répétées de son père, elle répondit avec un air d'ignorance que le langage de ses yeux contredisait hautement :

— Je n'ai rien appris, monseigneur.

— Mon premier grand-vicaire, le pauvre Fabrice del Dongo, qui est coupable comme moi de la mort de ce brigand de Giletti, a été enlevé à Bologne, où il vivait sous le nom supposé de Joseph Bossi; on l'a renfermé dans votre citadelle; il y est arrivé *enchaîné* à la voiture même qui le portait. Une sorte de geôlier nommé Barbone, qui jadis eut sa grâce après avoir assassiné un de ses frères, a voulu faire éprouver une violence personnelle à

Fabrice ; mais mon jeune ami n'est point homme à souffrir une insulte : il a jeté à ses pieds son infâme adversaire ; sur quoi on l'a descendu dans un cachot à vingt pieds sous terre, après lui avoir mis les menottes.

— Les menottes, non.

— Ah ! vous savez quelque chose ! s'écria l'archevêque, et les traits du vieillard perdirent de leur profonde expression de découragement ; mais, avant tout, on peut approcher de ce balcon et nous interrompre : seriez-vous assez charitable pour remettre vous-même à don Cesare mon anneau pastoral que voici ?

La jeune fille avait pris l'anneau, mais ne savait où le placer pour ne pas courir la chance de le perdre.

— Mettez-le au pouce, dit l'archevêque ; et il le plaça lui-même. Puis-je compter que vous remettrez cet anneau ?

— Oui, monseigneur.

— Voulez-vous me promettre le secret sur ce que je vais ajouter, même dans le cas où vous ne trouveriez pas convenable d'accéder à ma demande ?

— Mais oui, monseigneur, répondit la jeune fille toute tremblante en voyant l'air sombre et sérieux que le vieillard avait pris tout à coup....

Notre respectable archevêque, ajouta-t-elle, ne peut que me donner des ordres dignes de lui et de moi.

— Dites à don Cesare que je lui recommande mon fils adoptif : je sais que les sbires qui l'ont enlevé ne lui ont pas donné le temps de prendre son bréviaire, je prie don Cesare de lui faire tenir le sien, et si monsieur votre oncle veut envoyer demain à l'archevêché, je me charge de remplacer le livre par lui donné à Fabrice. Je prie don Cesare de faire tenir également l'anneau que porte cette jolie main, à M. del Dongo. L'archevêque fut interrompu par le général Fabio Conti qui venait prendre sa fille pour la conduire à sa voiture; il y eut là un petit moment de conversation qui ne fut pas dépourvu d'adresse de la part du prélat. Sans parler en aucune façon du nouveau prisonnier, il s'arrangea de façon à ce que le courant du discours pût amener convenablement dans sa bouche certaines maximes morales et politiques; par exemple : Il y a des moments de crise dans la vie des cours qui décident pour longtemps de l'existence des plus grands personnages ; il y aurait une imprudence notable à changer en *haine personnelle* l'état d'éloignement politique qui est souvent le résultat fort simple de positions opposées. L'archevêque, se laissant un peu emporter par le profond chagrin que lui causait une arrestation si imprévue, alla jusqu'à dire qu'il fallait assurément conserver les positions dont on jouissait, mais qu'il y aurait une imprudence bien gratuite à s'attirer pour la suite des haines furibondes en se prêtant à de certaines choses que l'on n'oublie point.

Quand le général fut dans son carrosse avec sa fille :

— Ceci peut s'appeler des menaces, lui dit-il.... des menaces à un homme de ma sorte! Il n'y eut pas d'autres paroles échangées entre le père et la fille pendant vingt minutes.

En recevant l'anneau pastoral de l'archevêque, Clélia s'était bien promis de parler à son père, lorsqu'elle serait en voiture, du petit service que le prélat lui demandait. Mais après le mot *menaces* prononcé avec colère, elle se tint pour assurée que son père intercepterait la commission; elle recouvrait cet anneau de la main gauche et le serrait avec passion. Durant tout le temps que l'on mit pour aller du ministère de l'intérieur à la citadelle, elle se demanda s'il serait criminel à elle de ne pas parler à son père. Elle était fort pieuse, fort timorée, et son cœur, si tranquille d'ordinaire, battait avec une violence inaccoutumée; mais enfin le *qui vive* de la sentinelle placée sur le rempart au-dessus de la porte retentit à l'approche de la voiture, avant que Clélia eût trouvé les termes convenables pour disposer son père à ne pas refuser, tant elle avait peur d'être refusée! En montant les trois cent soixante marches qui conduisaient au palais du gouverneur, Clélia ne trouva rien.

Elle se hâta de parler à son oncle, qui la gronda et refusa de se prêter à rien.

XVI

— Eh bien! s'écria le général en apercevant son frère don Cesare, voilà la duchesse qui va dépenser cent mille écus pour se moquer de moi et faire sauver le prisonnier!

Mais pour le moment, nous sommes obligés de laisser Fabrice dans sa prison, tout au faîte de la citadelle de Parme; on le garde bien, et nous l'y retrouverons peut-être un peu changé. Nous allons nous occuper avant tout de la cour, où des intrigues fort compliquées, et surtout les passions d'une femme malheureuse, vont décider de son sort. En montant les trois cent quatre-vingt-dix marches de sa prison à la tour *Farnèse*, sous les yeux du gouverneur, Fabrice, qui avait tant redouté ce moment, trouva qu'il n'avait pas le temps de songer au malheur.

En rentrant chez elle après la soirée du comte Zurla, la duchesse renvoya ses femmes d'un geste; puis, se laissant tomber tout habillée sur son lit : *Fabrice*, s'écria-t-elle à haute voix, *est au pouvoir de ses ennemis, et peut-être à cause de moi ils lui donneront du poison!* Comment peindre le moment de désespoir qui suivit cet exposé de la situation, chez une femme aussi peu raisonnable, aussi esclave de la sensation présente, et, sans se l'avouer, éperdument amoureuse du jeune prisonnier? Ce furent des cris inarticulés, des transports de rage, des mouvements convulsifs, mais pas une larme. Elle renvoyait ses femmes pour les cacher, elle pensait qu'elle allait éclater en sanglots dès qu'elle se trouverait seule; mais les larmes, ce premier soulagement des grandes douleurs, lui manquèrent tout à fait. La colère, l'indignation, le sentiment de son infériorité vis-à-vis du prince, dominaient trop cette âme altière.

Suis-je assez humiliée! s'écriait-elle à chaque instant; on m'outrage, et, bien plus, on expose la vie de Fabrice! et je ne me vengerais pas! Halte-là, mon prince! vous me tuez, soit, vous en avez le pouvoir; mais ensuite, moi j'aurai votre vie. Hélas! pauvre Fabrice, à quoi cela te servira-t-il? Quelle différence avec ce jour où je voulus quitter Parme! et pourtant alors je me croyais malheureuse... quel aveuglement! J'allais briser toutes les habitudes d'une vie agréable : hélas! sans le savoir, je touchais à un événement qui allait à jamais décider de mon sort. Si, par ses infâmes habitudes de plate courtisanerie, le comte n'eût supprimé le mot *procédure injuste* dans ce fatal billet que m'accordait la vanité du prince, nous étions sauvés. J'avais eu le bonheur plus que l'adresse, il faut en convenir, de mettre en jeu son amour-propre au sujet de sa chère ville de Parme. Alors je menaçais de partir, alors j'étais libre! Grand Dieu! suis-je assez esclave! Maintenant me voici clouée dans ce cloaque infâme, et Fabrice enchaîné dans la citadelle, dans cette citadelle qui pour tant de gens distingués a été l'antichambre de la mort! et je ne puis plus tenir ce tigre en respect par la crainte de me voir quitter son repaire!

Il a trop d'esprit pour ne pas sentir que je ne m'éloignerai jamais de la tour infâme où mon cœur est enchaîné. Maintenant la vanité piquée de cet homme peut lui suggérer les idées les plus singulières; leur cruauté bizarre ne ferait que piquer au jeu son étonnante vanité. S'il revient à ses anciens propos de fade galanterie, s'il me dit :

Agréez les hommages de votre esclave, ou Fabrice périt : eh bien! la vieille histoire de Judith... Oui, mais si ce n'est qu'un suicide pour moi, c'est un assassinat pour Fabrice; le benêt de successeur, notre prince royal et l'infâme bourreau Rassi font pendre Fabrice comme mon complice!

La duchesse jeta des cris : cette alternative dont elle ne voyait aucun moyen de sortir torturait ce cœur malheureux. Sa tête troublée ne voyait aucune autre probabilité dans l'avenir. Pendant dix minutes elle s'agita comme une insensée; enfin un sommeil d'accablement remplaça pour quelques instants cet état horrible : la vie était épuisée. Quelques minutes après elle se réveilla en sursaut, et se trouva assise sur son lit; il lui semblait qu'en sa présence le prince voulait faire couper la tête à Fabrice. Quels yeux égarés la duchesse ne jeta-t-elle pas autour d'elle! Quand enfin elle se fut convaincue qu'elle n'avait sous les yeux ni le prince ni Fabrice, elle retomba sur son lit et fut sur le point de s'évanouir. Sa faiblesse physique était telle qu'elle ne se sentait pas la force de changer de position. Grand Dieu! si je pouvais mourir! se dit-elle... Mais quelle lâcheté! moi abandonner Fabrice dans le malheur! Je m'égare... Voyons, revenons au vrai; envisageons de sang-froid l'exécrable position où je me suis plongée comme à plaisir. Quelle funeste étourderie! venir habiter la cour d'un prince absolu! un tyran qui connaît toutes ses victimes! chacun de leurs regards lui semble une bravade pour son pouvoir. Hélas! c'est ce que ni le comte ni moi nous ne vîmes lorsque je quittai Milan : je pensais aux grâces d'une cour aimable; quelque chose d'inférieur, il est vrai, mais quelque chose dans le genre des beaux jours du prince Eugène!

De loin nous ne nous faisons pas d'idée de ce que c'est que l'autorité d'un despote qui connaît de vue tous ses sujets. La forme extérieure du despotisme est la même que celle des autres gouvernements : il y a des juges, par exemple, mais ce sont des Rassi; le monstre, il ne trouverait rien d'extraordinaire à faire pendre son père si le prince le lui ordonnait... il appellerait cela son devoir... Séduire Rassi! malheureuse que je suis! je n'en possède aucun moyen. Que puis-je lui offrir? cent mille francs peut-être! et l'on prétend que lors du dernier coup de poignard auquel la colère du ciel envers ce malheureux pays l'a fait échapper, le prince lui a envoyé dix mille sequins d'or dans une cassette! D'ailleurs quelle somme d'argent pourrait le séduire? Cette âme de boue, qui n'a jamais vu que du mépris dans les regards des hommes, a le plaisir ici d'y voir maintenant de la crainte, et même du respect; il peut devenir ministre de la police, et pourquoi pas? Alors les trois quarts des habitants du pays seront ses bas courtisans, et trembleront devant lui, aussi servilement que lui-même tremble devant le souverain.

Puisque je ne peux fuir ce lieu détesté, il faut que j'y sois utile à Fabrice : vivre seule, solitaire, désespérée! que puis-je alors pour Fabrice? Allons, *marche, malheureuse femme;* fais ton devoir; va dans le monde, feins de ne plus penser à Fabrice... Feindre de t'oublier, cher ange!

A ce mot, la duchesse fondit en larmes; enfin elle pouvait pleurer. Après une heure accordée à la faiblesse humaine, elle vit avec un peu de consolation que ses idées commençaient à s'éclaircir. Avoir le tapis magique, se dit-elle, enlever Fabrice de la citadelle, et me réfugier avec lui dans quelque pays heureux, où nous ne puissions être poursuivis, Paris, par exemple. Nous y vivrions d'abord avec les douze cents francs que l'homme d'affaires de son père me fait passer avec une exactitude si plaisante. Je pourrais bien ramasser cent mille francs des débris de ma fortune! L'imagination de la duchesse passait en revue avec des moments d'inexprimables délices tous les détails de la vie qu'elle mènerait à trois cents lieues de Parme. Là, se disait-elle, il pourrait entrer au service sous un nom supposé... Placé dans un régiment de ces braves Français, bientôt le jeune Valserra aurait une réputation; enfin il serait heureux.

Ces images fortunées rappelèrent une seconde fois les larmes, mais celles-ci étaient de douces larmes. Le bonheur existait donc encore quelque part! Cet état dura longtemps; la pauvre femme avait horreur de revenir à la contemplation de l'affreuse réalité. Enfin, comme l'aube du jour commençait à marquer d'une ligne blanche le sommet des arbres de son jardin, elle se fit violence. Dans quelques heures, se dit-elle, je serai sur le champ de bataille; il sera question d'agir, et s'il m'arrive quelque chose d'irritant, si le prince s'avise de m'adresser quelque mot relatif à Fabrice, je ne suis pas assurée de pouvoir garder tout mon sang-froid, il faut donc ici et sans délai *prendre des résolutions*.

Si je suis déclarée criminelle d'État, Rassi fait saisir tout ce qui se trouve dans ce palais; le premier de ce mois, le comte et moi nous avons brûlé, suivant l'usage, tous les papiers dont la police pourrait abuser, et il est le ministre de la police, voilà le plaisant. J'ai trois diamants de quelque prix : demain, Fulgence, mon ancien batelier de Grianta, partira pour Genève où il les mettra en sûreté. Si jamais Fabrice s'échappe (grand Dieu! soyez-moi propice! et elle fit un signe de croix), l'incommensurable lâcheté du marquis del Dongo trouvera qu'il y a du péché à envoyer du pain à un homme poursuivi par un prince légitime, alors il trouvera du moins mes diamants, il aura du pain.

Renvoyer le comte.... me trouver seule avec lui, après ce qui vient d'arriver, c'est ce qui m'est impossible. Le pauvre homme! il n'est point méchant, au contraire; il n'est que faible. Cette âme vulgaire n'est point à la hauteur des nôtres. Pauvre Fabrice! que ne peux-tu être ici un instant avec moi, pour tenir conseil sur nos périls!

La prudence méticuleuse du comte gênerait tous mes projets, et d'ailleurs il ne faut point l'entraîner dans ma perte... Car pourquoi la vanité de ce tyran ne me jetterait-elle pas en prison? J'aurai conspiré.... quoi de plus facile à prouver? Si c'était à sa citadelle qu'il m'envoyât et que je pusse à force d'or parler à Fabrice, ne fût-ce qu'un instant, avec quel courage nous marcherions ensemble à la mort! Mais laissons ces folies; son Rassi lui conseillerait de finir avec moi par le poison; ma présence dans les rues, placée sur une charrette, pourrait émouvoir la sensibilité de ses chers Parmesans... Mais quoi! toujours le roman! Hélas! on doit pardonner ces folies à une pauvre femme dont le sort réel est si triste! Le vrai de tout ceci, c'est que le prince ne m'enverra point à la mort; mais rien de plus facile que de me jeter en prison et de m'y retenir; il fera cacher dans un coin de mon palais toutes sortes de papiers suspects comme on a fait pour ce pauvre L... Alors trois juges pas trop coquins, car il y aura ce qu'ils appellent des *pièces probantes*, et une douzaine de faux témoins suffisent. Je puis donc être condamnée à mort comme ayant conspiré; et le prince, dans sa clémence infinie, considérant qu'autrefois j'ai eu l'honneur d'être admise à sa cour, commuera ma peine en dix ans de forteresse. Mais moi, pour ne point déchoir de ce caractère violent qui a fait dire tant de sottises à la marquise Raversi et à mes autres ennemis, je m'empoisonnerai bravement. Du moins le public aura la bonté de le croire; mais je gage que le Rassi paraîtra dans mon cachot pour m'apporter galamment, de la part du prince, un petit flacon de strychnine ou de l'opium de Pérouse.

Oui, il faut me brouiller très ostensiblement avec le comte, car je ne veux pas l'entraîner dans ma perte, ce serait une infamie; le pauvre homme m'a aimée avec tant de candeur! Ma sottise a été de croire qu'il restait assez d'âme dans un courtisan véritable pour être capable d'amour. Très probablement le prince trouvera quelque prétexte pour me jeter en prison; il craindra que je ne pervertisse l'opinion publique relativement à Fabrice. Le comte est plein d'honneur; à l'instant il fera ce que les cuistres de cette cour, dans leur étonnement profond, appelleront une folie : il quittera la cour. J'ai bravé l'autorité du prince le soir du billet, je puis m'attendre à tout de la part de sa vanité blessée : un homme né prince oublie-t-il jamais la sensation que je lui ai donnée ce soir-là? D'ailleurs le comte brouillé avec moi est en meilleure position pour être utile à Fabrice.

Mais si le comte, que ma résolution va mettre au désespoir, se vengeait?... Voilà, par exemple, une idée qui ne lui viendra jamais; il n'a point l'âme foncièrement basse du prince : le comte peut, en gémissant, contre-signer un décret infâme, mais il a de l'honneur. Et puis, de quoi se venger? de ce que, après l'avoir aimé cinq ans, sans faire la moindre offense à son amour, je lui dis : Cher comte! j'avais le bonheur de vous aimer : eh bien, cette flamme s'éteint; je ne vous aime plus! mais je connais le fond de votre cœur, je garde pour vous une estime profonde, et vous serez toujours le meilleur de mes amis.

Que peut répondre un galant homme à une déclaration aussi sincère?

Je prendrai un nouvel amant, du moins on le croira dans le monde. Je dirai à cet amant : Au fond le prince a raison de punir l'étourderie de Fabrice; mais le jour de sa fête, sans doute notre gracieux souverain lui rendra la liberté. Ainsi je gagne six mois. Le nouvel amant désigné par la prudence serait ce juge vendu, cet infâme bourreau, ce Rassi... il se trouverait anobli, et dans le fait, je lui donnerais l'entrée de la bonne compagnie. Pardonne, cher Fabrice! un tel effort est pour moi au delà du possible. Quoi! ce monstre, encore tout couvert du sang du comte P. et de D.! il me ferait évanouir d'horreur en s'approchant de moi, ou plutôt je saisirais un couteau et le plongerais dans son infâme cœur. Ne me demande pas des choses impossibles!

Oui, surtout oublier Fabrice! et pas l'ombre de colère contre le prince, reprendre ma gaieté ordinaire, qui paraîtra plus aimable à ces âmes fangeuses, premièrement, parce que j'aurai l'air de me soumettre de bonne grâce à leur souverain; en second lieu, parce que, bien loin de me moquer d'eux, je serai attentive à faire ressortir leurs jolis petits mérites; par exemple, je ferai compliment au comte Zurla sur la beauté de la plume blanche de son chapeau qu'il vient de faire venir de Lyon par un courrier, et qui fait son bonheur.

Choisir un amant dans le parti de la Raversi... Si le comte s'en va, ce sera le parti ministériel; là sera le pouvoir. Ce sera un ami de la Raversi qui règnera sur la citadelle, car le Fabio Conti arrivera au ministère. Comment le prince, homme de bonne compagnie, homme d'esprit, accoutumé au travail charmant du comte, pourra-t-il traiter d'affaires avec ce bœuf, avec ce roi des sots, qui toute sa vie s'est occupé de ce problème capital : les soldats de son altesse doivent-ils porter sur leur habit, à la poitrine, sept boutons ou bien neuf? Ce sont ces bêtes brutes fort jalouses de moi, et voilà ce qui fait ton danger, cher Fabrice! ce sont ces bêtes brutes qui vont décider de mon sort et du tien! Donc, ne pas souffrir que le comte donne sa démission! qu'il reste, dût-il subir des humiliations!

Il s'imagine toujours que donner sa démission est le plus grand sacrifice que puisse faire un premier ministre; et toutes les fois que son miroir lui dit qu'il vieillit, il m'offre ce sacrifice : donc brouillerie complète; oui, et réconciliation seulement dans le cas où il n'y aurait que ce moyen de l'empêcher de s'en aller. Assurément, je mettrai à son congé toute la bonne amitié possible; mais après l'omission courtisanesque des mots *procédure injuste* dans le billet du prince, je sens que pour ne pas le haïr j'ai besoin de passer quelques mois sans le voir. Dans cette soirée décisive, je n'avais pas besoin de son esprit; il fallait seulement qu'il écrivît sous ma dictée, il n'avait qu'à écrire ce mot, *que j'avais obtenu* par mon caractère : ses habitudes de bas courtisan l'ont emporté. Il me disait le lendemain qu'il n'avait pu faire signer une absurdité par son prince, qu'il aurait fallu des *lettres de grâce :* eh, bon Dieu! avec de telles gens, avec ces monstres de vanité et de rancune qu'on appelle des *Farnèse*, on prend ce qu'on peut.

A cette idée, toute la colère de la duchesse se ranima. Le prince m'a trompée, se disait-elle, et avec quelle lâcheté!... Cet homme est sans excuse : il a de l'esprit, de la finesse, du raisonnement; il n'y a de bas en lui que ses passions. Vingt fois le comte et moi nous l'avons remarqué, son esprit ne devient vulgaire que lorsqu'il s'imagine qu'on a voulu l'offenser. Eh bien! le crime de Fabrice est étranger à la politique, c'est un petit assassinat comme on en compte cent par an dans ses heureux États, et le comte m'a juré qu'il a fait prendre les renseignements les plus exacts, et que Fabrice est innocent. Ce Giletti n'était point sans courage : se voyant à deux pas de la frontière, il eut tout à coup la tentation de se défaire d'un rival qui plaisait.

La duchesse s'arrêta longtemps pour examiner s'il était possible de croire à la culpabilité de Fabrice : non pas qu'elle trouvât que ce fût un bien gros péché, chez un gentilhomme du rang de son neveu, de se défaire de l'impertinence d'un histrion; mais, dans son désespoir, elle commençait à sentir vaguement qu'elle allait être obligée de se battre pour prouver cette innocence de Fabrice. Non : se dit-elle enfin, voici une preuve décisive; il est comme le pauvre Pietranera, il a toujours des armes dans toutes ses poches, et, ce jour-là, il ne portait qu'un mauvais fusil à un coup, et encore, emprunté à l'un des ouvriers.

Je hais le prince parce qu'il m'a trompée, et trompée de la façon la plus lâche; après son billet de pardon, il a fait enlever le pauvre garçon à Bologne, etc. Mais ce compte se réglera. Vers les cinq heures du matin, la duchesse, anéantie par ce long accès de désespoir, sonna ses femmes; celles-ci jetèrent un cri. En l'apercevant sur son lit, tout habillée, avec ses diamants, pâle comme ses draps et les yeux fermés, il leur sembla la voir exposée sur un lit de parade après sa mort. Elles l'eussent crue tout à fait évanouie, si elles ne se fussent rappelé qu'elle venait de les sonner. Quelques larmes fort rares coulaient de temps à autre sur ses joues insensibles; ses femmes comprirent par un signe qu'elle voulait être mise au lit.

Deux fois après la soirée du ministre Zurla, le comte s'était présenté chez la duchesse : toujours refusé, il lui écrivit qu'il avait un conseil à lui demander pour lui-même : « Devait-il garder sa position après l'affront qu'on osait lui faire? » Le comte ajoutait : « Le jeune homme est innocent; mais, fût-il coupable, devait-on l'arrêter sans m'en prévenir, moi, son protecteur déclaré? » La duchesse ne vit cette lettre que le lendemain.

Le comte n'avait pas de vertu; l'on peut même ajouter que ce que les libéraux entendent par *vertu* (chercher le bonheur du plus grand nombre) lui semblait une duperie; il se croyait obligé à chercher avant tout le bonheur du comte Mosca della Rovere; mais il était plein d'honneur et parfaitement sincère lorsqu'il parlait de sa démission. De la vie il n'avait dit un mensonge à la duchesse; celle-ci du reste ne fit pas la moindre attention à cette lettre; son parti, et un parti bien pénible, était pris, *feindre d'oublier Fabrice;* après cet effort, tout lui était indifférent.

Le lendemain, sur le midi, le comte, qui avait passé dix fois au palais Sanseverina, enfin fut admis; il fut atterré à la vue de la duchesse... Elle a quarante ans! se dit-il, et hier si brillante! si jeune!... Tout le monde me dit que, durant sa longue conversation avec la Clélia Conti, elle avait l'air aussi jeune et bien autrement séduisante.

La voix, le ton de la duchesse étaient aussi étranges que l'aspect de sa personne. Ce ton, dépouillé de toute passion, de tout intérêt humain, de toute colère, fit pâlir le comte; il lui rappela la façon d'être d'un de ses amis qui, peu de mois auparavant, sur le point de mourir, et ayant déjà reçu les sacrements, avait voulu l'entretenir.

Après quelques minutes, la duchesse put lui parler. Elle le regarda, et ses yeux restèrent éteints :

— Séparons-nous, mon cher comte, lui dit-elle d'une voix faible, mais bien articulée, et qu'elle s'efforçait de rendre aimable; séparons-nous, il le faut! Le Ciel m'est témoin que, depuis cinq ans, ma conduite envers vous a été irréprochable. Vous m'avez donné une existence brillante, au lieu de l'ennui qui aurait été mon triste partage au château de Grianta; sans vous j'aurais rencontré la vieillesse quelques années plus tôt... De mon côté, ma seule occupation a été de chercher à vous faire trouver le bonheur. C'est parce que je vous aime que je vous propose cette séparation *à l'amiable*, comme on dirait en France.

Le comte ne comprenait pas; elle fut obligée de répéter plusieurs fois. Il devint d'une pâleur mortelle, et, se jetant à genoux auprès de son lit, il dit tout ce que l'étonnement profond, et ensuite le désespoir le plus vif, peuvent inspirer à un homme d'esprit passionnément amoureux. A chaque moment il offrait de donner sa démission et de suivre son amie dans quelque retraite à mille lieues de Parme.

— Vous osez me parler de départ, et Fabrice est ici! s'écria-t-elle enfin en se soulevant à demi. Mais comme elle aperçut que ce nom de Fabrice faisait une impression pénible, elle ajouta après un moment de repos et en serrant légèrement la main du comte : — Non, cher ami, je ne vous dirai pas que je vous ai aimé avec cette passion et ces transports que l'on n'éprouve plus, cela me semble, après trente ans, et je suis déjà bien loin de cet âge. On vous aura dit que j'aimais Fabrice, car je sais que le bruit en a couru dans cette cour *méchante*. (Ses yeux brillèrent pour la première fois dans cette conversation, en prononçant ce mot *méchante*.) Je vous jure devant Dieu, et sur la vie de Fabrice, que jamais il ne s'est passé entre lui et moi la plus petite chose que n'eût pas pu souffrir l'œil d'une tierce personne. Je ne vous dirai pas non plus que je l'aime exactement comme ferait une sœur; je l'aime d'instinct, pour parler ainsi. J'aime en lui son courage si simple et si parfait que l'on peut dire qu'il ne s'en aperçoit pas lui-même; je me souviens que ce genre d'admiration commença à son retour de Waterloo. Il était encore enfant, malgré ses dix-sept ans; sa grande inquiétude était de savoir si réellement il avait assisté à la bataille, et dans le cas du *oui*, s'il pouvait dire s'être battu, lui qui n'avait marché à l'attaque d'aucune batterie ni d'aucune colonne ennemie. Ce fut pendant les graves discussions que nous avions ensemble sur ce sujet important, que je commençai à voir en lui une grâce parfaite. Sa grande âme se révélait à moi; que de savants mensonges eût étalés, à sa place, un jeune homme bien élevé! Enfin, s'il n'est heureux je ne puis être heureuse. Tenez, voilà un mot qui peint bien l'état de mon cœur; si ce n'est la vérité c'est au moins tout ce que j'en vois. Le comte, encouragé par ce ton de franchise et d'intimité, voulut lui baiser la main : elle la retira avec une sorte d'horreur. Les temps sont finis, lui dit-elle; je suis une femme de trente-sept ans, je me trouve à la porte de la vieillesse, j'en ressens déjà tous les découragements, et peut-être même suis-je voisine de la tombe. Ce moment est terrible, à ce qu'on dit, et pourtant il me semble que je le désire. J'éprouve le pire symptôme de la vieillesse : mon cœur est éteint par cet affreux malheur, je ne puis plus aimer. Je ne vois plus en vous, cher comte, que l'ombre de quelqu'un qui me fut cher. Je dirai plus, c'est la reconnaissance toute seule qui me fait vous tenir ce langage.

— Que vais-je devenir, lui répétait le comte, moi qui sens que je vous suis attaché avec plus de passion que les premiers jours, quand je vous voyais à *la Scala!*

— Vous avouerai-je une chose, cher ami, parler d'amour m'ennuie, et me semble indécent. Allons, dit-elle en essayant de sourire, mais en vain, courage! soyez homme d'esprit, homme judicieux, homme à ressources dans les occurrences. Soyez avec moi ce que vous êtes réellement aux yeux des indifférents, l'homme le plus habile et le plus grand politique que l'Italie ait produit depuis des siècles.

Le comte se leva et se promena en silence pendant quelques instants.

— Impossible, chère amie, lui dit-il enfin : je suis en proie aux déchirements de la passion la plus violente, et vous me demandez d'interroger ma raison! Il n'y a plus de raison pour moi.

— Ne parlons pas de passion, je vous prie, dit-elle d'un ton sec; et ce fut pour la première fois, après deux heures d'entretien, que sa voix prit une expression quelconque. Le comte, au désespoir lui-même, chercha à la consoler.

— Il m'a trompée, s'écriait-elle sans répondre en aucune façon aux raisons d'espérer que lui exposait le comte; *il* m'a trompée de la façon la plus lâche! Et sa pâleur mortelle cessa pour un instant; mais, même dans ce moment d'excitation violente, le comte remarqua qu'elle n'avait pas la force de soulever les bras.

Grand Dieu! serait-il possible, pensa-t-il, qu'elle ne fût que malade? en ce cas pourtant ce serait le début de quelque maladie fort grave. Alors, rempli d'inquiétude, il proposa de faire appeler le célèbre Razori, le premier médecin du pays et de l'Italie.

— Vous voulez donc donner à un étranger le plaisir de connaître toute l'étendue de mon désespoir?... Est-ce là le conseil d'un traître ou d'un ami? Et elle le regarda avec des yeux étranges.

C'en est fait, se dit-il avec désespoir, elle ne me place plus même au rang des hommes d'honneur vulgaires!

— Je vous dirai, ajouta le comte en parlant avec empressement, que j'ai voulu avant tout avoir des détails sur l'arrestation qui nous met au désespoir, et, chose étrange! je ne sais encore rien de positif; j'ai fait interroger les gendarmes de la station voisine, ils ont vu arriver le prisonnier par la route de Castelnovo, et ont reçu l'ordre de suivre sa sediola. J'ai réexpédié aussitôt Bruno, dont vous connaissez le zèle non moins que le dévouement; il a ordre de remonter de station en station pour savoir où et comment Fabrice a été arrêté.

En entendant prononcer ce nom de Fabrice la duchesse fut saisie d'une légère convulsion.

— Pardonnez, mon ami, dit-elle au comte dès qu'elle put parler; ces détails m'intéressent fort, donnez-les-moi tous, faites-moi bien comprendre les plus petites circonstances.

— Eh bien, madame, reprit le comte en essayant un petit air de légèreté pour tenter de la distraire un peu, j'ai envie d'envoyer un commis de confiance à Bruno et d'ordonner à celui-ci de pousser jusqu'à Bologne; c'est là, peut-être, qu'on aura enlevé notre jeune ami. De quelle date est sa dernière lettre?

— De mardi, il y a cinq jours.

— Avait-elle été ouverte à la poste?

— Aucune trace d'ouverture. Il faut vous dire qu'elle était écrite sur du papier horrible; l'adresse est d'une main de femme, et cette adresse porte le nom d'une vieille blanchisseuse parente de ma femme de chambre. La blanchisseuse croit qu'il s'agit d'une affaire d'amour, et la Chékina lui rembourse les ports de lettres sans y rien ajouter. Le comte, qui avait pris tout à fait le ton d'un homme d'affaires, essaya de découvrir, en discutant avec la duchesse, quel pouvait avoir été le jour de l'enlèvement à Bologne. Il s'aperçut alors seulement, lui qui avait ordinairement tant de tact, que c'était là le ton qu'il fallait prendre. Ces détails intéressaient la malheureuse femme et semblaient la distraire un peu. Si le comte n'eût pas été amoureux, il eût eu cette idée si simple dès son entrée dans la chambre. La duchesse le renvoya pour qu'il pût sans délai expédier de nouveaux ordres au fidèle Bruno. Comme on s'occupait en passant de la question de savoir s'il y avait eu sentence avant le moment où le prince avait signé le billet adressé à la duchesse, celle-ci saisit avec une sorte d'empressement l'occasion de dire au comte : Je ne vous reprocherai point d'avoir omis les mots *injuste procédure* dans le billet que vous écrivîtes et qu'il signa, c'était l'instinct de courtisan qui vous prenait à la gorge; sans vous en douter, vous préfériez l'intérêt de votre maître à celui de votre amie. Vous avez mis vos actions à mes ordres, cher comte, et cela depuis longtemps, mais il n'est pas en votre pouvoir de changer votre nature; vous avez de grands talents pour être ministre, mais vous avez aussi l'instinct de ce métier. La suppression du mot *injuste* me perd ; mais loin de moi de vous la reprocher en aucune façon, ce fut la faute de l'instinct et non pas celle de la volonté.

Rappelez-vous, ajouta-t-elle en changeant de ton, et de l'air le plus impérieux, que je ne suis point trop affligée de l'enlèvement de Fabrice, que je n'ai pas eu la moindre velléité de m'éloigner de ce pays-ci, que je suis remplie de respect pour le prince. Voilà ce que vous avez à dire, et voici, moi, ce que je veux vous dire : Comme je compte seule diriger ma conduite à l'avenir, je veux me séparer de vous à l'amiable, c'est-à-dire en bonne et vieille amie. Comptez que j'ai soixante ans ; la jeune femme est morte en moi, je ne puis plus aimer. Mais je serais encore plus malheureuse que je ne le suis s'il m'arrivait de compromettre votre destinée. Il peut entrer dans mes projets de me donner l'apparence d'avoir un jeune amant, et je ne voudrais pas vous voir affligé. Je puis vous jurer sur le bonheur de Fabrice, elle s'arrêta une demi-minute après ce mot, que jamais je ne vous ai fait une infidélité, et cela en cinq années de temps. C'est bien long, dit-elle ; elle essaya de sourire ; ses joues si pâles s'agitèrent, mais ses lèvres ne purent se séparer. Je vous jure même que jamais je n'en ai eu le projet ni l'envie. Cela bien entendu, laissez-moi.

Le comte sortit, au désespoir, du palais Sanseverina : il voyait chez la duchesse l'intention bien arrêtée de se séparer de lui, et jamais il n'avait été aussi éperdument amoureux. C'est là une de ces choses sur lesquelles je suis obligé de revenir souvent, parce qu'elles sont improbables hors de l'Italie. En rentrant chez lui, il expédia jusqu'à six personnes différentes sur la route de Castelnovo et de Bologne, et les chargea de lettres. Mais ce n'est pas tout, se dit le malheureux comte, le prince peut avoir la fantaisie de faire exécuter ce malheureux enfant, et cela pour se venger du ton que la duchesse prit avec lui le jour de ce fatal billet. Je sentais que la duchesse passait une limite que l'on ne doit jamais franchir, et c'est pour raccommoder les choses que j'ai eu la sottise incroyable de supprimer le mot *procédure injuste*, le seul qui liât le souverain... Mais bah! ces gens-là sont-ils liés par quelque chose? C'est là sans doute la plus grande faute de ma vie, j'ai mis au hasard tout ce qui peut en faire le prix pour moi : il s'agit de réparer cette étourderie à force d'activité et d'adresse; mais enfin si je ne puis rien obtenir, même en sacrifiant un peu de ma dignité, je plante là cet homme; avec ses rêves de haute politique, avec ses idées de se faire roi constitutionnel de la Lombardie, nous verrons comment il nous remplacera... Fabio Conti n'est qu'un sot, le talent de Rassi se réduit à faire pendre légalement un homme qui déplaît au pouvoir.

Une fois cette résolution bien arrêtée de renoncer au ministère si les rigueurs à l'égard de Fabrice dépassaient celles d'une simple détention, le comte se dit : Si un caprice de la vanité de cet homme imprudemment bravée me coûte le bonheur, du moins l'honneur me restera... A propos, puisque je me moque de mon portefeuille, je puis me permettre cent actions qui, ce matin encore, m'eussent semblé hors du possible. Par exemple, je vais tenter tout ce qui est humainement faisable pour faire évader Fabrice... Grand Dieu! s'écria le comte en s'interrompant et ses yeux s'ouvrant à l'excès comme à la vue d'un bonheur imprévu, la duchesse ne m'a pas parlé d'évasion : aurait-elle manqué de sincérité une fois en sa vie, et la brouille ne serait-elle que le désir que je trahisse le prince? Ma foi, c'est fait!

L'œil du comte avait repris toute sa finesse satirique. Cet aimable fiscal Rassi est payé par le maître pour toutes les sentences qui nous déshonorent en Europe, mais il n'est pas homme à refuser d'être payé par moi pour trahir les secrets du maître. Cet animal-là a une maîtresse et un confesseur, mais la maîtresse est d'une trop vile espèce pour que je puisse lui parler, le lendemain elle raconterait l'entrevue à toutes les fruitières du voisinage. Le comte, ressuscité par cette lueur d'espoir, était déjà sur le chemin de la cathédrale; étonné de la légèreté de sa démarche, il sourit malgré son chagrin : Ce que c'est, dit-il, que de n'être plus ministre! Cette cathédrale, comme beaucoup d'églises en Italie, sert de passage d'une rue à l'autre; le comte vit de loin un des grands-vicaires de l'archevêque qui traversait la nef.

— Puisque je vous rencontre, lui dit-il, vous serez assez bon pour épargner à ma goutte la fatigue mortelle de monter jusque chez monseigneur l'archevêque. Je lui aurais toutes les obligations du monde s'il voulait bien descendre jusqu'à la sacristie. L'archevêque fut ravi de ce message, il avait mille choses à dire au ministre au sujet de Fabrice. Mais le ministre devina que ces choses n'étaient que des phrases et ne voulut rien écouter.

— Quel homme est-ce que Dugnani, vicaire de Saint-Paul?

— Un petit esprit et une grande ambition, répondit l'archevêque; peu de scrupules et une extrême pauvreté, car nous en avons, des vices!

— Tudieu, monseigneur! s'écria le ministre, vous peignez comme Tacite; et il prit congé de lui en riant. A peine de retour au ministère, il fit appeler l'abbé Dugnani.

— Vous dirigez la conscience de mon excellent ami le fiscal général Rassi, n'aurait-il rien à me dire? Et, sans autres paroles ou plus de cérémonie, il renvoya le Dugnani.

# [illegible]

[illegible]
[illegible]
[illegible]
[illegible]
[illegible]
[illegible]
[illegible]
[illegible]
[illegible]
[illegible]

V Foulquier inv sculp

## XVII

Le comte se regardait comme hors du ministère. Voyons un peu, se dit-il, combien nous pourrons avoir de chevaux après ma disgrâce, car c'est ainsi qu'on appellera ma retraite. Le comte fit l'état de sa fortune : il était entré au ministère avec 80,000 francs de bien; à son grand étonnement, il trouva que, tout compté, son avoir actuel ne s'élevait pas à 500,000 francs : c'est 20,000 livres de rente tout au plus, se dit-il. Il faut convenir que je suis un grand étourdi!

Il n'y a pas un bourgeois à Parme qui ne me croie 150,000 livres de rente; et le prince, sur ce sujet, est plus bourgeois qu'un autre. Quand ils me verront dans la crotte, ils diront que je sais bien cacher ma fortune. Pardieu! s'écria-t-il, si je suis encore ministre trois mois, nous la verrons doublée cette fortune. Il trouva dans cette idée l'occasion d'écrire à la duchesse, et la saisit avec avidité; mais pour se faire pardonner une lettre, dans les termes où ils en étaient, il remplit celle-ci de chiffres de calculs. Nous n'aurons que 20,000 livres de rente, lui dit-il, pour vivre tous trois à Naples, Fabrice, vous et moi. Fabrice et moi nous aurons un cheval de selle à nous deux. Le ministre venait à peine d'envoyer sa lettre, lorsqu'on annonça le fiscal général Rassi; il le reçut avec une hauteur qui frisait l'impertinence.

— Comment, monsieur, lui dit-il, vous faites enlever à Bologne un conspirateur que je protége, de plus vous voulez lui couper le cou, et vous ne me dites rien! Savez-vous au moins le nom de mon successeur? est-ce le général Conti, ou vous-même?

Le Rassi fut atterré; il avait trop peu d'habitude de la bonne compagnie pour deviner si le comte parlait sérieusement : il rougit beaucoup, ânonna quelques mots peu intelligibles; le comte le regardait et jouissait de son embarras. Tout à coup le Rassi se secoua et s'écria avec une aisance parfaite et de l'air de Figaro pris en flagrant délit par Almaviva :

— Ma foi, monsieur le comte, je n'irai point par quatre chemins avec votre excellence : que me donnerez-vous pour répondre à toutes vos questions comme je ferais à celles de mon confesseur?

— La croix de Saint-Paul (c'est l'ordre de Parme), ou de l'argent, si vous pouvez me fournir un prétexte pour vous en accorder.

— J'aime mieux la croix de Saint-Paul, parce qu'elle m'anoblit.

— Comment, cher fiscal, vous faites encore quelque cas de notre pauvre noblesse?

— Si j'étais né noble, répondit le Rassi avec toute l'impudence de son métier, les parents des gens que j'ai fait pendre me haïraient, mais ils ne me mépriseraient pas.

— Eh bien, je vous sauverai du mépris, dit le comte, guérissez-moi de mon ignorance. Que comptez-vous faire de Fabrice?

— Ma foi, le prince est fort embarrassé : il craint que, séduit par les beaux yeux d'Armide, pardonnez à ce langage un peu vif, ce sont les termes précis du souverain; il craint que, séduit par de fort beaux yeux qui l'ont un peu touché lui-même, vous ne le plantiez là, et il n'y a que vous pour les affaires de Lombardie. Je vous dirai même, ajouta Rassi en baissant la voix, qu'il y a là une fière occasion pour vous, et qui vaut bien la croix de Saint-Paul que vous me donnez. Le prince vous accorderait, comme récompense nationale, une jolie terre valant 600,000 francs qu'il distrairait de son domaine, ou une gratification de 300,000 francs écus, si vous vouliez consentir à ne pas vous mêler du sort de Fabrice del Dongo, ou du moins à ne lui en parler qu'en public.

— Je m'attendais à mieux que ça, dit le comte; ne pas me mêler de Fabrice, c'est me brouiller avec la duchesse.

— Eh bien! c'est encore ce que dit le prince : le fait est qu'il est horriblement monté contre madame la duchesse, entre nous soit dit; et il craint que, pour dédommagement de la brouille avec cette dame aimable, maintenant que vous voilà veuf, vous ne lui demandiez la main de sa cousine, la vieille princesse Isota, laquelle n'est âgée que de cinquante ans.

— Il a deviné juste! s'écria le comte; notre maître est l'homme le plus fin de ses États.

Jamais le comte n'avait eu l'idée baroque d'épouser cette vieille princesse; rien ne fût allé plus mal à un homme que les cérémonies de cour ennuyaient à la mort.

Il se mit à jouer avec sa tabatière sur le marbre d'une petite table voisine de son fauteuil. Rassi vit dans ce geste d'embarras la possibilité d'une bonne aubaine; son œil brilla.

— De grâce, monsieur le comte, s'écria-t-il, si votre excellence veut accepter, ou la terre de 600,000 francs, ou la gratification en argent, je la prie de ne point choisir d'autre négociateur que moi. Je me ferais fort, ajouta-t-il en baissant la voix, de faire augmenter la gratification en argent ou même de faire joindre une forêt assez importante à la terre domaniale. Si votre excellence daignait mettre un peu de douceur et de ménagement dans sa façon de parler au prince de ce morveux qu'on a coffré, on pourrait peut-être ériger en duché la terre que lui offrirait la reconnaissance nationale. Je le répète à votre excellence : le prince, pour le quart d'heure, exècre la duchesse, mais il est fort embarrassé, et même au point que j'ai cru parfois qu'il y avait quelque circonstance secrète qu'il n'osait pas m'avouer. Au fond, on peut trouver ici une mine d'or, moi vous vendant ses secrets les plus intimes et fort librement, car on me croit votre ennemi juré. Au fond, s'il est furieux contre la duchesse, il croit aussi, et comme nous tous, que vous seul au monde pouvez conduire à bien toutes les démarches secrètes relatives au Milanais. Votre excellence me permet-elle de lui répéter textuellement les paroles du souverain? dit le Rassi en s'échauffant, il y a souvent une physionomie dans la position des mots, qu'aucune traduction ne saurait rendre, et vous pourrez y voir plus que je n'y vois.

— Je permets tout, dit le comte en continuant, d'un air distrait, à frapper la table de marbre avec sa tabatière d'or; je permets tout et je serai reconnaissant.

— Donnez-moi des lettres de noblesse transmissible, indépendamment de la croix, et je serai plus que satisfait. Quand je parle d'anoblissement au prince, il me répond : Un coquin tel que toi, noble! il faudrait fermer boutique dès le lendemain; personne à Parme ne voudrait plus se faire anoblir. Pour en revenir à l'affaire du Milanais, le prince me disait, il n'y a pas trois jours : Il n'y a que ce fripon-là pour suivre le fil de nos intrigues; si je le chasse ou s'il suit la duchesse, il vaut autant que je renonce à l'espoir de me voir un jour le chef libéral et adoré de toute l'Italie.

A ce mot le comte respira : Fabrice ne mourra pas, se dit-il.

De sa vie le Rassi n'avait pu arriver à une conversation intime avec le premier ministre : il était hors de lui de bonheur; il se voyait à la veille de pouvoir quitter ce nom de Rassi, devenu dans le pays synonyme de tout ce qu'il y a de bas et de vil; le petit peuple donnait le nom de *Rassi* aux chiens enragés; depuis peu, des soldats s'étaient battus en duel parce qu'un de leurs camarades les avait appelés *Rassi*. Enfin il ne se passait pas de semaine sans que ce malheureux nom vînt s'enchâsser dans quelque sonnet atroce. Son fils, jeune et innocent écolier de seize ans, était chassé des cafés, sur son nom.

C'est le souvenir brûlant de tous ces agréments de sa position qui lui fit commettre une imprudence.

— J'ai une terre, dit-il au comte en rapprochant sa chaise du fauteuil du ministre, elle s'appelle Riva : je voudrais être baron Riva.

— Pourquoi pas? dit le ministre. Rassi était hors de lui.

— Eh bien! monsieur le comte, je me permettrai d'être indiscret, j'oserai deviner le but de vos désirs : vous aspirez à la main de la princesse Isota, et c'est une noble ambition. Une fois parent, vous êtes à l'abri de la disgrâce, vous *bouclez* notre homme. Je ne vous cacherai pas qu'il a ce mariage avec la princesse Isota en horreur; mais si vos affaires étaient confiées à quelqu'un d'adroit et *de bien payé*, on pourrait ne pas désespérer du succès.

— Moi, mon cher baron, j'en désespérais; je désavoue d'avance toutes les paroles que vous pourrez porter en mon nom; mais le jour où cette alliance illustre viendra enfin combler mes vœux et me donner une si haute position dans l'État, je vous offrirai, moi, 300,000 francs de mon argent, ou bien je conseillerai au prince de vous accorder une marque de faveur que vous-même vous préférerez à cette somme d'argent.

Le lecteur trouve cette conversation longue : pourtant nous lui faisons grâce de plus de la moitié; elle se prolongea encore deux heures. Le Rassi sortit de chez le comte fou de bonheur; le comte resta avec de grandes espérances de sauver Fabrice, et plus résolu que jamais à donner sa démission. Il trouvait que son crédit avait besoin d'être renouvelé par la présence au pouvoir de gens tels que Rassi et le général Conti; il jouissait avec délices d'une possibilité qu'il venait d'entrevoir de se venger du prince : Il peut faire partir la duchesse, s'écriait-il, mais parbleu il renoncera à l'espoir d'être roi constitutionnel de la Lombardie. (Cette chimère était ridicule : le prince avait beaucoup d'esprit, mais, à force d'y rêver, il en était devenu amoureux fou.)

Le comte ne se sentait pas de joie en courant chez la duchesse lui rendre compte de sa conversation avec le fiscal. Il trouva la porte fermée pour lui; le portier n'osait presque pas lui avouer cet ordre reçu de la bouche même de sa maîtresse. Le comte regagna tristement le palais du ministère, le malheur qu'il venait d'essuyer éclipsait en entier la joie que lui avait donnée sa conversation avec le confident du prince. N'ayant plus le cœur de s'occuper de rien, le comte errait tristement dans sa galerie de tableaux, quand, un quart d'heure après, il reçut un billet ainsi conçu :

« Puisqu'il est vrai, cher et bon ami, que nous « ne sommes plus qu'amis, il faut ne venir me

« voir que trois fois par semaine. Dans quinze « jours nous réduirons ces visites, toujours si « chères à mon cœur, à deux par mois. Si vous « voulez me plaire, donnez de la publicité à cette « sorte de rupture; si vous vouliez me rendre « presque tout l'amour que jadis j'eus pour vous, « vous feriez choix d'une nouvelle amie. Quant à « moi, j'ai de grands projets de dissipation : je « compte aller beaucoup dans le monde, peut-être « même trouverai-je un homme d'esprit pour me « faire oublier mes malheurs. Sans doute en qua- « lité d'ami la première place dans mon cœur vous « sera toujours réservée; mais je ne veux plus que « l'on dise que mes démarches ont été dictées par « votre sagesse; je veux surtout que l'on sache « bien que j'ai perdu toute influence sur vos dé- « terminations. En un mot, cher comte, croyez « que vous serez toujours mon ami le plus cher, « mais jamais autre chose. Ne gardez, je vous « prie, aucune idée de retour, tout est bien fini. « Comptez à jamais sur mon amitié. »

Ce dernier trait fut trop fort pour le courage du comte : il fit une belle lettre au prince pour donner sa démission de tous ses emplois, et il l'adressa à la duchesse avec prière de la faire parvenir au palais. Un instant après, il reçut sa démission, déchirée en quatre, et, sur un des blancs du papier, la duchesse avait daigné écrire : *Non, mille fois non!*

Il serait difficile de décrire le désespoir du pauvre ministre. Elle a raison, j'en conviens, se disait-il à chaque instant; mon omission du mot *procédure injuste* est un affreux malheur; elle entraînera peut-être la mort de Fabrice, et celle-ci amènera la mienne. Ce fut avec la mort dans l'âme que le comte, qui ne voulait pas paraître au palais du souverain avant d'y être appelé, écrivit de sa main le *motu proprio* qui nommait Rassi chevalier de l'ordre de Saint-Paul et lui conférait la noblesse transmissible; le comte y joignit un rapport d'une demi-page qui exposait au prince les raisons d'État qui conseillaient cette mesure. Il trouva une sorte de joie mélancolique à faire de ces pièces deux belles copies qu'il adressa à la duchesse.

Il se perdait en suppositions; il cherchait à deviner quel serait à l'avenir le plan de conduite de la femme qu'il aimait. Elle n'en sait rien elle-même, se disait-il; une seule chose reste certaine, c'est que, pour rien au monde, elle ne manquerait aux résolutions qu'elle m'aurait une fois annoncées. Ce qui ajoutait encore à son malheur, c'est qu'il ne pouvait parvenir à trouver la duchesse blâmable. Elle m'a fait une grâce en m'aimant, elle cesse de m'aimer après une faute involontaire, il est vrai, mais qui peut entraîner une conséquence horrible; je n'ai aucun droit de me plaindre. Le lendemain matin, le comte sut que la duchesse avait recommencé à aller dans le monde; elle avait paru la veille au soir dans toutes les maisons qui recevaient. Que fût-il devenu s'il se fût rencontré avec elle dans le même salon? Comment lui parler? de quel ton lui adresser la parole? et comment ne pas lui parler?

Le lendemain fut un jour funèbre; le bruit se répandait généralement que Fabrice allait être mis à mort, la ville fut émue. On ajoutait que le prince, ayant égard à sa haute naissance, avait daigné décider qu'il aurait la tête tranchée.

— C'est moi qui le tue, se dit le comte; je ne puis plus prétendre à revoir jamais la duchesse. Malgré ce raisonnement assez simple, il ne put s'empêcher de passer trois fois à sa porte; à la vérité, pour n'être pas remarqué, il alla chez elle à pied. Dans son désespoir, il eut même le courage de lui écrire. Il avait fait appeler Rassi deux fois; le fiscal ne s'était point présenté. Le coquin me trahit, se dit le comte.

Le lendemain, trois grandes nouvelles agitaient la haute société de Parme, et même la bourgeoisie. La mise à mort de Fabrice était plus que jamais certaine; et, complément bien étrange de cette nouvelle, la duchesse ne paraissait point trop au désespoir. Selon les apparences, elle n'accordait que des regrets assez modérés à son jeune amant; toutefois elle profitait avec un art infini de la pâleur que venait de lui donner une indisposition assez grave, qui était survenue en même temps que l'arrestation de Fabrice. Les bourgeois reconnaissaient bien à ces détails le cœur sec d'une grande dame de la cour. Par décence cependant, et comme sacrifice aux mânes du jeune Fabrice, elle avait rompu avec le comte Mosca. Quelle immoralité! s'écriaient les jansénistes de Parme. Mais déjà la duchesse, chose incroyable! paraissait disposée à écouter les cajoleries des plus beaux jeunes gens de la cour. On remarquait, entre autres singularités, qu'elle avait été fort gaie dans une conversation avec le comte Baldi, l'amant actuel de la Raversi, et l'avait beaucoup plaisanté sur ses courses fréquentes au château de Velleja. La petite bourgeoisie et le peuple étaient indignés de la mort de Fabrice, que ces bonnes gens attribuaient à la jalousie du comte Mosca. La société de la cour s'occupait aussi beaucoup du comte, mais c'était pour s'en moquer. La troisième des grandes nouvelles que nous avons annoncées n'était autre, en effet, que la démission du comte; tout le monde se moquait d'un amant ridicule qui, à l'âge de cinquante-six ans, sacrifiait une position magnifique au chagrin d'être quitté par une femme sans cœur et qui, depuis longtemps, lui préférait un jeune homme. Le seul archevêque eut l'esprit, ou plutôt le cœur, de deviner que l'honneur défendait au comte de rester premier ministre dans un pays où l'on allait couper la tête, et sans le consulter, à un jeune homme, son protégé. La nouvelle de la démission du comte eut l'effet de guérir de sa goutte le général Fabio Conti, comme nous le dirons en son lieu, lorsque nous parlerons de la façon dont le pauvre Fabrice passait son temps à la citadelle, pendant que toute la ville s'enquérait de l'heure de son supplice.

Le jour suivant, le comte revit Bruno, cet agent fidèle qu'il avait expédié sur Bologne; le comte s'attendrit au moment où cet homme entrait dans son cabinet; sa vue lui rappelait l'état heureux où il se trouvait lorsqu'il l'avait envoyé à Bologne, presque d'accord avec la duchesse. Bruno arrivait de Bologne, où il n'avait rien découvert; il n'avait pu trouver Ludovic, que le podestat de Castelnovo avait gardé dans la prison de son village.

— Je vais vous renvoyer à Bologne, dit le comte à Bruno : la duchesse tiendra au triste plaisir de connaître les détails du malheur de Fabrice. Adressez-vous au brigadier de gendarmerie qui commande le poste de Castelnovo....

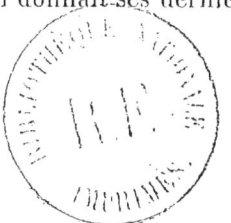

Mais non! s'écria le comte en s'interrompant; partez à l'instant même pour la Lombardie, et distribuez l'argent et en grande quantité à tous nos correspondants. Mon but est d'obtenir de tous ces gens-là des rapports de la nature la plus encourageante. Bruno ayant bien compris le but de sa mission, se mit à écrire ses lettres de créance; comme le comte lui donnait ses dernières instructions, il reçut une lettre parfaitement fausse, mais fort bien écrite; on eût dit un ami écrivant à son ami pour lui demander un service. L'ami qui écrivait n'était autre que le prince. Ayant ouï parler de certains projets de retraite, il suppliait son ami, le comte Mosca, de garder le ministère; il le lui demandait au nom de l'amitié et des *dangers de la patrie;* et le lui ordonnait comme son maître. Il ajoutait que le roi de *** venant de mettre à sa disposition deux cordons de son ordre, il en gardait un pour lui, et envoyait l'autre à son cher comte Mosca.

Cet animal-là fait mon malheur! s'écria le comte furieux, devant Bruno stupéfait, et croit me séduire par ces mêmes phrases hypocrites que tant de fois nous avons arrangées ensemble pour prendre à la glu quelque sot. Il refusa l'ordre qu'on lui offrait, et dans sa réponse parla de l'état de sa santé comme ne lui laissant que bien peu d'espérance de pouvoir s'acquitter longtemps encore des pénibles travaux du ministère. Le comte était furieux. Un instant après, on annonça le fiscal Rassi, qu'il traita comme un nègre.

— Eh bien! parce que je vous ai fait noble, vous commencez à faire l'insolent! Pourquoi n'être pas venu hier pour me remercier, comme c'était votre devoir étroit, monsieur le cuistre?

Le Rassi était bien au-dessus des injures; c'était sur ce ton-là qu'il était journellement reçu par le prince; mais il voulait être baron et se justifia avec esprit. Rien n'était plus facile.

— Le prince m'a tenu cloué à une table hier toute la journée; je n'ai pu sortir du palais. Son altesse m'a fait copier de ma mauvaise écriture de procureur une quantité de pièces diplomatiques tellement niaises et tellement bavardes que je crois, en vérité, que son but unique était de me retenir prisonnier. Quand enfin j'ai pu prendre congé, vers les cinq heures, mourant de faim, il m'a donné l'ordre d'aller chez moi directement, et de n'en pas sortir de la soirée. En effet, j'ai vu deux de ses espions particuliers, de moi bien connus, se promener dans ma rue jusque sur le minuit. Ce matin, dès que je l'ai pu, j'ai fait venir une voiture qui m'a conduit jusqu'à la porte de la cathédrale. Je suis descendu de voiture très lentement, puis, prenant le pas de course, j'ai traversé l'église et me voici. Votre excellence est dans ce moment-ci l'homme du monde auquel je désire plaire avec le plus de passion.

— Et moi, monsieur le drôle, je ne suis point dupe de tous ces contes plus ou moins bien bâtis! Vous avez refusé de me parler de Fabrice avant-hier; j'ai respecté vos scrupules et vos serments touchant le secret, quoique les serments pour un être tel que vous ne soient tout au plus que des moyens de défaite. Aujourd'hui, je veux la vérité : Qu'est-ce que ces bruits ridicules qui font condamner à mort ce jeune homme comme assassin du comédien Giletti?

— Personne ne peut mieux rendre compte à votre excellence de ces bruits, puisque c'est moi-même qui les ai fait courir par ordre du souverain; et, j'y pense! c'est peut-être pour m'empêcher de vous faire part de cet incident qu'hier, toute la journée, il m'a retenu prisonnier. Le prince, qui ne me croit pas un fou, ne pouvait pas douter que je ne vinsse vous apporter ma croix et vous supplier de l'attacher à ma boutonnière.

— Au fait! s'écria le ministre, et pas de phrases!

— Sans doute le prince voudrait bien tenir une sentence de mort contre M. del Dongo, mais il n'a, comme vous le savez sans doute, qu'une condamnation en vingt années de fers, commuée par lui, le lendemain même de la sentence, en douze années de forteresse avec jeûne au pain et à l'eau tous les vendredis et autres bamboches religieuses.

— C'est parce que je savais cette condamnation à la prison seulement, que j'étais effrayé des bruits d'exécution prochaine qui se répandent par la ville; je me souviens de la mort du comte Palanza, si bien escamotée par vous.

— C'est alors que j'aurais dû avoir la croix! s'écria Rassi sans se déconcerter; il fallait serrer le bouton tandis que je le tenais, et que l'homme avait envie de cette mort. Je fus un nigaud alors, et c'est armé de cette expérience que j'ose vous conseiller de ne pas m'imiter aujourd'hui. (Cette comparaison parut du plus mauvais goût à l'interlocuteur, qui fut obligé de se retenir pour ne pas donner des coups de pied à Rassi.)

— D'abord, reprit celui-ci avec la logique d'un jurisconsulte et l'assurance parfaite d'un homme qu'aucune insulte ne peut offenser, d'abord il ne peut être question de l'exécution dudit del Dongo; le prince n'oserait! les temps sont bien changés! et enfin, moi, noble et espérant par vous de devenir baron, je n'y donnerais pas les mains. Or, ce n'est que de moi, comme le sait votre excellence, que l'exécuteur des hautes-œuvres peut recevoir des ordres, et, je vous le jure, le chevalier Rassi n'en donnera jamais contre le sieur del Dongo.

— Et vous ferez sagement, dit le comte en le toisant d'un air sévère.

— Distinguons! reprit le Rassi avec un sourire. Moi je ne suis que pour les morts officielles, et si M. del Dongo vient à mourir d'une colique, n'allez pas me l'attribuer! Le prince est outré, et je ne sais pourquoi, contre la Sanseverina (trois jours auparavant le Rassi eût dit la duchesse, mais, comme toute la ville, il savait la rupture avec le premier ministre); le comte fut frappé de la suppression du titre dans une telle bouche, et l'on peut juger du plaisir qu'elle lui fit; il lança au Rassi un regard chargé de la plus vive haine. Mon cher ange! se dit-il ensuite, je ne puis te montrer mon amour qu'en obéissant aveuglément à tes ordres.

— Je vous avouerai, dit-il au fiscal, que je ne prends pas un intérêt bien passionné aux divers caprices de madame la duchesse; toutefois, comme elle m'avait présenté ce mauvais sujet de Fabrice, qui aurait bien dû rester à Naples, et ne pas venir ici embrouiller nos affaires, je tiens à ce qu'il ne soit pas mis à mort de mon temps, et je veux bien vous donner ma parole que vous serez baron dans les huit jours qui suivront sa sortie de prison.

— En ce cas, monsieur le comte, je ne serai baron que dans douze années révolues, car le prince est furieux, et sa haine contre la duchesse est tellement vive, qu'il cherche à la cacher.

— Son altesse est bien bonne! qu'a-t-elle besoin de cacher sa haine, puisque son premier ministre ne protège plus la duchesse? Seulement je ne veux pas qu'on puisse m'accuser de vilenie, ni surtout de jalousie : c'est moi qui ai fait venir la duchesse en ce pays, et si Fabrice meurt en prison, vous ne serez pas baron, mais vous serez peut-être poignardé. Mais laissons cette bagatelle : le fait est que j'ai fait le compte de ma fortune; à peine si j'ai trouvé vingt mille livres de rente; sur quoi j'ai le projet d'adresser très-humblement ma démission au souverain. J'ai quelque espoir d'être employé par le roi de Naples : cette grande ville m'offrira des distractions dont j'ai besoin en ce moment, et que je ne puis trouver dans un trou tel que Parme ; je ne resterais qu'autant que vous me feriez obtenir la main de la princesse Isota, etc., etc. ; la conversation fut infinie dans ce sens. Comme Rassi se levait, le comte lui dit d'un air fort indifférent :

— Vous savez qu'on a dit que Fabrice me trompait, en ce sens qu'il était un des amants de la duchesse; je n'accepte point ce bruit, et pour le démentir, je veux que vous fassiez passer cette bourse à Fabrice.

— Mais, monsieur le comte, dit Rassi effrayé, et regardant la bourse, il y a là une somme énorme, et les règlements...

— Pour vous, mon cher, elle peut être énorme, reprit le comte de l'air du plus souverain mépris : un bourgeois tel que vous, envoyant de l'argent à son ami en prison, croit se ruiner en lui donnant dix sequins; moi, je *veux* que Fabrice reçoive ces six mille francs, et surtout que le château ne sache rien de cet envoi.

Comme le Rassi effrayé voulait répliquer, le comte ferma la porte sur lui avec impatience. Ces gens-là, se dit-il, ne voient le pouvoir que derrière l'insolence. Cela dit, ce grand ministre se livra à une action tellement ridicule, que nous avons quelque peine à la rapporter; il courut prendre dans son bureau un portrait en miniature de la duchesse, et le couvrit de baisers passionnés. Pardon, mon cher ange, s'écriait-il, si je n'ai pas jeté par la fenêtre et de mes propres mains ce cuistre qui ose parler de toi avec une nuance de familiarité; mais, si j'agis avec cet excès de patience, c'est pour t'obéir! et il ne perdra rien pour attendre!

Après une longue conversation avec le portrait, le comte, qui se sentait le cœur mort dans la poitrine, eut l'idée d'une action ridicule et s'y livra avec un empressement d'enfant. Il se fit donner un habit avec des plaques, et fut faire une visite à la vieille princesse Isota; de la vie il ne s'était présenté chez elle qu'à l'occasion du jour de l'an. Il la trouva entourée d'une quantité de chiens, et parée de tous ses atours, et même avec des diamants, comme si elle allait à la cour. Le comte ayant témoigné quelque crainte de déranger les projets de son altesse, qui probablement allait sortir, l'altesse répondit au ministre qu'une princesse de Parme se devait à elle-même d'être toujours ainsi. Pour la première fois depuis son malheur le comte eut un mouvement de gaieté : J'ai bien fait de paraître ici, se dit-il, et dès aujourd'hui il faut faire ma déclaration. La princesse avait été ravie de voir arriver chez elle un homme aussi renommé par son esprit et un premier ministre; la pauvre vieille fille n'était guère accoutumée à de semblables visites. Le comte commença par une préface adroite, relative à l'immense distance qui séparera toujours d'un simple gentilhomme les membres d'une famille régnante.

— Il faut faire une distinction, dit la princesse : la fille d'un roi de France, par exemple, n'a aucun espoir d'arriver jamais à la couronne; mais les choses ne vont point ainsi dans la famille de Parme. C'est pourquoi, nous autres Farnèse, nous devons toujours conserver une certaine dignité dans notre extérieur; et moi, pauvre princesse telle que vous me voyez, je ne puis pas dire qu'il soit absolument impossible qu'un jour vous soyez mon premier ministre.

Cette idée, par son imprévu baroque, donna au pauvre comte un second moment de gaieté parfaite.

Au sortir de chez la princesse Isota, qui avait grandement rougi en recevant l'aveu de la passion du premier ministre, celui-ci rencontra un des fourriers du palais : le prince le faisait demander en toute hâte.

— Je suis malade, répondit le ministre, ravi de pouvoir faire une malhonnêteté à son prince. Ah ! ah ! vous me poussez à bout, s'écria-t-il avec fureur, et puis vous voulez que je vous serve ! mais sachez, mon prince, qu'avoir reçu le pouvoir de la Providence ne suffit plus en ce siècle-ci, il faut beaucoup d'esprit et un grand caractère pour réussir à être despote.

Après avoir renvoyé le fourrier du palais fort scandalisé de la parfaite santé de ce malade, le comte trouva plaisant d'aller voir les deux hommes de la cour qui avaient le plus d'influence sur le général Fabio Conti. Ce qui surtout faisait frémir le ministre et lui ôtait tout courage, c'est que le gouverneur de la citadelle était accusé de s'être défait jadis d'un capitaine, son ennemi personnel, au moyen de l'*aquetta* de Pérouse.

Le comte savait que depuis huit jours la duchesse avait répandu des sommes folles pour se ménager des intelligences à la citadelle; mais, suivant lui, il y avait peu d'espoir de succès, tous les yeux étaient encore trop ouverts. Nous ne raconterons point au lecteur toutes les tentatives de corruption essayées par cette femme malheureuse : elle était au désespoir, et des agents de toutes sortes et parfaitement dévoués la secondaient. Mais il n'est peut-être qu'un seul genre d'affaires dont on s'acquitte parfaitement bien dans les petites cours despotiques, c'est la garde des prisonniers politiques. L'or de la duchesse ne produisit d'autre effet que de faire renvoyer de la citadelle huit ou dix hommes de tout grade.

# XVIII

Ainsi, avec un dévouement complet pour le prisonnier, la duchesse et le premier ministre n'avaient pu faire pour lui que bien peu de cho[illegible]
Le prince était en colère, la cour ain[illegible]
public éta[illegible] contre Fabrice [illegible]
voir [illegible]
Malgré l'or [illegible]
pu faire [illegible]
se passait [illegible]
ou le [illegible] convid

[illegible] plus [illegible] [illegible] le plus [illegible] [illegible] qui [illegible] [illegible] et lui [illegible] gouvernement de la citadelle [illegible] défait jadis d'un capucin, son ennemi personnel, au moyen de l'*aquetta* de Pérouse.

Le comte savait que depuis [illegible] jours la duchesse avait répandu des sommes folles [illegible] ménager des intelligences à la citadelle; mais, [illegible] [illegible] les [illegible] étaient encore trop nouvelles. Nous ne raconterons point au lecteur toutes les tentatives de corruption essayées par cette femme malheureuse : elle était au désespoir, et des agents de toutes sortes et parfaitement dévoués la secondaient. [illegible] peut-être qu'une [illegible] [illegible] des assassinats politiques [illegible] ne produisit d'autre effet que de faire [illegible] de la [illegible] dix [illegible] de [illegible].

V Foulquier inv sculp

# XVIII

Ainsi, avec un dévouement complet pour le prisonnier, la duchesse et le premier ministre n'avaient pu faire pour lui que bien peu de chose. Le prince était en colère, la cour ainsi que le public étaient *piqués* contre Fabrice et ravis de lui voir arriver malheur; il avait été trop heureux. Malgré l'or jeté à pleines mains, la duchesse n'avait pu faire un pas dans le siége de la citadelle; il ne se passait pas de jour sans que la marquise Raversi ou le chevalier Riscara eussent quelque nouvel avis à communiquer au général Fabio Conti. On soutenait sa faiblesse.

Comme nous l'avons dit, le jour de son emprisonnement, Fabrice fut conduit d'abord au *palais du gouverneur :* c'est un joli petit bâtiment construit dans le siècle dernier sur les dessins de Vanvitelli, qui le plaça à cent quatre-vingts pieds de haut, sur la plate-forme de l'immense tour ronde. Des fenêtres de ce petit palais, isolé sur le dos de l'énorme tour comme la bosse d'un chameau, Fabrice découvrait la campagne et les Alpes fort au loin; il suivait de l'œil, au pied de la citadelle, le cours de la Parma, sorte de torrent qui, tournant à droite à quatre lieues de la ville, va se jeter dans le Pô. Par delà la rive gauche de ce fleuve, qui formait comme une suite d'immenses taches blanches au milieu des campagnes verdoyantes, son œil ravi apercevait distinctement chacun des sommets de l'immense mur que les Alpes forment au nord de l'Italie. Ces sommets, toujours couverts de neige, même au mois d'août où l'on était alors, donnent comme une sorte de fraîcheur par souvenir au milieu de ces campagnes brûlantes; l'œil en peut suivre les moindres détails, et pourtant ils sont à plus de trente lieues de la citadelle de Parme. La vue si étendue du joli palais du gouverneur est interceptée vers un angle au midi par la tour *Farnèse*, dans laquelle on préparait à la hâte une chambre pour Fabrice. Cette seconde tour, comme le lecteur s'en souvient peut-être, fut élevée sur la plate-forme de la grosse tour, en l'honneur d'un prince héréditaire qui, fort différent de l'Hippolyte fils de Thésée, n'avait point repoussé les politesses d'une jeune belle-mère. La princesse mourut en quelques heures; le fils du prince ne recouvra sa liberté que dix-sept ans plus tard en montant sur le trône à la mort de son père. Cette tour Farnèse où, après trois quarts d'heure, l'on fit monter Fabrice, fort laide à l'extérieur, est élevée d'une cinquantaine de pieds au-dessus de la plate-forme de la grosse tour et garnie d'une quantité de paratonnerres. Le prince mécontent de sa femme, qui fit bâtir cette prison aperçue de toutes parts, eut la singulière prétention de persuader à ses sujets qu'elle existait depuis longues années : c'est pourquoi il lui imposa le nom de *tour Farnèse*. Il était défendu de parler de cette construction, et de toutes les parties de la ville de Parme et des plaines voisines on voyait parfaitement les maçons placer chacune des pierres qui composent cet édifice pentagone. Afin de prouver qu'elle était ancienne, on plaça au-dessus de la porte de deux pieds de large et de quatre de hauteur, par laquelle on y entre, un magnifique bas-relief qui représente Alexandre Farnèse, le général célèbre, forçant Henri IV à s'éloigner de Paris. Cette tour Farnèse placée en si belle vue se compose d'un rez-de-chaussée long de quarante pas au moins, large à proportion et tout rempli de colonnes fort trapues, car cette pièce si démesurément vaste n'a pas plus de quinze pieds d'élévation. Elle est occupée par le corps de garde, et, du centre, l'escalier s'élève en tournant autour d'une des colonnes : c'est un petit escalier en fer, fort léger, large de deux pieds à peine et construit en filigrane. Par cet escalier tremblant sous le poids des geôliers qui l'escortaient, Fabrice arriva à de vastes pièces de plus de vingt pieds de haut, formant un magnifique premier étage. Elles furent jadis meublées avec le plus grand luxe pour le jeune prince qui y passa les dix-sept plus belles années de sa vie. A l'une des extrémités de cet appartement, on fit voir au nouveau prisonnier une chapelle de la plus grande magnificence; les murs et la voûte sont entièrement revêtus de marbre noir; des colonnes noires aussi et de la plus noble proportion sont placées en ligne le long des murs noirs, sans les toucher, et ces murs sont ornés d'une quantité de têtes de mort en marbre blanc, de proportions colossales, élégamment sculptées et placées sur deux os en sautoir. Voilà bien une invention de la haine qui ne peut tuer, se dit Fabrice, et quelle diable d'idée de me montrer cela!

Un escalier en fer et en filigrane fort léger, également disposé autour d'une colonne, donne accès au second étage de cette prison, et c'est dans les chambres de ce second étage, hautes de quinze pieds environ, que depuis un an le général Fabio Conti faisait preuve de génie. D'abord, sous sa direction, l'on avait solidement grillé les fenêtres de ces chambres jadis occupées par les domestiques du prince, et qui sont à plus de trente pieds des dalles de pierre formant la plate-forme de la grosse tour ronde. C'est par un corridor obscur placé au centre du bâtiment que l'on arrive à ces chambres, qui toutes ont deux fenêtres; et dans ce corridor fort étroit, Fabrice remarqua trois portes de fer successives formées de barreaux énormes et s'élevant jusqu'à la voûte. Ce sont les plans, coupes et élévations de toutes ces belles inventions, qui pendant deux ans avaient valu au général une audience de son maître chaque semaine. Un conspirateur placé dans l'une de ces chambres ne pourrait pas se plaindre à l'opinion d'être traité d'une façon inhumaine, et pourtant ne saurait avoir de communication avec personne au monde, ni faire un mouvement sans qu'on l'entendît. Le général avait fait placer dans chaque chambre de gros madriers de chêne formant comme des bancs de trois pieds de haut, et c'était là son invention capitale, celle qui lui donnait des droits au ministère de la police. Sur ces bancs il avait fait établir une cabane en planches, fort sonore, haute de dix pieds, et qui ne touchait au mur que du côté des fenêtres. Des trois autres côtés il régnait un petit corridor de quatre pieds de large, entre le mur primitif de la prison, composé d'énormes pierres de taille, et les parois en planches de la cabane. Ces parois, formées de quatre doubles de planches de noyer, chêne et sapin, étaient solidement reliées par des boulons de fer et par des clous sans nombre.

Ce fut dans l'une de ces chambres construites depuis un an, et chef-d'œuvre du général Fabio Conti, laquelle avait reçu le beau nom d'*Obéissance passive*, que Fabrice fut introduit. Il courut aux fenêtres; la vue qu'on avait de ces fenêtres grillées était sublime : un seul petit coin de l'horizon était caché, vers le nord-ouest, par le toit en galerie du joli palais du gouverneur, qui n'avait que deux étages; le rez-de chaussée était occupé par les bureaux de l'état-major; et d'abord les yeux de Fabrice furent attirés vers une des fenêtres du second étage, où se trouvaient, dans de jolies cages, une grande quantité d'oiseaux de toutes sortes. Fabrice s'amusait à les entendre chanter et à les voir saluer les derniers rayons du crépuscule du soir, tandis que les geôliers s'agitaient autour de lui. Cette fenêtre de la volière n'était pas à plus de vingt-cinq pieds de l'une des siennes, et se trouvait à cinq ou six pieds en contre-bas, de façon qu'il plongeait sur les oiseaux.

Il y avait lune ce jour-là, et au moment où Fabrice entrait dans sa prison, elle se levait majestueusement à l'horizon à droite, au-dessus de la chaîne des Alpes, vers Trévise. Il n'était que huit heures et demie du soir, et à l'autre extrémité de l'horizon, au couchant, un brillant crépuscule rouge orangé dessinait parfaitement les contours du mont Viso et des autres pics des Alpes qui remontent de Nice vers le mont Cenis et Turin; sans songer autrement à son malheur, Fabrice fut ému et ravi par ce spectacle sublime. C'est donc dans ce monde ravissant que vit Clélia Conti! avec son âme pensive et sérieuse, elle doit jouir de cette vue plus qu'un autre; on est ici comme dans des montagnes solitaires à cent lieues de Parme. Ce ne fut qu'après avoir passé plus de deux heures à la fenêtre, admirant cet horizon qui parlait à son âme, et souvent aussi arrêtant sa vue sur le joli palais du gouverneur, que Fabrice s'écria tout à coup : Mais ceci est-il une prison? est-ce là ce que j'ai tant redouté? Au lieu d'apercevoir à chaque pas des désagréments et des motifs d'aigreur, notre héros se laissait charmer par les douceurs de la prison.

Tout à coup son attention fut violemment rappelée à la réalité par un tapage épouvantable : sa chambre de bois, assez semblable à une cage et surtout fort sonore, était violemment ébranlée; des aboiements de chien et de petits cris aigus complétaient le bruit le plus singulier. Quoi donc! sitôt pourrais-je m'échapper! pensa Fabrice. Un instant après, il riait comme jamais peut-être on n'a ri dans une prison. Par ordre du général, on avait fait monter en même temps que les geôliers un chien anglais, fort méchant, préposé à la garde des prisonniers d'importance, et qui devait passer la nuit dans l'espace si ingénieusement ménagé tout autour de la cage de Fabrice. Le chien et le geôlier devaient coucher dans l'intervalle de trois pieds ménagé entre les dalles de pierre du sol primitif de la chambre et le plancher en bois sur lequel le prisonnier ne pouvait faire un pas sans être entendu.

Or, à l'arrivée de Fabrice, la chambre de *l'Obéissance passive* se trouvait occupée par une centaine de rats énormes qui prirent la fuite dans tous les sens. Le chien, sorte d'épagneul croisé avec un fox anglais, n'était point beau, mais en revanche il se montra fort alerte. On l'avait attaché sur le pavé en dalles de pierre au-dessous du plancher de la chambre de bois; mais lorsqu'il sentit passer les rats tout près de lui, il fit des efforts si extraordinaires qu'il parvint à retirer la tête de son collier; alors advint cette bataille admirable et dont le tapage réveilla Fabrice lancé dans les rêveries les moins tristes. Les rats qui avaient pu se sauver du premier coup de dent, se réfugiant dans la chambre de bois, le chien monta après eux les six marches qui conduisaient du pavé en pierre à la cabane de Fabrice. Alors commença un tapage bien autrement épouvantable : la cabane était ébranlée jusqu'en ses fondements. Fabrice riait comme un fou et pleurait à force de rire : le geôlier Grillo, non moins riant, avait fermé la porte; le chien, courant après les rats, n'était gêné par aucun meuble, car la chambre était absolument nue; il n'y avait pour gêner les bonds du chien chasseur qu'un poêle de fer dans un coin. Quand le chien eut triomphé de tous ses ennemis, Fabrice l'appela, le caressa, réussit à lui plaire : Si jamais celui-ci me voit sautant par-dessus quelque mur, se dit-il, il n'aboiera pas. Mais cette politique raffinée était une prétention de sa part : dans la situation d'esprit où il était, il trouvait son bonheur à jouer avec ce chien. Par une bizarrerie à laquelle il ne réfléchissait point, une secrète joie régnait au fond de son âme.

Après qu'il se fut bien essoufflé à courir avec le chien :

— Comment vous appelez-vous? dit Fabrice au geôlier.

— Grillo, pour servir votre excellence dans tout ce qui est permis par le règlement.

— Eh bien, mon cher Grillo, un nommé Giletti a voulu m'assassiner au milieu d'un grand chemin, je me suis défendu et l'ai tué; je le tuerais encore si c'était à faire : mais je n'en veux pas moins mener joyeuse vie, tant que je serai votre hôte. Sollicitez l'autorisation de vos chefs et allez demander du linge au palais Sanseverina; de plus, achetez-moi force *nébieu d'Asti*.

C'est un assez bon vin mousseux qu'on fabrique en Piémont dans la patrie d'Alfieri et qui est fort estimé surtout de la classe d'amateurs à laquelle appartiennent les geôliers. Huit ou dix de ces messieurs étaient occcupés à transporter dans la chambre de bois de Fabrice quelques meubles antiques et fort dorés que l'on enlevait au premier étage dans l'appartement du prince; tous recueillirent religieusement dans leur pensée le mot en faveur du vin d'Asti. Quoi qu'on pût faire, l'établissement de Fabrice pour cette première nuit fut pitoyable; mais il n'eut l'air choqué que de l'absence d'une bouteille de bon *nébieu*. — Celui-là a l'air d'un bon enfant.... dirent les geôliers en s'en allant... et il n'y a qu'une chose à désirer, c'est que nos messieurs lui laissent passer de l'argent.

Quand il fut seul et un peu remis de tout ce tapage : Est-il possible que ce soit là la prison, se dit Fabrice en regardant cet immense horizon de Trévise au mont Viso, la chaîne si étendue des Alpes, les pics couverts de neige, les étoiles, etc., et une première nuit en prison encore! Je conçois que Clélia Conti se plaise dans cette solitude aérienne; on est ici à mille lieues au-dessus des politesses et des méchancetés qui nous occupent là-bas. Si ces oiseaux qui sont là sous ma fenêtre lui appartiennent, je la verrai... Rougira-t-elle en m'apercevant? Ce fut en discutant cette grande question que le prisonnier trouva le sommeil à une heure fort avancée de la nuit.

Dès le lendemain de cette nuit, la première passée en prison, et durant laquelle il ne s'impatienta pas une seule fois, Fabrice fut réduit à faire la conversation avec Fox, le chien anglais; Grillo le geôlier lui faisait bien toujours des yeux fort aimables, mais un ordre nouveau le rendait muet, et il n'apportait ni linge ni nébieu.

Verrai-je Clélia? se dit Fabrice en s'éveillant. Mais ces oiseaux sont-ils à elle? Les oiseaux commençaient à jeter de petits cris et à chanter, et à cette élévation c'était le seul bruit qui s'entendît dans les airs. Ce fut une sensation pleine de nouveauté et de plaisir pour Fabrice que ce vaste silence qui régnait à cette hauteur : il écoutait avec ravissement les petits gazouillements interrompus et si vifs par lesquels ses voisins les oiseaux saluaient le jour. S'ils lui appartiennent, elle paraîtra un instant dans cette chambre, là sous ma fenêtre; et tout en examinant les immenses chaînes des Alpes, vis-à-vis le premier étage desquelles la citadelle de Parme semblait s'élever comme un ouvrage avancé, ses regards revenaient à chaque instant aux magnifiques cages de citronnier et de bois d'acajou qui, garnies de fils dorés, s'élevaient au milieu de la chambre fort claire, servant de volière. Ce que Fabrice n'apprit que plus tard, c'est que cette chambre était la seule du second étage du palais qui eût de l'ombre de onze heures à quatre; elle était abritée par la tour Farnèse.

Quel ne va pas être mon chagrin, se dit Fabrice, si, au lieu de cette physionomie céleste et pensive que j'attends et qui rougira peut-être un peu si elle m'aperçoit, je vois arriver la grosse figure de quelque femme de chambre bien commune, chargée par procuration de soigner les oiseaux! Mais si je vois Clélia, daignera-t-elle m'apercevoir? Ma foi, il faut faire des indiscrétions pour être remarqué; ma situation doit avoir quelques priviléges; d'ailleurs nous sommes tous deux seuls ici et si loin du monde! Je suis un prisonnier, apparemment ce que le général Conti et les autres misérables de cette espèce appellent un de leurs subordonnés... Mais elle a tant d'esprit, ou pour mieux dire tant d'âme, comme le suppose le comte, que peut-être, à ce qu'il dit, méprise-t-elle le métier de son père; de là viendrait sa mélancolie! Noble cause de tristesse! Mais après tout, je ne suis point précisément un étranger pour elle. Avec quelle grâce pleine de modestie elle m'a salué hier soir! Je me souviens fort bien que lors de notre rencontre près de Côme je lui dis : Un jour je viendrai voir vos beaux tableaux de Parme, vous souviendrez-vous de ce nom : Fabrice del Dongo? L'aura-t-elle oublié? elle était si jeune alors!

Mais à propos, se dit Fabrice étonné en interrompant tout à coup le cours de ses pensées, j'oublie d'être en colère! Serais-je un de ces grands courages comme l'antiquité en a montré quelques exemples au monde? Suis-je un héros sans m'en douter? Comment! moi qui avais tant de peur de la prison, j'y suis, et je ne me souviens pas d'être triste! c'est bien le cas de dire que la peur a été cent fois pire que le mal. Quoi! j'ai besoin de me raisonner pour être affligé de cette prison, qui, comme le dit Blanès, peut durer dix ans comme dix mois? Serait-ce l'étonnement de tout ce nouvel établissement qui me distrait de la peine que je devrais éprouver? Peut-être que cette bonne humeur indépendante de ma volonté et peu raisonnable cessera tout à coup, peut-être en un instant je tomberai dans le noir malheur que je devrais éprouver.

Dans tous les cas, il est bien étonnant d'être en prison et de devoir se raisonner pour être triste! Ma foi, j'en reviens à ma supposition : peut-être que j'ai un grand caractère.

Les rêveries de Fabrice furent interrompues par le menuisier de la citadelle, lequel venait prendre mesure d'*abat-jour* pour ses fenêtres; c'était la première fois que cette prison servait, et l'on avait oublié de la compléter en cette partie essentielle.

Ainsi, se dit Fabrice, je vais être privé de cette

vue sublime, et il cherchait à s'attrister de cette privation.

— Mais quoi! s'écria-t-il tout à coup parlant au menuisier, je ne verrai plus ces jolis oiseaux?

— Ah! les oiseaux de mademoiselle! qu'elle aime tant! dit cet homme avec l'air de la bonté; cachés, éclipsés, anéantis comme tout le reste.

Parler était défendu au menuisier tout aussi strictement qu'aux geôliers, mais cet homme avait pitié de la jeunesse du prisonnier : il lui apprit que ces abat-jour énormes, placés sur l'appui des deux fenêtres, et s'éloignant du mur tout en s'élevant, ne devaient laisser aux détenus que la vue du ciel. On fait cela pour la morale, lui dit-il, afin d'augmenter une tristesse salutaire et l'envie de se corriger dans l'âme des prisonniers; le général, ajouta le menuisier, a aussi inventé de leur retirer les vitres, et de les faire remplacer à leurs fenêtres par du papier huilé.

Fabrice aima beaucoup le tour épigrammatique de cette conversation, fort rare en Italie.

— Je voudrais bien avoir un oiseau pour me désennuyer, je les aime à la folie; achetez-m'en un de la femme de chambre de mademoiselle Clélia Conti.

— Quoi! vous la connaissez, s'écria le menuisier, que vous dites si bien son nom?

— Qui n'a pas ouï parler de cette beauté si célèbre? Mais j'ai eu l'honneur de la rencontrer plusieurs fois à la cour.

— La pauvre demoiselle s'ennuie bien ici, ajouta le menuisier; elle passe sa vie là avec ses oiseaux. Ce matin elle vient de faire acheter de beaux orangers que l'on a placés par son ordre à la porte de la tour sous votre fenêtre; sans la corniche vous pourriez les voir. Il y avait dans cette réponse des mots bien précieux pour Fabrice; il trouva une façon obligeante de donner quelque argent au menuisier.

— Je fais deux fautes à la fois, lui dit cet homme : je parle à votre excellence et je reçois de l'argent. Après-demain, en revenant pour les abat-jour, j'aurai un oiseau dans ma poche, et si je ne suis pas seul, je ferai semblant de le laisser envoler; si je puis même, je vous apporterai un livre de prières : vous devez bien souffrir de ne pas pouvoir dire vos offices.

Ainsi, se dit Fabrice, dès qu'il fut seul, ces oiseaux sont à elle, mais dans deux jours je ne les verrai plus! A cette pensée, ses regards prirent une teinte de malheur. Mais enfin, à son inexprimable joie, après une si longue attente et tant de regards, vers midi Clélia vint soigner ses oiseaux. Fabrice resta immobile et sans respiration, il était debout contre les énormes barreaux de sa fenêtre et fort près. Il remarqua qu'elle ne levait pas les yeux sur lui, mais ses mouvements avaient l'air gêné, comme ceux de quelqu'un qui se sent regardé. Quand elle l'aurait voulu, la pauvre fille n'aurait pas pu oublier le sourire si fin qu'elle avait vu errer sur les lèvres du prisonnier, la veille, au moment où les gendarmes l'emmenaient du corps-de-garde.

Quoique, suivant toute apparence, elle veillât sur ses actions avec le plus grand soin, au moment où elle s'approcha de la fenêtre de la volière, elle rougit fort sensiblement. La première pensée de Fabrice, collé contre les barreaux de fer de sa fenêtre, fut de se livrer à l'enfantillage de frapper un peu avec la main sur ces barreaux, ce qui produirait un petit bruit; puis la seule idée de ce manque de délicatesse lui fit horreur. Je mériterais que pendant huit jours elle envoyât soigner ses oiseaux par sa femme de chambre. Cette idée délicate ne lui fût point venue à Naples ou à Novare.

Il la suivait ardemment des yeux : Certainement, se disait-il, elle va s'en aller sans daigner jeter un regard sur cette pauvre fenêtre, et pourtant elle est bien en face. Mais, en revenant du fond de la chambre que Fabrice, grâce à sa position plus élevée, apercevait fort bien, Clélia ne put s'empêcher de le regarder du haut de l'œil, tout en marchant, et c'en fut assez pour que Fabrice se crût autorisé à la saluer. Ne sommes-nous pas seuls au monde ici? se dit-il pour s'en donner le courage. Sur ce salut, la jeune fille resta immobile et baissa les yeux; puis Fabrice les lui vit relever fort lentement; et évidemment, en faisant effort sur elle-même, elle salua le prisonnier avec le mouvement le plus grave et le plus *distant*, mais elle ne put imposer silence à ses yeux : sans qu'elle le sût probablement, ils exprimèrent un instant la pitié la plus vive. Fabrice remarqua qu'elle rougissait tellement que la teinte rose s'étendait rapidement jusque sur le haut des épaules, dont la chaleur venait d'éloigner, en arrivant à la volière, un châle de dentelle noire. Le regard involontaire par lequel Fabrice répondit à son salut redoubla le trouble de la jeune fille. Que cette pauvre femme serait heureuse, se disait-elle en pensant à la duchesse, si un instant seulement elle pouvait le voir comme je le vois!

Fabrice avait eu quelque léger espoir de la saluer de nouveau à son départ; mais, pour éviter cette nouvelle politesse, Clélia fit une savante retraite par échelons, de cage en cage, comme si, en finissant, elle eût dû soigner les oiseaux placés le plus près de la porte. Elle sortit enfin; Fabrice restait immobile à regarder la porte par laquelle elle venait de disparaître; il était un autre homme.

Dès ce moment l'unique objet de ses pensées fut de savoir comment il pourrait parvenir à continuer de la voir, même quand on aurait posé cet horrible abat-jour devant la fenêtre qui donnait sur le palais du gouverneur.

La veille au soir, avant de se coucher, il s'était imposé l'ennui fort long de cacher la meilleure partie de l'or qu'il avait, dans plusieurs des trous de rats qui ornaient sa chambre de bois. Il faut, ce soir, que je cache ma montre. N'ai-je pas entendu dire qu'avec de la patience et un ressort de montre ébréché on peut couper le bois et même le fer? Je pourrai donc scier cet abat-jour. Ce travail de cacher la montre, qui dura deux grandes heures, ne lui sembla point long; il songeait aux différents moyens de parvenir à son but, et à ce qu'il savait faire en travaux de menuiserie. Si je sais m'y prendre, se disait-il, je pourrai couper bien carrément un compartiment de la planche de chêne qui formera l'abat-jour, vers la partie qui reposera sur l'appui de la fenêtre; j'ôterai et je remettrai ce morceau suivant les circonstances; je donnerai tout ce que je possède à Grillo afin qu'il veuille bien ne pas s'apercevoir de ce petit manége. Tout le bonheur de Fabrice était désormais attaché à la possibilité d'exécuter ce travail, et il ne songeait à rien autre. Si je parviens seulement à la voir, je suis heureux... Non pas, se dit-il; il faut aussi qu'elle voie que je la vois. Pendant toute la nuit, il eut la tête remplie d'inventions de menuiserie, et ne songea peut-être pas une seule fois à la cour de Parme, à la colère du prince, etc., etc. Nous avouerons qu'il ne songea pas davantage à la douleur dans laquelle la duchesse devait être plongée. Il attendait avec impatience le lendemain, mais le menuisier ne reparut plus : apparemment qu'il passait pour libéral dans la prison; on eut soin d'en envoyer un autre à mine rébarbative, lequel ne répondit jamais que par un grognement de mauvais augure à toutes les choses agréables que l'esprit de Fabrice cherchait à lui adresser. Quelques-unes des nombreuses tentatives de la duchesse pour lier une correspondance avec Fabrice avaient été dépistées par les nombreux agents de la marquise Raversi, et, par elle, le général Fabio Conti était journellement averti, effrayé, piqué d'amour-propre. Toutes les huit heures, six soldats de garde se relevaient dans la grande salle aux cent colonnes du rez-de-chaussée; de plus, le gouverneur établit un geôlier de garde à chacune des trois portes de fer successives du corridor, et le pauvre Grillo, le seul qui vît le prisonnier, fut condamné à ne sortir de la tour Farnèse que tous les huit jours, ce dont il se montra fort contrarié. Il fit sentir son humeur à Fabrice, qui eut le bon esprit de ne répondre que par ces mots : Force *nébieu d'Asti*, mon ami, et il lui donna de l'argent.

— Eh bien! même cela, qui nous console de tous les maux, s'écria Grillo indigné, d'une voix à peine assez élevée pour être entendue du prisonnier, on nous défend de le recevoir et je devrais le refuser, mais je le prends; du reste, argent perdu; je ne puis rien vous dire sur rien. Allez, il faut que vous soyez joliment coupable, toute la citadelle est sens dessus dessous à cause de vous; les belles menées de madame la duchesse ont déjà fait renvoyer trois d'entre nous.

L'abat-jour sera-t-il prêt avant midi? Telle fut la grande question qui fit battre le cœur de Fabrice pendant toute cette longue matinée; il comptait tous les quarts d'heure qui sonnaient à l'horloge de la citadelle. Enfin, comme les trois quarts après onze heures sonnaient, l'abat-jour n'était pas encore arrivé; Clélia reparut, donnant des soins à ses oiseaux. La cruelle nécessité avait fait faire de si grands pas à l'audace de Fabrice, et le danger de ne plus la voir lui semblait tellement au-dessus de tout, qu'il osa, en regardant Clélia, faire avec le doigt le geste de scier l'abat-jour; il est vrai qu'aussitôt après avoir aperçu ce geste si séditieux en prison, elle salua à demi, et se retira.

Hé quoi! se dit Fabrice étonné, serait-elle assez déraisonnable pour voir une familiarité ridicule dans un geste dicté par la plus impérieuse nécessité? Je voulais la prier de daigner, toujours en soignant ses oiseaux, regarder quelquefois la fenêtre de la prison, même quand elle la trouvera masquée par un énorme volet de bois; je voulais lui indiquer que je ferai tout ce qui est humainement possible pour parvenir à la voir. Grand Dieu! est-ce qu'elle ne viendra pas demain à cause de ce geste indiscret? Cette crainte, qui troubla le sommeil de Fabrice, se vérifia complétement; le lendemain Clélia n'avait pas paru à trois heures, quand on acheva de poser devant les fenêtres de Fabrice les deux énormes abat-jour; les diverses pièces en avaient été élevées, à partir de l'esplanade de la grosse tour, au moyen de cordes et de poulies attachées par dehors aux barreaux de fer des fenêtres. Il est vrai que, cachée derrière une persienne de son appartement, Clélia avait suivi avec angoisse tous les mouvements des ouvriers; elle avait fort bien vu la mortelle inquiétude de Fabrice, mais n'en avait pas moins eu le courage de tenir la promesse qu'elle s'était faite.

Clélia était une petite sectaire de libéralisme; dans sa première jeunesse elle avait pris au sérieux tous les propos de libéralisme qu'elle entendait dans la société de son père, lequel ne songeait qu'à se faire une position; elle était partie de là pour prendre en mépris et presque en horreur le caractère flexible du courtisan : de là son antipathie pour le mariage. Depuis l'arrivée de Fabrice, elle était bourrelée de remords : Voilà, se disait-elle, que mon indigne cœur se met du parti des gens qui veulent trahir mon père! Il ose me faire le geste de scier une porte!... Mais, se dit-elle aussitôt l'âme navrée, toute la ville parle de sa mort prochaine! Demain peut-être le jour fatal! Avec les monstres qui nous gouvernent, quelle chose au monde n'est pas possible! Quelle doucœur, quelle sérénité héroïque dans ces yeux qui peut-être vont se fermer! Dieu! quelles ne doivent pas être les angoisses de la duchesse! aussi on la dit tout à fait au désespoir. Moi j'irais poignarder le prince, comme l'héroïque Charlotte Corday!

Pendant toute cette troisième journée de sa prison, Fabrice fut outré de colère, mais uniquement de n'avoir pas vu reparaître Clélia. Colère pour colère, j'aurais dû lui dire que je l'aimais! s'écriait-il; car il en était arrivé à cette découverte. Non, ce n'est point par grandeur d'âme que je ne songe pas à la prison et que je fais mentir la prophétie de Blanès : tant d'honneur ne m'appartient point. Malgré moi je songe à ce regard de douce pitié que Clélia laissa tomber sur moi lorsque les gendarmes m'emmenaient du corps-de-garde; ce regard a effacé toute ma vie passée. Qui m'eût dit que je trouverais des yeux si doux en un tel lieu! et au moment où j'avais les regards salis par la physionomie de Barbone et par celle de monsieur le général gouverneur! Le Ciel parut au milieu de ces êtres vils. Et comment ne pas faire pour aimer la beauté et chercher à la revoir? Non, ce n'est point par grandeur d'âme que je suis indifférent à toutes les petites vexations dont la prison m'accable. L'imagination de Fabrice, parcourant rapidement toutes les possibilités, arriva à celle d'être mis en liberté. Sans doute l'amitié de la duchesse fera des miracles pour moi. Eh bien! je ne la remercierais de la liberté que du bout des lèvres; ces lieux ne sont point de ceux où l'on revient! une fois hors de prison, séparés de sociétés comme nous le sommes, je ne reverrais presque jamais Clélia! Et dans le fait, quel mal me fait la prison? Si Clélia daignait ne pas m'accabler de sa colère, qu'aurais-je à demander au Ciel?

Le soir de ce jour où il n'avait pas vu sa jolie voisine, il eut une grande idée : avec la croix de fer du chapelet que l'on distribue à tous les prisonniers à leur entrée en prison, il commença, et avec succès, à percer l'abat-jour. C'est peut-être une imprudence, se dit-il avant de commencer. Les menuisiers n'ont-ils pas dit devant moi que dès demain ils seront remplacés par les ouvriers peintres? Que diront ceux-ci s'ils trouvent l'abat-jour de la fenêtre percé? Mais si je ne commets cette imprudence, demain je ne puis la voir. Quoi! par ma faute je resterais un jour sans la voir! et encore quand elle m'a quitté fâchée! L'imprudence de Fabrice fut récompensée : après quinze heures de travail, il vit Clélia, et, par excès de bonheur, comme elle ne croyait point être aperçue de lui, elle resta longtemps immobile et le regard fixé sur cet immense abat-jour ; il eut tout le temps de lire dans ses yeux les signes de la pitié la plus tendre. Sur la fin de la visite elle négligeait même évidemment les soins à donner à ses oiseaux, pour rester des minutes entières immobile à contempler la fenêtre. Son âme était profondément troublée; elle songeait à la duchesse dont l'extrême malheur lui avait inspiré tant de pitié, et cependant elle commençait à la haïr. Elle ne comprenait rien à la profonde mélancolie qui s'emparait de son caractère, elle avait de l'humeur contre elle-même. Deux ou trois fois, pendant le cours de cette visite, Fabrice eut l'impatience de chercher à ébranler l'abat-jour; il lui semblait qu'il n'était pas heureux tant qu'il ne pouvait pas témoigner à Clélia qu'il la voyait. Cependant, se disait-il, si elle savait que je l'aperçois avec autant de facilité, timide et réservée comme elle l'est, sans doute elle se déroberait à mes regards.

Il fut bien plus heureux le lendemain (de quelles misères l'amour ne fait-il pas son bonheur!) : pendant qu'elle regardait tristement l'immense abat-jour, il parvint à faire passer un petit morceau de fil de fer par l'ouverture que la croix de fer avait pratiquée, et il lui fit des signes qu'elle comprit évidemment, du moins dans ce sens qu'ils voulaient dire : Je suis là et je vous vois.

Fabrice eut du malheur les jours suivants. Il voulait enlever à l'abat-jour colossal un morceau de planche grand comme la main, que l'on pourrait remettre à volonté et qui lui permettrait de voir et d'être vu, c'est-à-dire de parler, par signes du moins, de ce qui se passait dans son âme; mais il se trouva que le bruit de la petite scie fort imparfaite qu'il avait fabriquée avec le ressort de sa montre ébréché par la croix, inquiétait Grillo qui venait passer de longues heures dans sa chambre. Il crut remarquer, il est vrai, que la sévérité de Clélia semblait diminuer à mesure qu'augmentaient les difficultés matérielles qui s'opposaient à toute correspondance; Fabrice observa fort bien qu'elle n'affectait plus de baisser les yeux ou de regarder les oiseaux quand il essayait de lui donner signe de présence à l'aide de son chétif morceau de fil de fer; il avait le plaisir de voir qu'elle ne manquait jamais à paraître dans la volière au moment précis où onze heures trois quarts sonnaient, et il eut presque la présomption de se croire la cause de cette exactitude si ponctuelle. Pourquoi? cette idée ne semble pas raisonnable; mais l'amour observe des nuances invisibles à l'œil indifférent, et en tire des conséquences infinies. Par exemple, depuis que Clélia ne voyait plus le prisonnier, presque immédiatement en entrant dans la volière, elle levait les yeux vers sa fenêtre. C'était dans ces journées funèbres où personne dans Parme ne doutait que Fabrice ne fût bientôt mis à mort : lui seul l'ignorait; mais cette affreuse idée ne quittait plus Clélia, et comment se serait-elle fait des reproches du trop d'intérêt qu'elle portait à Fabrice? il allait périr! et pour la cause de la liberté! car il était trop absurde de mettre à mort un del Dongo pour un coup d'épée à un histrion. Il est vrai que cet aimable jeune homme était attaché à une autre femme! Clélia était profondément malheureuse, et, sans s'avouer bien précisément le genre d'intérêt qu'elle prenait à son sort : Certes, se disait-elle, si on le conduit à la mort, je m'enfuirai dans un couvent, et de la vie je ne reparaîtrai dans cette société de la cour, elle me fait horreur. Assassins polis!

Le huitième jour de la prison de Fabrice, elle eut un bien grand sujet de honte : elle regardait fixement, et absorbée dans ses tristes pensées, l'abat-jour qui cachait la fenêtre du prisonnier; ce jour-là il n'avait encore donné aucun signe de présence : tout à coup un petit morceau d'abat-jour, plus grand que la main, fut retiré par lui; il la regarda d'un air gai, et elle vit ses yeux qui la saluaient. Elle ne put soutenir cette épreuve inattendue, elle se retourna vivement vers ses oiseaux et se mit à les soigner; mais elle tremblait au point qu'elle versait l'eau qu'elle leur distribuait, et Fabrice pouvait voir parfaitement son émotion; elle ne put supporter cette situation, et prit le parti de se sauver en courant.

Ce moment fut le plus beau de la vie de Fabrice, sans aucune comparaison. Avec quels transports il eût refusé la liberté, si on la lui eût offerte en cet instant!

Le lendemain fut le jour du grand désespoir de

la duchesse. Tout le monde tenait pour sûr dans la ville que c'en était fait de Fabrice ; Clélia n'eut pas le triste courage de lui montrer une dureté qui n'était pas dans son cœur, elle passa une heure et demie à la volière, regarda tous ses signes, et souvent lui répondit, au moins par l'expression de l'intérêt le plus vif et le plus sincère ; elle le quittait des instants pour lui cacher ses larmes. Sa coquetterie de femme sentait bien vivement l'imperfection du langage employé : si l'on se fût parlé, de combien de façons différentes n'eût-elle pas pu chercher à deviner quelle était précisément la nature des sentiments que Fabrice avait pour la duchesse ! Clélia ne pouvait presque plus se faire d'illusion, elle avait de la haine pour madame Sanseverina.

Une nuit Fabrice vint à penser un peu sérieusement à sa tante : il fut étonné, il eut peine à reconnaître son image ; le souvenir qu'il conservait d'elle avait totalement changé ; pour lui, à cette heure, elle avait cinquante ans.

— Grand Dieu ! s'écria-t-il avec enthousiasme, que je fus bien inspiré de ne pas lui dire que je l'aimais ! Il en était au point de ne presque plus pouvoir comprendre comment il l'avait trouvée si jolie. Sous ce rapport, la petite Marietta lui faisait une impression de changement moins sensible : c'est que jamais il ne s'était figuré que son âme fût de quelque chose dans l'amour pour la Marietta, tandis que souvent il avait cru que son âme tout entière appartenait à la duchesse. La duchesse d'A*** et la Marietta lui faisaient l'effet maintenant de deux jeunes colombes dont tout le charme serait dans la faiblesse et dans l'innocence, tandis que l'image sublime de Clélia Conti, en s'emparant de toute son âme, allait jusqu'à lui donner de la terreur. Il sentait trop bien que l'éternel bonheur de sa vie allait le forcer de compter avec la fille du gouverneur, et qu'il était en son pouvoir de faire de lui le plus malheureux des hommes. Chaque jour il craignait mortellement de voir se terminer tout à coup, par un caprice sans appel de sa volonté, cette sorte de vie singulière et délicieuse qu'il trouvait auprès d'elle; toutefois, elle avait déjà rempli de félicité les deux premiers mois de sa prison. C'était le temps où, deux fois la semaine, le général Fabio Conti disait au prince : Je puis donner ma parole d'honneur à votre altesse que le prisonnier del Dongo ne parle à âme qui vive, et passe sa vie dans l'accablement du plus profond désespoir, ou à dormir.

Clélia venait deux ou trois fois le jour voir ses oiseaux, quelquefois pour des instants : si Fabrice ne l'eût pas tant aimée, il eût bien vu qu'il était aimé; mais il avait des doutes mortels à cet égard. Clélia avait fait placer un piano dans la volière. Tout en frappant les touches, pour que le son de l'instrument pût rendre compte de sa présence et occupât les sentinelles qui se promenaient sous ses fenêtres, elle répondait des yeux aux questions de Fabrice. Sur un seul sujet elle ne faisait jamais de réponse, et même, dans les grandes occasions, prenait la fuite, et quelquefois disparaissait pour une journée entière; c'était lorsque les signes de Fabrice indiquaient des sentiments dont il était trop difficile de ne pas comprendre l'aveu : elle était inexorable sur ce point.

Ainsi, quoique étroitement resserré dans une assez petite cage, Fabrice avait une vie fort occupée; elle était employée tout entière à chercher la solution de ce problème si important : M'aime-t-elle? Le résultat de milliers d'observations sans cesse renouvelées, mais aussi sans cesse mises en doute, était ceci : tous ses gestes volontaires disent non, mais ce qui est involontaire dans le mouvement de ses yeux semble avouer qu'elle prend de l'amitié pour moi.

Clélia espérait bien ne jamais arriver à un aveu, et c'est pour éloigner ce péril qu'elle avait repoussé, avec une colère excessive, une prière que Fabrice lui avait adressée plusieurs fois. La misère des ressources employées par le pauvre prisonnier aurait dû, ce semble, inspirer à Clélia plus de pitié. Il voulait correspondre avec elle au moyen de caractères qu'il traçait sur sa main avec un morceau de charbon dont il avait fait la précieuse découverte dans son poêle; il aurait formé les mots lettre à lettre, successivement. Cette invention eût doublé les moyens de conversation en ce qu'elle eût permis de dire des choses précises. Sa fenêtre était éloignée de celle de Clélia d'environ vingt-cinq pieds; il eût été trop chanceux de se parler par-dessus la tête des sentinelles se promenant devant le palais du gouverneur. Fabrice doutait d'être aimé; s'il eût eu quelque expérience de l'amour, il ne lui fût pas resté de doutes : mais jamais femme n'avait occupé son cœur; il n'avait, du reste, aucun soupçon d'un secret qui l'eût mis au désespoir s'il l'eût connu; il était grandement question du mariage de Clélia Conti avec le marquis Crescenzi, l'homme le plus riche de la cour.

[illegible] successivement. Cette [illegible] [illegible] de conversation [illegible] permit de dire des choses précises. Sa [illegible] était placée de celle de Clélia d'environ [illegible] il eût été trop dangereux de se parler par-dessus la tête des sentinelles se promenant devant le palais du gouverneur. Fabrice doutait d'être aimé; s'il eût eu quelque [illegible] peu de l'amour, il ne lui fût pas resté [illegible] jamais femme n'avait occupé son [illegible] soupçon d'un secret qui l'eût [illegible] s'il l'eût [illegible] il était [illegible] de [illegible] Clélia [illegible] l'homme le plus riche de la cour.

# XIX

L'ambition du général Fabio Conti, exaltée jusqu'à la folie par les embarras qui venaient se placer au milieu de la carrière du premier ministre Mosca, et qui semblaient annoncer sa chute, l'avait porté à faire des scènes violentes à sa fille; il lui répétait sans cesse, et avec colère, qu'elle cassait le cou à sa fortune si elle ne se déterminait enfin à faire un choix; à vingt ans passés il était temps de prendre un parti; cet état d'isolement cruel, dans lequel son obstination déraisonnable plongeait le général, devait cesser à la fin, etc., etc.

C'était d'abord pour se soustraire à ces accès d'humeur de tous les instants que Clélia s'était réfugiée dans la volière; on n'y pouvait arriver que par un petit escalier de bois fort incommode, et dont la goutte faisait un obstacle sérieux pour le gouverneur.

Depuis quelques semaines, l'âme de Clélia était tellement agitée, elle savait si peu elle-même ce qu'elle devait désirer, que, sans donner précisément une parole à son père, elle s'était presque laissé engager. Dans un de ses accès de colère, le général s'était écrié qu'il saurait bien l'envoyer s'ennuyer dans le couvent le plus triste de Parme, et que, là, il la laisserait se morfondre jusqu'à ce qu'elle daignât faire un choix.

— Vous savez que notre maison, quoique fort ancienne, ne réunit pas 6,000 livres de rente, tandis que la fortune du marquis Crescenzi s'élève à plus de 100,000 écus par an. Tout le monde à la cour s'accorde à lui reconnaître le caractère le plus doux; jamais il n'a donné de sujet de plainte à personne; il est fort bel homme, jeune, fort bien vu du prince, et je dis qu'il faut être folle à lier pour repousser ses hommages. Si ce refus était le premier, je pourrais peut-être le supporter; mais voici cinq ou six partis, et des premiers de la cour, que vous refusez, comme une petite sotte que vous êtes. Et que deviendriez-vous, je vous prie, si j'étais mis à la demi-solde? quel triomphe pour mes ennemis, si l'on me voyait logé dans quelque second étage, moi dont il a été si souvent question pour le ministère! Non, morbleu! voici assez de temps que ma bonté me fait jouer le rôle d'un Cassandre. Vous allez me fournir quelque objection valable contre ce pauvre marquis Crescenzi, qui a la bonté d'être amoureux de vous, de vouloir vous épouser sans dot, et de vous assigner un douaire de 30,000 livres de rente, avec lequel du moins je pourrai me loger; vous allez me parler raisonnablement, ou, morbleu! vous l'épousez dans deux mois!....

Un seul mot de tout ce discours avait frappé Clélia, c'était la menace d'être mise au couvent, et par conséquent éloignée de la citadelle, et au moment encore où la vie de Fabrice semblait ne tenir qu'à un fil, car il ne se passait pas de mois que le bruit de sa mort prochaine ne courût de nouveau à la ville et à la cour. Quelque raisonnement qu'elle se fît, elle ne put se déterminer à courir cette chance : Être séparée de Fabrice, et au moment où elle tremblait pour sa vie! c'était à ses yeux le plus grand des maux, c'en était du moins le plus immédiat.

Ce n'est pas que, même en n'étant pas éloignée de Fabrice, son cœur trouvât la perspective du bonheur; elle le croyait aimé de la duchesse et son âme était déchirée par une jalousie mortelle. Sans cesse elle songeait aux avantages de cette femme si généralement admirée. L'extrême réserve qu'elle s'imposait envers Fabrice, le langage des signes dans lequel elle l'avait confiné, de peur de tomber dans quelque indiscrétion, tout semblait se réunir pour lui ôter les moyens d'arriver à quelque éclaircissement sur sa manière d'être avec la duchesse. Ainsi, chaque jour, elle sentait plus cruellement l'affreux malheur d'avoir une rivale dans le cœur de Fabrice, et chaque jour elle osait moins s'exposer au danger de lui donner l'occasion de dire toute la vérité sur ce qui se passait dans ce cœur. Mais quel charme cependant de l'entendre faire l'aveu de ses sentiments vrais! quel bonheur pour Clélia de pouvoir éclaircir les soupçons affreux qui empoisonnaient sa vie!

Fabrice était léger; à Naples, il avait la réputation de changer assez facilement de maîtresse. Malgré toute la réserve imposée au rôle d'une demoiselle, depuis qu'elle était chanoinesse et qu'elle allait à la cour, Clélia, sans interrogerjamais, mais en écoutant avec attention, avait appris à connaître la réputation que s'étaient faite les jeunes gens qui avaient successivement recherché sa main; eh bien! Fabrice, comparé à tous ces jeunes gens, était celui qui portait le plus de légèreté dans ses relations de cœur. Il était en prison, il s'ennuyait, il faisait la cour à l'unique femme à laquelle il pût parler; quoi de plus simple? quoi même de *plus commun?* et c'était ce qui désolait Clélia. Quand même, par une révélation complète, elle eût appris que Fabrice n'aimait plus la duchesse, quelle confiance pouvait-elle avoir dans ses paroles? quand même elle eût cru à la sincérité de ses discours, quelle confiance eût-elle pu avoir dans la durée de ses sentiments? Et enfin, pour achever de porter le désespoir dans son cœur, Fabrice n'était-il pas déjà fort avancé dans la carrière ecclésiastique? n'était-il pas à la veille de se lier par des vœux éternels? Les plus grandes dignités ne l'attendaient-elles pas dans ce genre de vie? S'il me restait la moindre lueur de bon sens, se disait la malheureuse Clélia, ne devrais-je pas prendre la fuite? ne devrais-je pas supplier mon père de m'enfermer dans quelque couvent fort éloigné? Et, pour comble de misère, c'est précisément la crainte d'être éloignée de la citadelle et renfermée dans un couvent qui dirige toute ma conduite! C'est cette crainte qui me force à dissimuler, qui m'oblige au hideux et déshonorant mensonge de feindre d'accepter les soins et les attentions publiques du marquis Crescenzi!

Le caractère de Clélia était profondément raisonnable; en toute sa vie elle n'avait pas eu à se reprocher une démarche inconsidérée, et sa conduite en cette occurrence était le comble de la déraison : on peut juger de ses souffrances!... Elles étaient d'autant plus cruelles qu'elle ne se faisait aucune illusion. Elle s'attachait à un homme qui était éperdument aimé de la plus belle femme de la cour, d'une femme qui, à tant de titres, était supérieure à elle, Clélia ! Et cet homme même, eût-il été libre, n'était pas capable d'un attachement sérieux, tandis qu'elle, comme elle le sentait trop bien, n'aurait jamais qu'un seul attachement dans la vie.

C'était donc le cœur agité des plus affreux remords que tous les jours Clélia venait à la volière : portée en ce lieu comme malgré elle, son inquiétude changeait d'objet et devenait moins cruelle, les remords disparaissaient pour quelques instants; elle épiait, avec des battements de cœur indicibles, les moments où Fabrice pouvait ouvrir la sorte de vasistas par lui pratiqué dans l'immense abat-jour qui masquait sa fenêtre. Souvent la présence du geôlier Grillo dans sa chambre l'empêchait de s'entretenir par signes avec son amie.

Un soir, sur les onze heures, Fabrice entendit des bruits de la nature la plus étrange dans la citadelle : de nuit, en se couchant sur la fenêtre et sortant la tête hors du vasistas, il parvenait à distinguer les bruits un peu forts qu'on faisait dans le grand escalier, dit *des trois cents marches*, lequel conduisait de la première cour dans l'intérieur de la tour ronde, à l'esplanade en pierre sur laquelle on avait construit le palais du gouverneur et la prison Farnèse où il se trouvait.

Vers le milieu de son développement, à cent quatre-vingts marches d'élévation, cet escalier passait du côté méridional d'une vaste cour, au côté du nord ; là se trouvait un pont en fer fort léger et fort étroit, au milieu duquel était établi un portier. On relevait cet homme toutes les six heures, et il était obligé de se lever et d'effacer le corps pour que l'on pût passer sur le pont qu'il gardait, et par lequel seul on pouvait parvenir au palais du gouverneur et à la tour Farnèse. Il suffisait de donner deux tours à un ressort, dont le gouverneur portait la clef sur lui, pour précipiter ce pont de fer dans la cour, à une profondeur de plus de cent pieds ; cette simple précaution prise, comme il n'y avait pas d'autre escalier dans toute la citadelle, et que tous les soirs à minuit un adjudant rapportait chez le gouverneur, et dans un cabinet auquel on entrait par sa chambre, les cordes de tous les puits, il restait complétement inaccessible dans son palais, et il eût été également impossible à qui que ce fût d'arriver à la tour Farnèse. C'est ce que Fabrice avait parfaitement bien remarqué le jour de son entrée à la citadelle, et ce que Grillo, qui comme tous les geôliers aimait à vanter sa prison, lui avait plusieurs fois expliqué : ainsi il n'avait guère d'espoir de se sauver. Cependant il se souvenait d'une maxime de l'abbé Blanès : « L'amant songe plus souvent à arriver à sa maîtresse que le mari à garder sa femme ; le prisonnier songe plus souvent à se sauver, que le geôlier à fermer sa porte; donc, quels que soient les obstacles, l'amant et le prisonnier doivent réussir. »

Ce soir-là Fabrice entendait fort distinctement un grand nombre d'hommes passer sur le pont en fer, dit le pont de l'*esclave*, parce que jadis un esclave dalmate avait réussi à se sauver, en précipitant le gardien du pont dans la cour.

On vient faire ici un enlèvement, on va peut-être me mener pendre; mais il peut y avoir du désordre, il s'agit d'en profiter. Il avait pris ses armes, il retirait déjà de l'or de quelques-unes de ses cachettes, lorsque tout à coup il s'arrêta.

— L'homme est un plaisant animal, s'écria-t-il, il faut en convenir! Que dirait un spectateur invisible qui verrait mes préparatifs? Est-ce que par hasard je veux me sauver? Que deviendrais-je le lendemain du jour où je serais de retour à Parme? est-ce que je ne ferais pas tout au monde pour revenir auprès de Clélia? S'il y a du désordre, profitons-en pour me glisser dans le palais du gouverneur; peut-être je pourrai parler à Clélia, peut-être autorisé par le désordre j'oserai lui baiser la main. Le général Conti, fort défiant de sa nature, et non moins vaniteux, fait garder son palais par cinq sentinelles, une à chaque angle du bâtiment, et une cinquième à la porte d'entrée, mais par bonheur la nuit est fort noire. A pas de loup, Fabrice alla vérifier ce que faisaient le geôlier

Grillo et son chien : le geôlier était profondément endormi dans une peau de bœuf suspendue au plancher par quatre cordes, et entourée d'un filet grossier; le chien Fox ouvrit les yeux, se leva, et s'avança doucement vers Fabrice pour le caresser.

Notre prisonnier remonta légèrement les six marches qui conduisaient à sa cabane de bois; le bruit devenait tellement fort au pied de la tour Farnèse, et précisément devant la porte, qu'il pensa que Grillo pourrait bien se réveiller. Fabrice, chargé de toutes ses armes, prêt à agir, se croyait réservé cette nuit-là aux grandes aventures, quand tout à coup il entendit commencer la plus belle symphonie du monde : c'était une sérénade que l'on donnait au général ou à sa fille. Il tomba dans un accès de rire fou. Et moi qui songeais déjà à donner des coups de dague! comme si une sérénade n'était pas une chose infiniment plus ordinaire qu'un enlèvement nécessitant la présence de quatre-vingts personnes dans une prison ou qu'une révolte! La musique était excellente et parut délicieuse à Fabrice, dont l'âme n'avait eu aucune distraction depuis tant de semaines; elle lui fit verser de bien douces larmes; dans son ravissement, il adressait les discours les plus irrésistibles à la belle Clélia. Mais le lendemain, à midi, il la trouva d'une mélancolie tellement sombre, elle était si pâle, elle dirigeait sur lui des regards où il lisait quelquefois tant de colère, qu'il ne se sentit pas assez autorisé pour lui adresser une question sur la sérénade; il craignit d'être impoli.

Clélia avait grandement raison d'être triste : c'était une sérénade que lui donnait le marquis Crescenzi; une démarche aussi publique était en quelque sorte l'annonce officielle du mariage. Jusqu'au jour même de la sérénade, et jusqu'à neuf heures du soir, Clélia avait fait la plus belle résistance, mais elle avait eu la faiblesse de céder à la menace d'être envoyée immédiatement au couvent, qui lui avait été faite par son père.

Quoi! je ne le verrais plus! s'était-elle dit en pleurant. C'est en vain que sa raison avait ajouté : Je ne le verrais plus cet être qui fera mon malheur de toutes les façons, je ne verrais plus cet amant de la duchesse, je ne verrais plus cet homme léger qui a eu dix maîtresses connues à Naples, et les a toutes trahies; je ne verrais plus ce jeune ambitieux qui, s'il survit à la sentence qui pèse sur lui, va s'engager dans les ordres sacrés! Ce serait un crime pour moi de le regarder encore lorsqu'il sera hors de cette citadelle, et son inconstance naturelle m'en épargnera la tentation; car, que suis-je pour lui? un prétexte pour passer moins ennuyeusement quelques heures de chacune de ses journées de prison. Au milieu de toutes ces injures, Clélia vint à se souvenir du sourire avec lequel il regardait les gendarmes qui l'entouraient lorsqu'il sortait du bureau d'écrou pour monter à la tour Farnèse. Les larmes inondèrent ses yeux : Cher ami, que ne ferais-je pas pour toi! Tu me perdras, je le sais, tel est mon destin; je me perds moi-même d'une manière atroce en assistant ce soir à cette affreuse sérénade; mais demain, à midi, je reverrai tes yeux!

Ce fut précisément le lendemain de ce jour où Clélia avait fait de si grands sacrifices au jeune prisonnier, qu'elle aimait d'une passion si vive; ce fut le lendemain de ce jour où, voyant tous ses défauts, elle lui avait sacrifié sa vie, que Fabrice fut désespéré de sa froideur. Si, même en n'employant que le langage si imparfait des signes, il eût fait la moindre violence à l'âme de Clélia, probablement elle n'eût pu retenir ses larmes, et Fabrice eût obtenu l'aveu de tout ce qu'elle sentait pour lui; mais il manquait d'audace, il avait une trop mortelle crainte d'offenser Clélia, elle pouvait le punir d'une peine trop sévère. En d'autres termes, Fabrice n'avait aucune expérience du genre d'émotion que donne une femme que l'on aime; c'était une sensation qu'il n'avait jamais éprouvée, même dans sa plus faible nuance. Il lui fallut huit jours, après celui de la sérénade, pour se remettre avec Clélia sur le pied accoutumé de bonne amitié. La pauvre fille s'armait de sévérité, mourant de crainte de se trahir, et il semblait à Fabrice que chaque jour il était moins bien avec elle.

Un jour, et il y avait alors près de trois mois

que Fabrice était en prison sans avoir eu aucune communication quelconque avec le dehors, et pourtant sans se trouver malheureux, Grillo était resté fort tard le matin dans sa chambre; Fabrice ne savait comment le renvoyer, il était au désespoir; enfin midi et demi avait déjà sonné lorsqu'il put ouvrir les deux petites trappes d'un pied de haut qu'il avait pratiquées à l'abat-jour fatal.

Clélia était debout à la fenêtre de la volière, les yeux fixés sur celle de Fabrice; ses traits contractés exprimaient le plus violent désespoir. A peine vit-elle Fabrice, qu'elle lui fit signe que tout était perdu : elle se précipita à son piano et, feignant de chanter un récitatif de l'opéra alors à la mode, elle lui dit en phrases interrompues par le désespoir et par la crainte d'être comprise par les sentinelles qui se promenaient sous la fenêtre :

« Grand Dieu! vous êtes encore en vie? Que ma
« reconnaissance est grande envers le Ciel! Barbone,
« ce geôlier dont vous punîtes l'insolence le jour
« de votre entrée ici, avait disparu, il n'était plus
« dans la citadelle; avant-hier soir il est rentré, et
« depuis hier j'ai lieu de croire qu'il cherche à vous
« empoisonner. Il vient rôder dans la cuisine par-
« ticulière du palais qui fournit vos repas. Je ne
« sais rien de sûr, mais ma femme de chambre
« croit que cette figure atroce ne vient dans les
« cuisines du palais que dans le dessein de vous

« ôter la vie. Je mourais d'inquiétude ne vous « voyant point paraître, je vous croyais mort. Abs- « tenez-vous de tout aliment jusqu'à nouvel avis, « je vais faire l'impossible pour vous faire parve- « nir quelque peu de chocolat. Dans tous les cas, « ce soir à neuf heures, si la bonté du Ciel veut « que vous ayez un fil, ou que vous puissiez for- « mer un ruban avec votre linge, laissez-le des- « cendre de votre fenêtre sur les orangers, j'y at- « tacherai une corde que vous retirerez à vous, et « à l'aide de cette corde je vous ferai passer du « pain et du chocolat. »

Fabrice avait conservé comme un trésor le morceau de charbon qu'il avait trouvé dans le poêle de sa chambre : il se hâta de profiter de l'émotion de Clélia, et d'écrire sur sa main une suite de lettres dont l'apparition successive formait ces mots :

« Je vous aime, et la vie ne m'est précieuse que « parce que je vous vois ; surtout envoyez-moi du « papier et un crayon. »

Ainsi que Fabrice l'avait espéré, l'extrême terreur qu'il lisait dans les traits de Clélia empêcha la jeune fille de rompre l'entretien après ce mot si hardi : Je vous aime ; elle se contenta de témoigner beaucoup d'humeur. Fabrice eut l'esprit d'ajouter : Par le grand vent qu'il fait aujourd'hui, je n'entends que fort imparfaitement les avis que vous daignez me donner en chantant, le son du piano couvre la voix. Qu'est-ce que c'est, par exemple, que ce poison dont vous me parlez?

A ce mot, la terreur de la jeune fille reparut tout entière; elle se mit à la hâte à tracer de grandes lettres à l'encre sur les pages d'un livre qu'elle déchira, et Fabrice fut transporté de joie en voyant enfin établi, après trois mois de soins, ce moyen de correspondance qu'il avait si vainement sollicité. Il n'eut garde d'abandonner la petite ruse qui avait si bien réussi, il aspirait à écrire des lettres, et feignait à chaque instant de ne pas bien saisir les mots dont Clélia exposait successivement à ses yeux toutes les lettres.

Elle fut obligée de quitter la volière pour courir auprès de son père; elle craignait par-dessus tout qu'il ne vînt l'y chercher; son génie soupçonneux n'eût point été content du grand voisinage de la fenêtre de cette volière et de l'abat-jour qui masquait celle du prisonnier. Clélia elle-même avait eu l'idée quelques moments auparavant, lorsque la non-apparition de Fabrice la plongeait dans une si mortelle inquiétude, que l'on pourrait jeter une petite pierre enveloppée d'un morceau de papier vers la partie supérieure de cet abat-jour; si le hasard voulait qu'en cet instant le geôlier chargé de la garde de Fabrice ne se trouvât pas dans sa chambre, c'était un moyen de correspondance certain.

Notre prisonnier se hâta de construire une sorte de ruban avec du linge; et le soir, un peu après neuf heures, il entendit fort bien de petits coups frappés sur les caisses des orangers qui se trouvaient sous sa fenêtre; il laissa glisser son ruban qui lui ramena une petite corde fort longue, à l'aide de laquelle il retira d'abord une provision de chocolat, et ensuite, à son inexprimable satisfaction, un rouleau de papier et un crayon. Ce fut en vain qu'il tendit la corde ensuite, il ne reçut plus rien; apparemment que les sentinelles s'étaient rapprochées des orangers. Mais il était ivre de joie. Il se hâta d'écrire une lettre infinie à Clélia : à peine fut-elle terminée, qu'il l'attacha à sa corde et la descendit. Pendant plus de trois heures il attendit vainement qu'on vînt la prendre, et plusieurs fois la retira pour y faire des changements. Si Clélia ne voit pas ma lettre ce soir, se disait-il tandis qu'elle est encore émue par ses idées de poison, peut-être demain matin rejettera-t-elle bien loin l'idée de recevoir une lettre.

Le fait est que Clélia n'avait pu se dispenser de descendre à la ville avec son père : Fabrice en eut presque l'idée en entendant, vers minuit et demi, rentrer la voiture du général; il connaissait le pas des chevaux. Quelle ne fut pas sa joie lorsque, quelques minutes après avoir entendu le général traverser l'esplanade et les sentinelles lui présenter les armes, il sentit s'agiter la corde qu'il n'avait cessé de tenir autour du bras! On attachait un grand poids à cette corde, deux petites secousses lui donnèrent le signal de la retirer. Il eut assez de peine à faire passer au poids qu'il ramenait une corniche extrêmement saillante qui se trouvait sous sa fenêtre.

Cet objet qu'il avait eu tant de peine à faire remonter, c'était une carafe remplie d'eau et enveloppée dans un châle. Ce fut avec délices que ce pauvre jeune homme, qui vivait depuis si longtemps dans une solitude si complète, couvrit ce châle de ses baisers. Mais il faut renoncer à peindre son émotion lorsque enfin, après tant de jours d'espérance vaine, il découvrit un petit morceau de papier qui était attaché au châle par une épingle.

« Ne buvez que de cette eau, vivez avec du chocolat; demain je ferai tout au monde pour vous faire parvenir du pain, je le marquerai de tous les côtés avec de petites croix tracées à l'encre. C'est affreux à dire, mais il faut que vous le sachiez, peut-être Barbone est-il chargé de vous empoisonner. Comment n'avez-vous pas senti que le sujet que vous traitez dans votre lettre au crayon est fait pour me déplaire? Aussi je ne vous écrirais pas sans le danger extrême qui nous menace. Je viens de voir la duchesse, elle se porte bien ainsi que le comte, mais elle est fort

« maigrie; ne m'écrivez plus sur ce sujet : vou-
« driez-vous me fâcher? »

Ce fut un grand effort de vertu chez Clélia que d'écrire l'avant-dernière ligne de ce billet. Tout le monde prétendait, dans la société de la cour, que madame Sanseverina prenait beaucoup d'amitié pour le comte Baldi, ce si bel homme, l'ancien ami de la marquise Raversi. Ce qu'il y avait de sûr, c'est qu'il s'était brouillé de la façon la plus scandaleuse avec cette marquise, qui, pendant six ans, lui avait servi de mère et l'avait établi dans le monde.

Clélia avait été obligée de recommencer ce petit mot écrit à la hâte, parce que dans la première rédaction il perçait quelque chose des nouvelles amours que la malignité publique supposait à la duchesse.

— Quelle bassesse à moi! s'était-elle écriée : dire du mal à Fabrice de la femme qu'il aime!...

Le lendemain matin, longtemps avant le jour, Grillo entra dans la chambre de Fabrice, y déposa un assez lourd paquet, et disparut sans mot dire. Ce paquet contenait un pain assez gros, garni de tous les côtés de petites croix tracées à la plume: Fabrice les couvrit de baisers; il était amoureux. A côté du pain se trouvait un rouleau recouvert d'un grand nombre de doubles de papier; il renfermait 6,000 francs en sequins; enfin, Fabrice trouva un beau bréviaire tout neuf : une main qu'il commençait à connaître avait tracé ces mots à la marge :

« *Le poison!* Prendre garde à l'eau, au vin, à
« tout; vivre de chocolat, tâcher de faire manger
« par le chien le dîner auquel on ne touchera pas;
« il ne faut pas paraître méfiant, l'ennemi cher-
« cherait un autre moyen. Pas d'étourderie, au
« nom de Dieu! pas de légèreté! »

Fabrice se hâta d'enlever ces caractères chéris qui pouvaient compromettre Clélia, et de déchirer un grand nombre de feuillets du bréviaire, à l'aide desquels il fit plusieurs alphabets; chaque lettre était proprement tracée avec du charbon écrasé délayé dans du vin. Ces alphabets se trouvèrent secs lorsqu'à onze heures trois quarts Clélia parut à deux pas en arrière de la fenêtre de la volière. La grande affaire maintenant, se dit Fabrice, c'est qu'elle consente à en faire usage. Mais par bonheur, il se trouva qu'elle avait beaucoup de choses à dire au jeune prisonnier sur la tentative d'empoisonnement : un chien des filles de service était mort pour avoir mangé un plat qui lui était destiné. Clélia, bien loin de faire des objections contre l'usage des alphabets, en avait préparé un magnifique avec de l'encre. La conversation suivie par ce moyen, assez incommode dans les premiers moments, ne dura pas moins d'une heure et demie, c'est-à-dire tout le temps que Clélia put rester à la volière. Deux ou trois fois, Fabrice se permettant des choses défendues, elle ne répondit pas, et alla pendant un instant donner à ses oiseaux les soins nécessaires.

Fabrice avait obtenu que, le soir, en lui envoyant de l'eau, elle lui ferait parvenir un des alphabets tracés par elle avec de l'encre, et qui se voyait beaucoup mieux. Il ne manqua pas d'écrire une fort longue lettre dans laquelle il eut soin de ne point placer de choses tendres, du moins d'une façon qui pût offenser. Ce moyen lui réussit; sa lettre fut acceptée.

Le lendemain, dans la conversation par les alphabets, Clélia ne lui fit pas de reproches; elle lui apprit que le danger du poison diminuait; le Barbone avait été attaqué et presque assommé par les gens qui faisaient la cour aux filles de cuisine du palais du gouverneur; probablement il n'oserait plus reparaître dans les cuisines. Clélia lui avoua que, pour lui, elle avait osé voler du contre-poison à son père; elle le lui envoyait : l'essentiel était de repousser à l'instant tout aliment auquel on trouverait une saveur extraordinaire.

Clélia avait fait beaucoup de questions à don Cesare, sans pouvoir découvrir d'où provenaient les 600 sequins reçus par Fabrice; dans tous les cas, c'était un signe excellent : la sévérité diminuait.

Cet épisode du poison avança infiniment les affaires de notre prisonnier; toutefois jamais il ne put obtenir le moindre aveu qui ressemblât à de l'amour, mais il avait le bonheur de vivre de la manière la plus intime avec Clélia. Tous les matins, et souvent les soirs, il y avait une longue conversation avec les alphabets; chaque soir, à neuf heures, Clélia acceptait une longue lettre, et quelquefois y répondait par quelques mots; elle lui envoyait le journal et quelques livres; enfin, Grillo avait été amadoué au point d'apporter à Fabrice du pain et du vin, qui lui étaient remis journellement par la femme de chambre de Clélia. Le geôlier Grillo en avait conclu que le gouverneur n'était pas d'accord avec les gens qui avaient chargé Barbone d'empoisonner le jeune monsignor, et il en était fort aise, ainsi que tous ses camarades, car un proverbe s'était établi dans la prison : Il suffit de regarder en face monsignor del Dongo pour qu'il vous donne de l'argent.

Fabrice était devenu fort pâle; le manque absolu d'exercice nuisait à sa santé; à cela près, jamais il n'avait été aussi heureux. Le ton de la conversation était intime, et quelquefois fort gai, entre Clélia et lui. Les seuls moments de la vie de Clélia qui ne fussent pas assiégés de prévisions funestes et de remords étaient ceux qu'elle passait à s'entretenir avec lui. Un jour elle eut l'imprudence de lui dire :

— J'admire votre délicatesse; comme je suis la fille du gouverneur, vous ne me parlez jamais du désir de recouvrer la liberté!

— C'est que je me garde bien d'avoir un désir aussi absurde, lui répondit Fabrice; une fois de retour à Parme, comment vous reverrais-je? et la vie me serait désormais insupportable si je ne pouvais vous dire tout ce que je pense... non, pas précisément tout ce que je pense, vous y mettez bon ordre; mais enfin, malgré votre méchanceté, vivre sans vous voir tous les jours serait pour moi un bien autre supplice que cette prison! De la vie je ne fus aussi heureux!... N'est-il pas plaisant de voir que le bonheur m'attendait en prison?

— Il y a bien des choses à dire sur cet article, répondit Clélia d'un air qui devint tout à coup excessivement sérieux et presque sinistre.

— Comment! s'écria Fabrice fort alarmé, serais-je exposé à perdre cette place si petite que j'ai pu gagner dans votre cœur, et qui fait ma seule joie en ce monde?

— Oui, lui dit-elle, j'ai tout lieu de croire que vous manquez de probité envers moi, quoique passant d'ailleurs dans le monde pour fort galant homme; mais je ne veux pas traiter ce sujet aujourd'hui.

Cette ouverture singulière jeta beaucoup d'embarras dans leur conversation, et souvent l'un et l'autre eurent les larmes aux yeux.

Le fiscal général Rassi aspirait toujours à changer de nom; il était bien las de celui qu'il s'était fait, et voulait devenir baron Riva. Le comte Mosca, de son côté, travaillait, avec toute l'habileté dont il était capable, à fortifier chez ce juge vendu la passion de la baronnie, comme il cherchait à redoubler chez le prince la folle espérance de se faire roi constitutionnel de la Lombardie. C'étaient les seuls moyens qu'il eût pu inventer de retarder la mort de Fabrice.

Le prince disait à Rassi :

— Quinze jours de désespoir et quinze jours d'espérance, c'est par ce régime patiemment suivi que nous parviendrons à vaincre le caractère de cette femme altière; c'est par ces alternatives de douceur et de dureté que l'on arrive à dompter les chevaux les plus féroces. Appliquez le caustique ferme.

En effet, tous les quinze jours on voyait renaître dans Parme un nouveau bruit annonçant la mort prochaine de Fabrice. Ces propos plongeaient la malheureuse duchesse dans le dernier désespoir. Fidèle à la résolution de ne pas entraîner le comte dans sa ruine, elle ne le voyait que deux fois par mois; mais elle était punie de sa cruauté envers ce pauvre homme par les alternatives continuelles de sombre désespoir où elle passait sa vie. En vain le comte Mosca, surmontant la jalousie cruelle que lui inspiraient les assiduités du comte Baldi, ce si bel homme, écrivait à la duchesse quand il ne pouvait la voir, et lui donnait connaissance de tous les renseignements qu'il devait au zèle du futur baron Riva, la duchesse aurait eu besoin, pour pouvoir résister aux bruits atroces qui couraient sans cesse sur Fabrice, de passer sa vie avec un homme d'esprit et de cœur tel que Mosca ; la nullité du Baldi, la laissant à ses pensées, lui donnait une façon d'exister affreuse, et le comte ne pouvait parvenir à lui communiquer ses raisons d'espérer.

Au moyen de divers prétextes assez ingénieux, ce ministre était parvenu à faire consentir le prince à ce que l'on déposât dans un château ami, au centre même de la Lombardie, dans les environs de Sarono, les archives de toutes les intrigues fort compliquées au moyen desquelles Ranuce-Ernest IV nourrissait l'espérance archi-folle de se faire roi constitutionnel de ce beau pays.

Plus de vingt de ces pièces fort compromettantes étaient de la main du prince ou signées par lui, et dans le cas où la vie de Fabrice serait sérieusement menacée, le comte avait le projet d'annoncer à son altesse qu'il allait livrer ces pièces à une grande puissance qui d'un mot pouvait l'anéantir.

Le comte Mosca se croyait sûr du futur baron Riva, il ne craignait que le poison ; la tentative de Barbone l'avait profondément alarmé, et à un tel point qu'il s'était déterminé à hasarder une démarche folle en apparence. Un matin il passa à la porte de la citadelle, et fit appeler le général Fabio Conti, qui descendit jusque sur le bastion au-dessus de la porte; là, se promenant amicalement avec lui, il n'hésita pas à lui dire, après une petite préface aigre-douce et convenable :

— Si Fabrice périt d'une façon suspecte, cette mort pourra m'être attribuée, je passerai pour un jaloux; ce serait pour moi un ridicule abominable et que je suis résolu de ne pas accepter. Donc, et pour m'en laver, s'il périt de maladie, *je vous tuerai de ma main;* comptez là-dessus. Le général Fabio Conti fit une réponse magnifique et parla de sa bravoure, mais le regard du comte resta présent à sa pensée.

Peu de jours après, et comme s'il se fût concerté avec le comte, le fiscal Rassi se permit une imprudence bien singulière chez un tel homme. Le mépris public attaché à son nom, qui servait de proverbe à la canaille, le rendait malade depuis qu'il avait l'espoir fondé de pouvoir y échapper. Il adressa au général Fabio Conti une copie officielle de la sentence qui condamnait Fabrice à douze années de citadelle. D'après la loi, c'est ce qui aurait dû être fait dès le lendemain même de l'entrée de Fabrice en prison; mais ce qui était inouï à Parme, dans ce pays de mesures secrètes, c'est que la justice se permît une telle démarche sans l'ordre exprès du souverain. En effet, comment nourrir l'espoir de redoubler tous les quinze jours l'effroi de la duchesse, et de dompter ce caractère altier, selon le mot du prince, une fois qu'une copie officielle de la sentence était sortie de la chancellerie de justice? La veille du jour où le général Fabio Conti reçut le pli officiel du fiscal Rassi, il apprit que le commis Barbone avait été roué de coups en rentrant un peu tard à la citadelle; il en conclut qu'il n'était plus question en certain lieu de se défaire de Fabrice; et, par un trait de prudence qui sauva Rassi des suites immédiates de sa folie, il ne parla point au prince, à la première audience qu'il en obtint, de la copie officielle de la sentence du prisonnier à lui transmise. Le comte avait découvert, heureusement pour la tranquillité de la pauvre duchesse, que la tentative gauche de Barbone n'avait été qu'une velléité de vengeance particulière, et il avait fait donner à ce commis l'avis dont on a parlé.

Fabrice fut bien agréablement surpris quand, après cent trente-cinq jours de prison dans une cage assez étroite, le bon aumônier don Cesare vint le chercher un jeudi pour le faire promener sur le donjon de la tour Farnèse : Fabrice n'y eut pas été dix minutes que, surpris par le grand air, il se trouva mal.

Don Cesare prit prétexte de cet accident pour lui accorder une promenade d'une demi-heure tous les jours. Ce fut une sottise; ces promenades fréquentes eurent bientôt rendu à notre héros des forces dont il abusa.

Il y eut plusieurs sérénades; le ponctuel gouverneur ne les souffrait que parce qu'elles engageaient avec le marquis Crescenzi sa fille Clélia, dont le caractère lui faisait peur : il sentait vaguement qu'il n'y avait nul point de contact entre elle et lui, et craignait toujours de sa part quelque coup de tête. Elle pouvait s'enfuir au couvent, et il restait désarmé. Du reste, le général craignait que toute cette musique, dont les sons pouvaient pénétrer jusque dans les cachots les plus profonds, réservés aux plus noirs libéraux, ne contînt des signaux. Les musiciens aussi lui donnaient de la jalousie par eux-mêmes; aussi, à peine la sérénade terminée, on les enfermait à clef dans les grandes salles basses du palais du gouverneur, qui de jour servaient de bureaux pour l'état-major, et on ne leur ouvrait la porte que le lendemain matin au grand jour. C'était le gouverneur lui-même qui, placé sur le pont de *l'esclave*, les faisait fouiller en sa présence et leur rendait la liberté, non sans leur répéter plusieurs fois qu'il ferait pendre à l'instant celui d'entre eux qui aurait l'audace de se charger de la moindre commission pour quelque prisonnier. Et l'on savait que dans sa peur de déplaire il était homme à tenir parole, de façon que le marquis Crescenzi était obligé de payer triple ses musiciens, fort choqués de cette nuit à passer en prison.

Tout ce que la duchesse put obtenir et à grand'-peine de la pusillanimité de l'un de ces hommes, ce fut qu'il se chargerait d'une lettre pour la remettre au gouverneur. La lettre était adressée à Fabrice; on y déplorait la fatalité qui faisait que depuis plus de cinq mois qu'il était en prison, ses amis du dehors n'avaient pu établir avec lui la moindre correspondance.

En entrant à la citadelle, le musicien gagné se jeta aux genoux du général Fabio Conti, et lui avoua qu'un prêtre, à lui inconnu, avait tellement insisté pour le charger d'une lettre adressée au sieur del Dongo, qu'il n'avait osé refuser; mais, fidèle à son devoir, il se hâtait de la remettre entre les mains de son excellence.

L'excellence fut très flattée : elle connaissait les ressources dont la duchesse disposait, et avait grand'peur d'être mystifiée. Dans sa joie, le général alla présenter cette lettre au prince, qui fut ravi.

— Ainsi, la fermeté de mon administration est parvenue à me venger! Cette femme hautaine souffre depuis cinq mois! Mais l'un de ces jours nous allons faire préparer un échafaud, et sa folle imagination ne manquera pas de croire qu'il est destiné au petit del Dongo.

Une nuit, vers une heure du [illegible] couché sur [illegible], avait [illegible] chef [illegible] dans l'abat-jour [illegible] éloignée [illegible] de la [illegible]. Ses yeux [illegible] pagne du côté du lac [illegible] quèrent par hasard une [illegible] petite, mais assez vive, qui [illegible] d'une tour. Cette lumière [illegible] de la plaine, se [illegible]

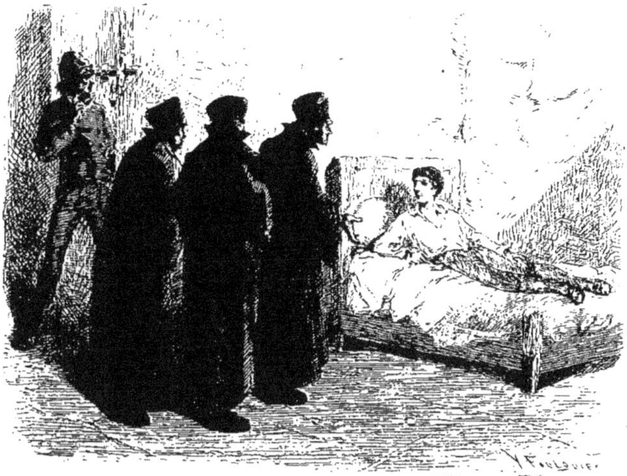

V. Foulquier inv sculp

# XX

Une nuit, vers une heure du matin, Fabrice, couché sur sa fenêtre, avait passé la tête par le guichet pratiqué dans l'abat-jour, et contemplait les étoiles et l'immense horizon dont on jouit du haut de la tour Farnèse. Ses yeux, errant dans la campagne du côté du bas Pô et de Ferrare, remarquèrent par hasard une lumière excessivement petite, mais assez vive, qui semblait partir du haut d'une tour. Cette lumière ne doit pas être aperçue de la plaine, se dit Fabrice, l'épaisseur de la tour l'empêche d'être vue d'en bas; ce sera quelque signal pour un point éloigné. Tout à coup il remarqua que cette lueur paraissait et disparaissait à des intervalles fort rapprochés. C'est quelque jeune fille qui parle à son amant du village voisin. Il compta neuf apparitions successives : Ceci est un I, dit-il; en effet, l'I est la neuvième lettre de l'alphabet. Il y eut ensuite, après un repos, quatorze apparitions : Ceci est un N; puis, encore après un repos, une seule apparition : C'est un A; le mot est *Ina*.

Quelle ne fut pas sa joie et son étonnement, quand les apparitions successives, toujours séparées par de petits repos, vinrent compléter les mots suivants :

INA PENSA A TE.

Évidemment : *Gina pense à toi !*

Il répondit à l'instant par des apparitions successives de sa lampe au vasistas par lui pratiqué :

FABRICE T'AIME!

La correspondance continua jusqu'au jour. Cette nuit était la cent soixante-treizième de sa captivité, et on lui apprit que depuis quatre mois on faisait ces signaux toutes les nuits. Mais tout le monde pouvait les voir et les comprendre; on commença dès cette première nuit à établir des abréviations : trois apparitions se suivant très rapidement indiquaient la duchesse; quatre, le prince; deux, le comte Mosca; deux apparitions rapides suivies de deux lentes voulaient dire *évasion*. On convint de suivre à l'avenir l'ancien alphabet *alla Monaca*, qui, afin de n'être pas deviné par des indiscrets, change le numéro ordinaire des lettres, et leur en donne d'arbitraires; A, par exemple, porte le numéro dix; le B, le numéro trois; c'est-à-dire que trois éclipses successives de la lampe veulent dire B, dix éclipses successives, l'A, etc.; un moment d'obscurité fait la séparation des mots. On prit rendez-vous pour le lendemain à une heure après minuit, et le lendemain la duchesse vint à cette tour qui était à un quart de lieue de la ville. Ses yeux se remplirent de larmes en voyant les signaux faits par ce Fabrice qu'elle avait cru mort si souvent. Elle lui dit elle-même par des apparitions de lampe : *Je t'aime, bon courage, santé, bon espoir! Exerce tes forces dans ta chambre, tu auras besoin de la force de tes bras*. Je ne l'ai pas vu, se disait la duchesse, depuis le concert de la Fausta, lorsqu'il parut à la porte de mon salon habillé en chasseur. Qui m'eût dit alors le sort qui nous attendait!

La duchesse fit faire des signaux qui annonçaient à Fabrice que bientôt il serait délivré, GRACE A LA BONTÉ DU PRINCE (ces signaux pouvaient être compris); puis elle revint à lui dire des tendresses; elle ne pouvait s'arracher d'auprès de lui!

Les seules représentations de Ludovic, qui, parce qu'il avait été utile à Fabrice, était devenu son factotum, purent l'engager, lorsque le jour allait déjà paraître, à discontinuer des signaux qui pouvaient attirer les regards de quelque méchant. Cette annonce plusieurs fois répétée d'une délivrance prochaine jeta Fabrice dans une profonde tristesse : Clélia, la remarquant le lendemain, commit l'imprudence de lui en demander la cause.

— Je me vois sur le point de donner un grave sujet de mécontentement à la duchesse.

— Et que peut-elle exiger de vous que vous lui refusiez? s'écria Clélia transportée de la curiosité la plus vive.

— Elle veut que je sorte d'ici, lui répondit-il, et c'est à quoi je ne consentirai jamais.

Clélia ne put répondre, elle le regarda et fondit en larmes. S'il eût pu lui adresser la parole de près, peut-être alors eût-il obtenu l'aveu de sentiments dont l'incertitude le plongeait souvent dans un profond découragement; il sentait vivement que la vie, sans l'amour de Clélia, ne pouvait être pour lui qu'une suite de chagrins amers ou d'ennuis insupportables. Il lui semblait que ce n'était plus la peine de vivre pour retrouver ces mêmes bonheurs qui lui semblaient intéressants avant d'avoir connu l'amour, et quoique le suicide ne soit pas encore à la mode en Italie, il y avait songé comme à une ressource, si le destin le séparait de Clélia.

Le lendemain il reçut d'elle une fort longue lettre.

« Il faut, mon ami, que vous sachiez la vérité : bien souvent, depuis que vous êtes ici, l'on a cru à Parme que votre dernier jour était arrivé. Il est vrai que vous n'êtes condamné qu'à douze années de forteresse; mais il est, par malheur, impossible de douter qu'une haine toute-puissante ne s'attache à vous poursuivre, et vingt fois j'ai tremblé que le poison ne vînt mettre fin à vos jours : saisissez donc tous les moyens *possibles* de sortir d'ici. Vous voyez que pour vous je manque aux devoirs les plus saints; jugez de l'imminence du danger par les choses que je me hasarde à vous dire et qui sont si déplacées dans ma bouche. S'il le faut absolument, s'il n'est aucun autre moyen de salut, fuyez. Chaque instant que vous passez dans cette forteresse peut mettre votre vie dans le plus grand péril; songez qu'il est un parti à la cour que la perspective du crime n'arrêta jamais dans ses desseins. Et ne voyez-vous pas tous les projets de ce parti sans cesse déjoués par l'habileté supérieure du comte Mosca? Or, l'on a trouvé un moyen certain de l'exiler de Parme, c'est le désespoir de la duchesse; et n'est-on pas trop certain d'amener ce désespoir par la mort d'un jeune prisonnier? Ce mot seul, qui est sans réponse, doit vous faire juger de votre situation.

Vous dites que vous avez de l'amitié pour moi : songez d'abord que des obstacles insurmontables s'opposent à ce que ce sentiment prenne jamais une certaine fixité entre nous. Nous nous serons rencontrés dans notre jeunesse, nous nous serons tendu une main secourable dans une période malheureuse; le destin m'aura placée en ce lieu de sévérité pour adoucir vos peines, mais je me ferais des reproches éternels si des illusions, que rien n'autorise et n'autorisera jamais, vous portaient à ne pas saisir toutes les occasions possibles de soustraire votre vie à un si affreux péril. J'ai perdu la paix de l'âme par la cruelle imprudence que j'ai commise en échangeant avec vous quelques signes de bonne amitié : si nos jeux d'enfant, avec les alphabets, vous conduisent à des illusions si peu fondées et qui peuvent vous être si fatales, ce serait en vain que pour me justifier je me rappellerais la tentative de Barbone. Je vous aurais jeté moi-même dans un péril bien plus affreux, bien plus certain, en croyant vous soustraire à un danger du moment; et mes imprudences sont à jamais impardonnables si elles ont fait naître des sentiments qui puissent vous porter à résister aux conseils de la duchesse. Voyez ce que vous m'obligez à vous répéter : sauvez-vous, je vous l'ordonne... »

Cette lettre était fort longue; certains passages, tels que le *je vous l'ordonne*, que nous venons de transcrire, donnèrent des moments d'espoir délicieux à l'amour de Fabrice. Il lui semblait que le fond des sentiments était assez tendre, si les expressions étaient remarquablement prudentes. Dans d'autres instants, il payait la peine de sa complète ignorance en ce genre de guerre; il ne voyait que de la simple amitié, ou même de l'humanité fort ordinaire, dans cette lettre de Clélia.

Au reste, tout ce qu'elle lui apprenait ne lui fit pas changer un instant de dessein : en supposant que les périls qu'elle lui peignait fussent bien réels, était-ce trop que d'acheter, par quelques dangers du moment, le bonheur de la voir tous les jours? Quelle vie mènerait-il quand il serait de nouveau réfugié à Bologne ou à Florence? car, en se sauvant de la citadelle, il ne pouvait pas même espérer la permission de vivre à Parme. Et même, quand le prince changerait au point de le mettre en liberté (ce qui était si peu probable, puisque lui, Fabrice, était devenu, pour une faction puissante, un moyen de renverser le comte Mosca), quelle vie mènerait-il à Parme, séparé de Clélia par toute la haine qui divisait les deux partis? Une ou deux fois par mois, peut-être, le hasard les placerait dans les mêmes salons; mais, même alors, quelle sorte de conversation pourrait-il avoir avec elle? Comment retrouver cette intimité parfaite dont chaque jour maintenant il jouissait pendant plusieurs heures? que serait la conversation de salon, comparée à celle qu'ils faisaient avec des alphabets? Et, quand je devrais achever cette vie de délices et cette chance unique de bonheur par quelques petits dangers, où serait le mal? Et ne serait-ce pas encore un bonheur que de trouver ainsi une faible occasion de lui donner une preuve de mon amour?

Fabrice ne vit dans la lettre de Clélia que l'occasion de lui demander une entrevue : c'était l'unique et constant objet de tous ses désirs; il ne lui avait parlé qu'une fois, et encore un instant, au moment de son entrée en prison, et il y avait alors de cela plus de deux cents jours.

Il se présentait un moyen facile de rencontrer Clélia : l'excellent abbé don Cesare accordait à Fabrice une demi-heure de promenade sur la terrasse de la tour Farnèse tous les jeudis, pendant le jour; mais les autres jours de la semaine, cette promenade, qui pouvait être remarquée par tous les habitants de Parme et des environs et compromettre gravement le gouverneur, n'avait lieu qu'à la tombée de la nuit. Pour monter sur la terrasse de la tour Farnèse il n'y avait d'autre escalier que celui du petit clocher dépendant de la chapelle si lugubrement décorée en marbre noir et blanc, et dont le lecteur se souvient peut-être. Grillo conduisait Fabrice à cette chapelle, il lui ouvrait le petit escalier du clocher : son devoir eût été de l'y suivre, mais, comme les soirées commençaient à être fraîches, le geôlier le laissait monter seul, l'enfermait à clef dans ce clocher qui communiquait à la terrasse, et retournait se chauffer dans sa chambre. Eh bien! un soir, Clélia ne pourrait-elle pas se trouver, escortée par sa femme de chambre, dans la chapelle de marbre noir?

Toute la longue lettre par laquelle Fabrice répondait à celle de Clélia était calculée pour obtenir cette entrevue. Du reste, il lui faisait confidence avec une sincérité parfaite, et comme s'il se fût agi d'une autre personne, de toutes les raisons qui le décidaient à ne pas quitter la citadelle.

« Je m'exposerais chaque jour à la perspective de mille morts pour avoir le bonheur de vous parler à l'aide de nos alphabets, qui maintenant ne nous arrêtent pas un instant, et vous voulez que je fasse la duperie de m'exiler à Parme, ou peut-être à Bologne, ou même à Florence! Vous voulez que je marche pour m'éloigner de vous! sachez qu'un tel effort m'est impossible; c'est en vain que je vous donnerais ma parole, je ne pourrais la tenir. »

Le résultat de cette demande de rendez-vous fut une absence de Clélia, qui ne dura pas moins de cinq jours; pendant cinq jours elle ne vint à la volière que dans les instants où elle savait que Fabrice ne pouvait pas faire usage de la petite ouverture pratiquée à l'abat-jour. Fabrice fut au désespoir; il conclut de cette absence que, malgré certains regards qui lui avaient fait concevoir de folles espérances, jamais il n'avait inspiré à Clélia d'autres sentiments que ceux d'une simple amitié. En ce cas, se disait-il, que m'importe la vie? que le prince me la fasse perdre, il sera le bienvenu; raison de plus pour ne pas quitter la forteresse. Et c'était avec un profond sentiment de dégoût que, toutes les nuits, il répondait aux signaux de la petite lampe. La duchesse le crut tout à fait fou quand elle lut, sur le bulletin des signaux que Ludovic lui apportait tous les matins, ces mots étranges : *Je ne veux pas me sauver, je veux mourir ici!*

Pendant cinq journées, si cruelles pour Fabrice, Clélia était plus malheureuse que lui; elle avait eu cette idée, si poignante pour une âme généreuse : Mon devoir est de m'enfuir dans un couvent, loin de la citadelle; quand Fabrice saura que je ne suis plus ici, et je le lui ferai dire par Grillo et par tous les geôliers, alors il se déterminera à une tentative d'évasion. Mais aller au couvent, c'était renoncer à jamais à revoir Fabrice; et renoncer à le voir quand il donnait une preuve si évidente que les sentiments qui avaient pu autrefois le lier à la duchesse n'existaient plus maintenant! Quelle preuve d'amour plus touchante un jeune homme pouvait-il donner? Après sept longs mois de prison, qui avaient gravement altéré sa santé, il refusait de reprendre sa liberté. Un être léger, tel que les discours des courtisans avaient dépeint Fabrice aux yeux de Clélia, eût sacrifié vingt maîtresses pour sortir un jour plus tôt de la citadelle; et que n'eût-il pas fait pour sortir d'une prison où chaque jour le poison pouvait mettre fin à sa vie!

Clélia manqua de courage, elle commit la faute insigne de ne pas chercher un refuge dans un couvent, ce qui en même temps lui eût donné un moyen tout naturel de rompre avec le marquis Crescenzi. Une fois cette faute commise, comment résister à ce jeune homme si aimable, si naturel, si tendre, qui exposait sa vie à des périls affreux pour obtenir le simple bonheur de l'apercevoir d'une fenêtre à l'autre? Après cinq jours de combats affreux, entremêlés de moments de mépris pour elle-même, Clélia se détermina à répondre à la lettre par laquelle Fabrice sollicitait le bonheur de lui parler dans la chapelle de marbre noir. A la vérité elle refusait, et en termes assez durs; mais de ce moment toute tranquillité fut perdue pour elle, à chaque instant son imagination lui peignait Fabrice succombant aux atteintes du poison; elle venait six ou huit fois par jour à la volière, elle éprouvait le besoin passionné de s'assurer par ses yeux que Fabrice vivait.

S'il est encore à la forteresse, se disait-elle, s'il est exposé à toutes les horreurs que la faction Raversi trame peut-être contre lui dans le but de chasser le comte Mosca, c'est uniquement parce que j'ai eu la lâcheté de ne pas m'enfuir au couvent! Quel prétexte pour rester ici une fois qu'il eût été certain que je m'en étais éloignée à jamais?

Cette fille si timide à la fois et si hautaine en vint à courir la chance d'un refus de la part du geôlier Grillo; bien plus, elle s'exposa à tous les commentaires que cet homme pourrait se permettre sur la singularité de sa conduite. Elle descendit à ce degré d'humiliation de le faire appeler et de lui dire d'une voix tremblante et qui trahissait tout son secret, que sous peu de jours Fabrice allait obtenir sa liberté, que la duchesse Sanseverina se livrait dans cet espoir aux démarches les plus actives, que souvent il était nécessaire d'avoir à l'instant même la réponse du prisonnier à de certaines propositions qui étaient faites, et qu'elle l'engageait, lui Grillo, à permettre à Fabrice de pratiquer une ouverture dans l'abat-jour qui masquait sa fenêtre, afin qu'elle pût lui communiquer par signes les avis qu'elle recevait plusieurs fois la journée de madame Sanseverina.

Grillo sourit et lui donna l'assurance de son respect et de son obéissance. Clélia lui sut un gré infini de ce qu'il n'ajoutait aucune parole: il était évident qu'il savait fort bien tout ce qui se passait depuis plusieurs mois.

A peine ce geôlier fut-il hors de chez elle que

Clélia fit le signal dont elle était convenue pour appeler Fabrice dans les grandes occasions; elle lui avoua tout ce qu'elle venait de faire. Vous voulez périr par le poison, ajouta-t-elle : j'espère avoir le courage un de ces jours de quitter mon père, et de m'enfuir dans quelque couvent lointain; voilà l'obligation que je vous aurai; alors, j'espère que vous ne résisterez plus aux plans qui peuvent vous être proposés pour vous tirer d'ici; tant que vous y êtes, j'ai des moments affreux et déraisonnables; de la vie je n'ai contribué au malheur de personne, et il me semble que je suis cause que vous mourrez. Une pareille idée que j'aurais au sujet d'un parfait inconnu me mettrait au désespoir, jugez de ce que j'éprouve quand je viens à me figurer qu'un ami, dont la déraison me donne de graves sujets de plaintes, mais qu'enfin je vois tous les jours depuis si longtemps, est en proie dans ce moment même aux douleurs de la mort. Quelquefois je sens le besoin de savoir de vous-même que vous vivez.

C'est pour me soustraire à cette affreuse douleur que je viens de m'abaisser jusqu'à demander une grâce à un subalterne qui pouvait me la refuser et qui peut encore me trahir. Au reste, je serais peut-être heureuse qu'il vînt me dénoncer à mon père; à l'instant je partirais pour le couvent, je ne serais plus la complice bien involontaire de vos cruelles folies. Mais, croyez-moi, ceci ne peut durer longtemps, vous obéirez aux ordres de la duchesse. Êtes-vous satisfait, ami cruel? c'est moi qui vous sollicite de trahir mon père! Appelez Grillo et faites-lui un cadeau.

Fabrice était tellement amoureux, la plus simple expression de la volonté de Clélia le plongeait dans une telle crainte, que même cette étrange communication ne fut point pour lui la certitude d'être aimé. Il appela Grillo, auquel il paya généreusement les complaisances passées, et quant à l'avenir, il lui dit que pour chaque jour qu'il lui permettrait de faire usage de l'ouverture pratiquée dans l'abat-jour il recevrait un sequin. Grillo fut enchanté de ces conditions.

— Je vais vous parler le cœur sur la main, monseigneur : voulez-vous vous soumettre à manger votre dîner froid tous les jours? Il est un moyen bien simple d'éviter le poison. Mais je vous demande la plus profonde discrétion, un geôlier doit tout voir et ne rien deviner, etc., etc. Au lieu d'un chien j'en aurai plusieurs, et vous-même vous leur ferez goûter de tous les plats dont vous aurez le projet de manger; quant au vin, je vous donnerai du mien, et vous ne toucherez qu'aux bouteilles dont j'aurai bu. Mais si votre excellence veut me perdre à jamais, il suffit qu'elle fasse confidence de ces détails même à mademoiselle Clélia; les femmes sont toujours femmes; si demain elle se brouille avec vous, après-demain, pour se venger, elle raconte toute cette invention à son père, dont la plus douce joie serait d'avoir de quoi faire pendre un geôlier. Après Barbone, c'est peut-être l'être le plus méchant de la forteresse, et c'est là ce qui fait le vrai danger de votre position; il sait manier le poison, soyez-en sûr, et il ne me pardonnerait pas cette idée d'avoir trois ou quatre petits chiens.

Il y eut une nouvelle sérénade. Maintenant Grillo répondait à toutes les questions de Fabrice; il s'était bien promis toutefois d'être prudent, et de ne point trahir mademoiselle Clélia, qui, selon lui, tout en étant sur le point d'épouser le marquis Crescenzi, l'homme le plus riche des États de Parme, n'en faisait pas moins l'amour, autant que les murs de la prison le permettaient, avec l'aimable monsignor del Dongo. Il répondait aux dernières questions de celui-ci sur la sérénade, lorsqu'il eut l'étourderie d'ajouter : On pense qu'il l'épousera bientôt. On peut juger de l'effet de ce simple mot sur Fabrice. La nuit, il ne répondit aux signaux de la lampe que pour annoncer qu'il était malade. Le lendemain matin, dès les dix heures, Clélia ayant paru à la volière, il lui demanda, avec un ton de politesse cérémonieuse bien nouveau entre eux, pourquoi elle ne lui avait pas dit tout simplement qu'elle aimait le marquis Crescenzi, et qu'elle était sur le point de l'épouser.

— C'est que rien de tout cela n'est vrai, répondit Clélia avec impatience. Il est véritable aussi que le reste de sa réponse fut moins net : Fabrice le lui fit remarquer et profita de l'occasion pour renouveler la demande d'une entrevue. Clélia, qui voyait sa bonne foi mise en doute, l'accorda presque aussitôt, tout en lui faisant observer qu'elle se déshonorait à jamais aux yeux de Grillo. Le soir, quand la nuit fut faite, elle parut, accompagnée de sa femme de chambre, dans la chapelle de marbre noir ; elle s'arrêta au milieu, à côté de la lampe de veille ; la femme de chambre et Grillo retournèrent à trente pas auprès de la porte. Clélia, toute tremblante, avait préparé un beau discours : son but était de ne point faire d'aveu compromettant, mais la logique de la passion est pressante ; le profond intérêt qu'elle met à savoir la vérité ne lui permet point de garder de vains ménagements, en même temps que l'extrême dévouement qu'elle sent pour ce qu'elle aime lui ôte la crainte d'offenser. Fabrice fut d'abord ébloui de la beauté de Clélia, depuis près de huit mois il n'avait vu d'aussi près que des geôliers. Mais le nom du marquis Crescenzi lui rendit toute sa fureur, elle augmenta quand il vit clairement que Clélia ne répondait qu'avec des ménagements prudents ; Clélia elle-même comprit qu'elle augmentait les soupçons au lieu de les dissiper. Cette sensation fut trop cruelle pour elle.

— Serez-vous bien heureux, lui dit-elle avec

une sorte de colère et les larmes aux yeux, de m'avoir fait passer par-dessus tout ce que je me dois à moi-même? Jusqu'au 3 août de l'année passée, je n'avais éprouvé que de l'éloignement pour les hommes qui avaient cherché à me plaire. J'avais un mépris sans bornes et probablement exagéré pour le caractère des courtisans, tout ce qui était heureux à cette cour me déplaisait. Je trouvai au contraire des qualités singulières à un prisonnier qui le 3 août fut amené dans cette citadelle. J'éprouvai, d'abord sans m'en rendre compte, tous les tourments de la jalousie. Les grâces d'une femme charmante, et de moi bien connue, étaient des coups de poignard pour mon cœur, parce que je croyais, et je crois encore un peu, que ce prisonnier lui était attaché. Bientôt les persécutions du marquis Crescenzi, qui avait demandé ma main, redoublèrent; il est fort riche et nous n'avons aucune fortune; je les repoussais avec une grande liberté d'esprit, lorsque mon père prononça le mot fatal de couvent; je compris que si je quittais la citadelle je ne pourrais plus veiller sur la vie du prisonnier dont le sort m'intéressait. Le chef-d'œuvre de mes précautions avait été que jusqu'à ce moment il ne se doutât en aucune façon des affreux dangers qui menaçaient sa vie. Je m'étais bien promis de ne jamais trahir ni mon père ni mon secret; mais cette femme d'une activité admirable, d'un esprit supérieur, d'une volonté terrible, qui protége ce prisonnier, lui offrit, à ce que je suppose, des moyens d'évasion, il les repoussa et voulut me persuader qu'il se refusait à quitter la citadelle pour ne pas s'éloigner de moi. Alors je fis une grande faute : je combattis pendant cinq jours, j'aurais dû à l'instant me réfugier au couvent et quitter la forteresse; cette démarche m'offrait un moyen bien simple de rompre avec le marquis Crescenzi. Je n'eus point le courage de quitter la forteresse et je suis une fille perdue ; je me suis attachée à un homme léger : je sais quelle a été sa conduite à Naples ; et quelle raison aurais-je de croire qu'il aura changé de caractère? Enfermé dans une prison sévère, il a fait la cour à la seule femme qu'il pût voir, elle a été une distraction pour son ennui. Comme il ne pouvait lui parler qu'avec de certaines difficultés, cet amusement a pris la fausse apparence d'une passion. Ce prisonnier s'étant fait un nom dans le monde par son courage, il s'imagine prouver que son amour est mieux qu'un simple goût passager, en s'exposant à d'assez grands périls pour continuer à voir la personne qu'il croit aimer. Mais dès qu'il sera dans une grande ville, entouré de nouveau des séductions de la société, il sera de nouveau ce qu'il a toujours été, un homme du monde adonné aux dissipations, à la galanterie, et sa pauvre compagne de prison finira ses jours dans un couvent, oubliée de cet être léger, et avec le mortel regret de lui avoir fait un aveu.

Ce discours historique, dont nous ne donnons que les principaux traits, fut, comme on le pense bien, vingt fois interrompu par Fabrice. Il était éperdument amoureux, aussi il était parfaitement convaincu qu'il n'avait jamais aimé avant d'avoir vu Clélia, et que la destinée de sa vie était de ne vivre que pour elle.

Le lecteur se figure sans doute les belles choses qu'il disait, lorsque la femme de chambre avertit sa maîtresse que onze heures et demie venaient de sonner, et que le général pouvait rentrer à tout moment ; la séparation fut cruelle.

— Je vous vois peut-être pour la dernière fois, dit Clélia au prisonnier : une mesure qui est dans l'intérêt évident de la cabale Raversi peut vous fournir une cruelle façon de prouver que vous n'êtes pas inconstant. Clélia quitta Fabrice étouffée par ses sanglots, et mourant de honte de ne pouvoir les dérober entièrement à sa femme de chambre ni surtout au geôlier Grillo. Une seconde conversation n'était possible que lorsque le général annoncerait devoir passer la soirée dans le monde ; et comme depuis la prison de Fabrice, et l'intérêt qu'elle inspirait à la curiosité du courtisan, il avait trouvé prudent de se donner un accès de goutte presque continuel, ses courses à la ville, soumises aux exigences d'une politique savante, ne se décidaient souvent qu'au moment de monter en voiture.

Depuis cette soirée dans la chapelle de marbre, la vie de Fabrice fut une suite de transports de joie. De grands obstacles, il est vrai, semblaient encore s'opposer à son bonheur ; mais enfin il avait cette joie suprême et peu espérée d'être aimé par l'être divin qui occupait toutes ses pensées.

La troisième journée après cette entrevue, les signaux de la lampe finirent de fort bonne heure, à peu près sur le minuit ; à l'instant où ils se terminaient, Fabrice eut presque la tête cassée par une grosse balle de plomb qui, lancée dans la partie supérieure de l'abat-jour de sa fenêtre, vint briser ses vitres de papier et tomba dans sa chambre.

Cette fort grosse balle n'était point aussi pesante à beaucoup près que l'annonçait son volume ; Fabrice réussit facilement à l'ouvrir et trouva une lettre de la duchesse. Par l'entremise de l'archevêque, qu'elle flattait avec soin, elle avait gagné un soldat de la garnison de la citadelle. Cet homme, frondeur adroit, trompait les soldats placés en sentinelle aux angles et à la porte du palais du gouverneur ou s'arrangeait avec eux.

« Il faut te sauver avec des cordes : je frémis en
« te donnant cet avis étrange, j'hésite depuis plus

« de deux mois entiers à te dire cette parole; mais « l'avenir officiel se rembrunit chaque jour, et « l'on peut s'attendre à ce qu'il y a de pis. A pro- « pos, recommence à l'instant les signaux avec ta « lampe, pour nous prouver que tu as reçu cette « lettre dangereuse ; marque P, B et G à la *mo-* « *naca*, c'est-à-dire quatre, douze et deux ; je ne « respirerai pas jusqu'à ce que j'aie vu ce signal ; « je suis à la tour, on répondra par N et O, sept « et cinq. La réponse reçue, ne fais plus aucun « signal, et occupe-toi uniquement à comprendre « ma lettre. »

Fabrice se hâta d'obéir, et fit les signaux convenus, qui furent suivis des réponses annoncées, puis il continua la lecture de la lettre.

« On peut s'attendre à ce qu'il y a de pis ; c'est « ce que m'ont déclaré les trois hommes dans les- « quels j'ai le plus de confiance, après que je leur « ai fait jurer sur l'Évangile de me dire la vérité, « quelque cruelle qu'elle pût être pour moi. Le « premier de ces hommes menaça le chirurgien « dénonciateur à Ferrare de tomber sur lui avec « un couteau ouvert à la main ; le second te dit, à « ton retour de Belgirate, qu'il aurait été plus « strictement prudent de donner un coup de pis- « tolet au valet de chambre qui arrivait en chan- « tant dans le bois et conduisant en laisse un beau

« cheval un peu maigre ; tu ne connais pas le troi-
« sième : c'est un voleur de grand chemin de mes
« amis, homme d'exécution s'il en fut, et qui a
« autant de courage que toi ; c'est pourquoi sur-
« tout je lui ai demandé de me déclarer ce que tu
« devais faire. Tous les trois m'ont dit, sans savoir
« chacun que j'eusse consulté les deux autres, qu'il
« vaut mieux s'exposer à se casser le cou que de
« passer encore onze années et quatre mois dans
« la crainte continuelle d'un poison fort probable.

« Il faut pendant un mois t'exercer dans ta
« chambre à monter et descendre au moyen d'une
« corde nouée. Ensuite, un jour de fête où la gar-
« nison de la citadelle aura reçu une gratification
« de vin, tu tenteras la grande entreprise. Tu
« auras trois cordes en soie et chanvre, de la gros-
« seur d'une plume de cygne : la première de
« quatre-vingts pieds, pour descendre les trente-
« cinq pieds qu'il y a de ta fenêtre au bois d'oran-
« gers ; la seconde de trois cents pieds, et c'est là
« la difficulté, à cause du poids, pour descendre
« les cent quatre-vingts pieds qu'a de hauteur le
« mur de la grosse tour ; une troisième, de trente
« pieds, te servira à descendre le rempart. Je passe
« ma vie à étudier le grand mur à l'orient, c'est-
« à-dire du côté de Ferrare : une fente causée
« par un tremblement de terre a été remplie au
« moyen d'un contre-fort qui forme *plan incliné*.
« Mon voleur de grand chemin m'assure qu'il se

« ferait fort de descendre de ce côté-là sans trop
« de difficulté et sous peine seulement de quelques
« écorchures, en se laissant glisser sur le plan in-
« cliné formé par ce contre-fort. L'espace vertical
« n'est que de vingt-huit pieds tout à fait au bas;
« ce côté est le moins bien gardé.

« Cependant, à tout prendre, mon voleur, qui
« trois fois s'est sauvé de prison, et que tu aime-
« rais si tu le connaissais, quoiqu'il exècre les
« gens de ta caste; mon voleur de grand chemin,
« dis-je, agile et leste comme toi, pense qu'il ai-
« merait mieux descendre par le côté du couchant,
« exactement vis-à-vis le petit palais occupé jadis
« par la Fausta, de vous bien connu. Ce qui le
« déciderait pour ce côté, c'est que la muraille,
« quoique très peu inclinée, est presque constam-
« ment garnie de broussailles; il y a des brins de
« bois, gros comme le petit doigt, qui peuvent
« fort bien écorcher si l'on n'y prend garde, mais
« qui, aussi, sont excellents pour se retenir. Encore
« ce matin, je regardais ce côté du couchant avec
« une excellente lunette; la place à choisir, c'est
« précisément au-dessous d'une pierre neuve que
« l'on a placée à la balustrade d'en haut, il y a
« deux ou trois ans. Verticalement au-dessous de
« cette pierre, tu trouveras d'abord un espace nu
« d'une vingtaine de pieds; il faut aller là très-lente-
« ment (tu sens si mon cœur frémit en te donnant
« ces instructions terribles, mais le courage con-

« siste à savoir choisir le moindre mal, si affreux
« qu'il soit encore); après l'espace nu, tu trouve-
« ras quatre-vingts ou quatre-vingt-dix pieds de
« broussailles fort grandes, où l'on voit voler des
« oiseaux, puis un espace de trente pieds qui n'a
« que des herbes, des violiers et des pariétaires.
« Ensuite, en approchant de terre, vingt pieds de
« broussailles, et enfin vingt-cinq ou trente pieds
« récemment éparvérés.

« Ce qui me déciderait pour ce côté, c'est que
« là se trouve verticalement, au-dessous de la pierre
« neuve de la balustrade d'en haut, une cabane en
« bois bâtie par un soldat dans son jardin, et que
« le capitaine du génie employé à la forteresse
« veut le forcer à démolir; elle a dix-sept pieds de
« haut, elle est couverte en chaume, et le toit
« touche au grand mur de la citadelle. C'est ce
« toit qui me tente; dans le cas affreux d'un acci-
« dent, il amortirait la chute. Une fois arrivé là,
« tu es dans l'enceinte des remparts assez négli-
« gemment gardés; si l'on t'arrêtait là, tire des
« coups de pistolet et défends-toi quelques mi-
« nutes. Ton ami de Ferrare et un autre homme
« de cœur, celui que j'appelle le voleur de grand
« chemin, auront des échelles et n'hésiteront pas
« à escalader ce rempart assez bas, et à voler à
« ton secours.

« Le rempart n'a que vingt-trois pieds de haut,
« et un fort grand talus. Je serai au pied de ce

« dernier mur avec bon nombre de gens armés.
« J'ai l'espoir de te faire parvenir cinq ou six « lettres par la même voie que celle-ci. Je répé- « terai sans cesse les mêmes choses en d'autres « termes, afin que nous soyons bien d'accord. Tu « devines de quel cœur je te dis que l'homme *du* « *coup de pistolet au valet de chambre*, qui, après « tout, est le meilleur des êtres et se meurt de « repentir, pense que tu en seras quitte pour un « bras cassé. Le voleur de grand chemin, qui a « plus d'expérience de ces sortes d'expéditions, « pense que, si tu veux descendre fort lentement, « et surtout sans te presser, ta liberté ne te « coûtera que des écorchures. La grande diffi- « culté, c'est d'avoir des cordes; c'est à quoi aussi « je pense uniquement depuis quinze jours que « cette grande idée occupe tous mes instants.
« Je ne réponds pas à cette folie, la seule chose « sans esprit que tu aies dite de ta vie : « Je ne « veux pas me sauver! » L'homme du coup de pis- « tolet au valet de chambre s'écria que l'ennui « t'avait rendu fou. Je ne te cacherai point que « nous redoutons un fort imminent danger, qui « peut-être fera hâter le jour de ta fuite. Pour t'an- « noncer ce danger, la lampe dira plusieurs fois « de suite :
« *Le feu a pris au château!*
« Tu répondras :
« *Mes livres sont-ils brûlés?* »

Cette lettre contenait encore cinq ou six pages de détails; elle était écrite en caractères microscopiques sur du papier très-fin.

— Tout cela est fort beau et fort bien inventé, se dit Fabrice; je dois une reconnaissance éternelle au comte et à la duchesse; ils croiront peut-être que j'ai eu peur, mais je ne me sauverai point. Est-ce que jamais l'on se sauva d'un lieu où l'on est au comble du bonheur, pour aller se jeter dans un exil affreux où tout manquera, jusqu'à l'air pour respirer? Que ferais-je au bout d'un mois que je serais à Florence? Je prendrais un déguisement pour venir rôder auprès de la porte de cette forteresse, et tâcher d'épier un regard!

Le lendemain, Fabrice eut peur; il était à sa fenêtre, vers les onze heures, regardant le magnifique paysage et attendant l'instant heureux où il pourrait voir Clélia, lorsque Grillo entra hors d'haleine dans sa chambre :

— Et vite! vite! monseigneur, jetez-vous sur votre lit, faites semblant d'être malade; voici trois juges qui montent! Ils vont vous interroger : réfléchissez bien avant de parler; ils viennent pour vous *entortiller*.

En disant ces paroles Grillo se hâtait de fermer la petite trappe de l'abat-jour, poussait Fabrice sur son lit, et jetait sur lui deux ou trois manteaux.

— Dites que vous souffrez beaucoup et parlez

peu, surtout faites répéter les questions pour réfléchir.

Les trois juges entrèrent. Trois échappés des galères, se dit Fabrice en voyant ces physionomies basses, et non pas trois juges; ils avaient de longues robes noires. Ils saluèrent gravement, et occupèrent, sans mot dire, les trois chaises qui étaient dans la chambre.

— Monsieur Fabrice del Dongo, dit le plus âgé, nous sommes peinés de la triste mission que nous venons remplir auprès de vous. Nous sommes ici pour vous annoncer le décès de son excellence M. le marquis del Dongo, votre père, second grand majordome major du royaume lombardo-vénitien, chevalier grand-croix des ordres de, etc., etc., etc. Fabrice fondit en larmes; le juge continua.

— Madame la marquise del Dongo, votre mère, vous fait part de cette nouvelle par une lettre missive; mais comme elle a joint au fait des réflexions inconvenantes, par un arrêt d'hier, la Cour de justice a décidé que sa lettre vous serait communiquée seulement par extrait, et c'est cet extrait que monsieur le greffier Bona va vous lire.

Cette lecture terminée, le juge s'approcha de Fabrice toujours couché, et lui fit suivre sur la lettre de sa mère les passages dont on venait de lire les copies. Fabrice vit dans la lettre les mots *emprisonnement injuste, punition cruelle pour un crime qui n'en est pas un*, et comprit ce qui avait motivé la visite des juges. Du reste, dans son mépris pour des magistrats sans probité, il ne leur dit exactement que ces paroles :

— Je suis malade, messieurs, je me meurs de langueur, et vous m'excuserez si je ne puis me lever.

Les juges sortis, Fabrice pleura encore beaucoup, puis il se dit : Suis-je hypocrite? Il me semblait que je ne l'aimais point.

Ce jour-là et les suivants Clélia fut fort triste; elle l'appela plusieurs fois, mais eut à peine le courage de lui dire quelques paroles. Le matin du cinquième jour qui suivit la première entrevue, elle lui dit que dans la soirée elle viendrait à la chapelle de marbre.

— Je ne puis vous adresser que peu de mots, lui dit-elle en entrant. Elle était tellement tremblante qu'elle avait besoin de s'appuyer sur sa femme de chambre. Après l'avoir renvoyée à l'entrée de la chapelle : — Vous allez me donner votre parole d'honneur, ajouta-t-elle d'une voix à peine intelligible, vous allez me donner votre parole d'honneur d'obéir à la duchesse, et de tenter de fuir le jour qu'elle vous l'ordonnera et de la façon qu'elle vous indiquera, ou demain matin je me réfugie dans un couvent, et je vous jure ici que de la vie je ne vous adresserai la parole!

Fabrice resta muet.

— Promettez, dit Clélia les larmes aux yeux et

comme hors d'elle-même, ou bien nous nous parlons ici pour la dernière fois. La vie que vous m'avez faite est affreuse : vous êtes ici à cause de moi et chaque jour peut être le dernier de votre existence. En ce moment Clélia était si faible qu'elle fut obligée de chercher un appui sur un énorme fauteuil placé jadis au milieu de la chapelle, pour l'usage du prince prisonnier ; elle était sur le point de se trouver mal.

— Que faut-il promettre? dit Fabrice d'un air accablé.

— Vous le savez.

— Je jure donc de me précipiter sciemment dans un malheur affreux, et de me condamner à vivre loin de tout ce que j'aime au monde!

— Promettez des choses précises.

— Je jure d'obéir à la duchesse, et de prendre la fuite le jour qu'elle le voudra et comme elle le voudra. Et que deviendrai-je une fois loin de vous?

— Jurez de vous sauver, quoi qu'il puisse arriver.

— Comment! êtes-vous décidée à épouser le marquis Crescenzi dès que je n'y serai plus?

— O Dieu! quelle âme me croyez-vous?... Mais jurez, ou je n'aurai plus un seul instant la paix de l'âme.

— Eh bien! je jure de me sauver d'ici le jour que madame Sanseverina l'ordonnera, et quoi qu'il puisse arriver d'ici là.

Ce serment obtenu, Clélia était si faible qu'elle fut obligée de se retirer après avoir remercié Fabrice.

— Tout était prêt pour ma fuite demain matin, lui dit-elle, si vous vous étiez obstiné à rester. Je vous aurais vu en cet instant pour la dernière fois de ma vie, j'en avais fait le vœu à la Madone. Maintenant, dès que je pourrai sortir de ma chambre, j'irai examiner le mur terrible au-dessous de la pierre neuve de la balustrade.

Le lendemain, il la trouva pâle au point de lui faire une vive peine. Elle lui dit de la fenêtre de la volière :

— Ne nous faisons point illusion, cher ami; comme il y a du péché dans notre amitié, je ne doute pas qu'il ne nous arrive malheur. Vous serez découvert en cherchant à prendre la fuite, et perdu à jamais, si ce n'est pis; toutefois il faut satisfaire à la prudence humaine, elle nous ordonne de tout tenter. Il vous faut pour descendre en dehors de la grosse tour une corde solide de plus de deux cents pieds de longueur. Quelques soins que je me donne depuis que je sais le projet de la duchesse, je n'ai pu me procurer que des cordes formant à peine ensemble une cinquantaine de pieds. Par un ordre du jour du gouverneur, toutes les cordes que l'on voit dans la forteresse sont brûlées, et tous les soirs on enlève les cordes des puits, si faibles d'ailleurs que souvent elles cassent en remontant leur léger fardeau. Mais priez Dieu qu'il me pardonne, je trahis mon père, et je travaille, fille dénaturée, à lui donner un chagrin mortel. Priez Dieu pour moi, et si votre vie est sauvée, faites le vœu d'en consacrer tous les instants à sa gloire.

Voici une idée qui m'est venue : dans huit jours je sortirai de la citadelle pour assister aux noces d'une des sœurs du marquis Crescenzi. Je rentrerai le soir comme il est convenable, mais je ferai tout au monde pour ne rentrer que fort tard, et peut-être Barbone n'osera-t-il pas m'examiner de trop près. A cette noce de la sœur du marquis se trouveront les plus grandes dames de la cour, et sans doute madame Sanseverina. Au nom de Dieu! faites qu'une de ces dames me remette un paquet de cordes bien serrées, pas trop grosses, et réduites au plus petit volume. Dussé-je m'exposer à mille morts, j'emploierai les moyens même les plus dangereux pour introduire ce paquet de cordes dans la citadelle, au mépris, hélas! de tous mes devoirs. Si mon père en a connaissance, je ne vous reverrai jamais; mais quelle que soit la destinée qui m'attend, je serai heureuse dans les bornes d'une amitié de sœur si je puis contribuer à vous sauver.

Le soir même, par la correspondance de nuit au moyen de la lampe, Fabrice donna avis à la duchesse de l'occasion unique qu'il y aurait de faire entrer dans la citadelle une quantité de cordes suffisante. Mais il la suppliait de garder le secret même envers le comte, ce qui parut bizarre. Il est fou, pensa la duchesse, la prison l'a changé, il prend les choses au tragique. Le lendemain, une balle de plomb, lancée par le frondeur, apporta au prisonnier l'annonce du plus grand péril possible : la personne qui se chargeait de faire entrer les cordes, lui disait-on, lui sauvait positivement et exactement la vie. Fabrice se hâta de donner cette nouvelle à Clélia. Cette balle de plomb apportait aussi à Fabrice une vue fort exacte du mur du couchant, par lequel il devait descendre du haut de la grosse tour dans l'espace compris entre les bastions ; de ce lieu, il était assez facile ensuite de se sauver, les remparts n'ayant que vingt-trois pieds de haut et étant assez négligemment gardés. Sur le revers du plan était écrit d'une petite écriture fine un sonnet magnifique : une âme généreuse exhortait Fabrice à prendre la fuite, et à ne pas laisser avilir son âme et dépérir son corps par les onze années de captivité qu'il avait encore à subir.

Ici un détail nécessaire, et qui explique en partie le courage qu'eut la duchesse de conseiller à Fabrice une fuite si dangereuse, nous oblige d'interrompre pour un instant l'histoire de cette entreprise hardie.

Comme tous les partis qui ne sont point au pouvoir, le parti Raversi n'était pas fort uni. Le chevalier Riscara détestait le fiscal Rassi, qu'il accusait de lui avoir fait perdre un procès important dans lequel, à la vérité, lui, Riscara, avait tort. Par Riscara, le prince reçut un avis anonyme qui l'avertissait qu'une expédition de la sentence de Fabrice avait été adressée officiellement au gouverneur de la citadelle. La marquise Raversi, cet habile chef de parti, fut excessivement contrariée de cette fausse démarche, et en fit aussitôt donner avis à son ami, le fiscal général; elle trouvait fort simple qu'il voulût tirer quelque chose du ministre Mosca, tant que Mosca était au pouvoir. Rassi se présenta intrépidement au palais, pensant bien qu'il en serait quitte pour quelques coups de pied; le prince ne pouvait se passer d'un jurisconsulte habile, et Rassi avait fait exiler comme libéraux un juge et un avocat, les seuls hommes du pays qui eussent pu prendre sa place.

Le prince, hors de lui, le chargea d'injures et avançait sur lui pour le battre.

— Eh bien! c'est une distraction de commis, répondit Rassi du plus grand sang-froid; la chose est prescrite par la loi, elle aurait dû être faite le lendemain de l'écrou du sieur del Dongo à la citadelle. Le commis plein de zèle a cru avoir fait un oubli, et m'aura fait signer la lettre d'envoi comme une chose de forme.

— Et tu prétends me faire croire des mensonges aussi mal bâtis? s'écria le prince furieux;

dis plutôt que tu t'es vendu à ce fripon de Mosca, et c'est pour cela qu'il t'a donné la croix. Mais parbleu! tu n'en seras pas quitte pour des coups : je te ferai mettre en jugement, je te révoquerai honteusement.

— Je vous défie de me faire mettre en jugement! répondit Rassi avec assurance; il savait que c'était un sûr moyen de calmer le prince : la loi est pour moi, et vous n'avez pas un second Rassi pour savoir l'éluder. Vous ne me révoquerez pas, parce qu'il est des moments où votre caractère est sévère; vous avez soif de sang alors, mais en même temps vous tenez à conserver l'estime des Italiens raisonnables; cette estime est un *sine qua non* pour votre ambition. Enfin, vous me rappellerez au premier acte de sévérité dont votre caractère vous fera un besoin, et, comme à l'ordinaire, je vous procurerai une sentence bien régulière rendue par des juges timides et assez honnêtes gens, et qui satisfera vos passions. Trouvez un autre homme dans vos États aussi utile que moi!

Cela dit, Rassi s'enfuit; il en avait été quitte pour un coup de règle bien appliqué et cinq ou six coups de pied. En sortant du palais, il partit pour sa terre de Riva; il avait quelque crainte d'un coup de poignard dans le premier mouvement de colère, mais il ne doutait pas non plus qu'avant quinze jours un courrier ne le rappelât dans la capitale. Il employa le temps qu'il passa à la campagne à organiser un moyen de correspondance sûr avec le comte Mosca; il était amoureux fou du titre de baron, et pensait que le prince faisait trop de cas de cette chose jadis sublime, la noblesse, pour la lui conférer jamais; tandis que le comte, très fier de sa naissance, n'estimait que la noblesse prouvée par des titres avant l'an 1400.

Le fiscal général ne s'était point trompé dans ses prévisions : il y avait à peine huit jours qu'il était à sa terre, lorsqu'un ami du prince, qui y vint par hasard, lui conseilla de retourner à Parme sans délai; le prince le reçut en riant, prit ensuite un air fort sérieux, et lui fit jurer sur l'Évangile qu'il garderait le secret sur ce qu'il allait lui confier; Rassi jura d'un grand sérieux, et le prince, l'œil enflammé de haine, s'écria qu'il ne serait pas le maître chez lui tant que Fabrice del Dongo serait en vie.

— Je ne puis, ajouta-t-il, ni chasser la duchesse, ni souffrir sa présence; ses regards me bravent et m'empêchent de vivre.

Après avoir laissé le prince s'expliquer bien au long, lui, Rassi, jouant l'extrême embarras, s'écria enfin :

— Votre altesse sera obéie, sans doute, mais la chose est d'une horrible difficulté : il n'y a pas d'apparence de condamner un del Dongo à mort pour le meurtre d'un Giletti; c'est déjà un tour de force étonnant que d'avoir tiré de cela douze années de citadelle. De plus, je soupçonne la duchesse d'avoir découvert trois des paysans qui travaillaient à la fouille de *Sanguigna*, et qui se trouvaient hors du fossé au moment où ce brigand de Giletti attaqua del Dongo.

— Et où sont ces témoins? dit le prince irrité.

— Cachés en Piémont, je suppose. Il faudrait une conspiration contre la vie de votre altesse...

— Ce moyen a ses dangers, dit le prince; cela fait songer à la chose.

— Mais pourtant, dit Rassi avec une feinte innocence, voilà tout mon arsenal officiel.

— Reste le poison...

— Mais qui le donnera? Sera-ce cet imbécile de Conti?

— Mais, à ce qu'on dit, ce ne serait pas son coup d'essai...

— Il faudrait le mettre en colère, reprit Rassi; et d'ailleurs, lorsqu'il expédia le capitaine, il n'avait pas trente ans, et il était amoureux et infiniment moins pusillanime que de nos jours. Sans doute, tout doit céder à la raison d'État; mais, ainsi pris au dépourvu et à la première vue, je ne vois, pour exécuter les ordres du souverain, qu'un nommé Barbone, commis-greffier de la prison, et que le sieur del Dongo renversa d'un soufflet le jour qu'il y entra.

Une fois le prince mis à son aise, la conversation fut infinie; il la termina en accordant à son fiscal général un délai d'un mois; le Rassi en voulait deux. Le lendemain, il reçut une gratification secrète de mille sequins. Pendant trois jours il réfléchit; le quatrième il revint à son raisonnement, qui lui semblait évident : le seul comte Mosca aura le cœur de me tenir parole, parce que, en me faisant baron, il ne me donne pas ce qu'il estime; *secundo*, en l'avertissant, je me sauve probablement un crime pour lequel je suis à peu près payé d'avance; *tertio*, je venge les premiers coups humiliants qu'ait reçus le chevalier Rassi. La nuit suivante, il communiqua au comte Mosca toute sa conversation avec le prince.

Le comte faisait en secret la cour à la duchesse; il est bien vrai qu'il ne la voyait toujours chez elle qu'une ou deux fois par mois, mais presque toutes les semaines, et quand il savait faire naître les occasions de parler de Fabrice, la duchesse, accompagnée de *Chékina*, venait, dans la soirée avancée, passer quelques instants dans le jardin du comte. Elle savait tromper même son cocher, qui lui était dévoué et qui la croyait en visite dans une maison voisine.

On peut penser si le comte, ayant reçu la terrible confidence du fiscal, fit aussitôt à la duchesse le signal convenu. Quoique l'on fût au milieu de la nuit, elle le fit prier par la Chékina de passer à l'instant chez elle. Le comte, ravi comme un amoureux de cette apparence d'intimité, hésitait cependant à tout dire à la duchesse; il craignait de la voir devenir folle de douleur.

Après avoir cherché des demi-mots pour mitiger l'annonce fatale, il finit cependant par lui tout dire; il n'était pas en son pouvoir de garder un secret qu'elle lui demandait. Depuis neuf mois le malheur extrême avait eu une grande influence sur cette âme ardente, elle l'avait fortifiée, et la duchesse ne s'emporta point en sanglots ou en plaintes.

Le lendemain soir elle fit faire à Fabrice le signal du grand péril:

*Le feu a pris au château.*

Il répondit fort bien :

*Mes livres sont-ils brûlés?*

La même nuit elle eut le bonheur de lui faire parvenir une lettre dans une balle de plomb. Ce fut huit jours après qu'eut lieu le mariage de la sœur du marquis Crescenzi, où la duchesse commit une énorme imprudence dont nous rendrons compte en son lieu.

V. Foulquier inv. sculp.

# XXI

A l'époque de ses malheurs il y avait déjà près d'une année que la duchesse avait fait une rencontre singulière : un jour qu'elle avait la *luna*, comme on dit dans le pays, elle était allée à l'improviste, sur le soir, à son château de Sacca, situé au delà de Colorno, sur la colline qui domine le Pô. Elle se plaisait à embellir cette terre; elle aimait la vaste forêt qui couronne la colline et touche au château; elle s'occupait à y faire tracer des sentiers dans des directions pittoresques.

— Vous vous ferez enlever par des brigands, belle duchesse, lui disait un jour le prince; il est impossible qu'une forêt où l'on sait que vous vous promenez reste déserte. Le prince jetait un regard sur le comte dont il prétendait émoustiller la jalousie.

— Je n'ai pas de craintes, altesse sérénissime, répondit la duchesse d'un air ingénu, quand je me promène dans mes bois; je me rassure par cette pensée : Je n'ai fait de mal à personne, qui pourrait me haïr? Ce propos fut trouvé hardi, il rappelait les injures proférées par les libéraux du pays, gens fort insolents.

Le jour de la promenade dont nous parlons, le propos du prince revint à l'esprit de la duchesse, en remarquant un homme fort mal vêtu qui la suivait de loin à travers le bois. A un détour imprévu que fit la duchesse en continuant sa promenade, cet inconnu se trouva tellement près d'elle qu'elle eut peur. Dans le premier mouvement elle appela son garde-chasse, qu'elle avait laissé à mille pas de là, dans le parterre de fleurs tout près du château. L'inconnu eut le temps de s'approcher d'elle et se jeta à ses pieds. Il était jeune, fort bel homme, mais horriblement mal mis; ses habits avaient des déchirures d'un pied de long, mais ses yeux respiraient le feu d'une âme ardente.

— Je suis condamné à mort, je suis le médecin Ferrante Palla, je meurs de faim ainsi que mes cinq enfants.

La duchesse avait remarqué qu'il était horriblement maigre; mais ses yeux étaient tellement beaux et remplis d'une exaltation si tendre, qu'ils lui ôtèrent l'idée du crime. Pallagi, pensa-t-elle, aurait bien dû donner de tels yeux au saint Jean dans le désert qu'il vient de placer à la cathédrale. L'idée de saint lui était suggérée par l'incroyable maigreur de Ferrante. La duchesse lui donna trois sequins qu'elle avait dans sa bourse, s'excusant de lui offrir si peu sur ce qu'elle venait de payer un compte à son jardinier. Ferrante la remercia avec effusion. — Hélas! lui dit-il, autrefois j'habitais les villes, je voyais des femmes élégantes; depuis qu'en remplissant mes devoirs de citoyen je me suis fait condamner à mort, je vis dans les bois, et je vous suivais, non pour vous demander l'aumône ou vous voler, mais comme un sauvage fasciné par une angélique beauté. Il y a si longtemps que je n'ai vu deux belles mains blanches!

— Levez-vous donc, lui dit la duchesse; car il était resté à genoux.

— Permettez que je reste ainsi, lui dit Ferrante; cette position me prouve que je ne suis pas occupé actuellement à voler, et elle me tranquillise; car vous saurez que je vole pour vivre depuis que l'on m'empêche d'exercer ma profession. Mais dans ce moment-ci je ne suis qu'un simple mortel qui adore la sublime beauté. La duchesse comprit qu'il était un peu fou, mais elle n'eut point peur; elle voyait dans les yeux de cet homme qu'il avait une âme ardente et bonne, et d'ailleurs elle ne haïssait pas les physionomies extraordinaires.

— Je suis donc médecin, et je faisais la cour à la femme de l'apothicaire *Sarasine* de Parme : il nous a surpris et l'a chassée, ainsi que trois enfants qu'il soupçonnait avec raison être de moi et non de lui. J'en ai eu deux depuis. La mère et les cinq enfants vivent dans la dernière misère, au fond d'une sorte de cabane construite de mes mains à une lieue d'ici, dans le bois. Car je dois me préserver des gendarmes, et la pauvre femme ne veut pas se séparer de moi. Je fus condamné à mort, et fort justement : je conspirais. J'exècre le prince, qui est un tyran. Je ne pris pas la fuite faute d'argent. Mes malheurs sont bien plus grands, et j'aurais dû mille fois me tuer; je n'aime plus la malheureuse femme qui m'a donné ces cinq enfants et s'est perdue pour moi; j'en aime une autre. Mais si je me tue, les cinq enfants et la mère mourront littéralement de faim! Cet homme avait l'accent de la sincérité.

— Mais comment vivez-vous? lui dit la duchesse attendrie.

— La mère des enfants file; la fille aînée est nourrie dans une ferme de libéraux, où elle garde les moutons; moi, je vole sur la route de Plaisance à Gênes.

— Comment accordez-vous le vol avec vos principes libéraux?

— Je tiens note des gens que je vole, et si jamais j'ai quelque chose, je leur rendrai les sommes volées. J'estime qu'un tribun du peuple tel que moi exécute un travail qui, à raison de son danger, vaut bien cent francs par mois; ainsi je me garde bien de prendre plus de douze cents francs par an.

Je me trompe, je vole quelque petite somme au delà, car je fais face par ce moyen aux frais d'impression de mes ouvrages.

— Quels ouvrages?

— *La........ aura-t-elle jamais une chambre et un budget?*

— Quoi! dit la duchesse étonnée, c'est vous, monsieur, qui êtes l'un des plus grands poëtes du siècle, le fameux Ferrante Palla?

— Fameux peut-être, mais fort malheureux, c'est sûr.

— Et un homme de votre talent, monsieur, est obligé de voler pour vivre!

— C'est peut-être pour cela que j'ai quelque talent. Jusqu'ici tous nos auteurs qui se sont fait connaître étaient des gens payés par le gouvernement ou par le culte qu'ils voulaient saper. Moi, *primo*, j'expose ma vie; *secundo*, songez, madame, aux réflexions qui m'agitent lorsque je vais voler! Suis-je dans le vrai? me dis-je. La place de tribun rend-elle des services valant réellement cent francs par mois? J'ai deux chemises, l'habit que vous voyez, quelques mauvaises armes, et je suis sûr de finir par la corde : j'ose croire que je suis désintéressé. Je serais heureux sans ce fatal amour qui ne me laisse plus trouver que malheur auprès de la mère de mes enfants. La pauvreté me pèse comme laide : j'aime les beaux habits, les mains blanches....

Il regardait celles de la duchesse de telle sorte que la peur la saisit.

— Adieu, monsieur, lui dit-elle : puis-je vous être bonne à quelque chose à Parme?

— Pensez quelquefois à cette question : son emploi est de réveiller les cœurs et de les empêcher de s'endormir dans ce faux bonheur tout matériel que donnent les monarchies. Le service qu'il rend à ses concitoyens vaut-il cent francs par mois?... Mon malheur est d'aimer, dit-il d'un air fort doux, et depuis près de deux ans mon âme n'est occupée que de vous, mais jusqu'ici je vous avais vue sans vous faire peur. Et il prit la fuite avec une rapidité prodigieuse, qui étonna la duchesse et la rassura. Les gendarmes auraient de la peine à l'atteindre, pensa-t-elle; en effet, il est fou.

Il est fou, lui dirent ses gens; nous savons tous depuis longtemps que le pauvre homme est amoureux de madame; quand madame est ici, nous le voyons errer dans les parties les plus élevées du bois, et dès que madame est partie, il ne manque pas de venir s'asseoir aux mêmes endroits où elle s'est arrêtée; il ramasse curieusement les fleurs qui ont pu tomber de son bouquet et les conserve longtemps attachées à son mauvais chapeau.

— Et vous ne m'avez jamais parlé de ces folies! dit la duchesse presque du ton du reproche.

— Nous craignions que madame ne le dît au ministre Mosca. Le pauvre Ferrante est si bon enfant! ça n'a jamais fait de mal à personne, et parce qu'il aime notre Napoléon, on l'a condamné à mort.

Elle ne dit mot au ministre de cette rencontre, et comme depuis quatre ans c'était le premier secret qu'elle lui faisait, dix fois elle fut obligée de s'arrêter court au milieu d'une phrase. Elle revint à Sacca avec de l'or, Ferrante ne se montra point. Elle revint quinze jours plus tard : Ferrante, après l'avoir suivie quelque temps en gambadant dans le bois à cent pas de distance, fondit sur elle avec la rapidité de l'épervier, et se précipita à ses genoux comme la première fois.

— Où étiez-vous, il y a quinze jours?

— Dans la montagne au delà de Novi, pour voler des muletiers qui revenaient de Milan où ils avaient vendu de l'huile.

— Acceptez cette bourse.

Ferrante ouvrit la bourse, y prit un sequin qu'il

baisa et qu'il mit dans son sein, puis la rendit.

— Vous me rendez cette bourse et vous volez!

— Sans doute; mon institution est telle, jamais je ne dois avoir plus de cent francs; or maintenant la mère de mes enfants a quatre-vingts francs et moi j'en ai vingt-cinq, je suis en faute de cinq francs, et si l'on me pendait en ce moment j'aurais des remords. J'ai pris ce sequin parce qu'il vient de vous et que je vous aime.

L'intonation de ce mot fort simple fut parfaite. Il aime réellement, se dit la duchesse.

Ce jour-là il avait l'air tout à fait égaré. Il dit qu'il y avait à Parme des gens qui lui devaient six cents francs, et qu'avec cette somme il réparerait sa cabane où maintenant ses pauvres petits enfants s'enrhumaient.

— Mais je vous ferai l'avance de ces six cents francs, dit la duchesse tout émue.

— Mais alors, moi, homme public, le parti contraire ne pourra-t-il pas me calomnier, et dire que je me vends?

La duchesse attendrie lui offrit une cachette à Parme s'il voulait lui jurer que pour le moment il n'exercerait point sa magistrature dans cette ville, que surtout il n'exécuterait aucun des arrêts de mort que, disait-il, il avait *in petto*.

— Et si l'on me pend par suite de mon imprudence, dit gravement Ferrante, tous ces coquins si nuisibles au peuple vivront de longues années, et à qui la faute? Que me dira mon père en me recevant là-haut?

La duchesse lui parla beaucoup de ses petits enfants à qui l'humidité pouvait causer des maladies mortelles; il finit par accepter l'offre de la cachette à Parme.

Le duc Sanseverina, dans la seule demi-journée qu'il eût passée à Parme depuis son mariage, avait montré à la duchesse une cachette fort singulière qui existe à l'angle méridional du palais de ce nom. Le mur de façade, qui date du moyen âge, a huit pieds d'épaisseur; on l'a creusé en dedans, et là se trouve une cachette de vingt pieds de haut, mais de deux seulement de largeur. C'est tout à côté que l'on admire ce réservoir d'eau cité dans tous les voyages, fameux ouvrage du douzième siècle, pratiqué lors du siége de Parme par l'empereur Sigismond, et qui plus tard fut compris dans l'enceinte du palais Sanseverina.

On entre dans la cachette en faisant mouvoir une énorme pierre sur un axe de fer placé vers le centre du bloc. La duchesse était si profondément touchée de la folie de Ferrante et du sort de ses enfants, pour lesquels il refusait obstinément tout cadeau ayant une valeur, qu'elle lui permit de faire usage de cette cachette pendant assez longtemps. Elle le revit un mois après, toujours dans les bois de Sacca, et comme ce jour-là il était un peu plus calme, il lui récita un de ses sonnets qui lui sembla égal ou supérieur à tout ce qu'on a fait de plus beau en Italie depuis deux siècles. Ferrante obtint plusieurs entrevues ; mais son amour s'exalta, devint importun, et la duchesse s'aperçut que cette passion suivait les lois de tous les amours que l'on met dans la possibilité de concevoir une lueur d'espérance. Elle le renvoya dans ses bois, lui défendit de lui adresser la parole : il obéit à l'instant et avec une douceur parfaite. Les choses en étaient à ce point quand Fabrice fut arrêté. Trois jours après, à la tombée de la nuit, un capucin se présenta à la porte du palais Sanseverina ; il avait, disait-il, un secret important à communiquer à la maîtresse du logis. Elle était si malheureuse qu'elle fit entrer : c'était Ferrante. — Il se passe ici une nouvelle iniquité dont le tribun du peuple doit prendre connaissance, lui dit cet homme fou d'amour. D'autre part, agissant comme simple particulier, ajouta-t-il, je ne puis donner à madame la duchesse Sanseverina que ma vie, et je la lui apporte.

Ce dévouement si sincère de la part d'un voleur et d'un fou toucha vivement la duchesse. Elle parla longtemps à cet homme qui passait pour le plus grand poëte du nord de l'Italie, et pleura beaucoup. Voilà un homme qui comprend mon cœur, se disait-elle. Le lendemain il reparut, toujours à l'*Ave Maria*, déguisé en domestique et portant livrée.

— Je n'ai point quitté Parme, j'ai entendu dire une horreur que ma bouche ne répétera point; mais me voici. Songez, madame, à ce que vous refusez! L'être que vous voyez n'est pas une poupée de cour, c'est un homme! Il était à genoux en prononçant ces paroles d'un air à leur donner de la valeur. Hier, je me suis dit, ajouta-t-il : Elle a pleuré en ma présence; donc elle est un peu moins malheureuse!

— Mais, monsieur, songez donc quels dangers vous environnent, on vous arrêtera dans cette ville!

— Le tribun vous dira : Madame, qu'est-ce que la vie quand le devoir parle? L'homme malheureux, et qui a la douleur de ne plus sentir de passion pour la vertu depuis qu'il est brûlé par l'amour, ajoutera : Madame la duchesse, Fabrice, un homme de cœur, va périr peut-être; ne repoussez pas un autre homme de cœur qui s'offre à vous! Voici un corps de fer et une âme qui ne craint au monde que de vous déplaire.

— Si vous me parlez encore de vos sentiments, je vous ferme ma porte à jamais.

La duchesse eut bien l'idée, ce soir-là, d'annoncer à Ferrante qu'elle ferait une petite pension à ses enfants, mais elle eut peur qu'il ne partît de là pour se tuer.

A peine fut-il sorti que, remplie de pressentiments funestes, elle se dit : Moi aussi je puis mourir, et plût à Dieu qu'il en fût ainsi, et bientôt! si je trouvais un homme digne de ce nom à qui recommander mon pauvre Fabrice.

Une idée saisit la duchesse : elle prit un morceau de papier et reconnut, par un écrit auquel elle mêla le peu de mots de droit qu'elle savait, qu'elle avait reçu du sieur Ferrante Palla la somme de 25,000 francs, sous l'expresse condition de payer chaque année une rente viagère de 1500 francs à la dame Sarazine et à ses cinq enfants. La duchesse ajouta : De plus je lègue une rente viagère de 300 francs à chacun de ces cinq enfants, sous la condition que Ferrante Palla donnera des soins comme médecin à mon neveu Fabrice del Dongo, et sera pour lui un frère. Je l'en prie. Elle signa, antidata d'un an et serra ce papier.

Deux jours après Ferrante reparut. C'était au moment où toute la ville était agitée par le bruit de la prochaine exécution de Fabrice. Cette triste cérémonie aurait-elle lieu dans la citadelle ou sous les arbres de la promenade publique? Plusieurs hommes du peuple allèrent se promener ce soir-là devant la porte de la citadelle, pour tâcher de voir si l'on dressait l'échafaud : ce spectacle avait ému Ferrante. Il trouva la duchesse noyée dans les larmes, et hors d'état de parler; elle le salua de la main et lui montra un siége. Ferrante, déguisé ce jour-là en capucin, était superbe; au lieu de s'asseoir il se mit à genoux et pria Dieu dévotement à demi-voix. Dans un moment où la duchesse semblait un peu plus calme, sans se déranger de sa position, il interrompit un instant sa prière pour dire ces mots : De nouveau il offre sa vie.

— Songez à ce que vous dites, s'écria la duchesse, avec cet œil hagard qui, après les sanglots, annonce que la colère prend le dessus sur l'attendrissement.

— Il offre sa vie pour mettre obstacle au sort de Fabrice ou pour le venger.

— Il y a telle occurrence, répliqua la duchesse, où je pourrais accepter le sacrifice de votre vie.

Elle le regardait avec une attention sévère. Un éclair de joie brilla dans son regard; il se leva rapidement et tendit les bras vers le ciel. La duchesse alla se munir d'un papier caché dans le secret d'une grande armoire de noyer. — Lisez, dit-elle à Ferrante. C'était la donation en faveur de ses enfants, dont nous avons parlé.

Les larmes et les sanglots empêchaient Ferrante de lire la fin; il tomba à genoux.

— Rendez-moi ce papier, dit la duchesse, et devant lui, elle le brûla à la bougie.

Il ne faut pas, ajouta-t-elle, que mon nom paraisse si vous êtes pris et exécuté, car il y va de votre tête.

— Ma joie est de mourir en nuisant au tyran, une bien plus grande joie de mourir pour vous. Cela posé et bien compris, daignez ne plus faire mention de ce détail d'argent, j'y verrais un doute injurieux.

— Si vous êtes compromis, je puis l'être aussi, repartit la duchesse, et Fabrice après moi : c'est pour cela, et non pas parce que je doute de votre bravoure, que j'exige que l'homme qui me perce le cœur soit empoisonné et non tué. Par la même raison importante pour moi, je vous ordonne de faire tout au monde pour vous sauver.

— J'exécuterai fidèlement, ponctuellement et prudemment. Je prévois, madame la duchesse, que ma vengeance sera mêlée à la vôtre : il en serait autrement, que j'obéirais encore fidèlement, ponctuellement et prudemment. Je puis ne pas réussir, mais j'emploierai toute ma force d'homme.

— Il s'agit d'empoisonner le meurtrier de Fabrice.

— Je l'avais deviné, et depuis vingt-sept mois que je mène cette vie errante et abominable, j'ai souvent songé à une pareille action pour mon compte.

— Si je suis découverte et condamnée comme complice, poursuivit la duchesse d'un ton de fierté, je ne veux point que l'on puisse m'imputer de vous avoir séduit. Je vous ordonne de ne plus chercher à me voir avant l'époque de notre vengeance : il ne s'agit point de le mettre à mort avant que je vous en aie donné le signal. Sa mort en cet instant, par exemple, me serait funeste loin de m'être utile. Probablement sa mort ne devra avoir lieu que dans plusieurs mois, mais elle aura lieu. J'exige qu'il meure par le poison, et j'aimerais mieux le laisser vivre que de le voir atteint d'un coup de feu. Pour des intérêts que je ne veux pas vous expliquer, j'exige que votre vie soit sauvée.

Ferrante était ravi de ce ton d'autorité que la duchesse prenait avec lui : ses yeux brillaient d'une profonde joie. Ainsi que nous l'avons dit, il était horriblement maigre; mais on voyait qu'il avait été fort beau dans sa première jeunesse, et il croyait être encore ce qu'il avait été jadis. Suis-je fou, se dit-il, ou bien la duchesse veut-elle un jour, quand je lui aurai donné cette preuve de dévouement, faire de moi l'homme le plus heureux? Et dans le fait, pourquoi pas? Est-ce que je ne vaux point cette poupée de comte Mosca qui, dans l'occasion, n'a rien pu pour elle, pas même faire évader monsignor Fabrice?

— Je puis vouloir sa mort dès demain, continua la duchesse, toujours du même air d'autorité. Vous connaissez cet immense réservoir d'eau qui est au coin du palais, tout près de la cachette que vous avez occupée quelquefois ; il est un moyen secret de faire couler toute cette eau dans la rue :

hé bien! ce sera là le signal de ma vengeance. Vous verrez, si vous êtes à Parme, ou vous entendrez dire, si vous habitez les bois, que le grand réservoir du palais Sanseverina a crevé. Agissez aussitôt, mais par le poison, et surtout n'exposez votre vie que le moins possible. Que jamais personne ne sache que j'ai trempé dans cette affaire.

— Les paroles sont inutiles, répondit Ferrante avec un enthousiasme mal contenu : je suis déjà fixé sur les moyens que j'emploierai. La vie de cet homme me devient plus odieuse qu'elle n'était, puisque je n'oserai vous revoir tant qu'il vivra. J'attendrai le signal du réservoir crevé dans la rue. Il salua brusquement et partit. La duchesse le regardait marcher.

Quand il fut dans l'autre chambre, elle le rappela.

— Ferrante! s'écria-t-elle; homme sublime!

Il rentra, comme impatient d'être retenu; sa figure était superbe en cet instant.

— Et vos enfants?

— Madame, ils seront plus riches que moi; vous leur accorderez peut-être quelque petite pension.

— Tenez, lui dit la duchesse en lui remettant une sorte de gros étui en bois d'olivier, voici tous les diamants qui me restent; ils valent 50,000 francs.

— Ah, madame! vous m'humiliez!... dit Ferrante avec un mouvement d'horreur; et sa figure changea du tout au tout.

— Je ne vous reverrai jamais avant l'action : prenez, je le veux, ajouta la duchesse avec un air de hauteur qui atterra Ferrante; il mit l'étui dans sa poche et sortit.

La porte avait été refermée par lui. La duchesse le rappela de nouveau; il rentra d'un air inquiet : la duchesse était debout au milieu du salon; elle se jeta dans ses bras. Au bout d'un instant, Ferrante s'évanouit presque de bonheur; la duchesse se dégagea de ses embrassements, et des yeux lui montra la porte.

— Voilà le seul homme qui m'ait comprise, se dit-elle; c'est ainsi qu'en eût agi Fabrice, s'il eût pu m'entendre.

Il y avait deux choses dans le caractère de la duchesse : elle voulait toujours ce qu'elle avait voulu une fois; elle ne remettait jamais en délibération ce qui avait été une fois décidé. Elle citait à ce propos un mot de son premier mari, l'aimable général Pietranera : Quelle insolence envers moi-même! disait-il; pourquoi croirais-je avoir plus d'esprit aujourd'hui que lorsque je pris ce parti?

De ce moment, une sorte de gaieté reparut dans le caractère de la duchesse. Avant la fatale résolution, à chaque pas que faisait son esprit, à chaque chose nouvelle qu'elle voyait, elle avait le sentiment de son infériorité envers le prince, de sa faiblesse et de sa duperie; le prince, suivant elle, l'avait lâchement trompée, et le comte Mosca, par suite de son génie courtisanesque, quoique innocemment, avait secondé le prince. Dès que la vengeance fut résolue, elle sentit sa force, chaque pas de son esprit lui donnait du bonheur. Je croirais assez que le bonheur immoral qu'on trouve à se venger en Italie tient à la force d'imagination de ce peuple; les gens des autres pays ne pardonnent pas à proprement parler, ils oublient.

La duchesse ne revit Palla que vers les derniers temps de la prison de Fabrice. Comme on l'a deviné peut-être, ce fut lui qui donna l'idée de l'évasion : il existait dans les bois, à deux lieues de Sacca, une tour du moyen âge, à demi ruinée, et haute de plus de cent pieds; avant de parler une seconde fois de fuite à la duchesse, Ferrante la supplia d'envoyer Ludovic, avec des hommes sûrs, disposer une suite d'échelles auprès de cette tour. En présence de la duchesse, il y monta avec les échelles, et en descendit avec une simple corde nouée; il renouvela trois fois l'expérience, puis il expliqua de nouveau son idée. Huit jours après, Ludovic voulut aussi descendre de cette vieille tour avec une corde nouée : ce fut alors que la duchesse communiqua cette idée à Fabrice.

Dans les derniers jours qui précédèrent cette tentative, qui pouvait amener la mort du prisonnier, et de plus d'une façon, la duchesse ne pouvait trouver un instant de repos qu'autant qu'elle avait Ferrante à ses côtés; le courage de cet homme électrisait le sien; mais l'on sent bien qu'elle devait cacher au comte ce voisinage singulier. Elle craignait, non pas qu'il se révoltât, mais elle eût été affligée de ses objections, qui eussent redoublé ses inquiétudes. Quoi! prendre pour conseiller intime un fou reconnu comme tel, et condamné à mort! Et, ajoutait la duchesse, se parlant à elle-même, un homme qui, par la suite, pouvait faire de si étranges choses! Ferrante se trouvait dans le salon de la duchesse au moment où le comte vint lui donner connaissance de la conversation que le prince avait eue avec Rassi; et, lorsque le comte fut sorti, elle eut beaucoup à faire pour empêcher Ferrante de marcher sur-le-champ à l'exécution d'un affreux dessein!

— Je suis fort maintenant! s'écriait ce fou; je n'ai plus de doute sur la légitimité de l'action!

— Mais, dans le moment de colère qui suivra inévitablement, Fabrice serait mis à mort!

— Mais ainsi on lui épargnerait le péril de cette descente : elle est possible, facile même, ajoutait-il; mais l'expérience manque à ce jeune homme.

On célébra le mariage de la sœur du marquis Crescenzi, et ce fut à la fête donnée dans cette occasion que la duchesse rencontra Clélia, et put lui parler sans donner de soupçons aux observateurs de bonne compagnie. La duchesse elle-même remit à Clélia le paquet de cordes dans le jardin, où ces dames étaient allées respirer un instant. Ces cordes, fabriquées avec le plus grand soin, mi-parties de chanvre et de soie, avec des nœuds, étaient fort menues et assez flexibles; Ludovic avait éprouvé leur solidité, et, dans toutes leurs parties, elles pouvaient porter sans se rompre un poids de huit quintaux. On les avait comprimées de façon à en former plusieurs paquets de la forme d'un volume *in-quarto;* Clélia s'en empara, et promit à la duchesse que tout ce qui était humainement possible serait accompli pour faire arriver ces paquets jusqu'à la tour Farnèse.

— Mais je crains la timidité de votre caractère; et d'ailleurs, ajouta poliment la duchesse, quel intérêt peut vous inspirer un inconnu?

— M. del Dongo est malheureux, *et je vous promets que par moi il sera sauvé!*

Mais la duchesse, ne comptant que fort médiocrement sur la présence d'esprit d'une jeune personne de vingt ans, avait pris d'autres précautions dont elle se garda bien de faire part à la fille du gouverneur. Comme il était naturel de le supposer, ce gouverneur se trouvait à la fête donnée pour le mariage de la sœur du marquis Crescenzi. La duchesse se dit que, si elle lui faisait donner un fort narcotique, on pourrait croire dans le premier moment qu'il s'agissait d'une attaque d'apoplexie, et alors, au lieu de le placer dans sa voiture pour le ramener à la citadelle, on pourrait, avec un peu d'adresse, faire prévaloir l'avis de se servir d'une litière, qui se trouverait par hasard dans la maison où se donnait la fête. Là se rencontreraient aussi des hommes intelligents, vêtus en ouvriers employés pour la fête, et qui, dans le trouble général, s'offriraient obligeamment pour transporter le malade jusqu'à son palais, si élevé. Ces hommes, dirigés par Ludovic, portaient une assez grande quantité de cordes, adroitement cachées sous leurs habits. On voit que la duchesse avait réellement l'esprit égaré depuis qu'elle songeait sérieusement à la fuite de Fabrice. Le péril de cet être chéri était trop fort pour son âme, et surtout durait trop longtemps. Par excès de précautions, elle faillit faire manquer cette fuite, ainsi qu'on va le voir. Tout s'exécuta comme elle l'avait projeté, avec cette seule différence que le narcotique produisit un effet trop puissant; tout le monde crut, et même les gens de l'art, que le général avait une attaque d'apoplexie.

Par bonheur, Clélia, au désespoir, ne se douta en aucune façon de la tentative si criminelle de la duchesse. Le désordre fut tel au moment de l'entrée à la citadelle de la litière où le général, à demi mort, était enfermé, que Ludovic et ses gens passèrent sans objection; il ne furent fouillés que pour la forme au pont de l'*Esclave*. Quand ils eurent transporté le général jusqu'à son lit, on les conduisit à l'office, où les domestiques les traitèrent fort bien; mais après ce repas, qui ne finit que fort près du matin, on leur expliqua que l'usage de la prison exigeait que, pour le reste de la nuit, ils fussent enfermés à clef dans les salles basses du palais; le lendemain au jour ils seraient mis en liberté par le lieutenant du gouverneur.

Ces hommes avaient trouvé le moyen de remettre à Ludovic les cordes dont ils s'étaient chargés, mais Ludovic eut beaucoup de peine à obtenir un instant d'attention de Clélia. A la fin, dans un moment où elle passait d'une chambre à une autre, il lui fit voir qu'il déposait des paquets de cordes dans l'angle obscur d'un des salons du premier étage. Clélia fut profondément frappée de cette circonstance étrange : aussitôt elle conçut d'atroces soupçons.

— Qui êtes-vous? dit-elle à Ludovic.

Et, sur la réponse fort ambiguë de celui-ci, elle ajouta :

— Je devrais vous faire arrêter; vous ou les vôtres, vous avez empoisonné mon père!... Avouez à l'instant quelle est la nature du poison dont vous avez fait usage, afin que le médecin de la citadelle puisse administrer les remèdes convenables; avouez à l'instant, ou bien, vous et vos complices, jamais vous ne sortirez de cette citadelle!

— Mademoiselle a tort de s'alarmer, répondit Ludovic avec une grâce et une politesse parfaites; il ne s'agit nullement de poison; on a eu l'imprudence d'administrer au général une dose de laudanum, et il paraît que le domestique chargé de ce crime a mis dans le verre quelques gouttes de trop; nous en aurons un remords éternel; mais mademoiselle peut croire que, grâce au Ciel, il n'existe aucune sorte de danger : M. le gouverneur doit être traité pour avoir pris, par erreur, une trop forte dose de laudanum; mais, j'ai l'honneur de le répéter à mademoiselle, le laquais chargé du crime ne faisait point usage de poisons véritables, comme Barbone, lorsqu'il voulut empoisonner monseigneur Fabrice. On n'a point prétendu se venger du péril qu'a couru monseigneur Fabrice; on n'a confié à ce laquais maladroit qu'une fiole où il y avait du laudanum, j'en fais serment à mademoiselle! Mais il est bien entendu que si j'étais interrogé officiellement, je nierais tout.

D'ailleurs, si mademoiselle parle à qui que ce soit de laudanum et de poison, fût-ce à l'excellent don Cesare, Fabrice est tué de la main de mademoiselle. Elle rend à jamais impossible tous les projets de fuite; et mademoiselle sait mieux que moi que ce n'est pas avec du simple laudanum que l'on veut empoisonner monseigneur; elle sait aussi que quelqu'un n'a accordé qu'un mois de délai pour ce crime, et qu'il y a déjà plus d'une semaine que l'ordre fatal a été reçu. Ainsi, si elle me fait arrêter, ou si seulement elle dit un mot à don Cesare ou à tout autre, elle retarde toutes nos entreprises de bien plus d'un mois, et j'ai raison de dire qu'elle tue de sa main monseigneur Fabrice.

Clélia était épouvantée de l'étrange tranquillité de Ludovic.

Ainsi, me voilà en dialogue réglé, se disait-elle, avec l'empoisonneur de mon père, et qui emploie des tournures polies pour me parler! Et c'est l'amour qui m'a conduite à tous ces crimes!...

Le remords lui laissait à peine la force de parler; elle dit à Ludovic :

— Je vais vous enfermer à clef dans ce salon. Je cours apprendre au médecin qu'il ne s'agit que de laudanum; mais, grand Dieu! comment lui dirai-je que je l'ai appris moi-même? Je reviens ensuite vous délivrer.

— Mais, dit Clélia revenant en courant d'auprès de la porte, Fabrice savait-il quelque chose du laudanum?

— Mon Dieu non, mademoiselle, il n'y eût jamais consenti. Et puis, à quoi bon faire une confidence inutile? nous agissons avec la prudence la plus stricte. Il s'agit de sauver la vie à monseigneur, qui sera empoisonné d'ici à trois semaines; l'ordre en a été donné par quelqu'un qui d'ordinaire ne trouve point d'obstacle à ses volontés;

et, pour tout dire à mademoiselle, on prétend que c'est le terrible fiscal général Rassi qui a reçu cette commission.

Clélia s'enfuit épouvantée : elle comptait tellement sur la parfaite probité de don Cesare, qu'en employant certaine précaution, elle osa lui dire qu'on avait administré au général du laudanum, et pas autre chose. Sans répondre, sans questionner, don Cesare courut au médecin.

Clélia revint au salon, où elle avait enfermé Ludovic dans l'intention de le presser de questions sur le laudanum. Elle ne l'y trouva plus : il avait réussi à s'échapper. Elle vit sur une table une bourse remplie de sequins, et une petite boîte renfermant diverses sortes de poisons. La vue de ces poisons la fit frémir. Qui me dit, pensa-t-elle, que l'on n'a donné que du laudanum à mon père, et que la duchesse n'a pas voulu se venger de la tentative de Barbone?

Grand Dieu! s'écria-t-elle, me voici en rapport avec les empoisonneurs de mon père! Et je les laisse s'échapper! Et peut-être cet homme, mis à la question, eût avoué autre chose que du laudanum!

Aussitôt Clélia tomba à genoux fondant en larmes, et pria la Madone avec ferveur.

Pendant ce temps le médecin de la citadelle, fort étonné de l'avis qu'il recevait de don Cesare, et d'après lequel il n'avait affaire qu'à du laudanum, donna les remèdes convenables, qui bientôt firent disparaître les symptômes les plus alarmants. Le général revint un peu à lui comme le jour commençait à paraître. Sa première action marquant de la connaissance fut de charger d'injures le colonel commandant en second de la citadelle, et qui s'était avisé de donner quelques ordres les plus simples du monde pendant que le général n'avait pas sa connaissance.

Le gouverneur se mit ensuite dans une fort grande colère contre une fille de cuisine qui, en lui apportant un bouillon, s'avisa de prononcer le mot d'apoplexie.

— Est-ce que je suis d'âge, s'écria-t-il, à avoir des apoplexies? Il n'y a que mes ennemis acharnés qui puissent se plaire à répandre de tels bruits. Et d'ailleurs, est-ce que j'ai été saigné, pour que la calomnie elle-même ose parler d'apoplexie?

Fabrice, tout occupé des préparatifs de sa fuite, ne put concevoir les bruits étranges qui remplissaient la citadelle au moment où l'on y rapportait le gouverneur à demi mort. D'abord il eut quelque idée que sa sentence était changée, et qu'on venait le mettre à mort. Voyant ensuite que personne ne se présentait dans sa chambre, il pensa que Clélia avait été trahie, qu'à sa rentrée dans la forteresse on lui avait enlevé les cordes que probablement elle rapportait, et qu'enfin ses projets de fuite étaient désormais impossibles. Le lendemain, à l'aube du jour, il vit entrer dans sa chambre un homme à lui inconnu, qui, sans dire mot, y déposa un panier de fruits : sous les fruits était cachée la lettre suivante :

« Pénétrée des remords les plus vifs par ce « qui a été fait, non pas, grâce au Ciel, de mon « consentement, mais à l'occasion d'une idée que « j'avais eue, j'ai fait vœu à la très-sainte Vierge « que si, par l'effet de sa sainte intercession, mon « père est sauvé, jamais je n'opposerai un refus « à ses ordres; j'épouserai le marquis aussitôt que « j'en serai requise par lui, et jamais je ne vous « reverrai. Toutefois, je crois qu'il est de mon « devoir d'achever ce qui a été commencé. Di- « manche prochain, au retour de la messe où « l'on vous conduira à ma demande (songez à pré- « parer votre âme, vous pouvez vous tuer dans la « difficile entreprise), au retour de la messe, dis- « je, retardez le plus possible votre rentrée dans « votre chambre; vous y trouverez ce qui vous est « nécessaire pour l'entreprise méditée. Si vous « périssez, j'aurai l'âme navrée! Pourrez-vous « m'accuser d'avoir contribué à votre mort? La « duchesse elle-même ne m'a-t-elle pas répété à « diverses reprises que la faction Raversi l'em- « porte? on veut lier le prince par une cruauté « qui le sépare à jamais du comte Mosca. La du- « chesse, fondant en larmes, m'a juré qu'il ne

« reste que cette ressource : vous périssez si vous « ne tentez rien. Je ne puis plus vous regarder, « j'en ai fait le vœu; mais si dimanche, vers le « soir, vous me voyez entièrement vêtue de noir, « à la fenêtre accoutumée, ce sera le signal que « la nuit suivante tout sera disposé autant qu'il « est possible à mes faibles moyens. Après onze « heures, peut-être seulement à minuit ou une « heure, une petite lampe paraîtra à ma fenêtre, « ce sera l'instant décisif; recommandez-vous à « votre saint patron, prenez en hâte les habits « de prêtre dont vous êtes pourvu, et marchez.

« Adieu, Fabrice, je serai en prière et répan-« dant les larmes les plus amères, vous pouvez le « croire, pendant que vous courrez de si grands « dangers. Si vous périssez, je ne vous survivrai « point; grand Dieu! qu'est-ce que je dis? Mais si « vous réussissez je ne vous reverrai jamais. Di-« manche, après la messe, vous trouverez dans « votre prison l'argent, les poisons, les cordes, « envoyés par cette femme terrible qui vous aime « avec passion, et qui m'a répété jusqu'à trois « fois qu'il fallait prendre ce parti. Dieu vous « sauve et la sainte Madone! »

Fabio Conti était un geôlier toujours inquiet, toujours malheureux, voyant toujours en songe quelqu'un de ses prisonniers lui échapper : il était abhorré de tout ce qui était dans la citadelle;

mais le malheur inspirant les mêmes résolutions à tous les hommes, les pauvres prisonniers, ceux-là même qui étaient enchaînés dans des cachots hauts de trois pieds, larges de trois pieds et de huit pieds de longueur et où ils ne pouvaient se tenir debout ou assis, tous les prisonniers, même ceux-là, dis-je, eurent l'idée de faire chanter à leurs frais un *Te Deum* lorsqu'ils surent que leur gouverneur était hors de danger. Deux ou trois de ces malheureux firent des sonnets en l'honneur de Fabio Conti. O effet du malheur sur ces hommes! Que celui qui les blâme soit conduit par sa destinée à passer un an dans un cachot haut de trois pieds, avec huit onces de pain par jour et *jeûnant* les vendredis.

Clélia, qui ne quittait la chambre de son père que pour aller prier dans la chapelle, dit que le gouverneur avait décidé que les réjouissances n'auraient lieu que le dimanche. Le matin de ce dimanche, Fabrice assista à la messe et au *Te Deum;* le soir il y eut feu d'artifice, et dans les salles basses du château l'on distribua aux soldats une quantité de vin quadruple de celle que le gouverneur avait accordée; une main inconnue avait même envoyé plusieurs tonneaux d'eau-de-vie que les soldats défoncèrent. La générosité des soldats qui s'enivraient ne voulut pas que les cinq soldats qui faisaient faction comme sentinelles autour du palais souffrissent de leur position; à mesure qu'ils arrivaient à leurs guérites, un domestique affidé leur donnait du vin, et l'on ne sait par quelle main ceux qui furent placés en sentinelle à minuit et pendant le reste de la nuit reçurent aussi un verre d'eau-de-vie, et l'on oubliait à chaque fois la bouteille auprès de la guérite (comme il a été prouvé au procès qui suivit).

Le désordre dura plus longtemps que Clélia ne l'avait pensé, et ce ne fut que vers une heure que Fabrice, qui, depuis plus de huit jours, avait scié deux barreaux de sa fenêtre, celle qui ne donnait pas vers la volière, commença à démonter l'abat-jour; il travaillait presque sur la tête des sentinelles qui gardaient le palais du gouverneur, elles n'entendirent rien. Il avait fait quelques nouveaux nœuds seulement à l'immense corde nécessaire pour descendre de cette terrible hauteur de cent quatre-vingts pieds. Il arrangea cette corde en bandoulière autour de son corps : elle le gênait beaucoup, son volume étant énorme; les nœuds l'empêchaient de former masse, et elle s'écartait à plus de dix-huit pouces du corps. Voilà le grand obstacle, se dit Fabrice.

Cette corde arrangée tant bien que mal, Fabrice prit celle avec laquelle il comptait descendre les trente-cinq pieds qui séparaient sa fenêtre de l'esplanade où était le palais du gouverneur. Mais comme pourtant, quelque enivrées que fussent les sentinelles, il ne pouvait pas descendre exactement sur leurs têtes, il sortit, comme nous l'avons dit, par la seconde fenêtre de sa chambre, celle qui avait jour sur le toit d'une sorte de vaste corps de garde. Par une bizarrerie de malade, dès que le général Fabio Conti avait pu parler, il avait fait monter deux cents soldats dans cet ancien corps de garde abandonné depuis un siècle. Il disait qu'après l'avoir empoisonné on voulait l'assassiner dans son lit, et ces deux cents soldats devaient le garder. On peut juger de l'effet que cette mesure imprévue produisit sur le cœur de Clélia : cette fille pieuse sentait fort bien jusqu'à quel point elle trahissait son père, et un père qui venait d'être presque empoisonné dans l'intérêt du prisonnier qu'elle aimait. Elle vit presque dans l'arrivée imprévue de ces deux cents hommes un arrêt de la Providence qui lui défendait d'aller plus avant et de rendre la liberté à Fabrice.

Mais tout le monde dans Parme parlait de la mort prochaine du prisonnier. On avait encore traité ce triste sujet à la fête même donnée à l'occasion du mariage de la signora Giulia Crescenzi. Puisque pour une pareille vétille, un coup d'épée maladroit donné à un comédien, un homme de la naissance de Fabrice n'était pas mis en liberté au bout de neuf mois de prison et avec la protection du premier ministre, c'est qu'il y avait de la politique dans son affaire. Alors, inutile de s'occuper davantage de lui, avait-on dit ; s'il ne convenait pas au pouvoir de le faire mourir en place publique, il mourrait bientôt de maladie. Un ouvrier serrurier qui avait été appelé au palais du général Fabio Conti parla de Fabrice comme d'un prisonnier expédié depuis longtemps et dont on taisait la mort par politique. Le mot de cet homme décida Clélia.

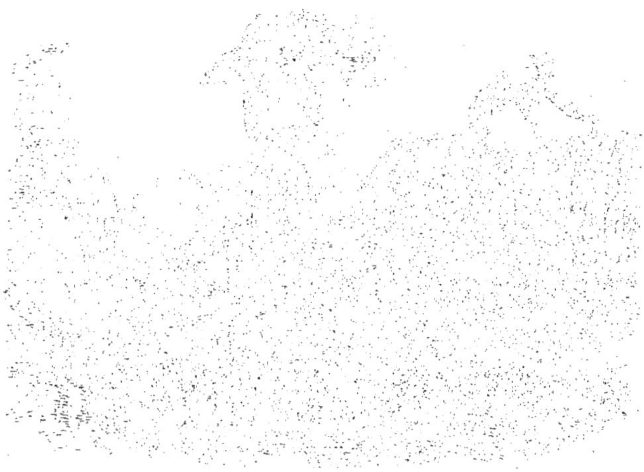

## XVII

Dans le jardin, [illegible] réflexions sérieuses et désagréables [illegible] qu'il entendait [illegible] prochaient du moment [illegible] allégé et dispos. [illegible] serait surpris par le [illegible] de sa maison il se [illegible] dans [illegible] s'expose [illegible] d'un [illegible]

[illegible] de la [illegible] plus [illegible] pe, il mourrait bientôt de malaria. Le premier serrurier qui avait été appelé au palais du général Fabio Conti parla de l'abbé Fabrice comme d'un prisonnier expédié depuis longtemps et dont on faisait la mort par politique. Le mot de cet homme décida Clélia.

V Foulquier inv. sculp

# XXII

Dans la journée Fabrice fut attaqué par quelques réflexions sérieuses et désagréables, mais à mesure qu'il entendait sonner les heures qui le rapprochaient du moment de l'action, il se sentait allègre et dispos. La duchesse lui avait écrit qu'il serait surpris par le grand air, et qu'à peine hors de sa prison il se trouverait dans l'impossibilité de marcher; dans ce cas il valait mieux pourtant s'exposer à être repris que se précipiter du haut d'un mur de cent quatre-vingts pieds. Si ce malheur m'arrive, disait Fabrice, je me coucherai contre le parapet, je dormirai une heure; puis je recommencerai; puisque je l'ai juré à Clélia, j'aime mieux tomber du haut d'un rempart, si élevé qu'il soit, que d'être toujours à faire des réflexions sur le goût du pain que je mange. Quelles horribles douleurs ne doit-on pas éprouver avant la fin, quand on meurt empoisonné! Fabio Conti n'y cherchera pas de façon, il me fera donner de l'arsenic avec lequel il tue les rats de sa citadelle.

Vers le minuit, un de ces brouillards épais et blancs que le Pô jette quelquefois sur ses rives s'étendit d'abord sur la ville, et ensuite gagna l'esplanade et les bastions au milieu desquels s'élève la grosse tour de la citadelle. Fabrice crut voir que du parapet de la plate-forme, on n'apercevait plus les petits acacias qui environnaient les jardins établis par les soldats au pied du mur de cent quatre-vingts pieds. Voilà qui est excellent, pensa-t-il.

Un peu après que minuit et demi eut sonné, le signal de la petite lampe parut à la fenêtre de la volière. Fabrice était prêt à agir; il fit un signe de croix, puis attacha à son lit la petite corde destinée à lui faire descendre les trente-cinq pieds qui le séparaient de la plate-forme où était le palais. Il arriva sans encombre sur le toit du corps de garde occupé depuis la veille par les deux cents hommes de renfort dont nous avons parlé. Par malheur les soldats, à minuit trois quarts qu'il était alors, n'étaient pas encore endormis; pendant qu'il marchait à pas de loup sur le toit de grosses tuiles creuses, Fabrice les entendait qui disaient que le diable était sur leur toit, et qu'il fallait essayer de le tuer d'un coup de fusil. Quelques voix prétendaient que ce souhait était d'une grande impiété, d'autres disaient que si l'on tirait un coup de fusil sans tuer quelque chose, le gouverneur les mettrait tous en prison pour avoir alarmé la garnison inutilement. Toute cette belle discussion faisait que Fabrice se hâtait le plus possible en marchant sur le toit et qu'il faisait beaucoup plus de bruit. Le fait est qu'au moment où, pendu à sa corde, il passa devant les fenêtres, par bonheur à quatre ou cinq pieds de distance à cause de l'avance du toit, elles étaient hérissées de baïonnettes. Quelques-uns ont prétendu que Fabrice, toujours fou, eut l'idée de jouer le rôle du diable, et qu'il jeta à ces soldats une poignée de sequins. Ce qui est sûr, c'est qu'il avait semé des sequins sur le plancher de sa chambre, et il en sema aussi sur la plate-forme de son trajet de la tour Farnèse au parapet, afin de se donner la chance de distraire les soldats qui auraient pu se mettre à le poursuivre.

Arrivé sur la plate-forme et entouré de sentinelles qui ordinairement criaient tous les quarts d'heure une phrase entière : *Tout est bien autour de mon poste*, il dirigea ses pas vers le parapet du couchant et chercha la pierre neuve.

Ce qui paraît incroyable et pourrait faire douter du fait, si le résultat n'avait eu pour témoin une ville entière, c'est que les sentinelles placées le long du parapet n'aient pas vu et arrêté Fabrice ; à la vérité, le brouillard dont nous avons parlé commençait à monter, et Fabrice a dit que lorsqu'il était sur la plate-forme, le brouillard lui semblait arrivé déjà jusqu'à moitié de la tour Farnèse. Mais ce brouillard n'était point épais, et il apercevait fort bien les sentinelles, dont quelques-unes se promenaient. Il ajoutait que, poussé comme par une force surnaturelle, il alla se placer hardiment entre deux sentinelles assez voisines. Il défit tranquillement la grande corde qu'il avait autour du corps et qui s'embrouilla deux fois ; il lui fallut beaucoup de temps pour la débrouiller et l'étendre sur le parapet. Il entendait les soldats parler de tous les côtés, bien résolu à poignarder le premier qui s'avancerait vers lui. Je n'étais nullement troublé, ajoutait-il, il me semblait que j'accomplissais une cérémonie.

Il attacha sa corde enfin débrouillée à une ouverture pratiquée dans le parapet pour l'écoulement des eaux, il monta sur ce même parapet, et pria Dieu avec ferveur ; puis, comme un héros des temps de chevalerie, il pensa un instant à Clélia. Combien je suis différent, se dit-il, du Fabrice léger et libertin qui entra ici, il y a neuf mois ! Enfin il se mit à descendre cette étonnante hauteur. Il agissait mécaniquement, dit-il, et comme il eût fait en plein jour, descendant devant des amis, pour gagner un pari. Vers le milieu de la hauteur, il sentit tout à coup ses bras perdre leur force; il croit même qu'il lâcha la corde un instant; mais bientôt il la reprit; peut-être, dit-il, il se retint aux broussailles sur lesquelles il glissait et qui l'écorchaient. Il éprouvait de temps à autre une douleur atroce entre les épaules; elle allait jusqu'à lui ôter la respiration. Il y avait un mouvement d'ondulation fort incommode; il était renvoyé sans cesse de la corde aux broussailles. Il fut touché par plusieurs oiseaux assez gros qu'il réveillait et qui se jetaient sur lui en s'envolant. Les premières fois il crut être atteint par des gens descendant de la citadelle par la même voie que lui pour le poursuivre, et il s'apprêtait à se défendre. Enfin il arriva au bas de la grosse tour sans autre inconvénient que d'avoir les mains en sang. Il raconte que, depuis le milieu de la tour, le talus qu'elle forme lui fut fort utile ; il frottait le mur en descendant, et les plantes qui croissaient entre les pierres le retenaient beaucoup. En arrivant en bas dans les jardins des soldats, il tomba sur un acacia qui, vu d'en haut, lui semblait avoir quatre ou cinq pieds de hauteur, et qui en avait réellement quinze ou vingt. Un ivrogne qui se trouvait là endormi le prit pour un voleur. En tombant de cet arbre, Fabrice se démit presque le bras gauche.

Il se mit à fuir vers le rempart, mais, à ce qu'il dit, ses jambes lui semblaient comme du coton; il n'avait plus aucune force. Malgré le péril, il s'assit et but un peu d'eau-de-vie qui lui restait. Il s'endormit quelques minutes, au point de ne plus savoir où il était; en se réveillant il ne pouvait comprendre comment, se trouvant dans sa chambre, il voyait des arbres. Enfin la terrible vérité revint à sa mémoire. Aussitôt il marcha vers le rempart; il y monta par un grand escalier. La sentinelle, qui était placée tout près, ronflait dans sa guérite. Il trouva une pièce de canon gisant dans l'herbe : il y attacha sa troisième corde; elle se trouva un peu trop courte, et il tomba dans un fossé bourbeux où il pouvait y avoir un pied d'eau. Pendant qu'il se relevait et cherchait à se reconnaître, il se sentit saisi par deux hommes : il eut peur un instant; mais bientôt il entendit prononcer près de son oreille et à voix très-basse : Ah! monsignor! monsignor! Il comprit vaguement que ces hommes appartenaient à la duchesse; aussitôt il s'évanouit profondément. Quelque temps après, il sentit qu'il était porté par des hommes qui marchaient en silence et fort vite : puis on s'arrêta, ce qui lui donna beaucoup d'inquiétude. Mais il n'avait ni la force de parler ni celle d'ouvrir les yeux; il sentait qu'on le serrait; tout à coup il reconnut le parfum des vêtements de la duchesse. Ce parfum le ranima : il ouvrit les yeux; il put prononcer les mots : Ah! chère amie! puis il s'évanouit de nouveau profondément.

Le fidèle Bruno, avec une escouade de gens de police dévoués au comte, était en réserve à deux cents pas; le comte lui-même était caché dans une petite maison tout près du lieu où la duchesse attendait. Il n'eût pas hésité, s'il l'eût fallu, à mettre l'épée à la main avec quelques officiers à demi-solde, ses amis intimes; il se regardait comme obligé de sauver la vie à Fabrice, qui lui semblait grandement exposé, et qui jadis eût eu sa grâce signée du prince, si lui Mosca n'eût eu la sottise de vouloir éviter une sottise écrite au souverain.

Depuis minuit la duchesse, entourée d'hommes armés jusqu'aux dents, errait dans un profond silence devant les remparts de la citadelle; elle ne pouvait rester en place, elle pensait qu'elle aurait à combattre pour enlever Fabrice à des gens qui le poursuivraient. Cette imagination ardente avait pris cent précautions, trop longues à détailler ici, et d'une imprudence incroyable. On a calculé que plus de quatre-vingts agents étaient sur pied cette nuit-là, s'attendant à se battre pour quelque chose d'extraordinaire. Par bonheur, Ferrante et Ludovic étaient à la tête de tout cela, et le ministre de la police n'était pas hostile; mais le comte lui-même remarqua que la duchesse ne fut trahie par personne, et qu'il ne sut rien comme ministre.

La duchesse perdit la tête absolument en revoyant

Fabrice; elle le serrait convulsivement dans ses bras, puis fut au désespoir en se voyant couverte de sang : c'était celui des mains de Fabrice; elle le crut dangereusement blessé. Aidée d'un de ses gens, elle lui ôtait son habit pour le panser, lorsque Ludovic, qui, par bonheur, se trouvait là, mit d'autorité la duchesse et Fabrice dans une des petites voitures qui étaient cachées dans un jardin près de la porte de la ville, et l'on partit ventre à terre pour aller passer le Pô près de Sacca. Ferrante, avec vingt hommes bien armés, faisait l'arrière-garde, et avait promis sur sa tête d'arrêter la poursuite. Le comte, seul et à pied, ne quitta les environs de la citadelle que deux heures plus tard, quand il vit que rien ne bougeait. Me voici en haute trahison! se disait-il ivre de joie.

Ludovic eut l'idée excellente de placer dans une voiture un jeune chirurgien attaché à la maison de la duchesse, et qui avait beaucoup de la tournure de Fabrice.

— Prenez la fuite, lui dit-il, du côté de Bologne; soyez fort maladroit, tâchez de vous faire arrêter; alors coupez-vous dans vos réponses, et enfin avouez que vous êtes Fabrice del Dongo; surtout gagnez du temps. Mettez de l'adresse à être maladroit, vous en serez quitte pour un mois de prison, et madame vous donnera 50 sequins.

— Est-ce qu'on songe à l'argent quand on sert madame?

Il partit, et fut arrêté quelques heures plus tard, ce qui causa une joie bien plaisante au général Fabio Conti et à Rassi, qui avec le danger de Fabrice voyait s'envoler sa baronnie.

L'évasion ne fut connue à la citadelle que sur les six heures du matin, et ce ne fut qu'à dix qu'on osa en instruire le prince. La duchesse avait été si bien servie que, malgré le profond sommeil de Fabrice, qu'elle prenait pour un évanouissement mortel, ce qui fit que trois fois elle fit arrêter la voiture, elle passait le Pô dans une barque comme quatre heures sonnaient. Il y avait des relais sur la rive gauche ; on fit encore deux lieues avec une extrême rapidité, puis on fut arrêté plus d'une heure pour la vérification des passe-ports. La duchesse en avait de toutes les sortes pour elle et pour Fabrice ; mais elle était folle ce jour-là : elle s'avisa de donner dix napoléons au commis de la police autrichienne, et de lui prendre la main en fondant en larmes. Ce commis fort effrayé recommença l'examen. On prit la poste ; la duchesse payait d'une façon si extravagante, que partout elle excitait les soupçons en ce pays où tout étranger est suspect. Ludovic lui vint encore en aide : il dit que madame la duchesse était folle de douleur, à cause de la fièvre continue du jeune comte Mosca, fils du premier ministre de Parme, qu'elle emmenait avec elle consulter les médecins de Pavie.

Ce ne fut qu'à dix lieues par delà le Pô que le

prisonnier se réveilla tout à fait; il avait une épaule luxée et force écorchures. La duchesse avait encore des façons si extraordinaires que le maître d'une auberge de village, où l'on dîna, crut avoir affaire à une princesse du sang impérial, et allait lui faire rendre les honneurs qu'il croyait lui être dus, lorsque Ludovic dit à cet homme que la princesse le ferait immanquablement mettre en prison s'il s'avisait de faire sonner les cloches.

Enfin, sur les six heures du soir, on arriva au territoire piémontais. Là seulement Fabrice était en toute sûreté ; on le conduisit dans un petit village écarté de la grande route; on pansa ses mains, et il dormit encore quelques heures.

Ce fut dans ce village que la duchesse se livra à une action non seulement horrible aux yeux de la morale, mais qui fut encore bien funeste à la tranquillité du reste de sa vie. Quelques semaines avant l'évasion de Fabrice, et un jour que tout Parme était allé à la porte de la citadelle pour tâcher de voir dans la cour l'échafaud qu'on dressait en son honneur, la duchesse avait montré à Ludovic, devenu le factotum de sa maison, le secret au moyen duquel on faisait sortir d'un petit cadre de fer, fort bien caché, une des pierres formant le fond du fameux réservoir d'eau du palais Sanseverina, ouvrage du treizième siècle, et dont nous avons parlé. Pendant que Fabrice dormait dans la *trattoria* de ce petit village, la duchesse fit appeler

Ludovic ; il la crut devenue folle, tant les regards qu'elle lui lançait étaient singuliers.

— Vous devez vous attendre, lui dit-elle, que je vais vous donner quelques milliers de francs : eh bien ! non ; je vous connais, vous êtes un poëte, vous auriez bientôt mangé cet argent. Je vous donne la petite terre de Ricciarda, à une lieue de Casal Maggiore. Ludovic se jeta à ses pieds, fou de joie, et protestant avec l'accent du cœur que ce n'était point pour gagner de l'argent qu'il avait contribué à sauver monsignor Fabrice ; qu'il l'avait toujours aimé d'une affection particulière depuis qu'il avait eu l'honneur de le conduire une fois en sa qualité de troisième cocher de madame. Quand cet homme, qui réellement avait du cœur, crut avoir assez occupé de lui une aussi grande dame, il prit congé ; mais elle, avec des yeux étincelants, lui dit :

— Restez.

Elle se promenait sans mot dire dans cette chambre de cabaret, regardant de temps à autre Ludovic avec des yeux incroyables. Enfin cet homme, voyant que cette étrange promenade ne prenait point de fin, crut devoir adresser la parole à sa maîtresse.

— Madame m'a fait un don tellement exagéré, tellement au-dessus de tout ce qu'un pauvre homme tel que moi pouvait s'imaginer, tellement supérieur surtout aux faibles services que j'ai eu l'honneur de rendre, que je crois en conscience ne pas pouvoir garder sa terre de la Ricciarda. J'ai l'honneur de rendre cette terre à madame, et de la prier de m'accorder une pension de quatre cents francs.

— Combien de fois en votre vie, lui dit-elle avec la hauteur la plus sombre, combien de fois avez-vous ouï dire que j'avais déserté un projet une fois énoncé par moi?

Après cette phrase, la duchesse se promena encore durant quelques minutes; puis, s'arrêtant tout à coup, elle s'écria :

— C'est par hasard et parce qu'il a su plaire à cette petite fille que la vie de Fabrice a été sauvée! S'il n'avait été aimable, il mourait. Est-ce que vous pourrez me nier cela? dit-elle en marchant sur Ludovic avec des yeux où éclatait la plus sombre fureur. Ludovic recula de quelques pas et la crut folle, ce qui lui donna de vives inquiétudes pour la propriété de sa terre de la Ricciarda.

— Eh bien! reprit la duchesse du ton le plus doux et le plus gai, et changée du tout au tout, je veux que mes bons habitants de Sacca aient une journée folle et de laquelle ils se souviennent longtemps. Vous allez retourner à Sacca; avez-vous quelque objection? Pensez-vous courir quelques dangers?

— Peu de chose, madame : aucun des habitants de Sacca ne dira jamais que j'étais de la suite de monsignor Fabrice. D'ailleurs, si j'ose le dire à madame, je brûle de voir *ma* terre de la Ricciarda : il me semble si drôle d'être propriétaire!

— Ta gaieté me plaît. Le fermier de la Ricciarda me doit, je pense, trois ou quatre ans de son fermage : je lui fais cadeau de la moitié de ce qu'il me doit, et l'autre moitié de tous ces arrérages, je te la donne, mais à cette condition : tu vas aller à Sacca, tu diras qu'après-demain est le jour de la fête d'une de mes patronnes, et, le soir qui suivra ton arrivée, tu feras illuminer mon château de la façon la plus splendide. N'épargne ni argent ni peine : songe qu'il s'agit du plus grand bonheur de ma vie. De longue main j'ai préparé cette illumination ; depuis plus de trois mois j'ai réuni dans les caves du château tout ce qui peut servir à cette noble fête; j'ai donné en dépôt au jardinier toutes les pièces d'artifice nécessaires pour un feu magnifique : tu le feras tirer sur la terrasse qui regarde le Pô. J'ai quatre-vingt-neuf tonneaux de vin dans mes caves, tu feras établir quatre-vingt-neuf fontaines de vin dans mon parc. Si le lendemain il reste une bouteille de vin qui ne soit pas bue, je dirai que tu n'aimes pas Fabrice. Quand les fontaines de vin, l'illumination et le feu d'artifice seront bien en train, tu t'esquiveras prudemment, car il est possible, et c'est mon espoir, qu'à Parme toutes ces belles choses-là paraissent une insolence.

— C'est ce qui n'est pas possible seulement,

c'est sûr; comme il est certain aussi que le fiscal Rassi, qui a signé la sentence de monsignor, en crèvera de rage. Et même... ajouta Ludovic avec timidité, si madame voulait faire plus de plaisir à son pauvre serviteur que de lui donner la moitié des arrérages de la Ricciarda, elle me permettrait de faire une petite plaisanterie à ce Rassi...

— Tu es un brave homme! s'écria la duchesse avec transport, mais je te défends absolument de rien faire à Rassi; j'ai le projet de le faire pendre en public, plus tard. Quant à toi, tâche de ne pas te faire arrêter à Sacca, tout serait gâté si je te perdais.

— Moi, madame! Quand j'aurai dit que je fête une des patronnes de madame, si la police envoyait trente gendarmes pour déranger quelque chose, soyez sûre qu'avant d'être arrivés à la croix rouge qui est au milieu du village, pas un d'eux ne serait à cheval. Ils ne se mouchent pas du coude, non, les habitants de Sacca; tous contrebandiers finis et qui adorent madame.

— Enfin, reprit la duchesse d'un air singulièrement dégagé, si je donne du vin à mes braves gens de Sacca, je veux inonder les habitants de Parme; le même soir où mon château sera illuminé, prends le meilleur cheval de mon écurie, cours à mon palais, à Parme, et ouvre le réservoir.

— Ah! l'excellente idée qu'a madame! s'écria

Ludovic riant comme un fou : du vin aux braves gens de Sacca, de l'eau aux bourgeois de Parme qui étaient si sûrs, les misérables, que monsignor Fabrice allait être empoisonné comme le pauvre L...

La joie de Ludovic n'en finissait point; la duchesse regardait avec complaisance ses rires fous; il répétait sans cesse : Du vin aux gens de Sacca et de l'eau à ceux de Parme! Madame sait sans doute mieux que moi que lorsqu'on vida imprudemment le réservoir, il y a une vingtaine d'années, il y eut jusqu'à un pied d'eau dans plusieurs des rues de Parme.

— Et de l'eau aux gens de Parme, répliqua la duchesse en riant. La promenade devant la citadelle eût été remplie de monde si l'on eût coupé le cou à Fabrice.... Tout le monde l'appelle *le grand coupable*.... Mais, surtout, fais cela avec adresse, que jamais personne vivante ne sache que cette inondation a été faite par toi, ni ordonnée par moi. Fabrice, le comte lui-même, doivent ignorer cette folle plaisanterie. Mais j'oubliais les pauvres de Sacca; va-t'en écrire une lettre à mon homme d'affaires, que je signerai; tu lui diras que pour la fête de ma sainte patronne il distribue cent sequins au pauvres de Sacca et qu'il t'obéisse en tout pour l'illumination, le feu d'artifice et le vin; que le lendemain surtout il ne reste pas une bouteille pleine dans mes caves.

— L'homme d'affaires de madame ne se trouvera embarrassé qu'en un point : depuis cinq ans que madame a le château, elle n'a pas laissé dix pauvres dans Sacca.

— *Et de l'eau pour les gens de Parme!* reprit la duchesse en chantant. Comment exécuteras-tu cette plaisanterie?

— Mon plan est tout fait : je pars de Sacca sur les neuf heures, à dix et demie mon cheval est à l'auberge des *Trois-Ganaches*, sur la route de Casal Maggiore et de *ma* terre de la Ricciarda; à onze heures je suis dans ma chambre au palais, et à onze heures et un quart de l'eau pour les gens de Parme, et plus qu'ils n'en voudront, pour boire à la santé du grand coupable. Dix minutes plus tard, je sors de la ville par la route de Bologne. Je fais, en passant, un profond salut à la citadelle, que le courage de monsignor et l'esprit de madame viennent de déshonorer; je prends un sentier dans la campagne, de moi bien connu, et je fais mon entrée à la Ricciarda.

Ludovic leva les yeux sur la duchesse et fut effrayé : elle regardait fixement la muraille nue à six pas d'elle, et, il faut en convenir, son regard était atroce. Ah! ma pauvre terre! pensa Ludovic; le fait est qu'elle est folle! La duchesse le regarda et devina sa pensée.

— Ah! monsieur Ludovic le grand poëte, vous voulez une donation par écrit : courez me chercher une feuille de papier. Ludovic ne se fit pas répéter cet ordre, et la duchesse écrivit de sa main une longue reconnaissance antidatée d'un an, et par laquelle elle déclarait avoir reçu, de Ludovic San Micheli, la somme de 80 000 francs, et lui avoir donné en gage la terre de la Ricciarda. Si après douze mois révolus la duchesse n'avait pas rendu lesdits 80 000 francs à Ludovic, la terre de la Ricciarda resterait sa propriété.

Il est beau, se disait la duchesse, de donner à un serviteur fidèle le tiers à peu près de ce qui me reste pour moi-même.

— Ah çà! dit la duchesse à Ludovic, après la plaisanterie du réservoir je ne te donne que deux jours pour te réjouir à Casal Maggiore. Pour que la vente soit valable, dis que c'est une affaire qui remonte à plus d'un an. Reviens me rejoindre à Belgirate, et cela sans le moindre délai; Fabrice ira peut-être en Angleterre, où tu le suivras.

Le lendemain de bonne heure la duchesse et Fabrice étaient à Belgirate.

On s'établit dans ce village enchanteur; mais un chagrin mortel attendait la duchesse sur ce beau lac. Fabrice était entièrement changé; dès les premiers moments où il s'était réveillé de son sommeil, en quelque sorte léthargique, après sa fuite, la duchesse s'était aperçue qu'il se passait en lui quelque chose d'extraordinaire. Le sentiment profond par lui caché avec beaucoup de soin était assez bizarre, ce n'était rien moins que ceci : il était au désespoir d'être hors de prison. Il se gardait bien d'avouer cette cause de sa tristesse, elle eût amené des questions auxquelles il ne voulait pas répondre.

— Mais quoi! lui disait la duchesse étonnée, cette horrible sensation lorsque la faim te forçait à te nourrir, pour ne pas tomber, d'un de ces mets détestables fournis par la cuisine de la prison, cette sensation : Y a-t-il ici quelque goût singulier? est-ce que je m'empoisonne en cet instant? cette sensation ne te fait pas horreur!

— Je pensais à la mort, répondait Fabrice, comme je suppose qu'y pensent les soldats : c'était une chose possible que je pensais bien éviter par mon adresse.

Ainsi quelle inquiétude, quelle douleur pour la duchesse! Cet être adoré, singulier, vif, original, était désormais sous ses yeux en proie à une rêverie profonde; il préférait la solitude même au plaisir de parler de toutes choses, et à cœur ouvert, à la meilleure amie qu'il eût au monde. Toujours il était bon, empressé, reconnaissant auprès de la duchesse, il eût comme jadis donné cent fois sa vie pour elle; mais son âme était ailleurs. On faisait souvent quatre ou cinq lieues sur ce lac sublime sans se dire une parole. La conversation, l'échange de pensées froides désormais possible entre eux, eût peut-être semblé agréable à d'autres; mais eux se souvenaient encore, la duchesse surtout, de ce qu'était leur conversation avant ce fatal combat avec Giletti qui les avait séparés. Fabrice devait à la duchesse l'histoire des neuf mois passés dans une horrible prison, et il se trouvait que sur ce séjour il n'avait à dire que des paroles brèves et incomplètes.

Voilà ce qui devait arriver tôt ou tard, se disait la duchesse avec une tristesse sombre. Le chagrin m'a vieillie, ou bien il aime réellement, et je n'ai plus que la seconde place dans son cœur. Avilie, atterrée par ce plus grand des chagrins possibles, la duchesse se disait quelquefois : Si le Ciel voulait que Ferrante fût devenu tout à fait fou ou manquât de courage, il me semble que je serais moins malheureuse. Dès ce moment ce demi-remords empoisonna l'estime que la duchesse avait pour son propre caractère. Ainsi, se disait-elle avec amertume, je me repens d'une résolution prise : Je ne suis donc plus une del Dongo!

Le Ciel l'a voulu, reprenait-elle : Fabrice est amoureux, et de quel droit voudrais-je qu'il ne fût pas amoureux? Une seule parole d'amour véritable a-t-elle jamais été échangée entre nous?

Cette idée si raisonnable lui ôta le sommeil, et enfin ce qui montrait que la vieillesse et l'affaiblissement de l'âme étaient arrivés pour elle avec la perspective d'une illustre vengeance, elle était cent fois plus malheureuse à Belgirate qu'à Parme. Quant à la personne qui pouvait causer l'étrange rêverie de Fabrice, il n'était guère possible d'avoir des doutes raisonnables : Clélia Conti, cette fille si pieuse, avait trahi son père, puisqu'elle avait consenti à enivrer la garnison, et jamais Fabrice ne parlait de Clélia! Mais, ajoutait la duchesse se frappant la poitrine avec désespoir, si la garnison n'eût pas été enivrée, toutes mes inventions, tous mes soins devenaient inutiles; ainsi c'est elle qui l'a sauvé!

C'était avec une extrême difficulté que la duchesse obtenait de Fabrice des détails sur les événements de cette nuit, qui, se disait la duchesse, autrefois eût formé entre nous le sujet d'un entretien sans cesse renaissant! Dans ces temps fortunés, il eût parlé tout un jour et avec une verve et une gaieté sans cesse renaissantes sur la moindre bagatelle que je m'avisais de mettre en avant.

Comme il fallait tout prévoir, la duchesse avait établi Fabrice au port de Locarno, ville suisse à l'extrémité du lac Majeur. Tous les jours elle allait le prendre en bateau pour de longues promenades sur le lac. Eh bien! une fois qu'elle s'avisa de monter chez lui, elle trouva sa chambre tapissée d'une quantité de vues de la ville de Parme qu'il avait fait venir de Milan ou de Parme même, pays qu'il aurait dû tenir en abomination. Son petit salon, changé en atelier, était encombré de tout l'appareil d'un peintre à l'aquarelle, et elle le trouva finissant une troisième vue de la tour Farnèse et du palais du gouverneur.

— Il ne te manque plus, lui dit-elle d'un air piqué, que de faire de souvenir le portrait de cet aimable gouverneur qui voulait seulement t'empoisonner. Mais j'y songe, continua la duchesse, tu devrais lui écrire une lettre d'excuses d'avoir pris la liberté de te sauver et de donner un ridicule à sa citadelle.

La pauvre femme ne croyait pas dire si vrai : à peine arrivé en lieu de sûreté, le premier soin de Fabrice avait été d'écrire au général Fabio Conti une lettre parfaitement polie et dans un certain sens bien ridicule; il lui demandait pardon de s'être sauvé, alléguant pour excuse qu'il avait pu croire que certain subalterne de la prison avait été chargé de lui administrer du poison. Peu lui importait ce qu'il écrivait, Fabrice espérait que les yeux de Clélia verraient cette lettre, et sa figure était couverte de larmes en l'écrivant. Il la termina par une phrase bien plaisante : il osait dire que, se trouvant en liberté, souvent il lui arrivait de regretter sa petite chambre de la tour Farnèse. C'était là la pensée capitale de sa lettre, il espérait que Clélia la comprendrait. Dans son humeur écrivante, et toujours dans l'espoir d'être lu par quelqu'un, Fabrice adressa des remerciements à don Cesare, ce bon aumônier qui lui avait prêté des livres de théologie. Quelques jours plus tard, Fabrice engagea le petit libraire de Locarno à faire le voyage de Milan, où ce libraire, ami du célèbre bibliomane Reina, acheta les plus magnifiques éditions qu'il put trouver des ouvrages prêtés par don Cesare. Le bon aumônier reçut ces livres et une belle lettre qui lui disait que, dans des moments d'impatience, peut-être pardonnables à un pauvre prisonnier, on avait chargé les marges de ses livres de notes ridicules. On le suppliait en conséquence de les remplacer dans sa bibliothèque par les volumes que la plus vive reconnaissance se permettait de lui présenter.

Fabrice était bien bon de donner le simple nom de notes aux griffonnages infinis dont il avait chargé les marges d'un exemplaire in-folio des œuvres de saint Jérôme. Dans l'espoir qu'il pourrait renvoyer ce livre au bon aumônier, et l'échanger contre un autre, il avait écrit jour par jour sur les marges un journal fort exact de tout ce qui lui arrivait en prison; les grands événements n'étaient autre chose que des extases d'*amour divin* (ce mot divin en remplaçait un autre qu'on n'osait écrire). Tantôt cet amour divin conduisait le prisonnier à un profond désespoir, d'autres fois une voix entendue à travers les airs rendait quelque espérance et causait des transports de bonheur. Tout cela, heureusement, était écrit avec une encre de prison, formée de vin, de chocolat et de suie, et don Cesare n'avait fait qu'y jeter un coup d'œil en replaçant dans sa bibliothèque le volume de saint Jérôme. S'il en avait suivi les marges, il aurait vu qu'un jour le prisonnier, se croyant empoisonné, se félicitait de mourir à moins de quarante pas de distance de ce qu'il avait aimé le mieux dans ce monde. Mais un autre œil que celui du bon aumônier avait lu cette page depuis la fuite. Cette belle idée : *Mourir près de ce qu'on aime!* exprimée de cent façons différentes, était suivie d'un sonnet où l'on voyait que l'âme séparée, après des tourments atroces, de ce corps fragile qu'elle avait habité pendant vingt-trois ans, poussée par cet instinct de bonheur naturel à tout ce qui exista une fois, ne remonterait pas au ciel se mêler aux chœurs des anges aussitôt qu'elle serait libre et dans le cas où le jugement terrible lui accorderait le pardon de ses péchés; mais que, plus heureuse après la mort qu'elle n'avait été durant la vie, elle irait à quelques pas de la prison, où si longtemps elle avait gémi, se réunir à tout ce qu'elle avait aimé au monde. Et ainsi, disait le dernier vers du sonnet. j'aurais trouvé mon paradis sur la terre.

Quoiqu'on ne parlât de Fabrice à la citadelle de Parme que comme d'un traître infâme qui avait violé les devoirs les plus sacrés, toutefois le bon prêtre don Cesare fut ravi par la vue des beaux livres qu'un inconnu lui faisait parvenir; car Fabrice avait eu l'attention de n'écrire que quelques jours après l'envoi, de peur que son nom ne fît renvoyer tout le paquet avec indignation. Don Cesare ne parla point de cette attention à son frère, qui entrait en fureur au seul nom de Fabrice; mais depuis la fuite de ce dernier, il avait repris toute son ancienne intimité avec son aimable nièce; et comme il lui avait enseigné jadis quelques mots de latin, il lui fit voir les beaux ouvrages qu'il recevait. Tel avait été l'espoir du voyageur. Tout à coup Clélia rougit extrêmement, elle venait de reconnaître l'écriture de Fabrice. De grands morceaux fort étroits de papier jaune étaient placés en guise de signet en divers endroits du volume. Et comme il est vrai de dire qu'au milieu des plats intérêts d'argent et de la froideur décolorée des pensées vulgaires qui remplissent notre vie, les démarches inspirées par une vraie passion manquent rarement de produire leur effet, comme si une divinité propice prenait le soin de les conduire par la main, Clélia, guidée par cet instinct et par la pensée d'une seule chose au monde, demanda à son oncle de comparer l'ancien exemplaire de saint Jérôme avec celui qu'il venait de recevoir. Comment dire son ravissement au milieu de la sombre tristesse où l'absence de Fabrice l'avait plongée, lorsqu'elle trouva sur les marges de l'ancien saint Jérôme le sonnet dont nous avons parlé, et les mémoires, jour par jour, de l'amour qu'on avait senti pour elle!

Dès le premier jour elle sut le sonnet par cœur : elle le chantait, appuyée sur sa fenêtre, devant la fenêtre désormais solitaire, où elle avait vu si souvent une petite ouverture se démasquer dans l'abat-jour. Cet abat-jour avait été démonté pour être placé sur le bureau du tribunal et servir de pièce de conviction dans un procès ridicule que Rassi instruisait contre Fabrice, accusé du crime de s'être sauvé, ou, comme disait le fiscal en en riant lui-même, *de s'être dérobé à la clémence d'un prince magnanime !*

Chacune des démarches de Clélia était pour elle l'objet d'un vif remords, et depuis qu'elle était malheureuse les remords étaient plus vifs. Elle cherchait à apaiser un peu les reproches qu'elle s'adressait, en se rappelant le vœu *de ne jamais revoir Fabrice*, fait par elle à la Madone lors du demi-empoisonnement du général, et depuis chaque jour renouvelé.

Son père avait été malade de l'évasion de Fabrice, et, de plus, il avait été sur le point de perdre sa place, lorsque le prince, dans sa colère, destitua tous les geôliers de la tour Farnèse et les fit passer comme prisonniers dans la prison de la ville. Le général avait été sauvé en partie par l'intercession du comte Mosca, qui aimait mieux le voir enfermé au sommet de sa citadelle que rival actif et intrigant dans les cercles de la cour.

Ce fut pendant les quinze jours que dura l'incertitude relativement à la disgrâce du général Fabio Conti, réellement malade, que Clélia eut le courage d'exécuter le sacrifice qu'elle avait annoncé à Fabrice. Elle avait eu l'esprit d'être malade le jour des réjouissances générales, qui fut aussi celui de la fuite du prisonnier, comme le lecteur s'en souvient peut-être; elle fut malade aussi le lendemain, et, en un mot, sut si bien se conduire, qu'à l'exception du geôlier Grillo, chargé spécialement de la garde de Fabrice, personne n'eut de soupçons sur sa complicité, et Grillo se tut.

Mais aussitôt que Clélia n'eut plus d'inquiétudes de ce côté, elle fut plus cruellement agitée encore par ses justes remords. Quelle raison au monde, se disait-elle, peut diminuer le crime d'une fille qui trahit son père?

Un soir, après une journée passée presque tout entière à la chapelle et dans les larmes, elle pria son oncle, don Cesare, de l'accompagner chez le général, dont les accès de fureur l'effrayaient d'autant plus, qu'à tout propos il y mêlait des imprécations contre Fabrice, cet abominable traître.

Arrivée en présence de son père, elle eut le courage de lui dire que si toujours elle avait refusé de donner la main au marquis Crescenzi, c'est qu'elle ne sentait aucune inclination pour lui, et qu'elle était assurée de ne point trouver le bonheur dans cette union. A ces mots, le général entra en fureur; et Clélia eut assez de peine à reprendre la parole. Elle ajouta que si son père, séduit par la grande fortune du marquis, croyait devoir lui donner l'ordre précis de l'épouser, elle était prête à obéir. Le général fut tout étonné de cette conclusion, à laquelle il était loin de s'attendre; il finit pourtant par s'en réjouir. Ainsi, dit-il à son frère, je ne serai pas réduit à loger dans un second étage, si ce polisson de Fabrice me fait perdre ma place par son mauvais procédé.

Le comte Mosca ne manquait pas de se montrer profondément scandalisé de l'évasion de ce *mauvais sujet* de Fabrice, et répétait dans l'occasion la phrase inventée par Rassi sur le plat procédé de ce jeune homme, fort vulgaire d'ailleurs, qui s'était soustrait à la clémence du prince. Cette phrase spirituelle, consacrée par la bonne compagnie, ne prit point dans le peuple. Laissé à son bon sens, et tout en croyant Fabrice fort coupable, il admirait la résolution qu'il avait fallu pour se lancer d'un mur si haut. Pas un être de la cour n'admira ce courage. Quant à la police, fort humiliée de cet échec, elle avait découvert officiellement qu'une troupe de vingt soldats gagnés par les distributions d'argent de la duchesse, cette femme si atrocement ingrate, et dont on ne prononçait plus le nom qu'avec un soupir, avaient tendu à Fabrice quatre échelles liées ensemble, et de quarante-cinq pieds de longueur chacune : Fabrice ayant tendu une corde qu'on avait liée aux échelles, n'avait eu que le mérite fort vulgaire d'attirer ces échelles à lui. Quelques libéraux connus par leur imprudence, et entre autres le médecin C***, agent payé directement par le prince, ajoutaient, mais en se compromettant, que cette police atroce avait eu la barbarie de faire fusiller huit des malheureux soldats qui avaient facilité la fuite de cet ingrat de Fabrice. Alors il fut blâmé même des libéraux véritables, comme ayant causé par son imprudence la mort de huit pauvres soldats. C'est ainsi que les petits despotismes réduisent à rien la valeur de l'opinion[1].

[1] Tr. J. F. M. 31.

## XXIII

Au milieu de ce déchaînement général, [illegible] évêque Landriani [illegible] de son jeune ami; il avait répété [illegible] [illegible] la maxime de [illegible] quelle, dans tout procès [illegible] oreille pure de tout préjugé [illegible] [illegible] d'un [illegible].

[illegible] le lendemain de l'[illegible] sieurs personnes avaient [illegible] diacre qui célébrait [illegible]

V. Foulquier inv sculp

# XXIII

Au milieu de ce déchaînement général, le seul archevêque Landriani se montra fidèle à la cause de son jeune ami; il osait répéter, même à la cour de la princesse, la maxime de droit suivant laquelle, dans tout procès, il faut réserver une oreille pure de tout préjugé pour entendre les justifications d'un absent.

Dès le lendemain de l'évasion de Fabrice, plusieurs personnes avaient reçu un sonnet assez médiocre qui célébrait cette fuite comme une des belles actions du siècle, et comparait Fabrice à un ange arrivant sur la terre les ailes étendues. Le surlendemain soir, tout Parme répétait un sonnet sublime. C'était le monologue de Fabrice se laissant glisser le long de la corde, et jugeant les divers incidents de sa vie. Ce sonnet lui donna rang dans l'opinion par deux vers magnifiques : tous les connaisseurs reconnurent le style de Ferrante Palla.

Mais ici il me faudrait chercher le style épique : où trouver des couleurs pour peindre les torrents d'indignation qui tout à coup submergèrent tous les cœurs bien pensants, lorsqu'on apprit l'effroyable insolence de cette illumination du château de Sacca? Il n'y eut qu'un cri contre la duchesse; même les libéraux véritables trouvèrent que c'était compromettre d'une façon barbare les pauvres suspects retenus dans les diverses prisons, et exaspérer inutilement le cœur du souverain. Le comte Mosca déclara qu'il ne restait plus qu'une ressource aux anciens amis de la duchesse, c'était de l'oublier. Le concert d'exécration fut donc unanime : un étranger passant par la ville eût été frappé de l'énergie de l'opinion publique. Mais en ce pays où l'on sait apprécier le plaisir de la vengeance, l'illumination de Sacca et la fête admirable donnée dans le parc à plus de six mille paysans eurent un immense succès. Tout le monde répétait à Parme que la duchesse avait fait distribuer mille sequins à ses paysans; on expliquait ainsi l'accueil un peu dur fait à une trentaine de gendarmes que la police avait eu la nigauderie d'envoyer dans ce petit village, trente-six heures après la soirée sublime et l'ivresse générale qui l'avait suivie. Les gendarmes, accueillis à coups de pierres, avaient pris la fuite, et deux d'entre eux, tombés de cheval, avaient été jetés dans le Pô.

Quant à la rupture du grand réservoir d'eau du palais Sanseverina, elle avait passé à peu près inaperçue; c'était pendant la nuit que quelques rues avaient été plus ou moins inondées, le lendemain on eût dit qu'il avait plu. Ludovic avait eu soin de briser les vitres d'une fenêtre du palais, de façon que l'entrée des voleurs était expliquée.

On avait même trouvé une petite échelle. Le seul comte Mosca reconnut le génie de son amie.

Fabrice était parfaitement décidé à revenir à Parme aussitôt qu'il le pourrait; il envoya Ludovic porter une longue lettre à l'archevêque, et ce fidèle serviteur revint mettre à la poste au premier village du Piémont, à Sannazaro au couchant de Pavie, une épître latine que le digne prélat adressait à son jeune protégé. Nous ajouterons un détail qui, comme plusieurs autres sans doute, fera longueur dans les pays où l'on n'a plus besoin de précautions. Le nom de Fabrice del Dongo n'était jamais écrit; toutes les lettres qui lui étaient destinées étaient adressées à Ludovic San Micheli, à Locarno en Suisse, ou à Belgirate en Piémont. L'enveloppe était faite d'un papier grossier, le cachet mal appliqué, l'adresse à peine lisible, et quelquefois ornée de recommandations dignes d'une cuisinière; toutes les lettres étaient datées de Naples six jours avant la date véritable.

Du village piémontais de Sannazaro, près de Pavie, Ludovic retourna en toute hâte à Parme : il était chargé d'une mission à laquelle Fabrice mettait la plus grande importance; il ne s'agissait de rien moins que de faire parvenir à Clélia Conti un mouchoir de soie sur lequel était imprimé un sonnet de Pétrarque. Il est vrai qu'un mot était changé à ce sonnet : Clélia le trouva sur sa table deux jours après avoir reçu les remerciements du marquis Crescenzi, qui se disait le plus heureux des hommes, et il n'est pas besoin de dire quelle impression cette marque d'un souvenir toujours constant produisit sur son cœur.

Ludovic devait chercher à se procurer tous les détails possibles sur ce qui se passait à la citadelle. Ce fut lui qui apprit à Fabrice la triste nouvelle que le mariage du marquis Crescenzi semblait désormais une chose décidée; il ne se passait presque pas de journée sans qu'il donnât une fête à Clélia dans l'intérieur de la citadelle. Une preuve décisive du mariage, c'est que ce marquis, immensément riche et par conséquent fort avare, comme c'est l'usage parmi les gens opulents du nord de l'Italie, faisait des préparatifs immenses, et pourtant il épousait une fille *sans dot*. Il est vrai que la vanité du général Fabio Conti, fort choquée de cette remarque, la première qui se fût présentée à l'esprit de tous ses compatriotes, venait d'acheter une terre de plus de 300,000 francs, et cette terre, lui qui n'avait rien, il l'avait payée comptant, apparemment des deniers du marquis. Aussi le général avait-il déclaré qu'il donnait cette terre en mariage à sa fille. Mais les frais d'acte et autres, montant à plus de 12,000 francs, semblèrent une dépense fort ridicule au marquis Crescenzi, être éminemment logique. De son côté il faisait fabriquer à Lyon des tentures magnifiques de couleurs, fort bien agencées et calculées pour l'agrément de l'œil, par le célèbre Pallagi, peintre de Bologne. Ces tentures, dont chacune contenait une partie prise dans les armes de la famille Crescenzi, qui, comme l'univers le sait, descend du fameux Crescentius, consul de Rome en 985, devaient meubler les dix-sept salons qui formaient le rez-de-chaussée du palais du marquis. Les tentures, les pendules et les lustres rendus à Parme coûtèrent plus de 350,000 francs; le prix des glaces nouvelles, ajoutées à celles que la maison possédait déjà, s'éleva à près de 200,000 francs. A l'exception de deux salons, ouvrages célèbres du *Parmesan*, le grand peintre du pays après le divin Corrége, toutes les pièces du premier et du second étage étaient maintenant occupées par les peintres célèbres de Florence, de Rome et de Milan, qui les ornaient de peintures à fresque. Fokelberg, le grand sculpteur suédois; Tenerani de Rome et Marchesi de Milan, travaillaient depuis un an à dix bas-reliefs représentant autant de belles actions de Crescentius, ce véritable grand homme. La plupart des plafonds, peints à fresque, offraient aussi quelque allusion à sa vie. On admirait généralement le plafond où Hayez, de Milan, avait représenté Crescentius reçu dans les Champs-Élysées par François Sforce; Laurent le Magnifique, le roi Robert, le tribun Cola di Rienzi, Machiavel, le Dante et les autres grands hommes du moyen âge. L'admiration pour ces âmes d'élite est supposée faire épigramme contre les gens au pouvoir.

Tous ces détails magnifiques occupaient exclusivement l'attention de la noblesse et des bourgeois de Parme, et percèrent le cœur de notre héros lorsqu'il les lut racontés, avec une admiration naïve, dans une longue lettre de plus de vingt pages que Ludovic avait dictée à un douanier de Casal Maggiore.

Et moi je suis si pauvre! se disait Fabrice, 4,000 livres de rente en tout et pour tout! c'est vraiment une insolence à moi d'oser être amoureux de Clélia Conti, pour qui se font tous ces miracles.

Un seul article de la longue lettre de Ludovic,

mais celui-là écrit de sa mauvaise écriture, annonçait à son maître qu'il avait rencontré le soir, et dans l'état d'un homme qui se cache, le pauvre Grillo, son ancien geôlier, qui avait été mis en prison, puis relâché. Cet homme lui avait demandé un sequin par charité, et Ludovic lui en avait donné quatre au nom de la duchesse. Les anciens geôliers récemment mis en liberté, au nombre de douze, se préparaient à donner une fête à coups de couteau (un *trattamento di cortellate*) aux nouveaux geôliers leurs successeurs, si jamais ils parvenaient à les rencontrer hors de la citadelle. Grillo avait dit que presque tous les jours il y avait sérénade à la forteresse, que mademoiselle Clélia Conti était fort pâle, souvent malade, et *autres choses semblables*. Ce mot ridicule fit que Ludovic reçut, courrier par courrier, l'ordre de revenir à Locarno. Il revint, et les détails qu'il donna de vive voix furent encore plus tristes pour Fabrice.

On peut juger de l'amabilité dont celui-ci était pour la pauvre duchesse; il eût souffert mille morts plutôt que de prononcer devant elle le nom de Clélia Conti. La duchesse abhorrait Parme; et, pour Fabrice, tout ce qui rappelait cette ville était à la fois sublime et attendrissant.

La duchesse avait moins que jamais oublié sa vengeance; elle était si heureuse avant l'incident de la mort de Giletti! et maintenant, quel était son sort! elle vivait dans l'attente d'un événement affreux dont elle se serait bien gardée de dire un mot à Fabrice, elle qui autrefois, lors de son arrangement avec Ferrante, croyait tant réjouir Fabrice en lui apprenant qu'un jour il serait vengé.

On peut se faire quelque idée maintenant de l'agrément des entretiens de Fabrice avec la duchesse : un silence morne régnait presque toujours entre eux. Pour augmenter les agréments de leurs relations, la duchesse avait cédé à la tentation de jouer un mauvais tour à ce neveu trop chéri. Le comte lui écrivait presque tous les jours; apparemment il envoyait des courriers comme du temps de leurs amours, car ses lettres portaient toujours le timbre de quelque petite ville de la Suisse. Le pauvre homme se torturait l'esprit pour ne pas parler trop ouvertement de sa tendresse, et pour construire des lettres amusantes; à peine si on les parcourait d'un œil distrait. Que fait, hélas! la fidélité d'un amant estimé, quand on a le cœur percé par la froideur de celui qu'on lui préfère?

En deux mois de temps la duchesse ne lui répondit qu'une fois, et ce fut pour l'engager à sonder le terrain auprès de la princesse, et à voir si, malgré l'insolence du feu d'artifice, on recevrait avec plaisir une lettre d'elle duchesse. La lettre qu'il devait présenter, s'il le jugeait à propos, demandait la place de chevalier d'honneur de la princesse, devenue vacante depuis peu, pour le marquis Crescenzi, et désirait qu'elle lui fût accordée en considération de son mariage. La lettre de la duchesse était un chef-d'œuvre : c'était le respect le plus tendre et le mieux exprimé; on n'avait pas admis dans ce style courtisanesque le moindre mot dont les conséquences, même les plus éloignées, pussent n'être pas agréables à la princesse. Aussi la réponse respirait-elle une amitié tendre et que l'absence met à la torture.

« Mon fils et moi, lui disait la princesse, « n'avons pas eu une soirée un peu passable « depuis votre départ si brusque. Ma chère du- « chesse ne se souvient donc plus que c'est elle « qui m'a fait rendre une voix consultative dans « la nomination des officiers de ma maison? Elle « se croit donc obligée de me donner des motifs « pour la place du marquis, comme si son « désir exprimé n'était pas pour moi le premier « des motifs? Le marquis aura la place, si je puis « quelque chose; et il y en aura toujours une dans « mon cœur, et la première, pour mon aimable « duchesse. Mon fils se sert absolument des mêmes « expressions, un peu fortes pourtant dans la « bouche d'un grand garçon de vingt-un ans, et « vous demande des échantillons de minéraux de « la vallée d'Orta, voisine de Belgirate. Vous « pouvez adresser vos lettres, que j'espère fréquen-

« tes, au comte, qui vous déteste toujours et que
« j'aime surtout à cause de ces sentiments. L'ar-
« chevêque aussi vous est resté fidèle. Nous espé-
« rons tous vous revoir un jour : rappelez-vous
« qu'il le faut. La marquise Ghisleri, ma grande-
« maîtresse, se dispose à quitter ce monde pour
« un meilleur : la pauvre femme m'a fait bien du
« mal ; elle me déplaît encore en s'en allant mal à
« propos ; sa maladie me fait penser au nom que
« j'eusse mis autrefois avec tant de plaisir à la
« place du sien, si toutefois j'eusse pu obtenir ce
« sacrifice de l'indépendance de cette femme
« unique qui, en nous fuyant, a emporté avec
« elle toute la joie de ma petite cour, etc., etc. »

C'était donc avec la conscience d'avoir cherché à hâter, autant qu'il était en elle, le mariage qui mettait Fabrice au désespoir, que la duchesse le voyait tous les jours. Aussi passaient-ils quelquefois quatre ou cinq heures à voguer ensemble sur le lac, sans se dire un seul mot. La bienveillance était entière et parfaite du côté de Fabrice ; mais il pensait à d'autres choses, et son âme naïve et simple ne lui fournissait rien à dire. La duchesse le voyait, et c'était son supplice.

Nous avons oublié de raconter en son lieu que la duchesse avait pris une maison à Belgirate, village charmant, et qui tient tout ce que son nom promet (voir un beau tournant du lac). De la porte-fenêtre de son salon, la duchesse pouvait mettre le pied dans sa barque. Elle en avait une fort ordinaire, et pour laquelle quatre rameurs eussent suffi ; elle en engagea douze, et s'arrangea de façon à avoir un homme de chacun des villages situés aux environs de Belgirate. La troisième ou quatrième fois qu'elle se trouva au milieu du lac avec tous ces hommes bien choisis, elle fit arrêter le mouvement des rames.

— Je vous considère tous comme des amis, leur dit-elle, et je veux vous confier un secret. Mon neveu Fabrice s'est sauvé de prison ; et peut-être, par trahison, on cherchera à le reprendre, quoiqu'il soit sur votre lac, pays de franchise. Ayez l'oreille au guet, et prévenez-moi de tout ce que vous apprendrez. Je vous autorise à entrer dans ma chambre le jour et la nuit.

Les rameurs répondirent avec enthousiasme ; elle savait se faire aimer. Mais elle ne pensait pas qu'il fût question de reprendre Fabrice : c'était pour elle qu'étaient tous ces soins, et, avant l'ordre fatal d'ouvrir le réservoir du palais Sanseverina, elle n'y eût pas songé.

Sa prudence l'avait aussi engagée à prendre un appartement au port de Locarno pour Fabrice ; tous les jours il venait la voir, ou elle-même allait en Suisse. On peut juger de l'agrément de leurs perpétuels tête-à-tête par ce détail : La marquise et ses filles vinrent les voir deux fois, et la présence de ces étrangères leur fit plaisir; car, malgré les liens du sang, on peut appeler étrangère une personne qui ne sait rien de nos intérêts les plus chers, et que l'on ne voit qu'une fois par an.

La duchesse se trouvait un soir à Locarno, chez Fabrice, avec la marquise et ses deux filles. L'archiprêtre du pays et le curé étaient venus présenter leurs respects à ces dames ; l'archiprêtre, qui était intéressé dans une maison de commerce, et se tenait fort au courant des nouvelles, s'avisa de dire :

— Le prince de Parme est mort!

La duchesse pâlit extrêmement; elle eut à peine le courage de dire :

— Donne-t-on des détails?

— Non, répondit l'archiprêtre; la nouvelle se borne à dire la mort, qui est certaine.

La duchesse regarda Fabrice. J'ai fait cela pour lui, se dit-elle; j'aurais fait mille fois pis, et le voilà qui est là devant moi indifférent et songeant à une autre! Il était au-dessus des forces de la duchesse de supporter cette affreuse pensée; elle tomba dans un profond évanouissement. Tout le monde s'empressa pour la secourir; mais, en revenant à elle, elle remarqua que Fabrice se donnait moins de mouvement que l'archiprêtre et le curé; il rêvait comme à l'ordinaire.

Il pense à retourner à Parme, se dit la duchesse, et peut-être à rompre le mariage de Clélia avec le marquis; mais je saurai l'empêcher. Puis, se souvenant de la présence des deux prêtres, elle se hâta d'ajouter :

— C'était un grand prince, et qui a été bien calomnié! C'est une perte immense pour nous!

Les deux prêtres prirent congé, et la duchesse, pour être seule, annonça qu'elle allait se mettre au lit.

— Sans doute, se disait-elle, la prudence m'ordonne d'attendre un mois ou deux avant de retourner à Parme; mais je sens que je n'aurais jamais cette patience; je souffre trop ici. Cette rêverie continuelle, ce silence de Fabrice sont pour mon cœur un spectacle intolérable. Qui me l'eût dit, que je m'ennuierais en me promenant sur ce lac charmant en tête-à-tête avec lui, et au moment où j'ai fait pour le venger plus que je ne puis lui dire! Après un tel spectacle, la mort n'est rien. C'est maintenant que je paie les transports de bonheur et de joie enfantine que je trouvais dans mon palais à Parme lorsque j'y reçus Fabrice revenant de Naples. Si j'eusse dit un mot, tout était fini et peut-être que, lié avec moi, il n'eût pas songé à cette petite Clélia; mais ce mot me faisait une répugnance horrible. Maintenant elle l'emporte sur moi. Quoi de plus simple? elle a vingt ans, et moi, changée par les soucis, malade, j'ai le double de son âge!... Il faut mourir, il faut finir! Une femme de quarante ans n'est plus quelque chose que pour les hommes qui l'ont aimée dans sa jeunesse! Maintenant je ne trouverai plus que des jouissances de vanité; et cela vaut-il la peine de vivre? Raison de plus pour aller à Parme, et pour m'amuser. Si les choses tournaient d'une certaine façon, on m'ôterait la vie. Eh bien! où est le mal? Je ferai une mort magnifique, et, avant que de finir, mais seulement alors, je dirai à Fabrice : Ingrat! c'est pour toi!... Oui, je ne puis trouver d'occupation pour ce peu de vie qui me reste qu'à Parme; j'y ferai la grande dame. Quel bonheur si je pouvais être sensible maintenant à toutes ces distinctions qui autrefois faisaient le malheur de la Raversi! Alors, pour voir mon bonheur, j'avais besoin de regarder dans les yeux de l'envie... Ma vanité a un bonheur : à l'exception du comte peut-être, personne n'aura pu deviner quel a été l'événement qui a mis fin à mon cœur... J'aimerai Fabrice, je serai dévouée à sa fortune; mais il ne faut pas qu'il rompe le mariage de Clélia, et qu'il finisse par l'épouser... Non, cela ne sera pas!

La duchesse en était là de son triste monologue, lorsqu'elle entendit un grand bruit dans la maison.

— Bon! se dit-elle, voilà qu'on vient m'arrêter; Ferrante se sera laissé prendre, il aura parlé. Eh bien, tant mieux! je vais avoir une occupation : je vais leur disputer ma tête. Mais *primo*, il ne faut pas se laisser prendre.

La duchesse, à demi vêtue, s'enfuit au fond de son jardin : elle songeait déjà à passer par-dessus un petit mur et à se sauver dans la campagne; mais elle vit qu'on entrait dans sa chambre. Elle reconnut Bruno, l'homme de confiance du comte : il était seul avec sa femme de chambre. Elle s'approcha de la porte-fenêtre. Cet homme parlait à la femme de chambre des blessures qu'il avait reçues. La duchesse rentra chez elle; Bruno se jeta presque à ses pieds, la conjurant de ne pas dire au comte l'heure ridicule à laquelle il arrivait.

— Aussitôt la mort du prince, ajouta-t-il, M. le comte a donné l'ordre, à toutes les postes, de ne pas fournir de chevaux aux sujets des États de Parme. En conséquence, je suis allé jusqu'au Pô avec les chevaux de la maison; mais au sortir de la barque, ma voiture a été renversée, brisée, abîmée, et j'ai eu des contusions si graves que je n'ai pu monter à cheval, comme c'était mon devoir.

— Eh bien! dit la duchesse, il est trois heures du matin : je dirai que vous êtes arrivé à midi; mais n'allez pas me contredire.

— Je reconnais bien les bontés de madame.

La politique dans une œuvre littéraire, c'est un coup de pistolet au milieu d'un concert, quelque chose de grossier et auquel pourtant il n'est pas possible de refuser son attention.

Nous allons parler de fort vilaines choses, et

que pour plus d'une raison nous voudrions taire; mais nous sommes forcé d'en venir à des événements qui sont de notre domaine, puisqu'ils ont pour théâtre le cœur des personnages.

— Mais, grand Dieu! comment est mort ce grand prince? dit la duchesse à Bruno.

— Il était à la chasse des oiseaux de passage, dans les marais, le long du Pô, à deux lieues de Sacca. Il est tombé dans un trou caché par une touffe d'herbe : il était tout en sueur, et le froid l'a saisi; on l'a transporté dans une maison isolée, où il est mort au bout de quelques heures. D'autres prétendent que MM. Catena et Borone sont morts aussi, et que tout l'accident provient des casseroles de cuivre du paysan chez lequel on est entré, qui étaient remplies de vert-de-gris. On a déjeuné chez cet homme. Enfin, les têtes exaltées, les jacobins, qui racontent ce qu'ils désirent, parlent de poison. Je sais que mon ami Toto, fourrier de la cour, aurait péri sans les soins généreux d'un manant qui paraissait avoir de grandes connaissances en médecine, et lui a fait faire des remèdes fort singuliers. Mais on ne parle déjà plus de cette mort du prince : au fait, c'était un homme cruel. Lorsque je suis parti, le peuple se rassemblait pour massacrer le fiscal général Rassi : on voulait aussi aller mettre le feu aux portes de la citadelle, pour tâcher de faire sauver les prisonniers. Mais on prétendait que Fabio Conti tirerait ses canons. D'autres assuraient que les canonniers de la citadelle avaient jeté de l'eau sur leur poudre et ne voulaient pas massacrer leurs concitoyens. Mais voici qui est bien plus intéressant : tandis que le chirurgien de Sandolaro arrangeait mon pauvre bras, un homme est arrivé de Parme, qui a dit que le peuple ayant trouvé dans les rues Barbone, ce fameux commis de la citadelle, l'a assommé, et ensuite on est allé le pendre à l'arbre de la promenade qui est le plus voisin de la citadelle. Le peuple était en marche pour aller briser cette belle statue du prince qui est dans les jardins de la cour. Mais M. le comte a pris un bataillon de la garde, l'a rangé devant la statue, et a fait dire au peuple qu'aucun de ceux qui entreraient dans les jardins n'en sortirait vivant, et le peuple avait peur. Mais ce qui est bien singulier, et que cet homme arrivant de Parme, et qui est un ancien gendarme, m'a répété plusieurs fois, c'est que M. le comte a donné des coups de pied au général P., commandant la garde du prince, et l'a fait conduire hors du jardin par deux fusiliers, après lui avoir arraché ses épaulettes.

— Je reconnais bien là le comte! s'écria la duchesse avec un transport de joie qu'elle n'eût pas prévu une minute auparavant : il ne souffrira jamais qu'on outrage notre princesse; et quant au général P., par dévouement pour ses maîtres légitimes, il n'a jamais voulu servir l'usurpateur, tandis que le comte, moins délicat, a fait toutes les campagnes d'Espagne, ce qu'on lui a souvent reproché à la cour.

La duchesse avait ouvert la lettre du comte, mais en interrompait la lecture pour faire cent questions à Bruno.

La lettre était bien plaisante; le comte employait les termes les plus lugubres, et cependant la joie la plus vive éclatait à chaque mot; il évitait les détails sur le genre de mort du prince, et finissait sa lettre par ces mots :

« Tu vas revenir sans doute, mon cher ange!
« mais je te conseille d'attendre un jour ou deux
« le courrier que la princesse t'enverra, à ce que
« j'espère, aujourd'hui ou demain; il faut que
« ton retour soit magnifique comme ton départ a
« été hardi. Quant au grand criminel qui est au-
« près de toi, je compte bien le faire juger par
« douze juges appelés de toutes les parties de cet
« État. Mais, pour faire punir ce monstre-là
« comme il le mérite, il faut d'abord que je puisse
« faire des papillotes avec la première sentence,
« si elle existe. »

Le comte avait rouvert sa lettre :

« Voici bien une autre affaire : je viens de faire
« distribuer des cartouches aux deux bataillons

« de la garde; je vais me battre et mériter de
« mon mieux ce surnom de Cruel dont les libé-
« raux m'ont gratifié depuis si longtemps. Cette
« vieille momie de général P. a osé parler dans la
« caserne d'entrer en pourparlers avec le peuple
« à demi révolté. Je t'écris du milieu de la rue;
« je vais au palais, où l'on ne pénétrera que sur
« mon cadavre. Adieu! Si je meurs, ce sera en
« t'adorant *quand même*, ainsi que j'ai vécu! N'ou-
« blie pas de faire prendre 300,000 francs dé-
« posés en ton nom chez D..., à Lyon.

« Voilà ce pauvre diable de Rassi pâle comme
« la mort, et sans perruque; tu n'as pas d'idée de
« cette figure! Le peuple veut absolument le
« pendre; ce serait un grand tort qu'on lui ferait,
« il mérite d'être écartelé. Il se réfugiait à mon
« palais, et m'a couru après dans la rue; je ne
« sais trop qu'en faire... je ne veux pas le con-
« duire au palais du prince, ce serait faire éclater
« la révolte de ce côté. F. verra si je l'aime; mon
« premier mot à Rassi a été : Il me faut la sen-
« tence contre M. del Dongo et toutes les copies
« que vous pouvez en avoir, et dites à tous ces
« juges iniques, qui sont cause de cette révolte,
« que je les ferai tous pendre, ainsi que vous,
« mon cher ami, s'ils soufflent un mot de cette
« sentence, qui n'a jamais existé. Au nom de Fa-
« brice, j'envoie une compagnie de grenadiers à
« l'archevêque. Adieu, cher ange! mon palais va

« être brûlé, et je perdrai les charmants portraits
« que j'ai de toi. Je cours au palais pour faire
« destituer cet infâme général P..., qui fait des
« siennes; il flatte bassement le peuple, comme
« autrefois il flattait le feu prince. Tous ces géné-
« raux ont une peur du diable; je vais, je crois,
« me faire nommer général en chef. »

La duchesse eut la malice de ne pas envoyer réveiller Fabrice; elle se sentait pour le comte un accès d'admiration qui ressemblait fort à de l'amour. Toutes réflexions faites, se dit-elle, il faut que je l'épouse. Elle le lui écrivit aussitôt, et fit partir un de ses gens. Cette nuit, la duchesse n'eut pas le temps d'être malheureuse.

Le lendemain, sur le midi, elle vit une barque montée par dix rameurs et qui fendait rapidement les eaux du lac; Fabrice et elle reconnurent bientôt un homme portant la livrée du prince de Parme : c'était en effet un de ses courriers, qui, avant de descendre à terre, cria à la duchesse : — La révolte est apaisée! Ce courrier lui remit plusieurs lettres du comte, une lettre admirable de la princesse et une ordonnance du prince Ranuce-Ernest V, sur parchemin, qui la nommait duchesse de San Giovanni et grande-maîtresse de la princesse douairière. Ce jeune prince, savant en minéralogie, et qu'elle croyait un imbécile, avait eu l'esprit de lui écrire un petit billet; mais il y avait de l'amour à la fin. Le billet commençait ainsi :

« Le comte dit, madame la duchesse, qu'il est « content de moi ; le fait est que j'ai essuyé quel- « ques coups de fusil à ses côtés et que mon che- « val a été touché : à voir le bruit qu'on fait pour « si peu de chose, je désire vivement assister à « une vraie bataille, mais que ce ne soit pas contre « mes sujets. Je dois tout au comte ; tous mes « généraux, qui n'ont pas fait la guerre, se sont « conduits comme des lièvres ; je crois que deux « ou trois se sont enfuis jusqu'à Bologne. Depuis « qu'un grand et déplorable événement m'a donné « le pouvoir, je n'ai point signé d'ordonnance qui « m'ait été aussi agréable que celle qui vous « nomme grande-maîtresse de ma mère. Ma mère « et moi, nous nous sommes souvenus qu'un « jour vous admiriez la belle vue que l'on a du « *palazetto* de San Giovanni, qui jadis appartint à « Pétrarque, du moins on le dit ; ma mère a « voulu vous donner cette petite terre ; et moi, ne « sachant que vous donner, et n'osant vous offrir « tout ce qui vous appartient, je vous ai fait du- « chesse dans mon pays ; je ne sais si vous êtes « assez savante pour savoir que Sanseverina est « un titre romain. Je viens de donner le grand « cordon de mon ordre à notre digne archevêque, « qui a déployé une fermeté bien rare chez les

« hommes de soixante-dix ans. Vous ne m'en
« voudrez pas d'avoir rappelé toutes les dames
« exilées. On me dit que je ne dois plus signer,
« dorénavant, qu'après avoir écrit les mots *votre*
« *affectionné :* je suis fâché que l'on me fasse pro-
« diguer une assurance qui n'est complétement
« vraie que quand je vous écris

« *Votre affectionné,*

« RANUCE-ERNEST. »

Qui n'eût dit, d'après ce langage, que la duchesse allait jouir de la plus haute faveur? Toutefois elle trouva quelque chose de fort singulier dans d'autres lettres du comte, qu'elle reçut deux heures plus tard. Il ne s'expliquait point autrement, mais lui conseillait de retarder de quelques jours son retour à Parme, et d'écrire à la princesse qu'elle était fort indisposée. La duchesse et Fabrice n'en partirent pas moins pour Parme aussitôt après dîner. Le but de la duchesse, que toutefois elle ne s'avouait pas, était de presser le mariage du marquis Crescenzi; Fabrice, de son côté, fit la route dans des transports de bonheur fous, et qui semblèrent ridicules à sa tante. Il avait l'espoir de revoir bientôt Clélia; il comptait bien l'enlever, malgré elle, s'il n'y avait que ce moyen de rompre son mariage.

Le voyage de la duchesse et de son neveu fut

très-gai. A une poste avant Parme, Fabrice s'arrêta un instant pour reprendre l'habit ecclésiastique; d'ordinaire il était vêtu comme un homme en deuil. Quand il rentra dans la chambre de la duchesse :

— Je trouve quelque chose de louche et d'inexplicable, lui dit-elle, dans les lettres du comte. Si tu m'en croyais, tu passerais ici quelques heures; je t'enverrai un courrier dès que j'aurai parlé à ce grand ministre.

Ce fut avec beaucoup de peine que Fabrice se rendit à cet avis raisonnable. Des transports de joies dignes d'un enfant de quinze ans marquèrent la réception que le comte fit à la duchesse, qu'il appelait sa femme. Il fut longtemps sans vouloir parler politique, et, quand enfin on en vint à la triste raison :

— Tu as fort bien fait d'empêcher Fabrice d'arriver officiellement; nous sommes ici en pleine réaction. Devine un peu le collègue que le prince m'a donné comme ministre de la justice? c'est Rassi, ma chère, Rassi, que j'ai traité comme un gueux qu'il est, le jour de nos grandes affaires! A propos, je t'avertis qu'on a supprimé tout ce qui s'est passé ici. Si tu lis notre gazette, tu verras qu'un commis de la citadelle, nommé Barbone, est mort d'une chute de voiture. Quant aux soixante et tant de coquins que j'ai fait tuer à coups de balles, lorsqu'ils attaquaient la statue du prince dans les jardins, ils se portent fort bien, seulement ils sont en voyage. Le comte Zurla, ministre de l'intérieur, est allé lui-même à la demeure de chacun de ces héros malheureux, et a remis quinze sequins à leurs familles ou à leurs amis, avec ordre de dire que le défunt était en voyage, et menace très-expresse de la prison, si l'on s'avisait de faire entendre qu'il avait été tué. Un homme de mon propre ministère, les affaires étrangères, a été envoyé en mission auprès des journalistes de Milan et de Turin, afin qu'on ne parle pas du *malheureux événement*, c'est le mot consacré; cet homme doit pousser jusqu'à Paris et Londres, afin de démentir dans tous les journaux, et presque officiellement, tout ce qu'on pourrait dire de nos troubles. Un autre agent s'est acheminé vers Bologne et Florence. J'ai haussé les épaules.

Mais le plaisant, à mon âge, c'est que j'ai eu un moment d'enthousiasme en parlant aux soldats de la garde et arrachant les épaulettes de ce pleutre de général P... En cet instant j'aurais donné ma vie, sans balancer, pour le prince; j'avoue maintenant que c'eût été une façon bien bête de finir. Aujourd'hui, le prince, tout bon jeune homme qu'il est, donnerait cent écus pour que je mourusse de maladie; il n'ose pas encore me demander ma démission, mais nous nous parlons le plus rarement possible, et je lui envoie une quantité de petits rapports par écrit, comme je le pratiquais avec le feu prince, après la prison de Fabrice. A propos, je n'ai point fait des papillotes avec la sentence signée contre lui, par la grande raison que ce coquin de Rassi ne me l'a point remise. Vous avez donc fort bien fait d'empêcher Fabrice d'arriver ici officiellement. La sentence est toujours exécutoire; je ne crois pas pourtant que le Rassi osât faire arrêter notre neveu aujourd'hui, mais il est possible qu'il l'ose dans quinze jours. Si Fabrice veut absolument rentrer en ville, qu'il vienne loger chez moi.

— Mais la cause de tout ceci? s'écria la duchesse étonnée.

— On a persuadé au prince que je me donne des airs de dictateur et de sauveur de la patrie, et que je veux le mener comme un enfant; qui plus est, en parlant de lui, j'aurais prononcé le mot fatal : cet *enfant*. Le fait peut être vrai, j'étais exalté ce jour-là : par exemple, je le voyais un grand homme, parce qu'il n'avait point trop de peur au milieu des premiers coups de fusil qu'il entendît de sa vie. Il ne manque point d'esprit, il a même un meilleur ton que son père; enfin, je ne saurais trop le répéter, le fond du cœur est honnête et bon; mais ce cœur sincère et jeune se crispe quand on lui raconte un tour de fripon et croit qu'il faut avoir l'âme bien noire soi-même pour apercevoir de telles choses : songez à l'éducation qu'il a reçue!...

— Votre excellence devait songer qu'un jour il serait le maître, et placer un homme d'esprit auprès de lui.

— D'abord, nous avons l'exemple de l'abbé de Condillac, qui, appelé par le marquis de Felino, mon prédécesseur, ne fit de son élève que le roi des nigauds. Il allait à la procession, et, en 1796, il ne sut pas traiter avec le général Bonaparte, qui eût triplé l'étendue de ses États. En second lieu, je n'ai jamais cru rester ministre dix ans de suite. Maintenant que je suis désabusé de tout, et cela depuis un mois, je veux réunir un million, avant de laisser à elle-même cette pétaudière que j'ai sauvée. Sans moi, Parme eût été république pendant deux mois, avec le poëte Ferrante Palla pour dictateur.

Ce mot fit rougir la duchesse, le comte ignorait tout.

Nous allons retomber dans la monarchie ordinaire du dix-huitième siècle : le confesseur et la maîtresse. Au fond, le prince n'aime que la minéralogie, et peut-être vous, madame. Depuis qu'il règne, son valet de chambre, dont je viens de faire le frère capitaine, ce frère a neuf mois de service, ce valet de chambre, dis-je, est allé lui fourrer dans la tête qu'il doit être plus heureux qu'un autre parce que son profil va se trouver sur les écus. A la suite de cette belle idée est arrivé l'ennui.

Maintenant il lui faut un aide de camp, remède à l'ennui. Eh bien! quand il m'offrirait ce fameux million qui nous est nécessaire pour bien vivre à Naples ou à Paris, je ne voudrais pas être son remède à l'ennui, et passer chaque jour quatre ou cinq heures avec son altesse. D'ailleurs, comme j'ai plus d'esprit que lui, au bout d'un mois il me prendrait pour un monstre.

Le feu prince était méchant et envieux, mais il avait fait la guerre et commandé des corps d'armée, ce qui lui avait donné de la tenue; on trouvait en lui l'étoffe d'un prince, et je pouvais être ministre bon ou mauvais. Avec cet honnête homme de fils candide et vraiment bon, je suis forcé d'être un intrigant. Me voici le rival de la dernière femmelette du château, et rival fort inférieur, car je mépriserai cent détails nécessaires. Par exemple, il y a trois jours, une de ces femmes qui distribuent les serviettes blanches tous les matins dans les appartements a eu l'idée de faire perdre au prince la clef d'un de ses bureaux anglais. Sur quoi son altesse a refusé de s'occuper de toutes les affaires dont les papiers se trouvent dans ce bureau; à la vérité, pour vingt francs on peut faire détacher les planches qui en forment le fond, ou employer de fausses clefs; mais Ranuce-Ernest V m'a dit que ce serait donner de mauvaises habitudes au serrurier de la cour.

Jusqu'ici il lui a été absolument impossible de

garder trois jours de suite la même volonté. S'il fût né monsieur le marquis un tel, avec de la fortune, ce jeune prince eût été un des hommes les plus estimables de sa cour, une sorte de Louis XVI; mais comment, avec sa naïveté pieuse, va-t-il résister à toutes les savantes embûches dont il est entouré? Aussi le salon de votre ennemie la Raversi est plus puissant que jamais; on y a découvert que moi, qui ai fait tirer sur le peuple, et qui étais résolu à tuer trois mille hommes s'il le fallait, plutôt que de laisser outrager la statue du prince qui avait été mon maître, je suis un libéral enragé, je voulais faire signer une constitution, et cent absurdités pareilles. Avec ces propos de république, les fous nous empêcheraient de jouir de la meilleure des monarchies... Enfin, madame, vous êtes la seule personne du parti libéral actuel dont mes ennemis me font le chef, sur le compte de qui le prince ne se soit pas expliqué en termes désobligeants; l'archevêque, toujours parfaitement honnête homme, pour avoir parlé en termes raisonnables de ce que j'ai fait *le jour malheureux*, est en pleine disgrâce.

Le lendemain du jour qui ne s'appelait pas encore *malheureux*, quand il était encore vrai que la révolte avait existé, le prince dit à l'archevêque que, pour que vous n'eussiez pas à prendre un titre inférieur en m'épousant, il me ferait duc. Aujourd'hui je crois que c'est Rassi, anobli par moi lorsqu'il me vendait les secrets du feu prince, qui va être fait comte. En présence d'un tel avancement je jouerai le rôle d'un nigaud.

— Et le pauvre prince se mettra dans la crotte.

— Sans doute; mais au fond il *est le maître*, qualité qui, en moins de quinze jours, fait disparaître le *ridicule*. Ainsi, chère duchesse, faisons comme au jeu de trictrac, *allons-nous-en*.

— Mais nous ne serons guère riches.

— Au fond, ni vous ni moi n'avons besoin de luxe. Si vous me donnez à Naples une place dans une loge à San Carlo et un cheval, je suis plus que satisfait; ce ne sera jamais le plus ou moins de luxe qui nous donnera un rang à vous et à moi, c'est le plaisir que les gens d'esprit du pays pourront trouver peut-être à venir prendre une tasse de thé chez vous.

— Mais, reprit la duchesse, que serait-il arrivé, le *jour malheureux*, si vous vous étiez tenu à l'écart comme j'espère que vous le ferez à l'avenir?

Les troupes fraternisaient avec le peuple, il y avait trois jours de massacres et d'incendie (car il faut cent ans à ce pays pour que la république n'y soit pas une absurdité), puis quinze jours de pillage, jusqu'à ce que deux ou trois régiments fournis par l'étranger fussent venus mettre le holà. Ferrante Palla était au milieu du peuple, plein de courage et furibond comme à l'ordinaire; il avait sans doute une douzaine d'amis qui agissaient de concert avec lui, ce dont Rassi fera une superbe conspiration. Ce qu'il y a de sûr, c'est que, porteur d'un habit d'un délabrement incroyable, il distribuait l'or à pleines mains.

La duchesse, émerveillée de toutes ces nouvelles, se hâta d'aller remercier la princesse.

Au moment de son entrée dans la chambre, la dame d'atour lui remit une petite clef d'or que l'on porte à la ceinture, et qui est la marque de l'autorité suprême dans la partie du palais qui dépend de la princesse. Clara Paolina se hâta de faire sortir tout le monde, et, une fois seule avec son amie, persista pendant quelques instants à ne s'expliquer qu'à demi. La duchesse ne comprenait pas trop ce que tout cela voulait dire, et ne répondait qu'avec beaucoup de réserve. Enfin, la princesse fondit en larmes et, se jetant dans les bras de la duchesse, s'écria : Les temps de mon malheur vont recommencer : mon fils me traitera plus mal que ne l'a fait son père!

— C'est ce que j'empêcherai, répliqua vivement la duchesse. Mais d'abord j'ai besoin, continua-t-elle, que votre altesse sérénissime daigne accepter ici l'hommage de toute ma reconnaissance et de mon profond respect.

— Que voulez-vous dire? s'écria la princesse remplie d'inquiétude, et craignant une démission.

— C'est que toutes les fois que votre altesse sérénissime me permettra de tourner à droite le menton tremblant de ce magot qui est sur sa cheminée, elle me permettra aussi d'appeler les choses par leur vrai nom.

— N'est-ce que ça, ma chère duchesse? s'écria Clara Paolina en se levant, et courant elle-même mettre le magot en bonne position; parlez donc en toute liberté, madame la grande-maîtresse, dit-elle avec un ton de voix charmant.

— Madame, reprit celle-ci, votre altesse a parfaitement vu la position; nous courons, vous et moi, les plus grands dangers; la sentence contre Fabrice n'est point révoquée; par conséquent, le jour où l'on voudra se défaire de moi et vous outrager, on le remet en prison. Notre position est aussi mauvaise que jamais. Quant à moi personnellement, j'épouse le comte et nous allons nous établir à Naples ou à Paris. Le dernier trait d'ingratitude dont le comte est victime en ce moment l'a entièrement dégoûté des affaires, et, sauf l'intérêt de votre altesse sérénissime, je ne lui conseillerais de rester dans ce gâchis qu'autant que le prince lui donnerait une somme énorme. Je demanderai à votre altesse la permission de lui expliquer que le comte, qui avait 130,000 francs en arrivant aux affaires, possède à peine aujourd'hui 20,000 livres de rente. C'était en vain que depuis longtemps je le pressais de songer à sa fortune. Pendant mon absence, il a cherché querelle aux fermiers généraux du prince, qui étaient des fripons; le comte les a remplacés par d'autres fripons qui lui ont donné 800,000 francs.

— Comment! s'écria la princesse étonnée; mon Dieu! que je suis fâchée de cela!

— Madame, répliqua la duchesse d'un très grand sang-froid, faut-il retourner le nez du magot à gauche?

— Mon Dieu, non! s'écria la princesse; mais je suis fâchée qu'un homme du caractère du comte ait songé à ce genre de gain.

— Sans ce vol, il était méprisé de tous les honnêtes gens.

— Grand Dieu! est-il possible?

— Madame, reprit la duchesse, excepté mon ami, le marquis Crescenzi, qui a 3 ou 400,000 livres de rente, tout le monde vole ici; et comment ne volerait-on pas dans un pays où la reconnaissance des plus grands services ne dure pas tout à fait un mois? Il n'y a donc de réel et de survivant à la disgrâce que l'argent. Je vais me permettre, madame, des vérités terribles.

— Je vous les permets, moi, dit la princesse avec un profond soupir, et pourtant elles me sont cruellement désagréables.

— Eh bien! madame, le prince votre fils, parfaitement honnête homme, peut vous rendre bien plus malheureuse que ne fit son père; le feu prince avait du caractère à peu près comme tout le monde.

Notre souverain actuel n'est pas sûr de vouloir la même chose trois jours de suite; par conséquent, pour qu'on puisse être sûr de lui, il faut vivre continuellement avec lui et ne le laisser parler à personne. Comme cette vérité n'est pas bien difficile à deviner, le nouveau parti ultra, dirigé par ces deux bonnes têtes, Rassi et la marquise Raversi, va chercher à donner une maîtresse au prince. Cette maîtresse aura la permission de faire sa fortune et de distribuer quelques places subalternes; mais elle devra répondre au parti de la constante volonté du maître.

Moi, pour être bien établie à la cour de votre altesse, j'ai besoin que le Rassi soit exilé et conspué; je veux, de plus, que Fabrice soit jugé par les juges les plus honnêtes que l'on pourra trouver; si ces messieurs reconnaissent, comme je l'espère, qu'il est innocent, il sera naturel d'accorder à monsieur l'archevêque que Fabrice soit son coadjuteur avec future succession. Si j'échoue, le comte et moi nous nous retirons; alors je laisse en partant ce conseil à votre altesse sérénissime : elle ne doit jamais pardonner à Rassi, et jamais non plus sortir des États de son fils. De près, ce bon fils ne lui fera pas de mal sérieux.

— J'ai suivi vos raisonnements avec toute l'attention requise, répondit la princesse en souriant; faudra-t-il donc que je me charge du soin de donner une maîtresse à mon fils?

— Non pas, madame, mais faites d'abord que votre salon soit le seul où il s'amuse.

La conversation fut infinie dans ce sens; les écailles tombaient des yeux de l'innocente et spirituelle princesse.

Un courrier de la duchesse alla dire à Fabrice qu'il pouvait entrer en ville, mais en se cachant. On l'aperçut à peine : il passait sa vie, déguisé en paysan, dans la baraque en bois d'un marchand de marrons établi vis-à-vis la porte de la citadelle, sous les arbres de la promenade.

V Foulquier inv sculp.

# XXIV

La duchesse organisa des soirées charmantes au palais, qui n'avait jamais vu tant de gaieté; jamais elle ne fut plus aimable que cet hiver, et pourtant elle vécut au milieu des plus grands dangers; mais aussi, pendant cette saison critique, il ne lui arriva pas deux fois de songer avec un certain degré de malheur à l'étrange changement de Fabrice. Le jeune prince venait de fort bonne heure aux soirées aimables de sa mère, qui lui disait toujours :

— Allez-vous-en donc gouverner ; je parie qu'il y a sur votre bureau plus de vingt rapports qui attendent un oui ou un non, et je ne veux pas que l'Europe m'accuse de faire de vous un roi fainéant pour régner à votre place.

Ces avis avaient le désavantage de se présenter toujours dans les moments les plus inopportuns, c'est-à-dire quand son altesse, ayant vaincu sa timidité, prenait part à quelque charade en action qui l'amusait fort. Deux fois la semaine il y avait des parties de campagne où, sous prétexte de conquérir au nouveau souverain l'affection de son peuple, la princesse admettait les plus jolies femmes de la bourgeoisie. La duchesse, qui était l'âme de cette cour joyeuse, espérait que ces belles bourgeoises, qui toutes voyaient avec une envie mortelle la haute fortune du bourgeois Rassi, raconteraient au prince quelqu'une des friponneries sans nombre de ce ministre. Or, entre autres idées enfantines, le prince prétendait avoir un ministère *moral*.

Rassi avait trop de sens pour ne pas sentir combien ces soirées brillantes de la cour de la princesse, dirigées par son ennemie, étaient dangereuses pour lui. Il n'avait pas voulu remettre au comte Mosca la sentence fort légale rendue contre Fabrice ; il fallait donc que la duchesse ou lui disparussent de la cour.

Le jour de ce mouvement populaire, dont

maintenant il était de bon ton de nier l'existence, on avait distribué de l'argent au peuple. Rassi partit de là : plus mal mis encore que de coutume, il monta dans les maisons les plus misérables de la ville, et passa des heures entières en conversation réglée avec leurs pauvres habitants. Il fut bien récompensé de tant de soins : après quinze jours de ce genre de vie, il eut la certitude que Ferrante Palla avait été le chef secret de l'insurrection, et bien plus, que cet être, pauvre toute sa vie comme un grand poëte, avait fait vendre huit ou dix diamants à Gênes.

On citait entre autres cinq pierres de prix qui valaient réellement plus de 40,000 francs, et que, *dix jours avant la mort du prince*, on avait laissées pour 35,000 francs, parce que, disait-on, *on avait besoin d'argent*.

Comment peindre les transports de joie du ministre de la justice à cette découverte? Il s'apercevait que tous les jours on lui donnait des ridicules à la cour de la princesse douairière, et plusieurs fois le prince, parlant d'affaires avec lui, lui avait ri au nez avec toute la naïveté de la jeunesse. Il faut avouer que le Rassi avait des habitudes singulièrement plébéiennes : par exemple, dès qu'une discussion l'intéressait, il croisait les jambes et prenait son soulier dans la main; si l'intérêt croissait, il étalait son mouchoir de coton rouge sur sa jambe, etc., etc. Le prince avait beaucoup ri de la plaisanterie d'une des plus jolies femmes de la bourgeoisie, qui, sachant d'ailleurs qu'elle avait la jambe fort bien faite, s'était mise à imiter ce geste élégant du ministre de la justice.

Rassi sollicita une audience extraordinaire et dit au prince :

— Votre altesse voudrait-elle donner cent mille francs pour savoir au juste quel a été le genre de mort de son auguste père? Avec cette somme, la justice serait mise à même de saisir les coupables, s'il y en a.

La réponse du prince ne pouvait être douteuse. A quelque temps de là, la *Chékina* avertit la duchesse qu'on lui avait offert une grosse somme pour laisser examiner les diamants de sa maîtresse par un orfévre; elle avait refusé avec indignation. La duchesse la gronda d'avoir refusé; et, à huit jours de là, la Chékina eut des diamants à montrer. Le jour pris pour cette exhibition des diamants, le comte Mosca plaça deux hommes sûrs auprès de chacun des orfévres de Parme, et sur le minuit il vint dire à la duchesse que l'orfévre curieux n'était autre que le frère de Rassi. La duchesse, qui était fort gaie ce soir-là (on jouait au palais une comédie *dell' arte*, c'est-à-dire où chaque personnage invente le dialogue à mesure qu'il le dit, le plan seul de la comédie est affiché dans la coulisse), la duchesse, qui jouait un rôle, avait pour amoureux dans la pièce le comte Baldi, l'ancien ami de la marquise Raversi, qui était présente. Le prince, l'homme le plus timide de ses États, mais fort joli garçon et doué du cœur le plus tendre, étudiait le rôle du comte Baldi, et voulait le jouer à la seconde représentation.

— J'ai bien peu de temps, dit la duchesse au comte, je parais à la première scène du second acte; passons dans la salle des gardes.

Là, au milieu de vingt gardes-du-corps, tous fort éveillés et fort attentifs aux discours du premier ministre et de la grande-maîtresse, la duchesse dit en riant à son ami :

— Vous me grondez toujours quand je dis des secrets inutilement. C'est par moi que fut appelé au trône Ernest V; il s'agissait de venger Fabrice, que j'aimais alors bien plus qu'aujourd'hui, quoique toujours fort innocemment. Je sais bien que vous ne croyez guère à cette innocence, mais peu importe, puisque vous m'aimez malgré mes crimes. Eh bien! voici un crime véritable : j'ai donné tous mes diamants à une espèce de fou fort intéressant, nommé Ferrante Palla, je l'ai même embrassé pour qu'il fît périr l'homme qui voulait faire empoisonner Fabrice. Où est le mal?

— Ah! voilà donc où Ferrante avait pris de l'argent pour son émeute! dit le comte, un peu stupéfait; et vous me racontez tout cela dans la salle des gardes!

— C'est que je suis pressée et voilà le Rassi sur les traces du crime. Il est bien vrai que je n'ai jamais parlé d'insurrection, car j'abhorre les jacobins. Réfléchissez là-dessus et dites-moi votre avis après la pièce.

— Je vous dirai tout de suite qu'il faut inspirer de l'amour au prince. Mais en tout bien, tout honneur, au moins!

On appelait la duchesse pour son entrée en scène : elle s'enfuit.

Quelques jours après la duchesse reçut par la poste une grande lettre ridicule signée du nom d'une ancienne femme de chambre à elle; cette femme demandait à être employée à la cour, mais la duchesse avait reconnu du premier coup d'œil que ce n'était ni son écriture ni son style. En ouvrant la feuille pour lire la seconde page, la duchesse vit tomber à ses pieds une petite image miraculeuse de la Madone, pliée dans une feuille imprimée d'un vieux livre. Après avoir jeté un coup d'œil sur l'image, la duchesse lut quelques lignes de la vieille feuille imprimée. Ses yeux brillèrent, et elle y trouvait ces mots :

« Le tribun a pris cent francs par mois, non « plus ; avec le reste on voulut ranimer le feu sa« cré dans des âmes qui se trouvèrent glacées par « l'égoïsme. Le renard est sur mes traces, c'est « pourquoi je n'ai pas cherché à voir une dernière

« fois l'être adoré. Je me suis dit : Elle n'aime pas « la république, elle qui m'est supérieure par l'es- « prit autant que par les grâces et la beauté. D'ail- « leurs comment faire une république sans répu- « blicains? Est-ce que je me tromperais? Dans six « mois, je parcourrai, le microscope à la main et « à pied, les petites villes d'Amérique; je verrai si « je dois encore aimer la seule rivale que vous avez « dans mon cœur. Si vous recevez cette lettre, ma- « dame la baronne, et qu'aucun œil profane ne « l'ait lue avant vous, faites briser un des jeunes « frênes plantés à vingt pas de l'endroit où j'osai « vous parler pour la première fois. Alors je ferai « enterrer, sous le grand buis du jardin que vous « remarquâtes une fois en mes jours heureux, une « boîte où se trouveront de ces choses qui font ca- « lomnier les gens de mon opinion. Certes, je me « fusse bien gardé d'écrire si le renard n'était sur « mes traces et ne pouvait arriver à cet être « céleste; voir le buis dans quinze jours. »

Puisqu'il a une imprimerie à ses ordres, se dit la duchesse, bientôt nous aurons un recueil de sonnets; Dieu sait le nom qu'il m'y donnera!

La coquetterie de la duchesse voulut faire un essai : pendant huit jours elle fut indisposée, et la cour n'eut plus de jolies soirées. La princesse, fort scandalisée de tout ce que la peur qu'elle avait de son fils l'obligeait de faire dès les premiers moments de son veuvage, alla passer ces huit jours dans un couvent attenant à l'église où le feu prince était inhumé. Cette interruption de soirées jeta sur les bras du prince une masse énorme de loisir, et porta un échec notable au crédit du ministre de la justice. Ernest V comprit tout l'ennui qui le menaçait si la duchesse quittait la cour, ou seulement cessait d'y répandre la joie. Les soirées recommencèrent, et le prince se montra de plus en plus intéressé par les comédies *dell' arte*. Il avait le projet de prendre un rôle, mais n'osait avouer cette ambition. Un jour, rougissant beaucoup, il dit à la duchesse : Pourquoi ne jouerais-je pas, moi aussi?

— Nous sommes tous ici aux ordres de votre altesse; si elle daigne m'en donner l'ordre, je ferai arranger le plan d'une comédie, toutes les scènes brillantes du rôle de votre altesse seront avec moi, et comme les premiers jours tout le monde hésite un peu, si votre altesse veut me regarder avec quelque attention, je lui dirai les réponses qu'elle doit faire. Tout fut arrangé et avec une adresse infinie. Le prince, fort timide, avait honte d'être timide; les soins que se donna la duchesse pour ne pas faire souffrir cette timidité innée firent une impression profonde sur le jeune souverain.

Le jour de son début, le spectacle commença une demi-heure plus tôt qu'à l'ordinaire, et il n'y avait dans le salon, au moment où l'on passa dans la salle du spectacle, que huit ou dix femmes âgées.

Ces figures-là n'imposaient guère au prince, et d'ailleurs, élevées à Munich dans les vrais principes monarchiques, elles applaudissaient toujours. Usant de son autorité comme grande-maîtresse, la duchesse ferma à clef la porte par laquelle le vulgaire des courtisans entrait au spectacle. Le prince, qui avait de l'esprit *littéraire*, et une belle figure, se tira fort bien de ses premières scènes; il répétait avec intelligence les phrases qu'il lisait dans les yeux de la duchesse, ou qu'elle lui indiquait à demi-voix. Dans un moment où les rares spectateurs applaudissaient de toutes leurs forces, la duchesse fit un signe, la porte d'honneur fut ouverte, et la salle de spectacle occupée en un instant par toutes les jolies femmes de la cour, qui, trouvant au prince une figure charmante et l'air fort heureux, se mirent à applaudir; le prince rougit de bonheur. Il jouait le rôle d'un amoureux de la duchesse. Bien loin d'avoir à lui suggérer des paroles, bientôt elle fut obligée de l'engager à abréger les scènes; il parlait d'amour avec un enthousiasme qui souvent embarrassait l'actrice; ses répliques duraient cinq minutes. La duchesse n'était plus cette beauté éblouissante de l'année précédente; la prison de Fabrice, et, bien plus encore, le séjour sur le lac Majeur avec Fabrice, devenu morose et silencieux, avaient donné dix ans de plus à la belle Gina. Ses traits s'étaient marqués, ils avaient plus d'esprit et moins de jeunesse.

Ils n'avaient plus que bien rarement l'enjouement du premier âge; mais à la scène, avec du rouge et tous les secours que l'art fournit aux actrices, elle était encore la plus jolie femme de la cour. Les tirades passionnées, débitées par le prince, donnèrent l'éveil aux courtisans; tous se disaient ce soir-là : Voici la Balbi de ce nouveau règne. Le comte se révolta intérieurement. La pièce finie, la duchesse dit au prince devant toute la cour :

— Votre altesse joue trop bien; on va dire que vous êtes amoureux d'une femme de trente-huit ans, ce qui fera manquer mon établissement avec le comte. Ainsi, je ne jouerai plus avec votre altesse, à moins que le prince ne me jure de m'adresser la parole comme il le ferait à une femme d'un certain âge, à madame la marquise Raversi, par exemple.

On répéta trois fois la même pièce; le prince était fou de bonheur; mais, un soir, il parut fort soucieux.

— Ou je me trompe fort, dit la grande-maîtresse à sa princesse, ou le Rassi cherche à nous jouer quelque tour; je conseillerais à votre altesse d'indiquer un spectacle pour demain; le prince jouera mal, et, dans son désespoir, il vous dira quelque chose.

Le prince joua fort mal en effet; on l'entendait à peine, il ne savait plus terminer ses phrases. A la fin du premier acte, il avait presque les larmes aux yeux; la duchesse se tenait auprès de lui, mais froide et immobile. Le prince, se trouvant un instant seul avec elle, dans le foyer des acteurs, alla fermer la porte.

— Jamais, lui dit-il, je ne pourrai jouer le second et le troisième acte; je ne veux pas absolument être applaudi par complaisance; les applaudissements qu'on me donnait ce soir me fendaient le cœur. Donnez-moi un conseil, que faut-il faire?

— Je vais m'avancer sur la scène, faire une profonde révérence à son altesse, une autre au public, comme un véritable directeur de comédie, et dire que l'acteur qui jouait le rôle de *Lelio*, se trouvant subitement indisposé, le spectacle se terminera par quelques morceaux de musique. Le comte Rusca et la petite Ghisolfi seront ravis de pouvoir montrer à une aussi brillante assemblée leurs petites voix aigrelettes.

Le prince prit la main de la duchesse, et la baisa avec transport.

— Que n'êtes-vous un homme, lui dit-il, vous me donneriez un bon conseil : Rassi vient de déposer sur mon bureau cent quatre-vingt-deux dépositions contre les prétendus assassins de mon père. Outre les dépositions, il y a un acte d'accusation de plus de deux cents pages; il me faut lire tout cela, et, de plus, j'ai donné ma parole de n'en rien dire au comte. Ceci mène tout droit à des supplices; déjà il veut que je fasse enlever en France, près d'Antibes, Ferrante Palla, ce grand poëte que j'admire tant. Il est là sous le nom de Poncet.

— Le jour où vous ferez pendre un libéral, Rassi sera lié au ministère par des chaînes de fer, et c'est ce qu'il veut avant tout; mais votre altesse ne pourra plus annoncer une promenade deux heures à l'avance. Je ne parlerai ni à la princesse, ni au comte du cri de douleur qui vient de vous échapper; mais, comme d'après mon serment je ne dois avoir aucun secret pour la princesse, je serais heureuse si votre altesse voulait dire à sa mère les mêmes choses qui lui sont échappées avec moi.

Cette idée fit diversion à la douleur d'acteur *chuté* qui accablait le souverain.

— Eh bien! allez avertir ma mère : je me rends dans son grand cabinet.

Le prince quitta les coulisses, traversa le salon par lequel on arrivait au théâtre, renvoya d'un air dur le grand-chambellan et l'aide de camp de service qui le suivaient; de son côté, la princesse quitta précipitamment le spectacle; arrivée dans le grand cabinet, la grande-maîtresse fit une profonde révérence à la mère et au fils, et les laissa seuls. On peut juger de l'agitation de la cour, ce sont là les choses qui la rendent si amusante. Au bout d'une heure le prince lui-même se présenta à la porte du cabinet et appela la duchesse; la princesse était en larmes, son fils avait une physionomie tout altérée.

Voici des gens faibles qui ont de l'humeur, se dit la grande-maîtresse, et qui cherchent un prétexte pour se fâcher contre quelqu'un. D'abord la mère et le fils se disputèrent la parole pour raconter les détails à la duchesse, qui dans ses réponses eut grand soin de ne mettre en avant aucune idée. Pendant deux mortelles heures les trois acteurs de cette scène ennuyeuse ne sortirent pas des rôles que nous venons d'indiquer. Le prince alla chercher lui-même les deux énormes portefeuilles que Rassi avait déposés sur son bureau; en sortant du grand cabinet de sa mère, il trouva toute la cour qui attendait. — Allez-vous-en, laissez-moi tranquille! s'écria-t-il, d'un ton fort impoli et qu'on ne lui avait jamais vu. Le prince ne voulait pas être aperçu portant lui-même les deux portefeuilles : un prince ne doit rien porter. Les courtisans disparurent en un clin d'œil. En repassant le prince ne trouva plus que les valets de chambre qui éteignaient les bougies; il les renvoya avec fureur, ainsi que le pauvre Fontana, aide de camp de service, qui avait eu la gaucherie de rester, par zèle.

— Tout le monde prend à tâche de m'impatienter ce soir, dit-il avec humeur à la duchesse.

comme il rentrait dans le cabinet; il lui croyait beaucoup d'esprit et il était furieux de ce qu'elle s'obstinait évidemment à ne pas ouvrir un avis. Elle, de son côté, était résolue à ne rien dire qu'autant qu'on lui demanderait son avis *bien expressément*. Il s'écoula encore une grosse demi-heure avant que le prince, qui avait le sentiment de sa dignité, se déterminât à lui dire : — Mais, madame, vous ne dites rien.

— Je suis ici pour servir la princesse, et oublier bien vite ce qu'on dit devant moi.

— Eh bien! madame, dit le prince en rougissant beaucoup, je vous ordonne de me donner votre avis.

— On punit les crimes pour empêcher qu'ils ne se renouvellent. Le feu prince a-t-il été empoisonné? c'est ce qui est fort douteux; a-t-il été empoisonné par les jacobins? c'est ce que Rassi voudrait bien prouver, car alors il devient pour votre altesse un instrument nécessaire à tout jamais. Dans ce cas votre altesse, qui commence son règne, peut se promettre bien des soirées comme celle-ci. Vos sujets disent généralement, ce qui est de toute vérité, que votre altesse a de la bonté dans le caractère; tant qu'elle n'aura pas fait pendre quelque libéral, elle jouira de cette réputation, et bien certainement personne ne songera à lui préparer du poison.

— Votre conclusion est évidente, s'écria la princesse avec humeur; vous ne voulez pas que l'on punisse les assassins de mon mari!

— C'est qu'apparemment, madame, je suis liée à eux par une tendre amitié.

La duchesse voyait dans les yeux du prince qu'il la croyait parfaitement d'accord avec sa mère pour lui dicter un plan de conduite. Il y eut entre les deux femmes une succession assez rapide d'aigres reparties, à la suite desquelles la duchesse protesta qu'elle ne dirait plus une seule parole, et elle fut fidèle à sa résolution; mais le prince, après une longue discussion avec sa mère, lui ordonna de nouveau de dire son avis.

— C'est ce que je jure à vos altesses de ne point faire!

— Mais c'est un véritable enfantillage! s'écria le prince.

— Je vous prie de parler, madame la duchesse, dit la princesse d'un air digne.

— C'est ce dont je vous supplie de me dispenser, madame! Mais votre altesse, ajouta la duchesse en s'adressant au prince, lit parfaitement le français; pour calmer nos esprits agités, voudrait-elle *nous* lire une fable de La Fontaine?

La princesse trouva ce *nous* fort insolent, mais elle eut l'air à la fois étonnée et amusée, quand la grande-maîtresse, qui était allée du plus grand sang-froid ouvrir la bibliothèque, revint avec un volume des *Fables* de La Fontaine; elle le feuilleta quelques instants, puis dit au prince, en le lui présentant :

— Je supplie votre altesse de lire *toute* la fable.

## LE JARDINIER ET SON SEIGNEUR

Un amateur de jardinage,
Demi-bourgeois, demi-manant,
Possédait en certain village
Un jardin assez propre et le clos attenant.
Il avait de plant vif fermé cette étendue :
Là croissaient à plaisir l'oseille et la laitue,
De quoi faire à Margot pour sa fête un bouquet,
Peu de jasmin d'Espagne et force serpolet.
Cette félicité par un lièvre troublée
Fit qu'au seigneur du bourg notre homme se plaignit.
Ce maudit animal vient prendre sa goulée
Soir et matin, dit-il, et des pièges se rit :
Les pierres, les bâtons y perdent leur crédit :
Il est sorcier, je crois. — Sorcier ! je l'en défie,
Repartit le seigneur : fût-il diable, Miraut
En dépit de ses tours l'attrapera bientôt.
Je vous en déferai, bonhomme, sur ma vie.
— Et quand? — Et dès demain, sans tarder plus longtemps
La partie ainsi faite, il vient avec ses gens.
— Çà, déjeunons, dit-il ; vos poulets sont-ils tendres?
L'embarras des chasseurs succède au déjeuner.
Chacun s'anime et se prépare ;
Les trompes et les cors font un tel tintamarre
Que le bonhomme est étonné.
Le pis fut que l'on mit en piteux équipage
Le pauvre potager. Adieu planches, carreaux ;
Adieu chicorée et poireaux :
Adieu de quoi mettre au potage.
Le bonhomme disait : Ce sont là jeux de prince.

Mais on le laissait dire: et les chiens et les gens
Firent plus de dégât en une heure de temps
Que n'en auraient fait en cent ans
Tous les lièvres de la province.

Petits princes, videz vos débats entre vous;
De recourir aux rois vous seriez de grands fous.
Il ne les faut jamais engager dans vos guerres,
*Ni les faire entrer sur vos terres.*

Cette lecture fut suivie d'un long silence. Le prince se promenait dans le cabinet, après être allé lui-même remettre le volume à sa place.

— Eh bien, madame, dit la princese, daignerez-vous parler?

— Non pas, certes, madame! tant que son altesse ne m'aura pas nommée ministre; en parlant ici, je courrais risque de perdre ma place de grande-maîtresse.

Nouveau silence d'un gros quart d'heure; enfin la princesse songea au rôle que joua Marie de Médicis, mère de Louis XIII : tous les jours précédents, la grande-maîtresse avait fait lire par la lectrice l'excellente *Histoire de Louis XII*, de M. Bazin. La princesse, quoique fort piquée, pensa que la duchesse pourrait fort bien quitter le pays, et alors Rassi, qui lui faisait une peur affreuse, pourrait bien imiter Richelieu et la faire exiler par son fils. Dans ce moment la princesse eût donné tout au monde pour humilier sa grande-maîtresse; mais elle ne pouvait : elle se leva, et vint, avec un sourire un peu exagéré, prendre la main de la duchesse et lui dire :

— Allons, madame, prouvez-moi votre amitié en parlant.

— Eh bien! deux mots sans plus : brûler, dans la cheminée que voilà, tous les papiers réunis par cette vipère de Rassi, et ne jamais lui avouer qu'on les a brûlés.

Elle ajouta tout bas, et d'un air familier, à l'oreille de la princesse :

— Rassi peut être Richelieu!

— Mais, diable! ces papiers me coûtent plus de 80,000 francs! s'écria le prince fâché.

— Mon prince, répliqua la duchesse avec énergie, voilà ce qu'il en coûte d'employer des scélérats de basse naissance. Plût à Dieu que vous pussiez perdre un million, et ne jamais prêter créance aux bas coquins qui ont empêché votre père de dormir pendant les dernières années de son règne!

Le mot *basse naissance* avait plu extrêmement à la princesse, qui trouvait que le comte et son amie avaient une estime trop exclusive pour l'esprit, toujours un peu cousin germain du jacobinisme.

Durant le court moment de profond silence, rempli par les réflexions de la princesse, l'horloge du château sonna trois heures. La princesse se leva, fit une profonde révérence à son fils, et lui dit : Ma santé ne me permet pas de prolonger davantage la discussion. Jamais de ministre de *basse naissance;* vous ne m'ôterez pas de l'idée que votre Rassi vous a volé la moitié de l'argent qu'il vous a fait dépenser en espionnage. La princesse prit deux bougies dans les flambeaux et les plaça dans la cheminée, de façon à ne pas les éteindre; puis, s'approchant de son fils, elle ajouta : — La fable de La Fontaine l'emporte, dans mon esprit, sur le juste désir de venger un époux. Votre altesse veut-elle me permettre de brûler *ces écritures?* Le prince restait immobile.

— Sa physionomie est vraiment stupide, se dit la duchesse; le comte a raison : le feu prince ne nous eût pas fait veiller jusqu'à trois heures du matin avant de prendre un parti.

La princesse, toujours debout, ajouta :

— Ce petit procureur serait bien fier, s'il savait que ses paperasses, remplies de mensonges, et arrangées pour procurer son avancement, ont fait passer la nuit aux deux plus grands personnages de l'État.

Le prince se jeta sur un des portefeuilles comme un furieux, et en vida tout le contenu dans la cheminée. La masse des papiers fut sur le point d'étouffer les deux bougies; l'appartement se remplit de fumée. La princesse vit dans les yeux de son fils qu'il était tenté de saisir une carafe et de sauver ces papiers, qui lui coûtaient quatre-vingt mille francs.

— Ouvrez donc la fenêtre! cria-t-elle à la duchesse avec humeur. La duchesse se hâta d'obéir, aussitôt tous les papiers s'enflammèrent à la fois; il se fit un grand bruit dans la cheminée, et bientôt il fut évident qu'elle avait pris feu.

Le prince avait l'âme petite pour toutes les choses d'argent; il crut voir son palais en flammes et toutes les richesses qu'il contenait détruites; il courut à la fenêtre et appela la garde d'une voix toute changée. Les soldats en tumulte étant accourus dans la cour à la voix du prince, il revint près de la cheminée qui attirait l'air de la fenêtre ouverte avec un bruit réellement effrayant; il s'impatienta, jura, fit deux ou trois tours dans le cabinet comme un homme hors de lui, et, enfin, sortit en courant.

La princesse et sa grande-maîtresse restèrent debout, l'une vis-à-vis de l'autre, et gardant un profond silence.

— La colère va-t-elle recommencer? se dit la duchesse; ma foi, mon procès est gagné. Et elle se disposait à être fort impertinente dans ses répliques, quand une pensée l'illumina; elle vit le second portefeuille intact. Non, mon procès n'est gagné qu'à moitié! Elle dit à la princesse, d'un air assez froid :

— Madame m'ordonne-t-elle de brûler le reste de ces papiers?

— Et où les brûlerez-vous? dit la princesse avec humeur.

— Dans la cheminée du salon ; en les y jetant l'un après l'autre, il n'y a pas de danger.

La duchesse plaça sous son bras le portefeuille regorgeant de papiers, prit une bougie et passa dans le salon voisin. Elle prit le temps de voir que ce portefeuille était celui des dépositions, mit dans son châle cinq ou six liasses de papiers, brûla le reste avec beaucoup de soin, puis disparut sans prendre congé de la princesse.

— Voici une bonne impertinence, se dit-elle en riant ; mais elle a failli, par ses affectations de veuve inconsolable, me faire perdre la tête sur un échafaud.

En entendant le bruit de la voiture de la duchesse, la princesse fut outrée de colère contre sa grande-maîtresse.

Malgré l'heure indue, la duchesse fit appeler le comte ; il était au feu du château, mais parut bientôt avec la nouvelle que tout était fini. — Ce petit prince a réellement montré beaucoup de courage, et je lui en ai fait mon compliment avec effusion.

— Examinons bien vite ces dépositions, et brûlons-les au plus tôt.

Le comte lut et pâlit.

— Ma foi, ils arrivaient bien près de la vérité ; cette procédure est fort adroitement faite, ils sont tout à fait sur les traces de Ferrante Palla ; et, s'il parle, nous avons un rôle difficile.

— Mais il ne parlera pas ! s'écria la duchesse ;

c'est un homme d'honneur celui-là : brûlons, brûlons!

— Pas encore. Permettez-moi de prendre les noms de douze ou quinze témoins dangereux, et que je me permettrai de faire enlever, si jamais le Rassi veut recommencer.

— Je rappellerai à votre excellence que le prince a donné sa parole de ne rien dire à son ministre de la justice de notre expédition nocturne.

— Par pusillanimité, et de peur d'une scène, il la tiendra.

— Maintenant, mon ami, voici une nuit qui avance beaucoup notre mariage; je n'aurais pas voulu vous apporter en dot un procès criminel, et encore pour un péché que me fit commettre mon intérêt pour un autre.

Le comte était amoureux, lui prit la main, s'exclama; il avait les larmes aux yeux.

— Avant de partir, donnez-moi des conseils sur la conduite que je dois tenir avec la princesse; je suis excédée de fatigue, j'ai joué une heure la comédie sur le théâtre, et cinq heures dans le cabinet.

— Vous vous êtes assez vengée des propos aigrelets de la princesse, qui n'étaient que de la faiblesse, par l'impertinence de votre sortie. Reprenez demain avec elle sur le ton que vous aviez ce matin; le Rassi n'est pas encore en prison ou exilé, nous n'avons pas encore déchiré la sentence de Fabrice.

Vous demandiez à la princesse de prendre une décision, ce qui donne toujours de l'humeur aux princes et même aux premiers ministres; enfin vous êtes sa grande-maîtresse, c'est-à-dire sa petite servante. Par un retour, qui est immanquable chez les gens faibles, dans trois jours le Rassi sera plus en faveur que jamais; il va chercher à faire pendre quelqu'un : tant qu'il n'a pas compromis le prince, il n'est sûr de rien.

Il y a eu un homme blessé à l'incendie de cette nuit; c'est un tailleur, qui a ma foi montré une intrépidité extraordinaire. Demain, je vais engager le prince à s'appuyer sur mon bras, et à venir avec moi faire une visite au tailleur; je serai armé jusqu'aux dents et j'aurai l'œil au guet; d'ailleurs ce jeune prince n'est point encore haï. Moi, je veux l'accoutumer à se promener dans les rues; c'est un tour que je joue au Rassi, qui certainement va me succéder, et ne pourra plus permettre de telles imprudences. En revenant de chez le tailleur, je ferai passer le prince devant la statue de son père; il remarquera les coups de pierre qui ont cassé le jupon à la romaine dont le nigaud de statuaire l'a affublée; et, enfin, le prince aura bien peu d'esprit si de lui-même il ne fait pas cette réflexion : Voilà ce qu'on gagne à faire pendre des jacobins. A quoi je répliquerai : Il faut en pendre dix mille ou pas un : la Saint-Barthélemy a détruit les protestants en France.

Demain, chère amie, avant ma promenade, faites-vous annoncer chez le prince, et dites-lui : Hier soir, j'ai fait auprès de vous le service de ministre, je vous ai donné des conseils, et, par vos ordres, j'ai encouru le déplaisir de la princesse ; il faut que vous me payiez. Il s'attendra à une demande d'argent, et froncera le sourcil ; vous le laisserez plongé dans cette idée malheureuse le plus longtemps que vous pourrez ; puis vous direz : Je prie votre altesse d'ordonner que Fabrice soit jugé *contradictoirement* (ce qui veut dire lui présent) par les douze juges les plus respectés de vos États. Et, sans perdre de temps, vous lui présenterez à signer une petite ordonnance écrite de votre belle main, et que je vais vous dicter ; je vais mettre, bien entendu, la clause que la première sentence est annulée. A cela, il n'y a qu'une objection ; mais, si vous menez l'affaire chaudement, elle ne viendra pas à l'esprit du prince. Il peut vous dire : Il faut que Fabrice se constitue prisonnier à la citadelle. A quoi vous répondrez : Il se constituera prisonnier à la prison de la ville. (Vous savez que j'y suis le maître ; tous les soirs, votre neveu viendra vous voir.) Si le prince vous répond : Non, sa fuite a écorné l'honneur de ma citadelle, et je veux, pour la forme, qu'il rentre dans la chambre où il était ; vous répondrez à votre tour : Non, car là il serait à la disposition de mon ennemi Rassi ; et, par une de ces phrases de femme que vous savez si bien lancer, vous lui ferez entendre que, pour fléchir Rassi, vous pourrez bien lui raconter l'*auto-da-fé* de cette nuit; s'il insiste, vous annoncerez que vous allez passer quinze jours à votre château de Sacca.

Vous allez faire appeler Fabrice et le consulter sur cette démarche qui peut le conduire en prison. Pour tout prévoir, si, pendant qu'il est sous les verrous, Rassi, trop impatient, me fait empoisonner, Fabrice peut courir des dangers. Mais la chose est peu probable; vous savez que j'ai fait venir un cuisinier français, qui est le plus gai des hommes, et qui fait des calembours; or, le calembour est incompatible avec l'assassinat. J'ai déjà dit à notre ami Fabrice que j'ai retrouvé tous les témoins de son action belle et courageuse; ce fut évidemment ce Giletti qui voulut l'assassiner. Je ne vous ai pas parlé de ces témoins, parce que je voulais vous faire une surprise; mais ce plan a manqué : le prince n'a pas voulu signer. J'ai dit à notre Fabrice que, certainement, je lui procurerai une grande place ecclésiastique; mais j'aurai bien de la peine si ses ennemis peuvent objecter en cour de Rome une accusation d'assassinat.

Sentez-vous, madame, que, s'il n'est pas jugé de la façon la plus solennelle, toute sa vie le nom de Giletti sera désagréable pour lui? Il y aurait une grande pusillanimité à ne pas se faire juger, quand on est sûr d'être innocent. D'ailleurs, fût-il coupable, je le ferais acquitter. Quand je lui ai parlé, le bouillant jeune homme ne m'a pas laissé achever; il a pris l'almanach officiel, et nous avons choisi ensemble les douze juges les plus intègres et les plus savants; la liste faite, nous avons effacé six noms, que nous avons remplacés par six jurisconsultes, mes ennemis personnels, et, comme nous n'avons pu trouver que deux ennemis, nous y avons suppléé par quatre coquins dévoués à Rassi.

Cette proposition du comte inquiéta mortellement la duchesse, et non sans cause; enfin, elle se rendit à la raison, et, sous la dictée du ministre, écrivit l'ordonnance qui nommait les juges.

Le comte ne la quitta qu'à six heures du matin; elle essaya de dormir, mais en vain. A neuf heures, elle déjeuna avec Fabrice, qu'elle trouva brûlant d'envie d'être jugé; à dix heures, elle était chez la princesse, qui n'était point visible; à onze heures, elle vit le prince, qui tenait son lever, et qui signa l'ordonnance sans la moindre objection. La duchesse envoya l'ordonnance au comte, et se mit au lit.

Il serait peut-être plaisant de raconter la fureur de Rassi, quand le comte l'obligea à contre-signer, en présence du prince, l'ordonnance signée le matin par celui-ci; mais les événements nous pressent.

Le comte discuta le mérite de chaque juge, et offrit de changer les noms. Mais le lecteur est peut-être un peu las de tous ces détails de procédure, non moins que de toutes ces intrigues de cour. De tout ceci, on peut tirer cette morale, que l'homme qui approche de la cour compromet son bonheur, s'il est heureux, et, dans tous les cas, fait dépendre son avenir des intrigues d'une femme de chambre.

D'un autre côté, en Amérique, dans la république, il faut s'ennuyer toute la journée à faire une cour sérieuse aux boutiquiers de la rue, et devenir aussi bête qu'eux; et là, pas d'Opéra.

La duchesse, à son lever du soir, eut un moment de vive inquiétude : on ne trouvait plus Fabrice; enfin, vers minuit, au spectacle de la cour, elle reçut une lettre de lui. Au lieu de se constituer prisonnier *à la prison de la ville*, où le comte était le maître, il était allé reprendre son ancienne chambre à la citadelle, trop heureux d'habiter à quelques pas de Clélia.

Ce fut un événement d'une immense conséquence; en ce lieu, il était exposé au poison plus que jamais. Cette folie mit la duchesse au désespoir; elle en pardonna la cause, un fol amour pour Clélia, parce que décidément dans quelques jours elle allait épouser le riche marquis Crescenzi. Cette folie rendit à Fabrice toute l'influence qu'il avait eue jadis sur l'âme de la duchesse.

C'est ce maudit papier que je suis allée faire signer qui lui donnera la mort! Que ces hommes sont fous avec leurs idées d'honneur! Comme s'il fallait songer à l'honneur dans les gouvernements absolus, dans les pays où un Rassi est ministre de la justice! Il fallait bel et bien accepter la grâce que le prince eût signée tout aussi facilement que la convocation de ce tribunal extraordinaire. Qu'importe, après tout, qu'un homme de la naissance de Fabrice soit plus ou moins accusé d'avoir tué lui-même, et l'épée au poing, un histrion tel que Giletti?

A peine le billet de Fabrice reçu, la duchesse courut chez le comte, qu'elle trouva tout pâle.

— Grand Dieu! chère amie, j'ai la main malheureuse avec cet enfant, et vous allez encore m'en vouloir. Je puis vous prouver que j'ai fait venir hier soir le geôlier de la prison de la ville; tous les jours votre neveu serait venu prendre le thé chez vous. Ce qu'il y a d'affreux, c'est qu'il est impossible à vous et à moi de dire au prince que l'on craint le poison, et le poison administré par Rassi; ce soupçon lui semblerait le comble de l'immoralité. Toutefois, si vous l'exigez, je suis prêt à monter au palais; mais je suis sûr de la réponse. Je vais vous dire plus : je vous offre un moyen que je n'emploierais pas pour moi. Depuis que j'ai le pouvoir en ce pays, je n'ai pas fait périr un seul homme, et vous savez que je suis tellement nigaud de ce côté-là, que quelquefois, à la chute du jour, je pense encore à ces deux espions que je fis fusiller un peu légèrement en Espagne. Eh bien! voulez-vous que je vous défasse de Rassi? Le danger qu'il fait courir à Fabrice est sans bornes; il tient un moyen sûr de me faire déguerpir.

Cette proposition plut extrêmement à la duchesse, mais elle ne l'adopta pas.

— Je ne veux pas, dit-elle au comte, que, dans notre retraite, sous ce beau ciel de Naples, vous ayez des idées noires le soir.

— Mais, chère amie, il me semble que nous n'avons que le choix des idées noires. Que devenez-vous, que deviens-je moi-même, si Fabrice est emporté par une maladie?

La discussion reprit de plus belle sur cette idée, et la duchesse la termina par cette phrase :

— Rassi doit la vie à ce que je vous aime mieux que Fabrice; non, je ne veux pas empoisonner toutes les soirées de la vieillesse que nous allons passer ensemble.

La duchesse courut à la forteresse; le général Fabio Conti fut enchanté d'avoir à lui opposer le texte formel des lois militaires : personne ne peut pénétrer dans une prison d'État sans un ordre signé du prince.

— Mais le marquis Crescenzi et ses musiciens viennent chaque jour à la citadelle?

— C'est que j'ai obtenu pour eux un ordre du prince.

La pauvre duchesse ne connaissait pas tous ses malheurs. Le général Fabio Conti s'était regardé comme personnellement déshonoré par la fuite de Fabrice : lorsqu'il le vit arriver à la citadelle, il n'eût pas dû le recevoir, car il n'avait aucun ordre pour cela. Mais, se dit-il, c'est le ciel qui me l'envoie pour réparer mon honneur et me sauver du ridicule qui flétrirait ma carrière militaire. Il s'agit de ne pas manquer à l'occasion : sans doute on va l'acquitter, et je n'ai que peu de jours pour me venger.

V. Foulquier inv sculp.

# XXV

L'arrivée de notre héros mit Clélia au désespoir : la pauvre fille, pieuse et sincère avec elle-même, ne pouvait se dissimuler qu'il n'y aurait jamais de bonheur pour elle loin de Fabrice ; mais elle avait fait vœu à la Madone, lors du demi-empoisonnement de son père, de faire à celui-ci le sacrifice d'épouser le marquis Crescenzi. Elle avait fait le vœu de ne jamais voir Fabrice, et déjà elle était en proie au remords les plus affreux, pour l'aveu auquel elle avait été entraînée dans la lettre qu'elle avait écrite à Fabrice la veille de sa fuite. Comment peindre ce qui se passa dans ce triste cœur lorsque, occupée mélancoliquement à voir voltiger ses oiseaux, et levant les yeux par habitude et avec tendresse vers la fenêtre de laquelle autrefois Fabrice la regardait, elle l'y vit de nouveau qui la saluait avec un tendre respect.

Elle crut à une vision que le ciel permettait pour la punir; puis l'atroce réalité apparut à sa raison. Ils l'ont repris, se dit-elle, et il est perdu! Elle se rappelait les propos tenus dans la forteresse après la fuite; les derniers des geôliers s'estimaient mortellement offensés. Clélia regarda Fabrice, et malgré elle ce regard peignit en entier la passion qui la mettait au désespoir.

Croyez-vous, semblait-elle dire à Fabrice, que je trouverai le bonheur dans ce palais somptueux qu'on prépare pour moi? Mon père me répète à satiété que vous êtes aussi pauvre que nous; mais, grand Dieu! avec quel bonheur je partagerais cette pauvreté! Mais, hélas! nous ne devons jamais nous revoir!

Clélia n'eut pas la force d'employer les alphabets : en regardant Fabrice elle se trouva mal et tomba sur une chaise à côté de la fenêtre. Sa figure reposait sur l'appui de cette fenêtre; et, comme elle avait voulu le voir jusqu'au dernier moment, son visage était tourné vers Fabrice, qui pouvait l'apercevoir en entier. Lorsqu'après quelques instants elle rouvrit les yeux, son premier regard fut pour Fabrice : elle vit des larmes dans ses yeux; mais ces larmes étaient l'effet de l'extrême bonheur; il voyait que l'absence ne l'avait point fait oublier. Les deux pauvres jeunes gens restèrent quelque temps comme enchantés dans la vue l'un de l'autre, Fabrice osa chanter, comme s'il s'accompagnait de la guitare, quelques mots improvisés et qui disaient : *C'est pour vous revoir* que je suis revenu en prison : *on va me juger*.

Ces mots semblèrent réveiller toute la vertu de Clélia : elle se leva rapidement, se cacha les yeux, et, par les gestes les plus vifs, chercha à lui exprimer qu'elle ne devait jamais le revoir; elle l'avait promis à la Madone, et venait de le regarder par oubli. Fabrice osant encore exprimer son amour, Clélia s'enfuit indignée et se jurant à elle-même que jamais elle ne le reverrait, car tels étaient les termes précis de son vœu à la Madone : *Mes yeux ne le reverront jamais*. Elle les avait inscrits dans un petit papier que son oncle Cesare lui avait permis de brûler sur l'autel au moment de l'offrande, tandis qu'il disait la messe.

Mais, malgré tous les serments, la présence de Fabrice dans la tour Farnèse avait rendu à Clélia toutes ses anciennes façons d'agir. Elle passait ordinairement toutes ses journées seule, dans sa chambre. A peine remise du trouble imprévu où l'avait jetée la vue de Fabrice, elle se mit à parcourir le palais, et pour ainsi dire à renouveler connaissance avec tous ses amis subalternes. Une vieille femme très bavarde, employée à la cuisine, lui dit d'un air de mystère : — Cette fois-ci, le seigneur Fabrice ne sortira pas de la citadelle.

— Il ne commettra plus la faute de passer par-dessus les murs, dit Clélia ; mais il sortira par la porte, s'il est acquitté.

— Je dis et je puis dire à votre excellence qu'il ne sortira que les pieds les premiers de la citadelle.

Clélia pâlit extrêmement, ce qui fut remarqué de la vieille femme, et arrêta tout court son éloquence. Elle se dit qu'elle avait commis une imprudence en parlant ainsi devant la fille du gouverneur, dont le devoir allait être de dire à tout le monde que Fabrice était mort de maladie. En remontant chez elle, Clélia rencontra le médecin de la prison, sorte d'honnête homme timide qui lui dit, d'un air tout effaré, que Fabrice était bien malade. Clélia pouvait à peine se soutenir ; elle chercha partout son oncle, le bon abbé don Cesare, et enfin le trouva à la chapelle, où il priait avec ferveur ; il avait la figure renversée. Le dîner sonna. A table, il n'y eut pas une parole d'échangée entre les deux frères ; seulement, vers la fin du repas, le général adressa quelques mots fort aigres à son frère. Celui-ci regarda les domestiques, qui sortirent.

— Mon général, dit don Cesare au gouverneur, j'ai l'honneur de vous prévenir que je vais quitter la citadelle : je donne ma démission.

— Bravo! bravissimo! pour me rendre suspect!..... Et la raison, s'il vous plaît?

— Ma conscience.

— Allez, vous n'êtes qu'un calotin! vous ne connaissez rien à l'honneur.

Fabrice est mort, se dit Clélia; on l'a empoisonné à dîner, ou c'est pour demain. Elle courut à la volière, résolue de chanter en s'accompagnant avec le piano. Je me confesserai, se dit-elle, et l'on me pardonnera d'avoir violé mon vœu pour sauver la vie d'un homme. Quelle ne fut pas sa consternation lorsque, arrivée à la volière, elle vit que les abat-jour venaient d'être remplacés par des planches attachées aux barreaux de fer! Éperdue, elle essaya de donner un avis au prisonnier par quelques mots plutôt criés que chantés. Il n'y eut de réponse d'aucune sorte; un silence de mort régnait déjà dans la tour Farnèse. Tout est consommé, se dit-elle. Elle descendit hors d'elle-même, puis remonta afin de se munir du peu d'argent qu'elle avait, et de petites boucles d'oreilles en diamants; elle prit aussi, en passant, le pain qui restait du dîner, et qui avait été placé dans un buffet. S'il vit encore, mon devoir est de le sauver. Elle s'avança d'un air hautain vers la petite porte de la tour; cette porte était ouverte, et l'on venait seulement de placer huit soldats dans la pièce aux colonnes du rez-de-chaussée. Elle regarda hardiment ces soldats; Clélia comptait adresser la parole au sergent qui devait les commander : cet homme était absent. Clélia s'élança sur le petit escalier de fer qui tournait en spirale autour d'une colonne; les soldats la regardèrent d'un air fort ébahi, mais, apparemment à cause de son châle de dentelle et de son chapeau, n'osèrent rien lui dire.

Au premier étage il n'y avait personne; mais, en arrivant au second, à l'entrée du corridor qui, si le lecteur s'en souvient, était fermé par trois portes en barreaux de fer et conduisait à la chambre de Fabrice, elle trouva un guichetier à elle inconnu, et qui lui dit d'un air effaré :

— Il n'a pas encore dîné.

— Je le sais bien, dit Clélia avec hauteur. Cet homme n'osa l'arrêter. Vingt pas plus loin, Clélia trouva assis sur la première des six marches en bois qui conduisaient à la chambre de Fabrice un autre guichetier fort âgé et fort rouge, qui lui dit résolûment :

— Mademoiselle, avez-vous un ordre du gouverneur?

— Est-ce que vous ne me connaissez pas?

Clélia, en ce moment, était animée d'une force surnaturelle, elle était hors d'elle-même. Je vais sauver mon mari, se disait-elle.

Pendant que le vieux guichetier s'écriait : Mais mon devoir ne me permet pas... Clélia montait rapidement les six marches; elle se précipita contre la porte : une clef énorme était dans la serrure; elle eut besoin de toutes ses forces pour la faire tourner. A ce moment, le vieux guichetier à demi ivre saisissait le bas de sa robe; elle entra vivement dans la chambre, referma la porte en déchirant sa robe, et comme le guichetier la poussait pour entrer après elle, elle la ferma avec un verrou qui se trouvait sous sa main. Elle regarda dans la chambre et vit Fabrice assis devant une fort petite table où était son dîner. Elle se précipita sur la table, la renversa, et, saisissant le bras de Fabrice, lui dit :

— As-tu mangé?

Ce tutoiement ravit Fabrice. Dans son trouble, Clélia oubliait pour la première fois la retenue féminine, et laissait voir son amour.

Fabrice allait commencer ce fatal repas : il la prit dans ses bras et la couvrit de baisers. Ce dîner était empoisonné, pensa-t-il : si je lui dis que je n'y ai pas touché, la religion reprend ses droits et Clélia s'enfuit. Si elle me regarde au contraire comme un mourant, j'obtiendrai d'elle qu'elle ne me quitte point. Elle désire trouver un moyen de rompre son exécrable mariage, le hasard nous le présente : les geôliers vont s'assembler, ils enfonceront la porte, et voici un esclandre tel que peut-être le marquis Crescenzi en sera effrayé, et le mariage rompu.

Pendant l'instant de silence occupé par ces réflexions, Fabrice sentit que déjà Clélia cherchait à se dégager de ses embrassements.

— Je ne sens point encore de douleurs, lui dit-il, mais bientôt elles me renverseront à tes pieds; aide-moi à mourir.

— O mon unique ami! lui dit-elle, je mourrai avec toi. Elle le serrait dans ses bras, comme par un mouvement convulsif.

Elle était si belle à demi vêtue et dans cet état d'extrême passion, que Fabrice ne put résister à un mouvement presque involontaire. Aucune résistance ne fut opposée.

Dans l'enthousiasme de passion et de générosité qui suit un bonheur extrême, il lui dit étourdiment :

— Il ne faut pas qu'un indigne mensonge vienne souiller les premiers instants de notre bonheur : sans ton courage je ne serais plus qu'un cadavre, ou je me débattrais contre d'atroces douleurs; mais j'allais commencer à dîner lorsque tu es entrée, et je n'ai point touché à ces plats.

Fabrice s'étendait sur ces images atroces pour conjurer l'indignation qu'il lisait déjà dans les yeux de Clélia. Elle le regarda quelques instants, combattue par deux sentiments violents et opposés, puis elle se jeta dans ses bras. On entendit un grand bruit dans le corridor, on ouvrait et on fermait avec violence les trois portes de fer, on parlait en criant.

— Ah! si j'avais des armes! s'écria Fabrice; on me les a fait rendre pour me permettre d'entrer. Sans doute ils viennent pour m'achever! Adieu, ma Clélia, je bénis ma mort puisqu'elle a été l'occasion de mon bonheur. Clélia l'embrassa et lui donna un petit poignard à manche d'ivoire, dont la lame n'était guère plus longue que celle d'un canif.

— Ne te laisse pas tuer, lui dit-elle, et défends-toi jusqu'au dernier moment; si mon oncle l'abbé entend le bruit, il a du courage et de la vertu, il te sauvera; je vais leur parler. En disant ces mots elle se précipita vers la porte.

— Si tu n'es pas tué, dit-elle avec exaltation, en tenant le verrou de la porte et tournant la tête de son côté, laisse-toi mourir de faim plutôt que de toucher à quoi que ce soit! Porte ce pain toujours sur toi. Le bruit s'approchait; Fabrice la saisit à bras-le-corps, prit sa place auprès de la porte, et ouvrant cette porte avec fureur, il se précipita sur l'escalier de bois de six marches. Il avait à la main le petit poignard à manche d'ivoire, et fut sur le point d'en percer le gilet du général Fontana, aide de camp du prince, qui recula bien vite, en s'écriant tout effrayé : — Mais je viens vous sauver, monsieur del Dongo!

Fabrice remonta les six marches, dit dans la

chambre : *Fontana vient me sauver ;* puis, revenant près du général sur les marches de bois, s'expliqua froidement avec lui. Il le pria fort longuement de lui pardonner un premier mouvement de colère.

— On voulait m'empoisonner ; ce dîner qui est là devant moi, est empoisonné ; j'ai eu l'esprit de ne pas y toucher, mais je vous avouerai que ce procédé m'a choqué. En vous entendant monter, j'ai cru qu'on venait m'achever à coups de dague.... Monsieur le général, je vous requiers d'ordonner que personne n'entre dans ma chambre : on ôterait le poison, et notre bon prince doit tout savoir.

Le général, fort pâle et tout interdit, transmit les ordres indiqués par Fabrice aux geôliers d'élite qui le suivaient : ces gens, tout penauds de voir le poison découvert, se hâtèrent de descendre ; ils prenaient les devants, en apparence, pour ne pas arrêter dans l'escalier si étroit l'aide de camp du prince ; et en effet pour se sauver et disparaître. Au grand étonnement du général Fontana, Fabrice s'arrêta un gros quart d'heure au petit escalier de fer autour de la colonne du rez-de-chaussée ; il voulait donner le temps à Clélia de se cacher au premier étage.

C'était la duchesse qui, après plusieurs démarches folles, était parvenue à faire envoyer le général Fontana à la citadelle ; elle y réussit par hasard. En quittant le comte Mosca aussi alarmé qu'elle, elle avait couru au palais. La princesse, qui avait une répugnance marquée pour l'énergie, qui lui semblait vulgaire, la crut folle, et ne parut pas du tout disposée à tenter en sa faveur quelque démarche insolite. La duchesse, hors d'elle-même, pleurait à chaudes larmes, elle ne savait que répéter à chaque instant :

— Mais, madame, dans un quart d'heure Fabrice sera mort par le poison!

En voyant le sang-froid parfait de la princesse, la duchesse devint folle de douleur. Elle ne fit point cette réflexion morale, qui n'eût pas échappé à une femme élevée dans une de ces religions du Nord qui admettent l'examen personnel : J'ai employé le poison la première, et je péris par le poison. En Italie, ces sortes de réflexions, dans les moments passionnés, paraissent de l'esprit fort plat, comme ferait à Paris un calembour en pareille circonstance.

La duchesse, au désespoir, hasarda d'aller dans le salon où se tenait le marquis Crescenzi, de service ce jour-là. Au retour de la duchesse à Parme, il l'avait remerciée avec effusion de la place de chevalier d'honneur à laquelle, sans elle, il n'eût jamais pu prétendre. Les protestations de dévouement sans bornes n'avaient pas manqué de sa part. La duchesse l'aborda par ces mots :

— Rassi va faire empoisonner Fabrice qui est à la citadelle. Prenez dans votre poche du chocolat et une bouteille d'eau que je vais vous donner. Montez à la citadelle, et donnez-moi la vie en disant au général Fabio Conti que vous rompez avec sa fille s'il ne vous permet pas de remettre vous-même à Fabrice cette eau et ce chocolat.

Le marquis pâlit, et sa physionomie, loin d'être animée par ces mots, peignit l'embarras le plus plat ; il ne pouvait croire à un crime si épouvantable dans une ville aussi morale que Parme, et où régnait un si grand prince, etc. ; et encore, la duchesse trouva un homme honnête, mais faible au possible et ne pouvant se déterminer à agir. Après vingt phrases semblables interrompues par les cris d'impatience de Mme Sanseverina, il tomba sur une idée excellente : le serment qu'il avait prêté comme chevalier d'honneur lui défendait de se mêler de manœuvres contre le gouvernement.

Qui pourrait se figurer l'anxiété et le désespoir de la duchesse, qui sentait que le temps volait?

— Mais, du moins, voyez le gouverneur, dites-lui que je poursuivrai jusqu'aux enfers les assassins de Fabrice!...

Le désespoir augmentait l'éloquence naturelle de la duchesse, mais tout ce feu ne faisait qu'effrayer davantage le marquis et redoubler son irrésolution ; au bout d'une heure, il était moins disposé à agir qu'au premier moment.

Cette femme malheureuse, parvenue aux dernières limites du désespoir, et sentant bien que le gouverneur ne refuserait rien à un gendre aussi riche, alla jusqu'à se jeter à ses genoux : alors la pusillanimité du marquis Crescenzi sembla augmenter encore; lui-même, à la vue de ce spectacle étrange, craignit d'être compromis sans le savoir; mais il arriva une chose singulière : le marquis, bon homme au fond, fut touché des larmes et de la position, à ses pieds, d'une femme aussi belle et surtout aussi puissante.

Moi-même, si noble et si riche, se dit-il, peut-être un jour je serai aussi aux genoux de quelque républicain! Le marquis se mit à pleurer, et enfin il fut convenu que la duchesse, en sa qualité de grande-maîtresse, le présenterait à la princesse, qui lui donnerait la permission de remettre à Fabrice un petit panier dont il déclarerait ignorer le contenu.

La veille au soir, avant que la duchesse sût la folie faite par Fabrice d'aller à la citadelle, on avait joué à la cour une comédie *dell' arte;* et le prince, qui se réservait toujours les rôles d'amoureux à jouer avec la duchesse, avait été tellement passionné en lui parlant de sa tendresse, qu'il eût été ridicule si, en Italie, un homme passionné ou un prince pouvait jamais l'être!

Le prince, fort timide, mais toujours prenant fort au sérieux les choses d'amour, rencontra dans l'un des corridors du château la duchesse qui entraînait le marquis Crescenzi, tout troublé, chez la princesse. Il fut tellement surpris et ébloui par la beauté pleine d'émotion que le désespoir donnait à la grande-maîtresse, que, pour la première fois de sa vie, il eut du caractère. D'un geste plus qu'impérieux il renvoya le marquis et se mit à faire une déclaration d'amour dans toutes les règles à la duchesse. Le prince l'avait sans doute arrangée longtemps à l'avance, car il y avait des choses assez raisonnables.

— Puisque les convenances de mon rang me défendent de me donner le suprême bonheur de vous épouser, je vous jurerai sur la sainte hostie consacrée de ne jamais me marier sans votre permission par écrit. Je sens bien, ajoutait-il, que je vous fais perdre la main d'un premier ministre, homme d'esprit et fort aimable; mais enfin il a cinquante-six ans, et moi je n'en ai pas encore vingt-deux. Je croirais vous faire injure et mériter vos refus si je vous parlais des avantages étrangers à l'amour; mais tout ce qui tient à l'argent dans ma cour parle avec admiration de la preuve d'amour que le comte vous donne, en vous laissant la dépositaire de tout ce qui lui appartient. Je serai trop heureux de l'imiter en ce point. Vous ferez un meilleur usage de ma fortune que moi-même, et vous aurez l'entière disposition de la somme annuelle que mes ministres remettent à l'intendant général de ma couronne; de façon que ce sera vous, madame la duchesse, qui déciderez des sommes que je pourrai dépenser chaque mois. La duchesse trouvait tous ces détails bien longs; les dangers de Fabrice lui perçaient le cœur.

— Mais vous ne savez donc pas, mon prince, s'écria-t-elle, qu'en ce moment on empoisonne Fabrice dans votre citadelle! Sauvez-le! je crois tout.

L'arrangement de cette phrase était d'une maladresse complète. Au seul mot de poison, tout l'abandon, toute la bonne foi que ce pauvre prince moral apportait dans cette conversation disparurent en un clin d'œil; la duchesse ne s'aperçut de cette maladresse que lorsqu'il n'était plus temps d'y remédier, et son désespoir fut augmenté, chose qu'elle croyait impossible. Si je n'eusse pas parlé de poison, se dit-elle, il m'accordait la liberté de Fabrice. O cher Fabrice! ajouta-t-elle, il est donc écrit que c'est moi qui dois te percer le cœur par mes sottises!

La duchesse eut besoin de beaucoup de temps et de coquetteries pour faire revenir le prince à ses propos d'amour passionné; mais il resta profondément effarouché. C'était son esprit seul qui parlait; son âme avait été glacée par l'idée du poison d'abord, et ensuite par cette autre idée, aussi désobligeante que la première était terrible : On administre du poison dans mes États, et cela sans me le dire! Rassi veut donc me déshonorer aux yeux de l'Europe! Et Dieu sait ce que je lirai le mois prochain dans les journaux de Paris!

Tout à coup l'âme de ce jeune homme si timide se taisant, son esprit arriva à une idée.

— Chère duchesse! vous savez si je vous suis attaché. Vos idées atroces sur le poison ne sont pas fondées, j'aime à le croire; mais enfin elles me donnent aussi à penser, elles me font presque oublier pour un instant la passion que j'ai pour vous, et qui est la seule que de ma vie j'aie éprouvée. Je sens que je ne suis pas aimable; je ne suis qu'un enfant bien amoureux; mais enfin mettez-moi à l'épreuve.

Le prince s'animait assez en tenant ce langage.

— Sauvez Fabrice, et je crois tout! Sans doute je suis entraînée par les craintes folles d'une âme de mère; mais envoyez à l'instant chercher Fabrice à la citadelle, que je le voie. S'il vit encore, envoyez-le du palais à la prison de la ville, où il restera des mois entiers, si votre altesse l'exige, et jusqu'à son jugement.

La duchesse vit avec désespoir que le prince, au lieu d'accorder d'un mot une chose aussi simple, était devenu sombre; il était fort rouge, il regardait la duchesse, puis baissait les yeux, et ses joues pâlissaient. L'idée de poison, mal à propos mise en avant, lui avait suggéré une idée digne de son père ou de Philippe II; mais il n'osait l'exprimer.

— Tenez, madame, lui dit-il enfin comme se

faisant violence, et d'un ton fort peu gracieux ; vous me méprisez comme un enfant, et de plus, comme un être sans grâces : eh bien ! je vais vous dire une chose horrible, mais qui m'est suggérée à l'instant par la passion profonde et vraie que j'ai pour vous. Si je croyais le moins du monde au poison, j'aurais déjà agi, mon devoir m'en faisait une loi ; mais je ne vois dans votre demande qu'une fantaisie passionnée, et dont peut-être, je vous demande la permission de le dire, je ne vois pas toute la portée. Vous voulez que j'agisse sans consulter mes ministres, moi qui règne depuis trois mois à peine ! vous me demandez une grande exception à ma façon d'agir ordinaire, et que je crois fort raisonnable, je l'avoue. C'est vous, madame, qui êtes ici en ce moment le souverain absolu, vous me donnez des espérances pour l'intérêt qui est tout pour moi ; mais, dans une heure, lorsque cette imagination de poison, lorsque ce cauchemar aura disparu, ma présence vous deviendra importune, vous me disgracierez, madame. Eh bien ! il me faut un serment : jurez, madame, que si Fabrice vous est rendu sain et sauf, j'obtiendrai de vous, d'ici à trois mois, tout ce que mon amour peut désirer de plus heureux ; vous assurerez le bonheur de ma vie entière en mettant à ma disposition une heure de la vôtre, et vous serez toute à moi.

En cet instant, l'horloge du château sonna deux heures. Ah ! il n'est plus temps, se dit la duchesse.

— Je le jure! s'écria-t-elle avec des yeux égarés!

Aussitôt le prince devint un autre homme; il courut à l'extrémité de la galerie où se trouvait le salon des aides de camp.

— Général Fontana, courez à la citadelle ventre à terre, montez aussi vite que possible à la chambre où l'on garde M. del Dongo, et amenez-le-moi; il faut que je lui parle dans vingt minutes, et dans quinze s'il est possible.

— Ah! général, s'écria la duchesse qui avait suivi le prince, une minute peut décider de ma vie. Un rapport faux sans doute me fait craindre le poison pour Fabrice : criez-lui, dès que vous serez à portée de la voix, de ne pas manger. S'il a touché à son repas, faites-le vomir, dites-lui que c'est moi qui le veux, employez la force s'il le faut; dites-lui que je vous suis de bien près, et croyez-moi votre obligée pour la vie.

— Madame la duchesse, mon cheval est sellé, je passe pour savoir manier un cheval, et je cours ventre à terre, je serai à la citadelle huit minutes avant vous.

— Et moi, madame la duchesse, s'écria le prince, je vous demande quatre de ces huit minutes.

L'aide de camp avait disparu; c'était un homme qui n'avait pas d'autre mérite que celui de monter à cheval. A peine eut-il refermé la porte, que le jeune prince, qui semblait avoir du caractère, saisit la main de la duchesse.

— Daignez, madame, lui dit-il avec passion, venir avec moi à la chapelle. La duchesse, interdite pour la première fois de sa vie, le suivit sans mot dire. Le prince et elle parcoururent en courant toute la longueur de la grande galerie du palais, la chapelle se trouvant à l'extrémité. Entré dans la chapelle, le prince se mit à genoux, presque autant devant la duchesse que devant l'autel.

— Répétez le serment, dit-il avec passion; si vous aviez été juste, si cette malheureuse qualité de prince ne m'eût pas nui, vous m'eussiez accordé par pitié pour mon amour ce que vous me devez maintenant parce que vous l'avez juré.

— Si je revois Fabrice non empoisonné, s'il vit encore dans huit jours, si son altesse le nomme coadjuteur avec future succession de l'archevêque Landriani, mon honneur, ma dignité de femme, tout par moi sera foulé aux pieds, et je serai à son altesse.

— Mais, *chère amie*, dit le prince avec une timide anxiété et une tendresse mélangées et bien plaisantes, je crains quelque embûche que je ne comprends pas, et qui pourrait détruire mon bonheur; j'en mourrais. Si l'archevêque m'oppose quelqu'une de ces raisons ecclésiastiques qui font durer les affaires des années entières, qu'est-ce que je deviens? Vous voyez que j'agis avec une entière bonne foi, allez-vous être avec moi un petit jésuite?

— Non : de bonne foi, si Fabrice est sauvé, si, de tout votre pouvoir, vous le faites coadjuteur et futur archevêque, je me déshonore et je suis à vous. Votre altesse s'engage à mettre *approuvé* en marge d'une demande que monseigneur l'archevêque vous présentera d'ici à huit jours.

— Je vous signe un papier en blanc, régnez sur moi et sur mes États! s'écria le prince rougissant de bonheur et réellement hors de lui. Il exigea un second serment. Il était tellement ému, qu'il en oubliait la timidité qui lui était si naturelle, et, dans cette chapelle du palais où ils étaient seuls, il dit à voix basse à la duchesse des choses qui, dites trois jours auparavant, auraient changé l'opinion qu'elle avait de lui. Mais chez elle le désespoir que lui causait le danger de Fabrice avait fait place à l'horreur de la promesse qu'on lui avait arrachée.

La duchesse était bouleversée de ce qu'elle venait de faire. Si elle ne sentait pas encore toute l'affreuse amertume du mot prononcé, c'est que son attention était occupée à savoir si le général Fontana pourrait arriver à temps à la citadelle.

Pour se délivrer des propos follement tendres de cet enfant et changer un peu le discours, elle loua un tableau célèbre du Parmesan, qui était au maître-autel de cette chapelle.

— Soyez assez bonne pour me permettre de vous l'envoyer, dit le prince.

— J'accepte, reprit la duchesse; mais souffrez que je coure au-devant de Fabrice.

D'un air égaré elle dit à son cocher de mettre ses chevaux au galop. Elle trouva sur le pont du fossé de la citadelle le général Fontana et Fabrice, qui sortaient à pied.

— As-tu mangé?

— Non, par miracle.

La duchesse se jeta au cou de Fabrice, et tomba dans un évanouissement qui dura une heure et donna des craintes d'abord pour sa vie, et ensuite pour sa raison.

Le gouverneur Fabio Conti avait pâli de colère à la vue du général Fontana : il avait apporté de telles lenteurs à obéir à l'ordre du prince, que l'aide de camp, qui supposait que la duchesse allait occuper la place de maîtresse régnante, avait fini par se fâcher. Le gouverneur comptait faire durer la maladie de Fabrice deux ou trois jours, et voilà, se disait-il, que le général, un homme de la cour, va trouver cet insolent se débattant dans les douleurs qui me vengent de sa fuite.

Fabio Conti, tout pensif, s'arrêta dans le corps-de-garde du rez-de-chaussée de la tour Farnèse, d'où il se hâta de renvoyer les soldats; il ne voulait pas de témoins à la scène qui se préparait.

Cinq minutes après il fut pétrifié d'étonnement en entendant parler Fabrice, et le voyant, vif et alerte, faire au général Fontana la description de la prison. Il disparut.

Fabrice se montra un parfait *gentleman* dans son entrevue avec le prince. D'abord il ne voulut point avoir l'air d'un enfant qui s'effraie à propos de rien. Le prince lui demandant avec bonté comment il se trouvait : — Comme un homme, altesse sérénissime, qui meurt de faim, n'ayant par bonheur ni déjeuné ni dîné. Après avoir eu l'honneur de remercier le prince, il sollicita la permission de voir l'archevêque avant de se rendre à la prison de la ville. Le prince était devenu prodigieusement pâle, lorsque arriva dans sa tête d'enfant l'idée que le poison n'était point tout à fait une chimère de l'imagination de la duchesse. Absorbé dans cette cruelle pensée, il ne répondit pas d'abord à la demande de voir l'archevêque, que Fabrice lui adressait; puis il se crut obligé de réparer sa distraction par beaucoup de grâces.

— Sortez seul, monsieur, allez dans les rues de ma capitale sans aucune garde. Vers les dix ou onze heures vous vous rendrez en prison, où j'ai l'espoir que vous ne resterez pas longtemps.

Le lendemain de cette grande journée, la plus remarquable de sa vie, le prince se croyait un petit Napoléon; il avait lu que ce grand homme avait été bien traité par plusieurs des jolies femmes de sa cour. Une fois Napoléon par les bonnes fortunes, il se rappela qu'il l'avait été devant les balles. Son cœur était encore tout transporté de la fermeté de sa conduite avec la duchesse. La conscience d'avoir fait quelque chose de difficile en fit un tout autre homme pendant quinze jours; il devint sensible aux raisonnements généreux; il eut quelque caractère.

Il débuta ce jour-là par brûler la patente de comte dressée en faveur de Rassi, qui était sur son bureau depuis un mois. Il destitua le général Fabio Conti, et demanda au colonel Lange, son successeur, la vérité sur le poison. Lange, brave militaire polonais, fit peur aux geôliers, et dit au prince qu'on avait voulu empoisonner le déjeuner de M. del Dongo; mais il eût fallu mettre dans la confidence un trop grand nombre de personnes. Les mesures furent mieux prises pour le dîner; et, sans l'arrivée du général Fontana, M. del Dongo était perdu. Le prince fut consterné; mais, comme il était réellement fort amoureux, ce fut une consolation pour lui de pouvoir se dire : Il se trouve que j'ai réellement sauvé la vie à M. del Dongo, et la duchesse n'osera pas manquer à la parole qu'elle m'a donnée. Il arriva à une autre idée : Mon métier est bien plus difficile que je ne le pensais; tout le monde convient que la duchesse a infiniment d'esprit : la politique est ici d'accord avec mon cœur. Il serait divin pour moi qu'elle voulût être mon premier ministre.

Le soir, le prince était tellement irrité des horreurs qu'il avait découvertes, qu'il ne voulut pas se mêler de la comédie.

— Je serais trop heureux, dit-il à la duchesse, si vous vouliez régner sur mes États comme vous régnez sur mon cœur. Pour commencer, je vais vous dire l'emploi de ma journée. Alors il lui conta tout fort exactement : la brûlure de la patente de comte de Rassi, la nomination de Lange, son rapport sur l'empoisonnement, etc., etc. Je me trouve bien peu d'expérience pour régner. Le comte m'humilie par ses plaisanteries, il plaisante même au conseil, et, dans le monde, il tient des propos dont vous allez contester la vérité; il dit que je suis un enfant qu'il mène où il veut. Pour être prince, madame, on n'en est pas moins homme, et ces choses-là fâchent. Afin de donner de l'invraisemblance aux histoires que peut faire M. Mosca, l'on m'a fait appeler au ministère ce dangereux coquin Rassi, et voilà ce général Conti qui le croit encore tellement puissant, qu'il n'ose avouer que c'est lui ou la Raversi qui l'ont engagé à faire périr votre neveu; j'ai bonne envie de renvoyer tout simplement par-devant les tribunaux le général Fabio Conti; les juges verront s'il est coupable de tentative d'empoisonnement.

— Mais, mon prince, avez-vous des juges?

— Comment! dit le prince étonné.

— Vous avez des jurisconsultes savants et qui marchent dans la rue d'un air grave; du reste, ils jugeront toujours comme il plaira au parti dominant votre cour.

Pendant que le jeune prince, scandalisé, prononçait des phrases qui montraient sa candeur bien plus que sa sagacité, la duchesse se disait :

— Me convient-il bien de laisser déshonorer Conti? Non, certainement, car alors le mariage de sa fille avec ce plat honnête homme de marquis Crescenzi devient impossible.

Sur ce sujet, il y eut un dialogue infini entre la duchesse et le prince. Le prince fut ébloui d'admiration. En faveur du mariage de Clélia Conti avec le marquis Crescenzi, mais avec cette condition expresse, par lui déclarée avec colère à l'ex-gouverneur, il lui fit grâce sur sa tentative d'empoisonnement; mais, par l'avis de la duchesse, il l'exila jusqu'à l'époque du mariage de sa fille. La duchesse croyait n'aimer plus Fabrice d'amour, mais elle désirait encore passionnément le mariage de Clélia Conti avec le marquis ; il y avait là le vague espoir que peu à peu elle verrait disparaître la préoccupation de Fabrice.

Le prince, transporté de bonheur, voulait, ce soir-là, destituer avec scandale le ministre Rassi. La duchesse lui dit en riant :

— Savez-vous un mot de Napoléon? Un homme

placé dans un lieu élevé, et que tout le monde regarde, ne doit point se permettre de mouvements violents. Mais ce soir il est trop tard, renvoyons les affaires à demain.

Elle voulait se donner le temps de consulter le comte, auquel elle raconta fort exactement tout le dialogue de la soirée, en supprimant, toutefois, les fréquentes allusions faites par le prince à une promesse qui empoisonnait sa vie. La duchesse se flattait de se rendre tellement nécessaire, qu'elle pourrait obtenir un ajournement indéfini en disant au prince : Si vous avez la barbarie de vouloir me soumettre à cette humiliation, que je ne vous pardonnerais point, le lendemain je quitte vos États.

Consulté par la duchesse sur le sort de Rassi, le comte se montra très philosophe. Le général Fabio Conti et lui allèrent voyager en Piémont.

Une singulière difficulté s'éleva pour le procès de Fabrice : les juges voulaient l'acquitter par acclamation, et dès la première séance. Le comte eut besoin d'employer la menace pour que le procès durât au moins huit jours, et que les juges se donnassent la peine d'entendre tous les témoins. Ces gens sont toujours les mêmes, se dit-il.

Le lendemain de son acquittement, Fabrice del Dongo prit enfin possession de la place de grand-vicaire du bon archevêque Landriani. Le même jour, le prince signa les dépêches nécessaires pour obtenir que Fabrice fût nommé coadjuteur avec future succession, et moins de deux mois après, il fut installé dans cette place.

Tout le monde faisait compliment à la duchesse sur l'air grave de son neveu; le fait est qu'il était au désespoir. Dès le lendemain de sa délivrance, suivie de la destitution et de l'exil du général Fabio Conti, et de la haute faveur de la duchesse, Clélia avait pris refuge chez la comtesse Contarini, sa tante, femme fort riche, fort âgée, et uniquement occupée des soins de sa santé. Clélia eût pu voir Fabrice : mais quelqu'un qui eût connu ses engagements antérieurs, et qui l'eût vue agir maintenant, eût pu penser qu'avec les dangers de son amant son amour pour lui avait cessé. Non-seulement Fabrice passait le plus souvent qu'il le pouvait décemment devant le palais Contarini, mais encore il avait réussi, après des peines infinies, à louer un petit appartement vis-à-vis les fenêtres du premier étage. Une fois, Clélia s'étant mise à la fenêtre à l'étourdie, pour voir passer une procession, se retira à l'instant, et comme frappée de terreur; elle avait aperçu Fabrice, vêtu de noir, mais comme un ouvrier fort pauvre, qui la regardait d'une des fenêtres de ce taudis qui avait des vitres de papier huilé, comme sa chambre à la tour Farnèse. Fabrice eût bien voulu pouvoir se persuader que Clélia le fuyait par suite de la disgrâce de son père, que la voix publique attribuait à la duchesse; mais il connaissait trop une autre cause à cet éloignement, et rien ne pouvait le distraire de sa mélancolie.

Il n'avait été sensible ni à son acquittement, ni à son installation dans de belles fonctions, les premières qu'il eût eu à remplir dans sa vie, ni à sa belle position dans le monde, ni enfin à la cour assidue que lui faisaient tous les ecclésiastiques et tous les dévots du diocèse. Le charmant appartement qu'il avait au palais Sanseverina ne se trouva plus suffisant. A son extrême plaisir, la duchesse fut obligée de lui céder tout le second étage de son palais et deux beaux salons au premier, lesquels étaient toujours remplis de personnages attendant l'instant de faire leur cour au jeune coadjuteur. La clause de future succession avait produit un effet surprenant dans le pays; on faisait maintenant des vertus à Fabrice de toutes ces qualités fermes de son caractère, qui autrefois scandalisaient si fort les courtisans pauvres et nigauds.

Ce fut une grande leçon de philosophie pour Fabrice que de se trouver parfaitement insensible à tous ces honneurs, et beaucoup plus malheureux dans cet appartement magnifique, avec dix laquais portant sa livrée, qu'il n'avait été dans sa chambre de bois de la tour Farnèse, environné de hideux geôliers, et craignant toujours pour sa vie. Sa mère et sa sœur, la duchesse V***, qui vinrent à Parme pour le voir dans sa gloire, furent frappées de sa profonde tristesse. La marquise del Dongo, maintenant la moins romanesque des femmes, en fut si profondément alarmée qu'elle crut qu'à la tour Farnèse on lui avait fait prendre quelque poison lent. Malgré son extrême discrétion, elle crut devoir lui parler de cette tristesse si extraordinaire, et Fabrice ne répondit que par des larmes.

Une foule d'avantages, conséquence de sa brillante position, ne produisaient chez lui d'autre effet que de lui donner de l'humeur. Son frère, cette âme vaniteuse et gangrenée par le plus vil égoïsme, lui écrivit une lettre de congratulation presque officielle, et à cette lettre était joint un mandat de 50,000 francs, afin qu'il pût, disait le nouveau marquis, acheter des chevaux et une voiture dignes de son nom. Fabrice envoya cette somme à sa sœur cadette, mal mariée.

Le comte Mosca avait fait faire une belle traduction, en italien, de la généalogie de la famille Valserra del Dongo, publiée jadis en latin par l'archevêque de Parme, Fabrice. Il la fit imprimer magnifiquement avec le texte latin en regard ; les gravures avaient été traduites par de superbes lithographies faites à Paris. La duchesse avait voulu qu'un beau portrait de Fabrice fût placé vis-à-vis celui de l'ancien archevêque. Cette traduction fut publiée comme étant l'ouvrage de

Fabrice pendant sa première détention. Mais tout était anéanti chez notre héros, même la vanité si naturelle à l'homme; il ne daigna pas lire une seule page de cet ouvrage qui lui était attribué. Sa position dans le monde lui fit une obligation d'en présenter un exemplaire magnifiquement relié au prince, qui crut lui devoir un dédommagement pour la mort cruelle dont il avait été si près, et lui accorda les grandes entrées de sa chambre, faveur qui donne l'*excellence*[1].

1. 4. 9. 38. 26 x. 38. fir. s. 6. f. last 26 m. 39. 3 Ri d. f. g D, ha. s. so. p.

V. Foulquier inv. sculp

# XXVI

Les seuls instants pendant lesquels Fabrice eût quelque chance de sortir de sa profonde tristesse, étaient ceux qu'il passait caché derrière un carreau de vitre, par lequel il avait fait remplacer un carreau de papier huilé à la fenêtre de son appartement vis-à-vis le palais Contarini, où, comme on sait, Clélia s'était réfugiée ; le petit nombre de fois qu'il l'avait vue depuis qu'il était sorti de la citadelle, il avait été profondément affligé d'un changement frappant, et qui lui semblait du plus mauvais augure. Depuis sa faute, la physionomie de Clélia avait pris un caractère de noblesse et de sérieux vraiment remarquable; on eût dit qu'elle avait trente ans. Dans ce changement si extraordinaire, Fabrice aperçut le reflet de quelque ferme résolution. A chaque instant de la journée, se disait-il, elle se jure à elle-même d'être fidèle au vœu qu'elle a fait à la Madone, et de ne jamais me revoir.

Fabrice ne devinait qu'en partie les malheurs de Clélia; elle savait que son père, tombé dans une profonde disgrâce, ne pouvait rentrer à Parme et reparaître à la cour (chose sans laquelle la vie était impossible pour lui); que le jour de son mariage avec le marquis Crescenzi, elle écrivit à son père qu'elle désirait ce mariage. Le général était alors réfugié à Turin, et malade de chagrin. A la vérité, le contre-coup de cette grande résolution avait été de la vieillir de dix ans.

Elle avait fort bien découvert que Fabrice avait une fenêtre vis-à-vis le palais Contarini; mais elle n'avait eu le malheur de le regarder qu'une fois; dès qu'elle apercevait un air de tête ou une tournure d'homme ressemblant un peu à la sienne, elle fermait les yeux à l'instant. Sa piété profonde et sa confiance dans le secours de la Madone étaient désormais ses seules ressources. Elle avait la douleur de ne pas avoir d'estime pour son père; le caractère de son futur mari lui semblait parfaitement plat et à la hauteur des façons de sentir du grand monde; enfin, elle adorait un homme qu'elle ne devait jamais revoir, et qui pourtant avait des droits sur elle. Cet ensemble de destinée lui semblait le malheur parfait, et nous avouerons qu'elle avait raison. Il eût fallu, après son mariage, aller vivre à deux cents lieues de Parme.

Fabrice connaissait la profonde modestie de Clélia; il savait combien toute entreprise extraordinaire, et pouvant faire anecdote, si elle était découverte, était assurée de lui déplaire. Toutefois, poussé à bout par l'excès de sa mélancolie et par ces regards de Clélia qui constamment se détournaient de lui, il osa essayer de gagner deux domestiques de Mme Contarini, sa tante. Un jour, à la tombée de la nuit, Fabrice, habillé comme un bourgeois de campagne, se présenta à la porte du palais, où l'attendait l'un des domestiques gagnés par lui; il s'annonça comme arrivant de Turin, et ayant pour Clélia des lettres de son père. Le domestique alla porter son message, et le fit monter dans une immense antichambre, au premier étage du palais. C'est en ce lieu que Fabrice passa peut-être le quart d'heure de sa vie le plus rempli d'anxiété. Si Clélia le repoussait, il n'y avait plus pour lui d'espoir de tranquillité. Afin de couper court aux soins importuns dont m'accable ma nouvelle dignité, j'ôterai à l'Église un mauvais prêtre, et, sous un nom supposé, j'irai me réfugier dans quelque chartreuse. Enfin, le domestique vint lui annoncer que Mlle Clélia Conti était disposée à le recevoir. Le courage manqua tout à fait à notre héros; il fut sur le point de tomber de peur en montant l'escalier du second étage.

Clélia était assise devant une petite table qui portait une seule bougie. A peine elle eut reconnu Fabrice sous son déguisement, qu'elle prit la fuite et alla se cacher au fond du salon.

— Voilà comment vous êtes soigneux de mon salut, lui cria-t-elle, en se cachant la figure avec les mains. Vous le savez pourtant, lorsque mon père fut sur le point de périr par suite du poison, je fis vœu à la Madone de ne jamais vous voir. Je n'ai manqué à ce vœu que ce jour, le plus malheureux de ma vie, où je crus en conscience devoir vous soustraire à la mort. C'est déjà beaucoup que, par une interprétation forcée et sans doute criminelle, je consente à vous entendre.

Cette dernière phrase étonna tellement Fabrice, qu'il lui fallut quelques secondes pour s'en réjouir. Il s'était attendu à la plus vive colère et à voir Clélia s'enfuir; enfin la présence d'esprit lui revint, et il éteignit la bougie unique. Quoiqu'il crût avoir bien compris les ordres de Clélia, il était tout tremblant en avançant vers le fond du salon où elle s'était réfugiée derrière un canapé; il ne savait s'il ne l'offenserait pas en lui baisant la main; elle était toute tremblante d'amour, et se jeta dans ses bras.

— Cher Fabrice, lui dit-elle, combien tu as tardé de temps à venir! je ne puis te parler qu'un instant, car c'est sans doute un grand péché; et lorsque je promis de ne te voir jamais, sans doute j'entendais aussi promettre de ne te point parler. Mais comment as-tu pu poursuivre avec tant de barbarie l'idée de vengeance qu'a eue mon pauvre père? car enfin c'est lui d'abord qui a été presque empoisonné pour faciliter ta fuite. Ne devais-tu pas faire quelque chose pour moi qui ai tant exposé ma bonne renommée afin de te sauver? Et d'ailleurs te voilà tout à fait lié aux ordres sacrés; tu ne pourrais plus m'épouser quand même je trouverais un moyen d'éloigner cet odieux marquis. Et puis comment as-tu osé, le soir de la procession, prétendre me voir en plein jour, et violer ainsi, de la façon la plus criante, la sainte promesse que j'ai faite à la Madone?

Fabrice la serrait dans ses bras, hors de lui de surprise et de bonheur.

Un entretien qui commençait avec cette quantité de choses à se dire ne devait pas finir de longtemps. Fabrice lui raconta l'exacte vérité sur l'exil de son père; la duchesse ne s'en était mêlée en aucune sorte, par la grande raison qu'elle n'avait pas cru un seul instant que l'idée du poison appartînt au général Conti; elle avait toujours pensé que c'était un trait d'esprit de la faction Raversi, qui voulait chasser le comte Mosca. Cette vérité historique, longuement développée, rendit Clélia fort heureuse; elle était désolée de devoir haïr quelqu'un qui appartenait à Fabrice. Maintenant elle ne voyait plus la duchesse d'un œil jaloux.

Le bonheur que cette soirée établit ne dura que quelques jours.

L'excellent don Cesare arriva de Turin; et, puisant de la hardiesse dans la parfaite honnêteté de son cœur, il osa se faire présenter à la duchesse. Après lui avoir demandé sa parole de ne point abuser de la confidence qu'il allait lui faire, il avoua que son frère, abusé par un faux point d'honneur, et qui s'était cru bravé et perdu dans l'opinion par la fuite de Fabrice, avait cru devoir se venger.

Don Cesare n'avait pas parlé deux minutes, que son procès était gagné : sa vertu parfaite avait touché la duchesse, qui n'était point accoutumée à un tel spectacle. Il lui plut comme nouveauté.

— Hâtez le mariage de la fille du général avec le marquis Crescenzi, et je vous donne ma parole que je ferai tout ce qui est en moi pour que le général soit reçu comme s'il revenait de voyage. Je l'inviterai à dîner; êtes-vous content? sans doute il y aura du froid dans les commencements, et le général ne devra point se hâter de demander sa place de gouverneur de la citadelle. Mais vous savez que j'ai de l'amitié pour le marquis, et je ne conserverai point de rancune contre son beau-père.

Armé de ces paroles, don Cesare vint dire à sa nièce qu'elle tenait en ses mains la vie de son père, malade de désespoir. Depuis plusieurs mois il n'avait paru à aucune cour.

Clélia voulut aller voir son père, réfugié, sous un nom supposé, dans un village près de Turin; car il s'était figuré que la cour de Parme demandait son extradition à celle de Turin, pour le mettre en jugement. Elle le trouva malade et presque fou. Le soir même elle écrivit à Fabrice une lettre d'éternelle rupture. En recevant cette lettre, Fabrice, qui développait un caractère tout à fait semblable à celui de sa maîtresse, alla se mettre en retraite au couvent de Velleja, situé dans les montagnes, à dix lieues de Parme. Clélia lui écrivait une lettre de dix pages : elle lui avait juré jadis de ne jamais épouser le marquis sans son consentement; maintenant elle le lui demandait, et Fabrice le lui accorda du fond de sa retraite de Velleja, par une lettre remplie de l'amitié la plus pure.

En recevant cette lettre dont, il faut l'avouer, l'amitié l'irrita, Clélia fixa elle-même le jour de son mariage, dont les fêtes vinrent encore augmenter l'éclat dont brilla cet hiver la cour de Parme.

Ranuce-Ernest V était avare au fond; mais il était éperdument amoureux, et il espérait fixer la duchesse à sa cour : il pria sa mère d'accepter une somme fort considérable, et de donner des fêtes. La grande-maîtresse sut tirer un admirable parti de cette augmentation de richesses; les fêtes de Parme, cet hiver-là, rappelèrent les beaux jours de la cour de Milan et de cet aimable prince Eugène, vice-roi d'Italie, dont la bonté laisse un si long souvenir.

Les devoirs du coadjuteur l'avaient rappelé à Parme; mais il déclara que, par des motifs de piété, il continuerait sa retraite dans le petit appartement que son protecteur, monsignor Landriani, l'avait forcé de prendre à l'archevêché; et il alla s'y enfermer, suivi d'un seul domestique. Ainsi il n'assista à aucune des fêtes si brillantes de la cour, ce qui lui valut à Parme et dans son futur diocèse une immense réputation de sainteté. Par un effet inattendu de cette retraite qu'inspirait seule à Fabrice sa tristesse profonde et sans espoir, le bon archevêque Landriani, qui l'avait toujours aimé, et qui, dans le fait, avait eu l'idée de le faire coadjuteur, conçut contre lui un peu de jalousie. L'archevêque croyait avec raison devoir aller à toutes les fêtes de la cour, comme il est d'usage en Italie. Dans ces occasions, il portait son costume de grande cérémonie, qui, à peu de chose près, est le même que celui qu'on lui voyait dans le chœur de la cathédrale. Les centaines de domestiques réunis dans l'antichambre en colonnade du palais ne manquaient pas de se lever et de demander sa bénédiction à monseigneur, qui voulait bien s'arrêter et la leur donner. Ce fut dans un de ces moments de silence solennel que monseigneur Landriani entendit une voix qui disait : Notre archevêque va au bal, et monsignor del Dongo ne sort pas de sa chambre!

De ce moment prit fin à l'archevêché l'immense faveur dont Fabrice y avait joui; mais il pouvait voler de ses propres ailes. Toute cette conduite, qui n'avait été inspirée que par le désespoir où le plongeait le mariage de Clélia, passa pour l'effet d'une piété simple et sublime, et les dévotes lisaient comme un livre d'édification la traduction de la généalogie de sa famille, où perçait la vanité la plus folle. Les libraires firent une édition lithographiée de son portrait, qui fut enlevée en quelques jours, et surtout par les gens du peuple; le graveur, par ignorance, avait reproduit autour du portrait de Fabrice plusieurs des ornements qui ne doivent se trouver qu'aux portraits des évêques, et auxquels un coadjuteur ne saurait prétendre. L'archevêque vit un de ces portraits, et sa fureur ne connut plus de bornes; il fit appeler Fabrice, et lui adressa les choses les plus dures, et dans des termes que la passion rendit quelquefois fort grossiers. Fabrice n'eut aucun effort à faire, comme on le pense bien, pour se conduire comme l'eût fait Fénelon en pareille occurrence; il écouta l'archevêque avec toute l'humilité et tout le respect possibles; et, lorsque ce prélat eut cessé de parler, il lui raconta toute l'histoire de la traduction de cette généalogie faite par les ordres du comte Mosca, à l'époque de sa première prison. Elle avait été publiée dans des fins mondaines, et qui toujours lui avaient semblé peu convenables pour un homme de son état. Quant au portrait, il avait été parfaitement étranger à la seconde édition, comme à la première; et le libraire lui ayant adressé à l'archevêché, pendant sa retraite, vingt-quatre exemplaires de cette seconde édition, il avait envoyé son domestique en acheter un vingt-cinquième; et, ayant appris par ce moyen que ce portrait se vendait 30 sous, il avait envoyé 100 francs comme paiement des vingt-quatre exemplaires.

Toutes ces raisons, quoique exposées du ton le plus raisonnable par un homme qui avait bien d'autres chagrins dans le cœur, portèrent jusqu'à l'égarement la colère de l'archevêque; il alla jusqu'à accuser Fabrice d'hypocrisie.

— Voilà ce que c'est que les gens du commun, se dit Fabrice, même quand ils ont de l'esprit!

Il avait alors un souci plus sérieux; c'étaient les lettres de sa tante, qui exigeait absolument qu'il vînt reprendre son appartement au palais Sanseverina, ou que du moins il vînt la voir quelquefois. Là, Fabrice était certain d'entendre parler des fêtes splendides données par le marquis Crescenzi à l'occasion de son mariage : or, c'est ce qu'il n'était pas sûr de pouvoir supporter sans se donner en spectacle.

Lorsque la cérémonie du mariage eut lieu, il y avait huit jours entiers que Fabrice s'était voué au silence le plus complet, après avoir ordonné à son domestique et aux gens de l'archevêché avec lesquels il avait des rapports de ne jamais lui adresser la parole.

Monsignor Landriani, ayant appris cette nouvelle affectation, fit appeler Fabrice beaucoup plus souvent qu'à l'ordinaire, et voulut avoir avec lui de fort longues conversations; il l'obligea même à des conférences avec certains chanoines de campagne, qui prétendaient que l'archevêché avait agi contre leurs priviléges. Fabrice prit toutes ces choses avec l'indifférence parfaite d'un homme qui a d'autres pensées. Il vaudrait mieux pour moi, pensait-il, me faire chartreux; je souffrirais moins dans les rochers de Velleja.

Il alla voir sa tante, et ne put retenir ses larmes en l'embrassant. Elle le trouva tellement changé, ses yeux, encore agrandis par l'extrême maigreur, avaient tellement l'air de lui sortir de la tête, et lui-même avait une apparence tellement chétive et malheureuse, avec son petit habit noir et râpé de simple prêtre, qu'à ce premier abord la duchesse, elle aussi, ne put retenir ses larmes; mais un instant après, lorsqu'elle se fut dit que tout ce changement dans l'apparence de ce beau jeune homme était causé par le mariage de Clélia, elle eut des sentiments presque égaux en véhémence à ceux de l'archevêque, quoique plus habilement contenus. Elle eut la barbarie de parler longuement de certains détails pittoresques qui avaient signalé les fêtes charmantes données par le marquis de Crescenzi. Fabrice ne répondait pas; mais ses yeux se fermèrent un peu par un mouvement convulsif, et il devint encore plus pâle qu'il ne l'était, ce qui d'abord eût semblé impossible. Dans ces moments de vive douleur, sa pâleur prenait une teinte verte.

Le comte Mosca survint, et ce qu'il voyait, et qui lui semblait incroyable, le guérit enfin tout à fait de la jalousie que jamais Fabrice n'avait cessé de lui inspirer. Cet homme habile employa les tournures les plus délicates et les plus ingénieuses pour chercher à redonner à Fabrice quelque intérêt pour les choses de ce monde. Le comte avait toujours eu pour lui beaucoup d'estime et assez d'amitié; cette amitié, n'étant plus contre-balancée par la jalousie, devint en ce moment presque dévouée. En effet, il a bien acheté sa belle fortune, se disait-il en récapitulant ses malheurs. Sous prétexte de lui faire voir le tableau du Parmesan que le prince avait envoyé à la duchesse, le comte prit à part Fabrice :

— Ah çà, mon ami, parlons en hommes : puis-je vous être bon à quelque chose? Vous ne devez point redouter de questions de ma part; mais enfin l'argent peut-il vous être utile, le pouvoir peut-il vous servir? Parlez, je suis à vos ordres : si vous aimez mieux écrire, écrivez-moi.

Fabrice l'embrassa tendrement et parla du tableau.

— Votre conduite est le chef-d'œuvre de la plus fine politique, lui dit le comte en revenant au ton léger de la conversation; vous vous ménagez un avenir fort agréable : le prince vous respecte, le peuple vous vénère, votre petit habit noir râpé fait passer de mauvaises nuits à monsignor Landriani. J'ai quelque habitude des affaires, et je puis vous jurer que je ne saurais quel conseil vous donner pour perfectionner ce que je vois. Votre premier pas dans le monde à vingt-cinq ans vous fait atteindre à la perfection. On parle beaucoup de vous à la cour; et savez-vous à quoi vous devez cette distinction unique à votre âge? au petit habit noir râpé. La duchesse et moi nous disposons, comme vous le savez, de l'ancienne maison de Pétrarque sur cette belle colline au milieu de la forêt, aux environs du Pô : si jamais vous êtes las des petits mauvais procédés de l'envie, j'ai pensé que vous pourriez être le successeur de Pétrarque dont le renom augmentera le vôtre. Le comte se mettait l'esprit à la torture pour faire naître un sourire sur cette figure d'anachorète, mais il n'y put parvenir. Ce qui rendait le changement plus frappant, c'est qu'avant ces derniers temps, si la figure de Fabrice avait un défaut, c'était de présenter quelquefois, hors de propos, l'expression de la volupté et de la gaîté.

Le comte ne le laissa point partir sans lui dire que, malgré son état de retraite, il y aurait peut-être de l'affectation à ne pas paraître à la cour le samedi suivant; c'était le jour de naissance de la princesse. Ce mot fut un coup de poignard pour Fabrice. Grand Dieu! pensa-t-il, que suis-je venu faire dans ce palais! Il ne pouvait penser sans frémir à la rencontre qu'il pouvait faire à la cour. Cette idée absorba toutes les autres; il pensa que l'unique ressource qui lui restât était d'arriver au palais au moment précis où l'on ouvrirait les portes des salons.

En effet, le nom de monsignor del Dongo fut un des premiers annoncés à la soirée de grand gala, et la princesse le reçut avec toute la distinction possible. Les yeux de Fabrice étaient fixés sur la pendule, et, à l'instant où elle marqua la vingtième minute de sa présence dans ce salon, il se levait pour prendre congé, lorsque le prince entra chez sa mère. Après lui avoir fait la cour quelques instants, Fabrice se rapprochait de la porte par une savante manœuvre, lorsque vint éclater à ses dépens un de ces petits riens de cour que la grande-maîtresse savait si bien ménager : le chambellan de service lui courut après pour lui dire qu'il avait été désigné pour faire le whist du prince. A Parme, c'est un honneur insigne et bien au-dessus du rang que le coadjuteur occupait dans le monde. Faire le whist était un honneur marqué même pour l'archevêque. A la parole du chambellan, Fabrice se sentit percer le cœur, et quoique ennemi mortel de toute scène publique, il fut sur le point d'aller lui dire qu'il avait été saisi d'un étourdissement subit; mais il pensa qu'il serait en butte à des questions et des compliments de condoléance, plus intolérables encore que le jeu. Ce jour-là il avait horreur de parler.

Heureusement le général des Frères mineurs se trouvait au nombre des grands personnages qui étaient venus faire leur cour à la princesse. Ce moine, fort savant, digne émule des Fontana et des Duvoisin, s'était placé dans un coin reculé du salon : Fabrice prit poste debout devant lui, de façon à ne point apercevoir la porte d'entrée, et lui parla théologie. Mais il ne put faire que son oreille n'entendît pas annoncer M. le marquis et Mme la marquise Crescenzi. Fabrice, contre son attente, éprouva un violent mouvement de colère.

— Si j'étais *Borso Valserra*, se dit-il (c'était un des généraux du premier Sforce), j'irais poignarder ce lourd marquis, précisément avec ce petit poignard à manche d'ivoire que Clélia me donna ce jour heureux, et je lui apprendrais s'il doit avoir l'insolence de se présenter avec cette marquise dans un lieu où je suis!

Sa physionomie changea tellement, que le général des frères mineurs lui dit :

— Est-ce que votre excellence se trouve incommodée?

— J'ai un mal à la tête fou... ces lumières me font mal... et je ne reste que parce que j'ai été nommé pour la partie de whist du prince.

A ce mot, le général des frères mineurs, qui était un bourgeois, fut tellement déconcerté, que, ne sachant plus que faire, il se mit à saluer Fabrice, lequel, de son côté, bien autrement troublé que le général des mineurs, se prit à parler avec une volubilité étrange; il entendait qu'il se faisait un grand silence derrière lui, et ne voulait pas regarder. Tout à coup un archet frappa un pupitre; on joua une ritournelle, et la célèbre madame P... chanta cet air de Cimarosa autrefois si célèbre :

*Quelle pupille tenere!*

Fabrice tint bon aux premières mesures, mais bientôt sa colère s'évanouit, et il éprouva un besoin extrême de répandre des larmes. Grand Dieu! se dit-il, quelle scène ridicule! et avec mon habit encore! Il crut plus sage de parler de lui.

— Ces maux de tête excessifs, quand je les contrarie, comme ce soir, dit-il au général des frères mineurs, finissent par des accès de larmes qui pourraient donner pâture à la médisance dans un homme de notre état; ainsi, je prie votre révérence illustrissime de permettre que je pleure en la regardant, et de n'y pas faire autrement attention.

— Notre père provincial de Catanzara est atteint de la même incommodité, dit le général des mineurs; et il commença à voix basse une histoire infinie.

Le ridicule de cette histoire, qui avait amené le détail des repas du soir de ce père provincial, fit sourire Fabrice, ce qui ne lui était pas arrivé depuis longtemps; mais bientôt il cessa d'écouter le général des mineurs. Mme P... chantait, avec un talent divin, un air de Pergolèze (la princesse aimait la musique surannée). Il se fit un petit bruit à trois pas de Fabrice; pour la première fois de la soirée il détourna les yeux. Le fauteuil qui venait d'occasionner ce petit craquement sur le parquet était occupé par la marquise Crescenzi, dont les yeux remplis de larmes rencontrèrent en plein ceux de Fabrice, qui n'étaient guère en meilleur état. La marquise baissa la tête; Fabrice continua à la regarder quelques secondes : il faisait connaissance avec cette tête chargée de diamants; mais son regard exprimait la colère et le dédain.

Puis, se disant : *et mes yeux ne te regarderont jamais*, il se retourna vers son père général, et lui dit :

— Voici mon incommodité qui me prend plus fort que jamais.

En effet, Fabrice pleura à chaudes larmes pendant plus d'une demi-heure. Par bonheur, une symphonie de Mozart, horriblement écorchée, comme c'est l'usage en Italie, vint à son secours et l'aida à sécher ses larmes.

Il tint ferme et ne tourna pas les yeux vers la marquise Crescenzi ; mais Mme P... chanta de nouveau, et l'âme de Fabrice, soulagée par les larmes, arriva à un état de repos parfait. Alors la vie lui apparut sous un nouveau jour. Est-ce que je prétends, se dit-il, pouvoir l'oublier entièrement dès les premiers moments? cela me serait-il possible? Il arriva à cette idée : Puis-je être plus malheureux que je ne le suis depuis deux mois? et si rien ne peut augmenter mon angoisse, pourquoi résister au plaisir de la voir? Elle a oublié ses serments; elle est légère : toutes les femmes ne le sont-elles pas? Mais qui pourrait lui refuser une beauté céleste? Elle a un regard qui me ravit en extase, tandis que je suis obligé de faire un effort sur moi-même pour regarder les femmes qui passent pour les plus belles! eh bien! pourquoi ne pas me laisser ravir? ce sera du moins un moment de répit.

Fabrice avait quelque connaissance des hommes, mais aucune expérience des passions, sans quoi il se fût dit que ce plaisir d'un moment, auquel il allait céder, rendrait inutiles tous les efforts qu'il faisait depuis deux mois pour oublier Clélia.

Cette pauvre femme n'était venue à cette fête que forcée par son mari; elle voulait du moins se retirer après une demi-heure, sous prétexte de santé, mais le marquis lui déclara que, faire avancer sa voiture pour partir, quand beaucoup de voitures arrivaient encore, serait une chose tout à fait hors d'usage, et qui pourrait même être interprétée comme une critique indirecte de la fête donnée par la princesse.

— En ma qualité de chevalier d'honneur, ajouta le marquis, je dois me tenir dans le salon aux ordres de la princesse, jusqu'à ce que tout le monde soit sorti : il peut y avoir et il y aura sans doute des ordres à donner aux gens, ils sont si négligents! Et voulez-vous qu'un simple écuyer de la princesse usurpe cet honneur?

Clélia se résigna; elle n'avait pas vu Fabrice; elle espérait encore qu'il ne serait pas venu à cette fête. Mais au moment où le concert allait commencer, la princesse ayant permis aux dames de s'asseoir, Clélia, fort peu alerte pour ces sortes de choses, se laissa ravir les meilleures places auprès de la princesse, et fut obligée de venir chercher un fauteuil au fond de la salle, jusque dans le coin reculé où Fabrice s'était réfugié. En arrivant à son fauteuil, le costume, singulier en un tel lieu, du général des frères mineurs arrêta ses yeux, et d'abord elle ne remarqua pas l'homme mince et revêtu d'un simple habit noir qui lui parlait; toutefois un certain mouvement secret arrêtait ses yeux sur cet homme. Tout le monde ici a des uniformes ou des habits richement brodés : quel peut être ce jeune homme en habit noir si simple? Elle le regardait profondément attentive, lorsqu'une dame, en venant se placer, fit faire un mouvement à son fauteuil. Fabrice tourna la tête : elle ne le reconnut pas, tant il était changé. D'abord elle se dit : Voilà quelqu'un qui lui ressemble, ce sera son frère aîné; mais je ne le croyais que de quelques années plus âgé que lui, et celui-ci est un homme de quarante ans. Tout à coup elle le reconnut à un mouvement de la bouche.

Le malheureux, qu'il a souffert! se dit-elle; et elle baissa la tête accablée par la douleur, et non pour être fidèle à son vœu. Son cœur était bouleversé par la pitié; qu'il était loin d'avoir cet air après neuf mois de prison! elle ne le regarda plus; mais, sans tourner précisément les yeux de son côté, elle voyait tous ses mouvements.

Après le concert, elle le vit se rapprocher de la table de jeu du prince, placée à quelques pas du trône; elle respira quand Fabrice fut ainsi fort loin d'elle.

Mais le marquis Crescenzi avait été fort piqué de voir sa femme reléguée aussi loin du trône; toute la soirée il avait été occupé à persuader à une dame assise à trois fauteuils de la princesse, et dont le mari lui avait des obligations d'argent, qu'elle ferait bien de changer de place avec la marquise. La pauvre femme résistant, comme il était naturel, il alla chercher le mari débiteur, qui fit entendre à sa moitié la triste voix de la raison, et enfin le marquis eut le plaisir de consommer l'échange : il alla chercher sa femme.

— Vous serez toujours trop modeste, lui dit-il; pourquoi marcher ainsi les yeux baissés? on vous prendra pour une de ces bourgeoises tout étonnées de se trouver ici, et que tout le monde est étonné d'y voir. Cette folle de grande-maîtresse n'en fait jamais d'autres! Et l'on parle de retarder les progrès du jacobinisme! Songez que votre mari occupe la première place mâle de la cour de la princesse; et quand même les républicains parviendraient à supprimer la cour et même la noblesse, votre mari serait encore l'homme le plus riche de cet État. C'est là une idée que vous ne vous mettez point assez dans la tête.

Le fauteuil où le marquis eut le plaisir d'installer sa femme n'était qu'à six pas de la table de jeu du prince; elle ne voyait Fabrice qu'en profil, mais elle le trouva tellement maigri, il avait surtout l'air tellement au-dessus de tout ce qui pouvait arriver en ce monde, lui qui autrefois ne laissait passer aucun incident sans dire son mot, qu'elle finit par arriver à cette affreuse conclusion : Fabrice était tout à fait changé; il l'avait oubliée; s'il était tellement maigri, c'était l'effet des jeûnes sévères auxquels sa piété se soumettait. Clélia fut confirmée dans cette triste idée par la conversation de tous ses voisins : le nom du coadjuteur était dans toutes les bouches; on cherchait la cause de l'insigne faveur dont on le voyait l'objet : lui, si jeune, être admis au jeu du prince! On admirait l'indifférence polie et les airs de hauteur avec lesquels il jetait ses cartes, même quand il coupait son altesse.

— Mais cela est incroyable, s'écriaient de vieux courtisans; la faveur de sa tante lui tourne tout à fait la tête... mais, grâce au Ciel, cela ne durera pas; notre souverain n'aime pas que l'on prenne de ces petits airs de supériorité. La duchesse s'approcha du prince; les courtisans qui se tenaient à distance fort respectueuse de la table de jeu, de façon à ne pouvoir entendre de la conversation du prince que quelques mots au hasard, remarquèrent que Fabrice rougissait beaucoup. Sa tante lui aura fait la leçon, se dirent-ils, sur ses grands airs d'indifférence. Fabrice venait d'entendre la voix de Clélia, elle répondait à la princesse qui, en faisant son tour dans le bal, avait adressé la parole à la femme de son chevalier d'honneur.

Arriva le moment où Fabrice dut changer de place au whist; alors il se trouva précisément en face de Clélia, et se livra plusieurs fois au bonheur de la contempler. La pauvre marquise, se sentant regardée par lui, perdait tout à fait contenance. Plusieurs fois elle oublia ce qu'elle devait à son vœu : dans son désir de deviner ce qui se passait dans le cœur de Fabrice, elle fixait les yeux sur lui.

Le jeu du prince terminé, les dames se levèrent pour passer dans la salle du souper. Il y eut un peu de désordre. Fabrice se trouva tout près de Clélia; il était encore très-résolu, mais il vint à reconnaître un parfum très faible qu'elle mettait dans ses robes; cette sensation renversa tout ce qu'il s'était promis. Il s'approcha d'elle et prononça, à demi-voix et comme se parlant à soi-même, deux vers de ce sonnet de Pétrarque, qu'il lui avait envoyé du lac Majeur, imprimé sur un mouchoir de soie : « Quel n'était pas mon bonheur quand le vulgaire me croyait malheureux, « et maintenant que mon sort est changé! »

Non, il ne m'a point oubliée, se dit Clélia avec un transport de joie. Cette belle âme n'est point inconstante!

Non, vous ne me verrez jamais changer,
Beaux yeux qui m'avez appris à aimer.

Clélia osa se répéter à elle-même ces deux vers de Pétrarque.

La princesse se retira aussitôt après le souper; le prince l'avait suivie jusque chez elle, et ne reparut point dans les salles de réception. Dès que cette nouvelle fut connue, tout le monde voulut partir à la fois; il y eut un désordre complet dans les antichambres; Clélia se trouva tout près de Fabrice; le profond malheur peint dans ses traits lui fit pitié. — Oublions le passé, lui dit-elle, et gardez ce souvenir d'*amitié*. En disant ces mots, elle plaçait son éventail de façon à ce qu'il pût le prendre.

Tout changea aux yeux de Fabrice : en un instant il fut un autre homme; dès le lendemain il déclara que sa retraite était terminée, et revint prendre son magnifique appartement au palais Sanseverina. L'archevêque dit et crut que la faveur que le prince lui avait faite en l'admettant à son jeu avait fait perdre entièrement la tête à ce nouveau saint : la duchesse vit qu'il était d'accord avec Clélia. Cette pensée, venant redoubler le malheur que donnait le souvenir d'une promesse fatale, acheva de la déterminer à faire une absence. On admira sa folie. Quoi! s'éloigner de la cour au moment où la faveur dont elle était l'objet paraissait sans bornes! Le comte, parfaitement heureux depuis qu'il voyait qu'il n'y avait point d'amour entre Fabrice et la duchesse, disait à son amie : — Ce nouveau prince est la vertu incarnée, mais je l'ai appelé *cet enfant* : me pardonnera-t-il jamais?

Je ne vois qu'un moyen de me remettre réellement bien avec lui, c'est l'absence. Je vais me montrer parfait de grâces et de respects, après quoi je suis malade et je demande mon congé. Vous me le permettrez, puisque la fortune de Fabrice est assurée. Mais me ferez-vous le sacrifice immense, ajouta-t-il en riant, de changer le titre sublime de duchesse contre un autre bien inférieur? Pour m'amuser, je laisse toutes les affaires ici dans un désordre inextricable; j'avais quatre ou cinq travailleurs dans mes divers ministères, je les ai fait mettre à la pension depuis deux mois, parce qu'ils lisent les journaux français; et je les ai remplacés par des nigauds incroyables.

Après notre départ, le prince se trouvera dans un tel embarras, que, malgré l'horreur qu'il a pour le caractère de Rassi, je ne doute pas qu'il ne soit obligé de le rappeler, et moi je n'attends qu'un ordre du tyran qui dispose de mon sort, pour écrire une lettre de tendre amitié à mon ami Rassi, et lui dire que j'ai tout lieu d'espérer que bientôt on rendra justice à son mérite[1].

1. P y E in Olo.

V Foulquier inv sculp

## XXVII

Cette conversation sérieuse eut lieu le lendemain du retour de Fabrice au palais Sanseverina; la duchesse était encore sous le coup de la joie qui éclatait dans toutes les actions de Fabrice. Ainsi, se disait-elle, cette petite dévote m'a trompée! Elle n'a pas su résister à son amant seulement pendant trois mois.

La certitude d'un dénoûment heureux avait donné à cet être si pusillanime, le jeune prince, le courage d'aimer; il eut quelque connaissance des préparatifs de départ que l'on faisait au palais Sanseverina; et son valet de chambre français, qui croyait peu à la vertu des grandes dames, lui donna du courage à l'égard de la duchesse. Ernest V se permit une démarche qui fut sévèrement blâmée par la princesse et par tous les gens sensés de la cour; le peuple y vit le sceau de la faveur étonnante dont jouissait la duchesse. Le prince vint la voir dans son palais.

— Vous partez, lui dit-il d'un ton sérieux qui parut odieux à la duchesse, vous partez; vous allez me trahir et manquer à vos serments! Et pourtant, si j'eusse tardé dix minutes à vous accorder la grâce de Fabrice, il était mort! Et vous me laissez malheureux! et sans vos serments je n'eusse jamais eu le courage de vous aimer comme je fais! Vous n'avez donc pas d'honneur!

— Réfléchissez mûrement, mon prince. Dans toute votre vie y a-t-il eu d'espace égal en bonheur aux quatre mois qui viennent de s'écouler? Votre gloire comme souverain, et, j'ose le croire, votre bonheur comme homme aimable, ne se sont jamais élevés à ce point. Voici le traité que je vous propose; si vous daignez y consentir, je ne serai pas votre maîtresse pour un instant fugitif, et en vertu d'un serment extorqué par la peur, mais je consacrerai tous les instants de ma vie à faire votre félicité, je serai toujours ce que j'ai été depuis quatre mois, et peut-être l'amour viendra-t-il couronner l'amitié. Je ne jurerais pas du contraire.

— Eh bien! dit le prince ravi, prenez un autre rôle, soyez plus encore : régnez à la fois sur moi et sur mes États, soyez mon premier ministre; je vous offre un mariage tel qu'il est permis par les tristes convenances de mon rang; nous en avons un exemple près de nous : le roi de Naples vient d'épouser la duchesse de Partana. Je vous offre tout ce que je puis faire, un mariage du même genre. Je vais ajouter une idée de triste politique pour vous montrer que je ne suis plus un enfant, et que j'ai réfléchi à tout. Je ne vous ferai point valoir la condition que je m'impose d'être le dernier souverain de ma race, le chagrin de voir de mon vivant les grandes puissances disposer de ma succession; je bénis ces désagréments fort réels, puisqu'ils m'offrent un moyen de plus de vous prouver mon estime et ma passion.

La duchesse n'hésita pas un instant; le prince l'ennuyait, et le comte lui semblait parfaitement aimable; il n'y avait au monde qu'un homme qu'on pût lui préférer. D'ailleurs elle régnait sur le comte, et le prince, dominé par les exigences de son rang, eût plus ou moins régné sur elle. Et puis, il pouvait devenir inconstant et prendre des maîtresses; la différence d'âge semblerait, dans peu d'années, lui en donner le droit.

Dès le premier instant, la perspective de s'ennuyer avait décidé de tout; toutefois la duchesse, qui voulait être charmante, demanda la permission de réfléchir.

Il serait trop long de rapporter ici les tournures de phrases presque tendres et les termes infiniment gracieux dans lesquels elle sut envelopper son refus. Le prince se mit en colère ; il voyait tout son bonheur lui échapper. Que devenir après que la duchesse aurait quitté sa cour ? D'ailleurs, quelle humiliation d'être refusé ! Enfin, qu'est-ce que va me dire mon valet de chambre français quand je lui conterai ma défaite ?

La duchesse eut l'art de calmer le prince, et de ramener peu à peu la négociation à ses véritables termes.

— Si votre altesse daigne consentir à ne point presser l'effet d'une promesse fatale, et horrible à mes yeux, comme me faisant encourir mon propre mépris, je passerai ma vie à sa cour, et cette cour sera toujours ce qu'elle a été cet hiver ; tous mes instants seront consacrés à contribuer à son bonheur comme homme, et à sa gloire comme souverain. Si elle exige que j'obéisse à mon serment, elle aura flétri le reste de ma vie, et à l'instant elle me verra quitter ses États pour n'y jamais rentrer. Le jour où j'aurai perdu l'honneur sera aussi le dernier jour où je vous verrai.

Mais le prince était obstiné comme les êtres pusillanimes ; d'ailleurs son orgueil d'homme et de souverain était irrité du refus de sa main : il pensait à toutes les difficultés qu'il eût eu à surmonter pour faire accepter ce mariage, et que pourtant il s'était résolu à vaincre.

Durant trois heures on se répéta de part et d'autre les mêmes arguments, souvent mêlés de mots fort vifs. Le prince s'écria :

— Vous voulez donc me faire croire, madame, que vous manquez d'honneur? Si j'eusse hésité aussi longtemps le jour où le général Fabio Conti donnait du poison à Fabrice, vous seriez occupée aujourd'hui à lui élever un tombeau dans une des églises de Parme.

— Non pas à Parme, certes, dans ce pays d'empoisonneurs.

— Eh bien, partez, madame la duchesse, reprit le prince avec colère, et vous emporterez mon mépris.

Comme il s'en allait, la duchesse lui dit à voix basse :

— Eh bien, présentez-vous ici à dix heures du soir, dans le plus strict incognito, et vous ferez un marché de dupe. Vous m'aurez vue pour la dernière fois, et j'eusse consacré ma vie à vous rendre aussi heureux qu'un prince absolu peut l'être dans ce siècle de jacobins. Et songez à ce que sera votre cour quand je n'y serai plus pour la tirer par force de sa platitude et de sa méchanceté naturelles.

— De votre côté, vous refusez la couronne de Parme, et mieux que la couronne, car vous n'eussiez point été une princesse vulgaire, épousée par politique, et qu'on n'aime point; mon cœur est tout à vous, et vous vous fussiez vue à jamais la maîtresse absolue de mes actions comme de mon gouvernement.

— Oui, mais la princesse votre mère eût eu le droit de me mépriser comme une vile intrigante.

— Eh bien, j'eusse exilé la princesse avec une pension.

Il y eut encore trois quarts d'heure de répliques incisives. Le prince, qui avait l'âme délicate, ne pouvait se résoudre ni à user de son droit, ni à laisser partir la duchesse. On lui avait dit qu'après le premier moment obtenu, n'importe comment, les femmes reviennent.

Chassé par la duchesse indignée, il osa reparaître tout tremblant et fort malheureux à dix heures moins trois minutes. A dix heures et demie, la duchesse montait en voiture et partait pour Bologne. Elle écrivit au comte dès qu'elle fut hors des États du prince :

« Le sacrifice est fait. Ne me demandez pas « d'être gaie pendant un mois. Je ne verrai plus « Fabrice; je vous attends à Bologne, et quand « vous voudrez je serai la comtesse Mosca. Je ne « vous demande qu'une chose, ne me forcez ja« mais à reparaître dans le pays que je quitte, et « songez toujours qu'au lieu de 150,000 livres de « rente, vous allez en avoir 30 ou 40 tout au plus. « Tous les sots vous regardaient bouche béante, « et vous ne serez plus considéré qu'autant que

« vous voudrez bien vous abaisser à comprendre « toutes leurs petites idées. Tu l'as voulu, George « Dandin! »

Huit jours après, le mariage se célébrait à Pérouse, dans une église où les ancêtres du comte ont leurs tombeaux. Le prince était au désespoir. La duchesse avait reçu de lui trois ou quatre courriers, et n'avait pas manqué de lui renvoyer sous enveloppe ses lettres non décachetées. Ernest V avait fait un traitement magnifique au comte, et donné le grand cordon de son ordre à Fabrice.

— C'est là surtout ce qui m'a plu de ses adieux. Nous nous sommes séparés, disait le comte à la nouvelle comtesse Mosca della Rovere, les meilleurs amis du monde; il m'a donné un grand cordon espagnol, et des diamants qui valent bien le grand cordon. Il m'a dit qu'il me ferait duc, s'il ne voulait se réserver ce moyen pour vous rappeler dans ses États. Je suis donc chargé de vous déclarer, belle mission pour un mari, que si vous daignez revenir à Parme, ne fût-ce que pour un mois, je serai fait duc, sous le nom que vous choisirez, et vous aurez une belle terre.

C'est ce que la duchesse refusa avec une sorte d'horreur.

Après la scène qui s'était passée au bal de la cour, et qui semblait assez décisive, Clélia parut ne plus se souvenir de l'amour qu'elle avait semblé partager un instant; les remords les plus violents s'étaient emparés de cette âme vertueuse et croyante. C'est ce que Fabrice comprenait fort bien, et malgré toutes les espérances qu'il cherchait à se donner, un sombre malheur ne s'en était pas moins emparé de son âme. Cette fois cependant le malheur ne le conduisit point dans la retraite, comme à l'époque du mariage de Clélia.

Le comte avait prié *son neveu* de lui mander avec exactitude ce qui se passait à la cour, et Fabrice, qui commençait à comprendre tout ce qu'il lui devait, s'était promis de remplir cette mission en honnête homme.

Ainsi que la ville et la cour, Fabrice ne doutait pas que son ami n'eût le projet de revenir au ministère, et avec plus de pouvoir qu'il n'en avait jamais eu. Les prévisions du comte ne tardèrent pas à se vérifier : moins de six semaines après son départ, Rassi était premier ministre; Fabio Conti, ministre de la guerre, et les prisons, que le comte avait presque vidées, se remplissaient de nouveau. Le prince, en appelant ces gens-là au pouvoir, crut se venger de la duchesse; il était fou d'amour et haïssait surtout le comte Mosca comme un rival.

Fabrice avait bien des affaires; monseigneur Landriani, âgé de soixante-douze ans, étant tombé dans un grand état de langueur et ne sortant presque plus de son palais, c'était au coadjuteur à s'acquitter de presque toutes ses fonctions.

La marquise Crescenzi, accablée de remords, et effrayée par le directeur de sa conscience, avait trouvé un excellent moyen pour se soustraire aux regards de Fabrice. Prenant prétexte de la fin d'une première grossesse, elle s'était donné pour prison son propre palais; mais ce palais avait un immense jardin. Fabrice sut y pénétrer et plaça dans l'allée que Clélia affectionnait leplus des fleurs arrangées en bouquets, et disposées dans un ordre qui leur donnait un langage, comme jadis elle lui en faisait parvenir tous les soirs dans les derniers jours de sa prison à la tour Farnèse.

La marquise fut très irritée de cette tentative; les mouvements de son âme étaient dirigés, tantôt par les remords, tantôt par la passion. Durant plusieurs mois elle ne se permit pas de descendre une seule fois dans le jardin de son palais; elle se faisait même un scrupule d'y jeter un regard.

Fabrice commençait à croire qu'il était séparé d'elle pour toujours, et le désespoir commençait aussi à s'emparer de son âme. Le monde où il passait sa vie lui déplaisait mortellement, et s'il n'eût été intimement persuadé que le comte ne pouvait trouver la paix de l'âme hors du ministère, il se fût mis en retraite dans son petit appartement de l'archevêché. Il lui eût été doux de vivre tout à ses pensées, et de n'entendre plus la voix humaine que dans l'exercice officiel de ses fonctions.

Mais, se disait-il, dans l'intérêt du comte et de

la comtesse Mosca, personne ne peut me remplacer.

Le prince continuait à le traiter avec une distinction qui le plaçait au premier rang, dans cette cour, et cette faveur il la devait en grande partie à lui-même. L'extrême réserve qui, chez Fabrice, provenait d'une indifférence allant jusqu'au dégoût pour toutes les affectations ou les petites passions qui remplissent la vie des hommes, avait piqué la vanité du jeune prince; il disait souvent que Fabrice avait autant d'esprit que sa tante. L'âme candide du prince s'apercevait à demi d'une vérité : c'est que personne n'approchait de lui avec les mêmes dispositions de cœur que Fabrice. Ce qui ne pouvait échapper, même au vulgaire des courtisans, c'est que la considération obtenue par Fabrice n'était point celle d'un simple coadjuteur, mais l'emportait même sur les égards que le souverain montrait à l'archevêque. Fabrice écrivait au comte que si jamais le prince avait assez d'esprit pour s'apercevoir du gâchis dans lequel les ministres Rassi, Fabio Conti, Zurla et autres de même force avaient jeté ses affaires, lui, Fabrice, serait le canal naturel par lequel il ferait une démarche, sans trop compromettre son amour-propre.

Sans le souvenir du mot fatal, *cet enfant*, disait-il à la comtesse Mosca, appliqué par un homme de génie à une auguste personne, l'auguste personne se serait déjà écriée : Revenez bien vite et chassez-moi tous ces va-nu-pieds. Dès aujourd'hui, si la femme de l'homme de génie daignait faire une démarche, si peu significative qu'elle fût, on rappellerait le comte avec transport; mais il rentrera par une bien plus belle porte, s'il veut attendre que le fruit soit mûr. Du reste, on s'ennuie à ravir dans les salons de la princesse, on n'y a pour se divertir que la folie du Rassi, qui, depuis qu'il est comte, est devenu maniaque de noblesse. On vient de donner des ordres sévères pour que toute personne qui ne peut pas prouver huit quartiers de noblesse *n'ose plus* se présenter aux soirées de la princesse (ce sont les termes du rescrit). Tous les hommes qui sont en possession d'entrer le matin dans la grande galerie, et de se trouver sur le passage du souverain lorsqu'il se rend à la messe, continueront à jouir de ce privilége; mais les nouveaux arrivants devront faire preuve des huit quartiers. Sur quoi l'on a dit qu'on voit bien que Rassi est sans quartier.

On pense que de telles lettres n'étaient point confiées à la poste. La comtesse Mosca répondait de Naples : « Nous avons un concert tous les jeudis, et conversation tous les dimanches; on ne peut pas se remuer dans nos salons. Le comte est enchanté de ses fouilles, il y consacre mille francs par mois, et vient de faire venir des ouvriers des montagnes de l'Abruzze, qui ne lui coûtent que vingt-trois sous par jour. Tu devrais bien venir nous voir. Voici plus de vingt fois, monsieur l'ingrat, que je vous fais cette sommation. »

Fabrice n'avait garde d'obéir : la simple lettre qu'il écrivait tous les jours au comte ou à la comtesse lui semblait une corvée presque insupportable. On lui pardonnera quand on saura qu'une année entière se passa ainsi, sans qu'il pût adresser une parole à la marquise. Toutes ses tentatives pour établir quelque correspondance avaient été repoussées avec horreur. Le silence habituel que, par ennui de la vie, Fabrice gardait partout, excepté dans l'exercice de ses fonctions et à la cour, joint à la pureté parfaite de ses mœurs, l'avait mis dans une vénération si extraordinaire qu'il se décida enfin à obéir aux conseils de sa tante.

« Le prince a pour toi une vénération telle, lui écrivait-elle, qu'il faut t'attendre bientôt à une disgrâce; il te prodiguera les marques d'inattention, et les mépris atroces des courtisans suivront les siens. Ces petits despotes, si honnêtes qu'ils soient, sont changeants comme la mode et par la même raison : l'ennui. Tu ne peux trouver de forces contre le caprice du souverain que dans la prédication. Tu improvises si bien en vers! essaie de parler une demi-heure sur la religion; tu diras des hérésies dans les commencements; mais paie un théologien savant et discret qui assistera à tes sermons, et t'avertira de tes fautes : tu les répareras le lendemain. »

Le genre de malheur que porte dans l'âme un amour contrarié, fait que toute chose demandant de l'attention et de l'action devient une atroce corvée. Mais Fabrice se dit que son crédit sur le peuple, s'il en acquérait, pourrait un jour être utile à sa tante et au comte, pour lequel sa vénération augmentait tous les jours, à mesure que les affaires lui apprenaient à connaître la méchanceté des hommes. Il se détermina à prêcher, et son succès, préparé par sa maigreur et son habit râpé, fut sans exemple. On trouvait dans ses discours un parfum de tristesse profonde, qui, réuni à sa charmante figure et aux récits de la haute faveur dont il jouissait à la cour, enleva tous les cœurs de femme. Elles inventèrent qu'il avait été un des plus braves capitaines de l'armée de Napoléon. Bientôt ce fait absurde fut hors de doute. On faisait garder des places dans les églises où il devait prêcher ; les pauvres s'y établissaient par spéculation dès cinq heures du matin.

Le succès fut tel que Fabrice eut enfin l'idée, qui changea tout dans son âme, que, ne fût-ce que par simple curiosité, la marquise Crescenzi pourrait bien un jour venir assister à l'un de ses sermons. Tout à coup le public ravi s'aperçut que son talent redoublait; il se permettait, quand il était ému, des images dont la hardiesse eût fait frémir les orateurs les plus exercés; quelquefois, s'oubliant soi-même, il se livrait à des moments d'inspiration passionnée, et tout l'auditoire fondait en larmes. Mais c'était en vain que son œil *agrotato* cherchait parmi tant de figures tournées vers la chaire celle dont la présence eût été pour lui un si grand événement.

Mais si jamais j'ai ce bonheur, se dit-il, ou je me trouverai mal, ou je resterai absolument court. Pour parer à ce dernier inconvénient, il avait composé une sorte de prière tendre et passionnée, qu'il plaçait toujours dans sa chaire, sur un tabouret; il avait le projet de se mettre à lire ce morceau, si jamais la présence de la marquise venait le mettre hors d'état de trouver un mot.

Il apprit un jour, par ceux des domestiques du marquis qui étaient à sa solde, que des ordres avaient été donnés afin que l'on préparât pour le lendemain la loge de la *Caza Crescenzi* au grand théâtre. Il y avait une année que la marquise n'avait paru à aucun spectacle, et c'était un ténor qui faisait fureur et remplissait la salle tous les soirs qui la faisait déroger à ses habitudes. Le premier mouvement de Fabrice fut une joie extrême. Enfin je pourrai la voir toute une soirée! On dit qu'elle est bien pâle. Et il cherchait à se figurer ce que pouvait être cette tête charmante, avec des couleurs à demi effacées par les combats de l'âme.

Son ami Ludovic, tout consterné de ce qu'il appelait la folie de son maître, trouva, mais avec beaucoup de peine, une loge au quatrième rang, presque en face de celle de la marquise. Une idée se présenta à Fabrice : J'espère lui donner l'idée de venir au sermon, et je choisirai une église fort petite, afin d'être en état de la bien voir. Fabrice prêchait ordinairement à trois heures. Dès le matin du jour où la marquise devait aller au spectacle, il fit annoncer qu'un devoir de son état le retenant à l'archevêché pendant toute la journée, il prêcherait par extraordinaire à huit heures et demie du soir, dans la petite église de Sainte-Marie de la Visitation, située précisément en face d'une des ailes du palais Crescenzi. Ludovic présenta de sa part une quantité énorme de cierges aux religieuses de la Visitation, avec prière d'illuminer à jour leur église. Il eut toute une compagnie de grenadiers de la garde, et l'on plaça une sentinelle, la baïonnette au bout du fusil, devant chaque chapelle, pour empêcher les vols.

Le sermon n'était annoncé que pour huit heures et demie, et à deux heures l'église étant entièrement remplie, on peut se figurer le tapage qu'il y eut dans la rue solitaire que dominait la noble architecture du palais Crescenzi.

Fabrice avait fait annoncer qu'en l'honneur de *Notre-Dame de Pitié* il prêcherait sur la pitié qu'une âme généreuse doit avoir pour un malheureux, même quand il serait coupable.

Déguisé avec tout le soin possible, Fabrice gagna sa loge au théâtre au moment de l'ouverture des portes, et quand rien n'était encore allumé. Le spectacle commença vers huit heures, et quelques minutes après il eut cette joie qu'aucun esprit ne peut concevoir s'il ne l'a pas éprouvée, il vit la porte de la loge Crescenzi s'ouvrir; peu après, la marquise entra; il ne l'avait pas vue aussi bien depuis le jour où elle lui avait donné son éventail. Fabrice crut qu'il suffoquerait de joie; il sentait des mouvements si extraordinaires qu'il se dit : Peut-être je vais mourir! Quelle façon charmante de finir cette vie si triste! Peut-être je vais tomber dans cette loge; les fidèles réunis à la Visitation ne me verront point arriver, et demain, ils apprendront que leur futur archevêque s'est oublié dans une loge de l'Opéra, et encore, déguisé en domestique et couvert d'une livrée! Adieu toute ma réputation! Et que me fait ma réputation!

Toutefois, vers les huit heures trois quarts, Fabrice fit effort sur lui-même; il quitta sa loge des quatrièmes et eut toutes les peines du monde à gagner, à pied, le lieu où il devait quitter son habit de demi-livrée et prendre un vêtement plus convenable. Ce ne fut que vers les neuf heures qu'il arriva à la Visitation, dans un état de pâleur et de faiblesse tel, que le bruit se répandit dans l'église que M. le coadjuteur ne pourrait pas prêcher ce soir-là. On peut juger des soins que lui prodiguèrent les religieuses, à la grille de leur parloir intérieur où il s'était réfugié. Ces dames parlaient beaucoup; Fabrice demanda à être seul quelques instants, puis il courut à sa chaire. Un de ses aides de camp lui avait annoncé, vers les trois heures, que l'église de la Visitation était entièrement remplie, mais de gens appartenant à la dernière classe et attirés apparemment par le spectacle de l'illumination. En entrant en chaire, Fabrice fut agréablement surpris de trouver toutes les chaises occupées par les jeunes gens à la mode et par les personnages de la plus haute distinction.

Quelques phrases d'excuses commencèrent son sermon et furent reçues avec des cris comprimés d'admiration. Ensuite vint la description passionnée du malheureux dont il faut avoir pitié pour honorer dignement la *Madone de Pitié*, qui, elle-même, a tant souffert sur la terre. L'orateur était fort ému; il y avait des moments où il pouvait à peine prononcer les mots de façon à être entendu dans toutes les parties de cette petite église. Aux yeux de toutes les femmes et de bon nombre des hommes, il avait l'air lui-même du malheureux dont il fallait prendre pitié, tant sa pâleur était extrême. Quelques minutes après les phrases d'excuses par lesquelles il avait commencé son discours, on s'aperçut qu'il était hors de son assiette ordinaire : on le trouvait ce soir-là d'une tristesse plus profonde et plus tendre encore que de coutume. Une fois on lui vit les larmes aux yeux : à l'instant il s'éleva dans l'auditoire un sanglot général et si bruyant, que le sermon en fut tout à fait interrompu.

Cette première interruption fut suivie de dix autres; on poussait des cris d'admiration, il y avait des éclats de larmes; on entendait à chaque instant des cris tels que : Ah! sainte Madone! Ah! grand Dieu! L'émotion était si générale et si invincible dans ce public d'élite, que personne n'avait honte de pousser des cris, et les gens qui y étaient entraînés ne semblaient point ridicules à leurs voisins.

Au repos qu'il est d'usage de prendre au milieu du sermon, on dit à Fabrice qu'il n'était resté absolument personne au spectacle; une seule dame se voyait encore dans sa loge, la marquise Crescenzi. Pendant ce moment de repos on entendit tout à coup beaucoup de bruit dans la salle : c'étaient les fidèles qui votaient une statue à M. le coadjuteur. Son succès dans la seconde partie du discours fut tellement fou et mondain, les élans de contrition chrétienne furent tellement remplacés par des cris d'admiration tout à fait profanes, qu'il crut devoir adresser, en quittant la chaire, une sorte de réprimande aux auditeurs. Sur quoi tous sortirent à la fois avec un mouvement qui avait quelque chose de singulier et de compassé; et, en arrivant à la rue, tous se mettaient à applaudir avec fureur et à crier : *È viva del Dongo!*

Fabrice consulta sa montre avec précipitation, et courut à une petite fenêtre grillée qui éclairait l'étroit passage de l'orgue à l'intérieur du couvent. Par politesse envers la foule incroyable et insolite qui remplissait la rue, le suisse du palais Crescenzi avait placé une douzaine de torches dans ces mains de fer que l'on voit sortir des murs de face des palais bâtis au moyen âge. Après quelques minutes, et longtemps avant que les cris eussent cessé, l'événement que Fabrice attendait avec tant d'anxiété arriva : la voiture de la marquise, revenant du spectacle, parut dans la rue; le cocher fut obligé de s'arrêter, et ce ne fut qu'au plus petit pas, et à force de cris, que la voiture put gagner la porte.

La marquise avait été touchée de la musique sublime, comme le sont les cœurs malheureux, mais bien plus encore de la solitude parfaite du spectacle lorsqu'elle en apprit la cause. Au milieu du second acte, et le *ténor* admirable étant en scène, les gens même du parterre avaient tout à coup déserté leurs places pour aller tenter fortune et essayer de pénétrer dans l'église de la Visitation. La marquise, se voyant arrêtée par la foule devant sa porte, fondit en larmes. Je n'avais pas fait un mauvais choix! se dit-elle.

Mais précisément à cause de ce moment d'attendrissement elle résista avec fermeté aux instances du marquis et de tous les amis de la maison, qui ne concevaient pas qu'elle n'allât point voir un prédicateur aussi étonnant. Enfin, disait-on, il l'emporte même sur le meilleur ténor de l'Italie! Si je le vois, je suis perdue! se disait la marquise.

Ce fut en vain que Fabrice, dont le talent semblait plus brillant chaque jour, prêcha encore plusieurs fois dans cette même petite église, voisine du palais Crescenzi, jamais il n'aperçut Clélia, qui même prit de l'humeur de cette affectation à venir troubler sa rue solitaire, après l'avoir déjà chassée de son jardin.

En parcourant les figures de femmes qui l'écoutaient, Fabrice remarquait depuis assez longtemps une petite figure brune fort jolie, et dont les yeux jetaient des flammes. Ces yeux magnifiques étaient ordinairement baignés de larmes dès la huitième ou dixième phrase du sermon. Quand Fabrice était obligé de dire des choses longues et ennuyeuses pour lui-même, il reposait assez volontiers ses regards sur cette tête dont la jeunesse lui plaisait. Il apprit que cette jeune personne s'appelait

Anetta Marini, fille unique et héritière du plus riche marchand drapier de Parme, mort quelques mois auparavant.

Bientôt le nom de cette Anetta Marini, fille du drapier, fut dans toutes les bouches; elle était devenue éperdument amoureuse de Fabrice. Lorsque les fameux sermons commencèrent, son mariage était arrêté avec Giacomo Rassi, fils aîné du ministre de la justice, lequel ne lui déplaisait point; mais à peine eut-elle entendu deux fois monsignor Fabrice, qu'elle déclara qu'elle ne voulait plus se marier; et, comme on lui demandait la cause d'un si singulier changement, elle répondit qu'il n'était pas digne d'une honnête fille d'épouser un homme en se sentant éperdument éprise d'un autre. Sa famille chercha d'abord sans succès quel pouvait être cet autre.

Mais les larmes brûlantes qu'Anetta versait au sermon mirent sur la voie de la vérité; sa mère et ses oncles lui ayant demandé si elle aimait monsignor Fabrice, elle répondit avec hardiesse que, puisqu'on avait découvert la vérité, elle ne s'avilirait point par un mensonge; elle ajouta que, n'ayant aucun espoir d'épouser l'homme qu'elle adorait, elle voulait du moins n'avoir plus les yeux offensés par la figure ridicule du *contino* Rassi. Ce ridicule donné au fils d'un homme que poursuivait l'envie de toute la bourgeoisie devint, en deux jours, l'entretien de toute la ville. La réponse d'Anetta Marini parut charmante, et tout le monde la répéta. On en parla au palais Crescenzi comme on en parlait partout.

Clélia se garda bien d'ouvrir la bouche sur un tel sujet dans son salon ; mais elle fit des questions à sa femme de chambre, et le dimanche suivant, après avoir entendu la messe à la chapelle de son palais, elle fit monter sa femme de chambre dans sa voiture, et alla chercher une seconde messe à la paroisse de Mlle Marini. Elle y trouva réunis tous les beaux de la ville attirés par le même motif; ces messieurs se tenaient debout près de la porte. Bientôt, au grand mouvement qui se fit parmi eux, la marquise comprit que cette mademoiselle Marini entrait dans l'église; elle se trouva fort bien placée pour la voir, et, malgré sa piété, ne donna guère d'attention à la messe. Clélia trouva à cette beauté bourgeoise un petit air décidé qui, suivant elle, eût pu convenir tout au plus à une femme mariée depuis plusieurs années. Du reste elle était admirablement bien prise dans sa petite taille, et ses yeux, comme l'on dit en Lombardie, semblaient faire la conversation avec les choses qu'ils regardaient. La marquise s'enfuit avant la fin de la messe.

Dès le lendemain, les amis de la maison Crescenzi, lesquels venaient tous les soirs passer la soirée, racontèrent un nouveau trait ridicule de l'Anetta Marini. Comme sa mère, craignant quelque folie de sa part, ne laissait que peu d'argent à sa disposition, Anetta était allée offrir une magnifique bague en diamants, cadeau de son père, au célèbre Hayez, alors à Parme pour les salons du palais Crescenzi, et lui demander le portrait de M. del Dongo; mais elle voulut que ce portrait fût vêtu simplement de noir, et non point en habit de prêtre. Or, la veille, la mère de la petite Anetta avait été bien surprise, et encore plus scandalisée de trouver dans la chambre de sa fille un magnifique portrait de Fabrice del Dongo, entouré du plus beau cadre que l'on eût doré à Parme depuis vingt ans.

## XXVIII

Entraînés par les événements, nous n'avons pas eu le temps d'esquisser la [illegible] des courtisans qui [illegible] à la cour de [illegible] de drôles [illegible] [illegible] [illegible] paru [illegible] en [illegible] [illegible] c'est [illegible] n'avoir [illegible] et Rousseau [illegible] cette condition est [illegible] remplie. Il fallut ensuite [illegible]

# XXVIII

Entraînés par les événements, nous n'avons pas eu le temps d'esquisser la race comique de courtisans qui pullulent à la cour de Parme et faisaient de drôles de commentaires sur les événements par nous racontés. Ce qui rend en ce pays-là un petit noble, garni de ses trois ou quatre mille livres de rente, digne de figurer en bas noirs, aux *levers* du prince, c'est d'abord de n'avoir jamais lu Voltaire et Rousseau : cette condition est peu difficile à remplir. Il fallait ensuite savoir parler avec attendrissement du rhume du souverain, ou de la dernière caisse de minéralogie qu'il avait reçue de Saxe. Si après cela on ne manquait pas à la messe un seul jour de l'année, si l'on pouvait compter au nombre de ses amis intimes deux ou trois gros moines, le prince daignait vous adresser une fois la parole tous les ans, quinze jours avant ou quinze jours après le premier janvier, ce qui vous donnait un grand relief dans votre paroisse, et le percepteur des contributions n'osait pas trop vous vexer si vous étiez en retard sur la somme annuelle de cent francs à laquelle étaient imposées vos petites propriétés.

M. Gonzo était un pauvre hère de cette sorte, fort noble, qui, outre qu'il possédait quelque petit bien, avait obtenu par le crédit du marquis Crescenzi une place magnifique, rapportant 1150 francs par an. Cet homme eût pu dîner chez lui, mais il avait une passion : il n'était à son aise et heureux que lorsqu'il se trouvait dans le salon de quelque grand personnage qui lui dît de temps à autre : *Taisez-vous, Gonzo, vous n'êtes qu'un sot.* Ce jugement était dicté par l'humeur, car Gonzo avait presque toujours plus d'esprit que le grand personnage. Il parlait à propos de tout et avec assez de grâce : de plus, il était prêt à changer d'opinion sur une grimace du maître de la maison. A vrai dire, quoique d'une adresse profonde pour ses intérêts, il n'avait pas une idée, et quand le prince n'était pas enrhumé, il était quelquefois embarrassé au moment d'entrer dans un salon.

Ce qui dans Parme avait valu une réputation à Gonzo, c'était un magnifique chapeau à trois cornes, garni d'une plume noire un peu délabrée, qu'il mettait, même en frac; mais il fallait voir la façon dont il portait cette plume, soit sur la tête, soit à la main; là étaient le talent et l'importance. Il s'informait avec une anxiété véritable de l'état de santé du petit chien de la marquise, et si le feu eût pris au palais Crescenzi, il eût exposé sa vie pour sauver un de ces beaux fauteuils de brocart d'or, qui depuis tant d'années accrochaient sa culotte de soie noire, quand par hasard il osait s'y asseoir un instant.

Sept ou huit personnages de cette espèce arrivaient tous les soirs à sept heures dans le salon de la marquise Crescenzi. A peine assis, un laquais magnifiquement vêtu d'une livrée jonquille toute couverte de galons d'argent, ainsi que la veste rouge qui en complétait la magnificence, venait prendre les chapeaux et les cannes des pauvres diables. Il était immédiatement suivi d'un valet de chambre apportant une tasse de café infiniment petite, soutenue par un pied d'argent en filigrane; et toutes les demi-heures un maître d'hôtel, portant épée et habit magnifique à la française, venait offrir des glaces.

Une demi-heure après les petits courtisans râpés, on voyait arriver cinq ou six officiers parlant haut et d'un air tout militaire et discutant habituellement sur le nombre et l'espèce des boutons que doit porter l'habit du soldat pour que le général en chef puisse remporter des victoires. Il n'eût pas été prudent de citer dans ce salon un journal français; car, quand même la nouvelle se fût trouvée des plus agréables, par exemple cinquante libéraux fusillés en Espagne, le narrateur n'en fût pas moins resté convaincu d'avoir lu un journal français. Le chef-d'œuvre de l'habileté de tous ces gens-là était d'obtenir tous les dix ans une augmentation de pension de 150 francs. C'est ainsi que le prince partage avec sa noblesse le plaisir de régner sur les paysans et sur les bourgeois.

Le principal personnage, sans contredit, du salon Crescenzi, était le chevalier Foscarini, parfaitement honnête homme; aussi avait-il été un peu en prison sous tous les régimes. Il était membre de cette fameuse chambre des députés qui, à Milan, rejeta la loi de l'enregistrement présentée par Napoléon, trait peu fréquent dans l'histoire. Le chevalier Foscarini, après avoir été vingt ans l'ami de la mère du marquis, était resté l'homme influent dans la maison. Il avait toujours quelque conte plaisant à faire, mais rien n'échappait à sa finesse; et la jeune marquise, qui se sentait coupable au fond du cœur, tremblait devant lui.

Comme Gonzo avait une véritable passion pour

le grand seigneur qui lui disait des grossièretés et le faisait pleurer une ou deux fois par an, sa manie était de chercher à lui rendre de petits services; et, s'il n'eût été paralysé par les habitudes d'une extrême pauvreté, il eût pu réussir quelquefois, car il n'était pas sans une certaine dose de finesse et une beaucoup plus grande d'effronterie.

Le Gonzo, tel que nous le connaissons, méprisait assez la marquise Crescenzi, car de sa vie elle ne lui avait adressé une parole peu polie; mais enfin elle était la femme de ce fameux marquis Crescenzi, chevalier d'honneur de la princesse, et qui, une fois ou deux par mois, disait à Gonzo : — Tais-toi, Gonzo, tu n'es qu'une bête.

Le Gonzo remarqua que tout ce qu'on disait de la petite Anetta Marini faisait sortir la marquise, pour un instant, de l'état de rêverie et d'incurie où elle restait habituellement plongée jusqu'au moment où onze heures sonnaient, alors elle faisait le thé, et en offrait à chaque homme présent, en l'appelant par son nom. Après quoi, au moment de rentrer chez elle, elle semblait trouver un moment de gaieté : c'était l'instant qu'on choisissait pour lui réciter les sonnets satiriques.

On en fait d'excellents en Italie : c'est le seul genre de littérature qui ait encore un peu de vie; à la vérité il n'est pas soumis à la censure, et les courtisans de la *casa* Crescenzi annonçaient toujours leur sonnet par ces mots : Madame la marquise veut-elle permettre que l'on récite devant elle un bien mauvais sonnet? et quand le sonnet avait fait rire et avait été répété deux ou trois fois, l'un des officiers ne manquait pas de s'écrier : Monsieur le ministre de la police devrait bien s'occuper de faire un peu pendre les auteurs de telles infamies. Les sociétés bourgeoises, au contraire, accueillent ces sonnets avec l'admiration la plus franche, et les clercs de procureurs en vendent des copies.

D'après la sorte de curiosité montrée par la marquise, Gonzo se figura qu'on avait trop vanté devant elle la beauté de la petite Marini, qui d'ailleurs avait un million de fortune, et qu'elle en était jalouse. Comme avec son sourire continu et son effronterie complète envers tout ce qui n'était pas noble, Gonzo pénétrait partout, dès le lendemain il arriva dans le salon de la marquise, portant son chapeau à plumes d'une certaine façon triomphante et qu'on ne lui voyait guère qu'une fois ou deux chaque année, lorsque le prince lui avait dit : *Adieu, Gonzo.*

Après avoir salué respectueusement la marquise, Gonzo ne s'éloigna point comme de coutume pour aller prendre place sur le fauteuil qu'on venait de lui avancer. Il se plaça au milieu du cercle, et s'écria brutalement : J'ai vu le portrait de monseigneur del Dongo. Clélia fut tellement surprise qu'elle fut obligée de s'appuyer sur le bras de son fauteuil; elle essaya de faire tête à l'orage, mais bientôt fut obligée de déserter le salon.

— Il faut convenir, mon pauvre Gonzo, que vous êtes d'une maladresse rare, s'écria avec hauteur l'un des officiers qui finissait sa quatrième glace. Comment ne savez-vous pas que le coadjuteur, qui a été l'un des plus braves colonels de l'armée de Napoléon, a joué jadis un tour pendable au père de la marquise, en sortant de la citadelle où le général Conti commandait, comme il fût sorti de la *Steccata* (la principale église de Parme).

— J'ignore en effet bien des choses, mon cher capitaine, et je suis un pauvre imbécile qui fait des bévues toute la journée.

Cette réplique, tout à fait dans le goût italien, fit rire aux dépens du brillant officier. La marquise rentra bientôt; elle s'était armée de courage, et n'était pas sans quelque vague espérance de pouvoir elle-même admirer ce portrait de Fabrice, que l'on disait excellent. Elle parla avec éloges du talent de Hayez, qui l'avait fait. Sans le savoir elle adressait des sourires charmants au Gonzo, qui regardait l'officier d'un air malin. Comme tous les autres courtisans de la maison se livraient au même plaisir, l'officier prit la fuite, non sans vouer une haine mortelle au Gonzo; celui-ci triomphait, et, le soir, en prenant congé, fut engagé à dîner pour le lendemain.

— En voici bien d'une autre! s'écria Gonzo, le

lendemain, après le dîner, quand les domestiques furent sortis; n'arrive-t-il pas que notre coadjuteur est tombé amoureux de la petite Marini!...

On peut juger du trouble qui s'éleva dans le cœur de Clélia en entendant un mot aussi extraordinaire. Le marquis lui-même fut ému.

— Mais, Gonzo mon ami, vous battez la campagne comme à l'ordinaire! et vous devriez parler avec un peu plus de retenue d'un personnage qui a eu l'honneur de faire onze fois la partie de whist de son altesse!

— Eh bien! monsieur le marquis, répondit le Gonzo avec la grossièreté des gens de cette espèce, je puis vous jurer qu'il voudrait bien aussi faire la partie de la petite Marini. Mais il suffit que ces détails vous déplaisent; ils n'existent plus pour moi, qui veux avant tout ne pas choquer mon adorable marquis.

Toujours, après le dîner, le marquis se retirait pour la sieste. Il n'eut garde, ce jour-là; mais le Gonzo se serait plutôt coupé la langue que d'ajouter un mot sur la petite Marini; et, à chaque instant, il commençait un discours, calculé de façon à ce que le marquis pût espérer qu'il allait revenir aux amours de la petite bourgeoise. Le Gonzo avait supérieurement cet esprit italien qui consiste à différer avec délices de lancer le mot désiré. Le pauvre marquis, mourant de curiosité, fut obligé de faire des avances : il dit à Gonzo que, quand il avait le plaisir de dîner avec lui, il mangeait deux fois davantage. Gonzo ne comprit pas, et se mit à décrire une magnifique galerie de tableaux que formait la marquise Balbi, la maîtresse du feu prince; trois ou quatre fois il parla de Hayez, avec l'accent plein de lenteur de l'admiration la plus profonde. Le marquis se disait : Bon! il va arriver enfin au portrait commandé par la petite Marini! Mais c'est ce que Gonzo n'avait garde de faire. Cinq heures sonnèrent, ce qui donna beaucoup d'humeur au marquis, qui était accoutumé à monter en voiture à cinq heures et demie, après sa sieste, pour aller au *Corso*.

— Voilà comment vous êtes, avec vos bêtises! dit-il grossièrement au Gonzo; vous me ferez arriver au *Corso* après la princesse, dont je suis le chevalier d'honneur, et qui peut avoir des ordres à me donner. Allons! dépêchez! dites-moi en peu de paroles, si vous le pouvez, ce que c'est que ces prétendus amours de monseigneur le coadjuteur?

Mais le Gonzo voulait réserver ce récit pour l'oreille de la marquise, qui l'avait invité à dîner; il *dépêcha* donc, en fort peu de mots, l'histoire réclamée, et le marquis, à moitié endormi, courut faire sa sieste. Le Gonzo prit une tout autre manière avec la pauvre marquise. Elle était restée tellement jeune et naïve au milieu de sa haute fortune, qu'elle crut devoir réparer la grossièreté avec laquelle le marquis venait d'adresser la parole au Gonzo. Charmé de ce succès, celui-ci retrouva toute son éloquence, et se fit un plaisir, non moins qu'un devoir, d'entrer avec elle dans des détails infinis.

La petite Anetta Marini donnait jusqu'à un sequin par place qu'on lui retenait au sermon; elle arrivait toujours avec deux de ses tantes et l'ancien caissier de son père. Ces places, qu'elle faisait garder dès la veille, étaient choisies en général presque vis-à-vis la chaire, mais un peu du côté du grand autel, car elle avait remarqué que le coadjuteur se tournait souvent vers l'autel. Or, ce que le public avait remarqué aussi, c'est que *non rarement* les yeux si parlants du jeune prédicateur s'arrêtaient avec complaisance sur la jeune héritière, cette beauté si piquante; et apparemment avec quelque attention, car, dès qu'il avait les yeux fixés sur elle, son sermon devenait savant; les citations y abondaient, l'on n'y trouvait plus de ces mouvements qui partent du cœur; et les dames, pour qui l'intérêt cessait presque aussitôt, se mettaient à regarder la Marini et à en médire.

Clélia se fit répéter jusqu'à trois fois tous ces détails singuliers. A la troisième, elle devint fort rêveuse; elle calculait qu'il y avait justement quatorze mois qu'elle n'avait vu Fabrice. Y aurait-il un bien grand mal, se disait-elle, à passer une heure dans une église, non pour voir Fabrice, mais pour entendre un prédicateur célèbre? D'ailleurs, je me placerai loin de la chaire, et je ne regarderai Fabrice qu'une fois en entrant et une autre fois à la fin du sermon.... Non, se disait Clélia, ce n'est pas Fabrice que je vais voir, je vais entendre le prédicateur étonnant! Au milieu de tous ces raisonnements, la marquise avait des remords; sa conduite avait été si belle depuis quatorze mois! Enfin, se dit-elle, pour trouver quelque paix avec elle-même, si la première femme qui viendra ce soir a été entendre prêcher monsignor del Dongo, j'irai aussi; si elle n'y est point allée, je m'abstiendrai.

Une fois ce parti pris, la marquise fit le bonheur du Gonzo en lui disant :

— Tâchez de savoir quel jour le coadjuteur prêchera, et dans quelle église. Ce soir, avant que vous ne sortiez, j'aurai peut-être une commission à vous donner.

A peine Gonzo parti pour le Corso, Clélia alla prendre l'air dans le jardin de son palais. Elle ne se fit pas l'objection que depuis dix mois elle n'y avait pas mis les pieds. Elle était vive, animée; elle avait des couleurs. Le soir, à chaque ennuyeux qui entrait dans le salon, son cœur palpitait d'émotion. Enfin on annonça le Gonzo, qui, du premier coup d'œil, vit qu'il allait être l'homme nécessaire pendant huit jours. La marquise est jalouse de la petite Marini, et ce serait, ma foi, une comédie bien montée, se dit-il, que celle dans laquelle la marquise jouerait le premier rôle, la petite Anetta la soubrette, et monsignor del Dongo l'amoureux! Ma foi, le billet d'entrée ne serait pas trop payé à 2 francs. Il ne se sentait pas de joie, et, pendant toute la soirée, il coupait la parole à tout le monde, et racontait les anecdotes les plus saugrenues (par exemple, la célèbre actrice et le marquis de Pequigny, qu'il avait apprise la veille d'un voyageur français). La marquise, de son côté, ne pouvait tenir en place; elle se promenait dans le salon, elle passait dans une galerie voisine du salon, où le marquis n'avait admis que des tableaux coûtant chacun plus de 20,000 francs. Ces tableaux avaient un langage si clair ce soir-là qu'ils fatiguaient le cœur de la marquise à force d'émotion. Enfin, elle entendit ouvrir les deux battants, elle courut au salon; c'était la marquise Raversi! Mais en lui adressant les compliments d'usage, Clélia sentait que la voix lui manquait. La marquise lui fit répéter deux fois la question : — Que dites-vous du prédicateur à la mode? qu'elle n'avait point entendue d'abord.

— Je le regardais comme un petit intrigant, très-digne neveu de l'illustre comtesse Mosca; mais à la dernière fois qu'il a prêché, tenez, à l'église de la Visitation, vis-à-vis de chez vous, il a été tellement sublime, que, toute haine cessante, je le regarde comme l'homme le plus éloquent que j'aie jamais entendu.

— Ainsi vous avez assisté à un de ses sermons? dit Clélia toute tremblante de bonheur.

— Mais comment, dit la marquise en riant, vous ne m'écoutiez donc pas? Je n'y manquerais pas pour tout au monde. On dit qu'il est attaqué de la poitrine, et que bientôt il ne prêchera plus!

A peine la marquise sortie, Clélia appela Gonzo dans la galerie.

— Je suis presque résolue, lui dit-elle, à entendre ce prédicateur si vanté. Quand prêchera-t-il?

— Lundi prochain, c'est-à-dire dans trois jours; et l'on dirait qu'il a deviné le projet de votre excellence, car il vient prêcher à l'église de la Visitation.

Tout n'était pas expliqué; mais Clélia ne trouvait plus de voix pour parler; elle fit cinq ou six tours dans la galerie, sans ajouter une parole. Gonzo se disait : Voilà la vengeance qui la travaille. Comment peut-on être assez insolent pour se sauver d'une prison, surtout quand on a l'honneur d'être gardé par un héros tel que le général Fabio Conti!

— Au reste, il faut se presser, ajouta-t-il avec une fine ironie; il est touché à la poitrine. J'ai entendu le docteur Rambo dire qu'il n'a pas un an de vie; Dieu le punit d'avoir rompu son ban en se sauvant traîtreusement de la citadelle.

La marquise s'assit sur le divan de la galerie, et fit signe à Gonzo de l'imiter. Après quelques instants, elle lui remit une petite bourse où elle avait préparé quelques sequins. — Faites-moi retenir quatre places.

— Sera-t-il permis au pauvre Gonzo de se glisser à la suite de votre excellence?

— Sans doute; faites retenir cinq places... Je ne tiens nullement, ajouta-t-elle, à être près de la chaire; mais j'aimerais à voir Mlle Marini, que l'on dit si jolie.

La marquise ne vécut pas pendant les trois jours qui la séparaient du fameux lundi, jour du sermon. Le Gonzo, pour qui c'était un insigne honneur d'être vu en public à la suite d'une aussi grande dame, avait arboré son habit français, avec l'épée; ce n'est pas tout, profitant du voisinage du palais, il fit porter dans l'église un fauteuil doré magnifique destiné à la marquise, ce qui fut trouvé de la dernière insolence par les bourgeois. On peut penser ce que devint la pauvre marquise, lorsqu'elle aperçut ce fauteuil, et qu'on l'avait placé précisément vis-à-vis la chaire. Clélia était si confuse, baissant les yeux et réfugiée dans un coin de cet immense fauteuil, qu'elle n'eut pas même le courage de regarder la petite Marini, que le Gonzo lui indiquait de la main, avec une effronterie dont elle ne pouvait revenir. Tous les êtres non nobles n'étaient absolument rien aux yeux du courtisan.

Fabrice parut dans la chaire; il était si maigre, si pâle, tellement *consumé*, que les yeux de Clélia se remplirent de larmes à l'instant. Fabrice dit quelques paroles, puis s'arrêta, comme si la voix lui manquait tout à coup; il essaya vainement de commencer quelques phrases; il se retourna, et prit un papier écrit.

— Mes frères, dit-il, une âme malheureuse et bien digne de toute votre pitié vous engage, par ma voix, à prier pour la fin de ses tourments, qui ne cesseront qu'avec sa vie.

Fabrice lut la suite de son papier fort lentement; mais l'expression de sa voix était telle, qu'avant le milieu de la prière tout le monde pleurait, même le Gonzo. — Au moins on ne me remarquera pas, se disait la marquise en fondant en larmes.

Tout en lisant le papier écrit, Fabrice trouva deux ou trois idées sur l'état de l'homme malheureux pour lequel il venait solliciter les prières des fidèles. Bientôt les pensées lui arrivèrent en foule. En ayant l'air de s'adresser au public, il ne parlait qu'à la marquise. Il termina son discours un peu plus tôt que de coutume, parce que, quoi qu'il pût faire, les larmes le gagnaient à un tel point qu'il ne pouvait plus prononcer d'une manière intelligible. Les bons juges trouvèrent ce sermon singulier, mais égal au moins, pour le pathétique, au fameux sermon prêché aux lumières. Quant à Clélia, à peine eut-elle entendu les dix premières lignes de la prière lue par Fabrice, qu'elle regarda comme un crime atroce d'avoir pu passer quatorze mois sans le voir. En rentrant chez elle, elle se mit au lit pour pouvoir penser à Fabrice en toute liberté; et le lendemain, d'assez bonne heure, Fabrice reçut un billet ainsi conçu :

« On compte sur votre honneur; cherchez quatre « *braves* de la discrétion desquels vous soyez sûr, « et demain, au moment où minuit sonnera à la « *Steccata*, trouvez-vous près d'une petite porte « qui porte le numéro 19, dans la rue Saint-Paul. « Songez que vous pouvez être attaqué, ne venez « pas seul. »

En reconnaissant ces caractères divins, Fabrice tomba à genoux et fondit en larmes : Enfin, s'écria-t-il, après quatorze mois et huit jours! Adieu les prédications.

Il serait bien long de décrire tous les genres de folie auxquels furent en proie, ce jour-là, les cœurs de Fabrice et de Clélia. La petite porte indiquée dans le billet n'était autre que celle de l'orangerie du palais Crescenzi, et, dix fois dans la journée, Fabrice trouva le moyen de la voir. Il prit des armes, et seul, un peu avant minuit, d'un pas rapide, il passait près de cette porte, lorsqu'à son inexprimable joie, il entendit une voix bien connue dire d'un ton très-bas :

— Entre ici, ami de mon cœur.

Fabrice entra avec précaution et se trouva à la vérité dans l'orangerie, mais vis-à-vis une fenêtre fortement grillée et élevée, au-dessus du sol, de trois ou quatre pieds. L'obscurité était profonde.

Fabrice avait entendu quelque bruit dans cette fenêtre, et il en reconnaissait la grille avec la main, lorsqu'il sentit une main, passée à travers les barreaux, prendre la sienne et la porter à des lèvres qui lui donnèrent un baiser.

— C'est moi, lui dit une voix chérie, qui suis venue ici pour te dire que je t'aime, et pour te demander si tu veux m'obéir.

On peut juger de la réponse, de la joie, de l'étonnement de Fabrice; après les premiers transports, Clélia lui dit :

— J'ai fait vœu à la Madone, comme tu sais, de ne jamais te voir; c'est pourquoi je te reçois dans cette obscurité profonde. Je veux bien que tu saches que, si jamais tu me forçais à te regarder en plein jour, tout serait fini entre nous. Mais d'abord, je ne veux pas que tu prêches devant Anetta Marini, et ne va pas croire que c'est moi qui ai eu la sottise de faire porter un fauteuil dans la maison de Dieu.

— Mon cher ange, je ne prêcherai plus devant qui que ce soit; je n'ai prêché que dans l'espoir qu'un jour je te verrais.

— Ne parle pas ainsi, songe qu'il ne m'est pas permis, à moi, de te voir.

Ici, nous demandons la permission de passer sans en dire un seul mot, sur un espace de trois années.

A l'époque où reprend notre récit, il y avait déjà longtemps que le comte Mosca était de retour à Parme, comme premier ministre, plus puissant que jamais.

Après ces trois années de bonheur divin, l'âme de Fabrice eut un caprice de tendresse qui vint tout changer. La marquise avait un charmant petit garçon de deux ans, *Sandrino*, qui faisait la joie de sa mère; il était toujours avec elle ou sur les genoux du marquis Crescenzi; Fabrice, au contraire, ne le voyait presque jamais; il ne voulut pas qu'il s'accoutumât à chérir un autre père. Il conçut le dessein d'enlever l'enfant avant que ses souvenirs fussent bien distincts.

Dans les longues heures de chaque journée où la marquise ne pouvait voir son ami, la présence de Sandrino la consolait; car nous avons à avouer une chose qui semblera bizarre au nord des Alpes, malgré ses erreurs elle était restée fidèle à son vœu; elle avait promis à la Madone, l'on se le rappelle peut-être, de ne *jamais voir* Fabrice; telles avaient été ses paroles précises : en conséquence elle ne le recevait que de nuit, et jamais il n'y avait de lumières dans l'appartement.

Mais tous les soirs il était reçu par son amie; et, ce qui est admirable, au milieu d'une cour dévorée par la curiosité et par l'ennui, les précautions de Fabrice avaient été si habilement calculées, que jamais cette *amicizia*, comme on dit en Lombardie, ne fut même soupçonnée. Cet amour était trop vif pour qu'il n'y eût pas des brouilles; Clélia était fort sujette à la jalousie, mais presque toujours les querelles venaient d'une autre cause. Fabrice avait abusé de quelque cérémonie publique pour se trouver dans le même lieu que la marquise et la regarder; elle saisissait alors un prétexte pour sortir bien vite, et pour longtemps exilait son ami.

On était étonné à la cour de Parme de ne connaître aucune intrigue à une femme aussi remarquable par sa beauté et l'élévation de son esprit; elle fit naître des passions qui inspirèrent bien des folies, et souvent Fabrice aussi fut jaloux.

Le bon archevêque Landriani était mort depuis longtemps; la piété, les mœurs exemplaires, l'éloquence de Fabrice l'avaient fait oublier; son frère aîné était mort, et tous les biens de la famille lui étaient arrivés. A partir de cette époque il distribua chaque année aux vicaires et aux curés de son diocèse les cent et quelques mille francs que rapportait l'archevêché de Parme.

Il eût été difficile de rêver une vie plus honorée, plus honorable et plus utile que celle que Fabrice s'était faite, lorsque tout fut troublé par ce malheureux caprice de tendresse.

— D'après ce vœu que je respecte et qui fait pourtant le malheur de ma vie, puisque tu ne veux pas me voir de jour, dit-il un jour à Clélia, je suis obligé de vivre constamment seul, n'ayant d'autre distraction que le travail; et encore le travail me manque. Au milieu de cette façon sévère et triste de passer les longues heures de chaque journée, une idée s'est présentée, qui fait mon tourment et que je combats en vain depuis six mois : mon fils ne m'aimera point; il ne m'entend jamais nommer. Élevé au milieu du luxe aimable du palais Crescenzi, à peine s'il me connaît. Le petit nombre de fois que je le vois, je songe à sa mère, dont il me rappelle la beauté céleste et que je ne puis regarder, et il doit me trouver une figure sérieuse, ce qui, pour les enfants, veut dire triste.

— Eh bien! dit la marquise, où tend tout ce discours qui m'effraie?

— A ravoir mon fils; je veux qu'il habite avec moi; je veux le voir tous les jours, je veux qu'il s'accoutume à m'aimer; je veux l'aimer moi-même à loisir. Puisqu'une fatalité unique au monde veut que je sois privé de ce bonheur dont jouissent tant d'âmes tendres, et que je ne passe pas ma vie avec tout ce que j'adore, je veux du moins avoir auprès de moi un être qui te rappelle à mon cœur, qui te remplace en quelque sorte. Les affaires et les hommes me sont à charge dans ma solitude forcée; tu sais que l'ambition a toujours été un mot vide pour moi, depuis l'instant où j'eus le bonheur d'être écroué par Barbone, et tout ce qui n'est pas sensation de l'âme me semble ridicule dans la mélancolie qui loin de toi m'accable.

On peut comprendre la vive douleur dont le

chagrin de son ami remplit l'âme de la pauvre Clélia; sa tristesse fut d'autant plus profonde qu'elle sentait que Fabrice avait une sorte de raison. Elle alla jusqu'à mettre en doute si elle ne devait pas tenter de rompre son vœu. Alors elle eût reçu Fabrice de jour comme tout autre personnage de la société, et sa réputation de sagesse était trop bien établie pour qu'on en médît. Elle se disait qu'avec beaucoup d'argent elle pourrait se faire relever de son vœu; mais elle sentait aussi que cet arrangement tout mondain ne tranquilliserait pas sa conscience, et peut-être le Ciel irrité la punirait de ce nouveau crime.

D'un autre côté, si elle consentait à céder au désir si naturel de Fabrice, si elle cherchait à ne pas faire le malheur de cette âme tendre qu'elle connaissait si bien, et dont son vœu singulier compromettait si étrangement la tranquillité, quelle apparence d'enlever le fils unique d'un des plus grands seigneurs d'Italie sans que la fraude fût découverte? Le marquis Crescenzi prodiguerait des sommes énormes, se mettrait lui-même à la tête des recherches, et tôt ou tard l'enlèvement serait connu. Il n'y avait qu'un moyen de parer à ce danger, il fallait envoyer l'enfant au loin, à Édimbourg, par exemple, ou à Paris; mais c'est à quoi la tendresse d'une mère ne pouvait se résoudre. L'autre moyen proposé par Fabrice, et en effet le plus raisonnable, avait quelque chose de sinistre augure et de presque encore plus affreux aux yeux de cette mère éperdue ; il fallait, disait Fabrice, feindre une maladie ; l'enfant serait de plus en plus mal, enfin il viendrait à mourir pendant une absence du marquis Crescenzi.

Une répugnance, qui, chez Clélia, allait jusqu'à la terreur, causa une rupture qui ne put durer.

Clélia prétendait qu'il ne fallait pas tenter Dieu ; que ce fils si chéri était le fruit d'un crime, et que, si encore l'on irritait la colère céleste, Dieu ne manquerait pas de le retirer à lui. Fabrice reparlait de sa destinée singulière : l'état que le hasard m'a donné, disait-il à Clélia, et mon amour m'obligent à une solitude éternelle ; je ne puis, comme la plupart de mes confrères, avoir les douceurs d'une société intime, puisque vous ne voulez me recevoir que dans l'obscurité, ce qui réduit à des instants, pour ainsi dire, la partie de ma vie que je puis passer avec vous.

Il y eut bien des larmes répandues. Clélia tomba malade ; mais elle aimait trop Fabrice pour se refuser constamment au sacrifice terrible qu'il lui demandait. En apparence, Sandrino tomba malade ; le marquis se hâta de faire appeler les médecins les plus célèbres, et Clélia rencontra dès cet instant un embarras terrible qu'elle n'avait pas prévu : il fallait empêcher cet enfant adoré de prendre aucun des remèdes ordonnés par les médecins ; ce n'était pas une petite affaire.

L'enfant, retenu au lit plus qu'il ne fallait pour sa santé, devint réellement malade. Comment dire au médecin la cause de ce mal? Déchirée par deux intérêts si contraires et si chers, Clélia fut sur le point de perdre la raison. Fallait-il consentir à une guérison apparente, et sacrifier ainsi tout le fruit d'une feinte si longue et si pénible? Fabrice, de son côté, ne pouvait ni se pardonner la violence qu'il exerçait sur le cœur de son amie, ni renoncer à son projet. Il avait trouvé le moyen d'être introduit toutes les nuits auprès de l'enfant malade, ce qui avait amené une autre complication. La marquise venait soigner son fils, et quelquefois Fabrice était obligé de la voir à la clarté des bougies, ce qui semblait au pauvre cœur malade de Clélia un péché horrible et qui présageait la mort de Sandrino. C'était en vain que les casuistes les plus célèbres, consultés sur l'obéissance à un vœu, dans le cas où l'accomplissement en serait évidemment nuisible, avaient répondu que le vœu ne pouvait être considéré comme rompu d'une façon criminelle, tant que la personne engagée par une promesse envers la Divinité s'abstenait non pour un vain plaisir des sens, mais pour ne pas causer un mal évident. La marquise n'en fut pas moins au désespoir, et Fabrice vit le moment où son idée bizarre allait amener la mort de Clélia et celle de son fils.

Il eut recours à son ami intime, le comte Mosca,

qui, tout vieux ministre qu'il était, fut attendri de cette histoire d'amour qu'il ignorait en grande partie.

— Je vous procurerai l'absence du marquis pendant cinq ou six jours au moins : quand la voulez-vous?

A quelque temps de là, Fabrice vint dire au comte que tout était préparé pour que l'on pût profiter de l'absence.

Deux jours après, comme le marquis revenait à cheval d'une de ses terres aux environs de Mantoue, des brigands, soldés apparemment par une vengeance particulière, l'enlevèrent, sans le maltraiter en aucune façon, et le placèrent dans une barque, qui employa trois jours à descendre le Pô et à faire le même voyage que Fabrice avait exécuté autrefois après la fameuse affaire Giletti. Le quatrième jour, les brigands déposèrent le marquis dans une île déserte du Pô, après avoir eu le soin de le voler complétement, et de ne lui laisser ni argent ni aucun effet ayant la moindre valeur. Le marquis fut deux jours entiers avant de pouvoir regagner son palais à Parme; il le trouva tendu de noir et tout son monde dans la désolation.

Cet enlèvement, fort adroitement exécuté, eut un résultat bien funeste : Sandrino, établi en secret dans une grande et belle maison où la marquise venait le voir presque tous les jours, mourut au bout de quelques mois. Clélia se figura qu'elle était frappée par une juste punition, pour avoir été infidèle à son vœu à la Madone : elle avait vu si souvent Fabrice aux lumières, et même deux fois en plein jour et avec des transports si tendres, durant la maladie de Sandrino ! Elle ne survécut que de quelques mois à ce fils si chéri, mais elle eut la douceur de mourir dans les bras de son ami. Fabrice était trop amoureux et trop croyant pour avoir recours au suicide; il espérait retrouver Clélia dans un meilleur monde, mais il avait trop d'esprit pour ne pas sentir qu'il avait beaucoup à réparer.

Peu de jours après la mort de Clélia, il signa plusieurs actes par lesquels il assurait une pension de mille francs à chacun de ses domestiques, et se réservait pour lui-même une pension égale; il donnait des terres valant 100,000 livres de rente à peu près à la comtesse Mosca; pareille somme à la marquise del Dongo, sa mère, et ce qui pouvait rester de la fortune paternelle, à l'une de ses sœurs mal mariée. Le lendemain, après avoir adressé à qui de droit la démission de son archevêché et de toutes les places dont l'avaient successivement comblé la faveur d'Ernest V et l'amitié du premier ministre, il se retira à la *Chartreuse de Parme*, située dans les bois voisins du Pô, à deux lieues de Sacca.

La comtesse Mosca avait fort approuvé, dans le temps, que son mari reprît le ministère, mais jamais elle n'avait voulu consentir à rentrer dans les États d'Ernest V. Elle tenait sa cour à Vignano, à un quart de lieue de Casal Maggiore, sur la rive gauche du Pô, et par conséquent dans les États de l'Autriche. Dans ce magnifique palais de Vignano, que le comte lui avait fait bâtir, elle recevait les jeudis toute la haute société de Parme, et tous les jours ses nombreux amis. Fabrice n'eût pas manqué un jour de venir à Vignano. La comtesse en un mot réunissait toutes les apparences du bonheur, mais elle ne survécut que fort peu de temps à Fabrice qu'elle adorait, et qui ne passa qu'une année dans sa Chartreuse.

Les prisons de Parme étaient vides, le comte immensément riche, Ernest V adoré de ses sujets, qui comparaient son gouvernement à celui des grands-ducs de Toscane.

TO THE HAPPY FEW.

www.ingramcontent.com/pod-product-compliance
Lightning Source LLC
Chambersburg PA
CBHW070757030726
47504CB00003B/591
* 9 7 8 2 0 1 4 4 7 3 1 9 3 *